TABEA BACH

Das Versprechen der Rosenholzvilla

Titel der Autorin:

Die Kamelien-Insel
Die Frauen der Kamelien-Insel
Winterliebe auf der Kamelien-Insel
Heimkehr auf die Kamelien-Insel

Die Seidenvilla
Im Glanz der Seidenvilla
Das Vermächtnis der Seidenvilla
Weihnachten in der Seidenvilla

Sonne über dem Salzgarten
Himmel über dem Salzgarten
Weihnachtszauber im Salzgarten
Sterne über dem Salzgarten

Die Rosenholzvilla
Das Versprechen der Rosenholzvilla
Weihnachten in der Rosenholzvilla
Entscheidung in der Rosenholzvilla

Über die Autorin:

Tabea Bach war Operndramaturgin, bevor sie sich dem Schreiben widmete. Ihre Romanreihen sind Bestseller und in verschiedene Sprachen übersetzt. Ihr Studium führte sie nach München und Florenz. Heute lebt sie mit ihrem Mann in einem idyllischen Dorf im Schwarzwald. Ihre KAMELIEN-INSEL-Saga führt uns in die Bretagne. In den SEIDENVILLA-Romanen wechselt der Schauplatz zu einer Seidenweberei in Venetien. Die SALZGARTEN-Reihe hat als Kulisse die Kanarischen Inseln. Ihre ROSENHOLZVILLA-Romane handeln von einer Instrumentenbauerfamilie im Tessin.

Tabea Bach

Das Versprechen der Rosenholzvilla

Roman

Lübbe

NACHHALTIG PRODUZIERT

Die Bastei Lübbe AG verfolgt eine nachhaltige Buchproduktion. Wir verwenden Papiere aus nachhaltiger Forstwirtschaft und verzichten darauf, Bücher einzeln in Folie zu verpacken. Wir stellen unsere Bücher in Deutschland und Europa (EU) her und arbeiten mit den Druckereien kontinuierlich an einer positiven Ökobilanz.

FSC
www.fsc.org
MIX
Papier | Fördert gute Waldnutzung
FSC® C014496

Originalausgabe

Lektorat: Melanie Blank-Schröder
Textredaktion: Marion Labonte, Labontext
Umschlaggestaltung: www.buerosued.de
Einband-/Umschlagmotiv: © www.buerosued.de;
Rekha Garton / Trevillion Images
Satz: hanseatenSatz-bremen, Bremen
Gesetzt aus der Adobe Garamond Pro
Druck und Verarbeitung: GGP Media GmbH, Pößneck

Printed in Germany
ISBN 978-3-404-19218-2

2 4 5 3 1

Sie finden uns im Internet unter:
luebbe.de
Bitte beachten Sie auch: lesejury.de

»Es gibt Momente im Leben,
da muss man über seinen Schatten springen,
und das tun, wofür man auf der Welt ist,
ob man sich nun danach fühlt oder nicht.«
Niklas

1

Das Konzert

Elisas Herz schlug heftig, als sie durch den Spalt in dem schwarzen Samtvorhang spähte. Der Zuschauerraum des Clubs war bis auf den letzten Platz gefüllt. An einem der vorderen Tische entdeckte sie ihre Freunde Cosma und Dante. Auch Romy war bei ihnen, Danilos Schwägerin. Es waren so viele Besucher gekommen, dass manche sogar hinten an der Bar stehen mussten, weil sie keinen Stuhl mehr ergattert hatten. Und noch immer drängten Menschen herein.

»Volles Haus«, sagte Danilo neben ihr zufrieden und legte seinen Arm um ihre Schulter. »Das war ja klar. Beim Comeback der großen Elisa Maria Eschbach …«

»Das ist kein Comeback«, unterbrach Elisa ihn ernst. Nicht umsonst hatte sie darauf bestanden, dass man nur Elisa Eschbach auf das Plakat geschrieben hatte, nicht ihren vollen Namen, unter dem sie vor vielen Jahren als Wunderkind am Cello bekannt gewesen war. »Mich haben sowieso alle vergessen«, versuchte sie, sich selbst zu beruhigen.

»Wenn du dich da mal nicht täuschst.« Danilo lächelte ihr aufmunternd zu. »Aber egal. In fünf Minuten geht es los. Bist du bereit?«

Elisa sah noch einmal durch den Spalt und entdeckte ihren Großvater mit Amadou, seinem senegalesischen Pfleger und Physiotherapeuten. Niklas Eschbach saß nach zwei schweren Schlaganfällen im Rollstuhl, und Elisa konnte seine grimmige

Miene erkennen, als er ganz nach vorne geschoben wurde, auf die Seite, die für Menschen mit Behinderung vorgesehen war. Trotz des intensiven Bewegungstrainings, das Amadou ihm auferlegte, und der großen Fortschritte, die Niklas machte, konnte der weltberühmte Dirigent das Konzert noch lange nicht auf seinen eigenen beiden Beinen besuchen, und Elisa wusste, wie sehr ihm das zusetzte. Dass er trotzdem zu ihrem ersten öffentlichen Auftritt nach jahrelanger Pause kam, rechnete sie ihm hoch an. Auch wenn seine Anwesenheit ihre Nervosität nicht gerade milderte. Denn vor gut sechzehn Jahren hatte sie bei einem Konzert in der Carnegie Hall in New York vor der versammelten internationalen Musikkritik kläglich versagt. Seither war sie nicht mehr aufgetreten. Doch das sollte sich in wenigen Minuten ändern.

»Du wirst sehen, kaum sitzt du auf der Bühne, macht es dir einfach nur noch Spaß«, versuchte Danilo, sie zu beruhigen. Sie nickte und strich sich über den langen blaugrünen Rock, den ihr ihre Mutter zu diesem Anlass samt dem raffinierten Oberteil aus schillernden Pailletten geschickt hatte. Anna war Modeschöpferin, und da sie nicht selbst kommen konnte, hatte sie unbedingt dafür sorgen wollen, dass Elisa zu diesem Anlass umwerfend gekleidet war. Natürlich hätte sich Elisa mehr über ihren Besuch gefreut. Aber Anna war einfach viel zu beschäftigt.

Nervös schob Elisa ihr langes blondes Haar hinter die Schultern. »Das letzte Mal, als ich öffentlich gespielt habe, ging das mächtig schief«, flüsterte sie.

»Das wird nicht mehr passieren«, erklärte Danilo voller Überzeugung. »Denk daran: Heute Abend spielst du nicht Cello, sondern Campanula. Und kein berühmtes Orchester begleitet dich, so wie damals, nur ich.«

Elisa schlang ihre Arme um ihn und zog ihn sanft zu sich. »Stimmt alles, bis auf das Wörtchen *nur*«, flüsterte sie ihm ins

Ohr. »Ich kenne niemanden, mit dem ich gleich da rausgehen würde, außer mit dir.«

Er küsste sie sanft. »Genau das sollten wir jetzt auch tun, ehe du es dir anders überlegst«, schlug er mit einem Blick auf seine Armbanduhr vor und nahm Elisas Hand. Sie atmete noch einmal tief durch und nickte. Das Stimmengewirr im Club verebbte, offenbar waren die Lichter im Zuschauerraum heruntergefahren worden. »Du zuerst«, raunte Danilo ihr zu, und sie trat ins Rampenlicht.

Applaus brandete auf, als Elisa sich verbeugte. Danilo hatte recht, kaum stand sie auf der Bühne, war jede Nervosität wie weggeblasen. Übrig blieb ein Prickeln in der Magengegend, eine Mischung aus Freude und Aufregung, Elisa wusste aus Erfahrung, wie wichtig dieses Gefühl war, um wirklich gut zu spielen. Erneut erhob sich Beifall, und Danilo stand neben ihr, verbeugte sich ebenfalls und lächelte ihr zu. Dann ging er zum Flügel und sie zu ihrem Instrument, der Campanula, die bereits auf der Bühne auf sie wartete. Elisa nahm sie vom Ständer und brachte sie in Position.

Die Campanula hatte große Ähnlichkeit mit einem Cello und wurde genauso gespielt, und dennoch war sie anders. Danilo hatte sie gebaut in dem Bestreben, damit einen noch reicheren, schöneren Klang zu erzeugen, als es ein herkömmliches Cello vermochte. Dazu hatte er die Form des Instruments leicht verändert, sodass es einer Glockenblume ähnelte, was ihm auch den Namen eingebracht hatte, denn Campanula war das lateinische Wort für diese Blüte. Elisa prüfte kurz, ob die Saiten noch gut gestimmt waren, erst vor einer halben Stunde war sie die vier Haupt- und die zwanzig zusätzlichen Resonanzsaiten, die Danilo parallel dazu über den Körper des Instruments gespannt hatte, gründlich durchgegangen. Sie klangen perfekt. Elisa nahm den Bogen.

Im Saal war es jetzt ganz still, man hätte eine Stecknadel fallen hören können. Danilo sah zu ihr herüber und nickte kaum merklich. Elisa schloss die Augen und setzte den Bogen an.

Die Melodie, die sie anstimmte, schwang sich auf und erfüllte sogleich den gesamten Raum mit vollem Klang. Elisa war noch immer jedes Mal selbst überrascht, wie sich der Zauber dieses wundersamen Instruments entfaltete.

Leise fiel Danilo am Flügel mit ein. In den vergangenen Wochen hatten sie täglich zusammen musiziert und waren bereits ein eingeschworenes Team. Elisa lächelte. Für sie war es vollkommen neu gewesen, nicht nach Noten zu spielen, nicht ein Stück zu präsentieren, das jemand anderes komponiert hatte, sondern einfach das, was sie selbst gerade empfand, als Musik aus sich herausströmen zu lassen. Dabei hatte sie schon als kleines Mädchen nichts anderes gewollt, als Cello zu spielen, nachdem sie dieses Instrument zum ersten Mal gehört hatte. Sie hatte in ihrer Kindheit eine klassische Musikausbildung genossen, unter der Obhut ihres Großvaters die Werke der großen Komponisten einstudiert und mit Bravour auf den Bühnen dieser Welt dargeboten. Niklas hatte sie stets auf ihrem Weg begleitet. Bis zu jenem Abend in New York …

Elisa schob den Gedanken an jenes Erlebnis beiseite, es hatte sie lange genug belastet. Durch Danilo hatte sie nun eine andere Form der Musik kennengelernt. Schon immer hatte sie die Herzen ihrer Zuhörer berühren wollen, selbst wenn ihr das als Sechzehnjährige nicht so deutlich bewusst gewesen war. Damals war es ihr wichtig gewesen, die Beste zu sein. Heute wollte Elisa die Zuhörer mit ihrem Spiel auf eine Reise zu sich selbst mitnehmen. Denn war das nicht der eigentliche Sinn und Zweck von Musik? Auch beim Zuhörer eine Saite zum Klingen zu bringen, die im Alltag leider häufig in den Hintergrund geriet und verstummte?

Danilo verwob gerade ein neues Motiv in ihre Melodie, und Elisa griff es begeistert auf. Wer weiß, fuhr es ihr durch den Kopf, ob ich ohne diesen Mann je zur Musik zurückgefunden hätte? Seit wenigen Monaten erst waren sie ein Paar, und schon jetzt konnte Elisa sich nicht vorstellen, wie sie jemals ohne Danilo hatte leben können. Dass es jemanden auf der Welt gab, mit dem sie sich ohne Worte im Gleichklang befand, der ihre Stimmungen instinktiv erfasste und sie mit seinen Überlegungen und Ideen immer wieder überraschte – das hätte sie sich nie träumen lassen. Und die Krönung von alldem war das gemeinsame Musizieren, eine Welt, in der sie früher zu Hause gewesen war und die sie so viele Jahre lang schmerzlich vermisst hatte.

Danilo wechselte unmerklich das Tempo, und nun war es an Elisa, darauf zu reagieren. Der energische Tangorhythmus, den er anschlug, gab ihr Gelegenheit, der Campanula schmelzende Tonfolgen zu entlocken, die sich steigerten und mit geradezu schroffen, dramatischen Passagen abwechselten. Elisa fühlte, wie sich ihre Begeisterung auf den Saal übertrug, und meinte zu hören, wie einige im Publikum mit den Füßen scharrten, so als würden sie am liebsten aufspringen und zu tanzen beginnen.

In Danilos Augen sah sie ein Feuer glimmen. Es genügte ein Blick zwischen ihnen, um geschmeidig auf das Spiel des anderen zu reagieren, was gerade bei einem Tango nicht einfach war, vor allem, da sie improvisierten und nicht wussten, was die nächsten Takte bringen würden. Es war, als wären sie eine einzige Person, nicht zwei, und als würden sie von einer Welle getragen, die bestimmte, wie es weiterging. Und dann, unweigerlich, führte alles auf einen fulminanten Höhepunkt hin, und mit einer energischen Bewegung mit dem Bogen beendete sie das Stück.

Das Publikum tobte, und Elisa und Danilo erhoben und

verbeugten sich. Jetzt erst bemerkte Elisa, dass ihr der Schweiß unter ihrem mit Pailletten bestickten Oberteil den Rücken hinunterlief. Wie lange hatten sie gespielt? Eine halbe Stunde oder länger?

»Wir machen eine kleine Pause«, sagte Danilo, als sich der Applaus schließlich legte. »Ich glaube, wir brauchen jetzt alle einen Drink.« Zustimmendes Gelächter erhob sich, und einige klatschten erneut.

Elisa ging von der Bühne in den kleinen Raum, der als Garderobe genutzt wurde, um sich mit Papiertaschentüchern Stirn und Nacken trocken zu tupfen und im Spiegel zu kontrollieren, ob ihr der Eyeliner nicht womöglich zerlaufen war. Und staunte selbst über ihre vor Glück strahlenden Augen.

»Hier bist du!« Danilo stand in der Tür und betrachtete sie mit einem breiten Lächeln. »Ist alles in Ordnung?«

»Ja.« Elisa stand auf und lehnte kurz ihren Kopf an seine Schulter.

»Du warst wunderbar«, sagten sie beide gleichzeitig und mussten lachen.

»Komm mit raus«, bat Danilo. »Alle fragen nach dir. Du bist heute Abend die Königin der Campanula. Und ich bin unsagbar stolz auf dich.«

»Auf uns«, korrigierte Elisa ihn. »Nur zusammen …«

Doch Danilo legte ihr den Finger auf die Lippen. »Ich hab nur ein bisschen auf dem Flügel begleitet«, erklärte er mit einem Grinsen. »Aber du hast gespielt wie eine Göttin.«

Als sie den Club betraten, scharten sich sofort viele Menschen um sie.

»Das war unglaublich!« Cosma reichte Elisa begeistert ein Glas Sekt, an dem sie jedoch nur nippte, denn das Konzert war ja noch nicht zu Ende.

Dante drückte ihr ein Glas Mineralwasser in die Hand, und

Elisa leerte es in einem Zug. Dann entschuldigte sie sich bei den anderen, die sie mit Komplimenten überhäuften, und ging zu ihrem Großvater.

Niklas Eschbach war sogar im Rollstuhl eine imposante Erscheinung, groß und kräftig, auch wenn er in den vergangenen Monaten schmaler geworden war. Seine volle weiße Mähne, die er stets nach hinten gekämmt trug, und die buschigen Augenbrauen über den eisblauen Augen machten ihn zu einer Respekt einflößenden Erscheinung.

»Wie gefällt es dir?«, fragte Elisa, plötzlich befangen. Niklas war für sie früher so etwas wie das Barometer für ihr Vorwärtskommen gewesen. Wenn er gesagt hatte, dass sie gut spielte, dann war es so. Inzwischen war sie mit ihren dreiunddreißig Jahren eine gestandene Frau, doch in diesem Moment fühlte sie wieder die Anspannung des Teenagers von damals.

»Du spielst großartig«, sagte er lächelnd, und Elisa fiel ein Stein vom Herzen. Niklas wandte sich an seinen Begleiter. »Nicht wahr, Amadou?«

Der Pfleger lächelte. »Dein Großvater hätte beinahe zu tanzen begonnen«, behauptete er. »Macht so weiter, und ich kann den Rollstuhl leer nach Hause schieben.«

Erleichtert lachte Elisa mit den beiden. Niklas, der in den vergangenen Monaten sehr gelitten und seine Launen auch an jenen ausgelassen hatte, die sich um ihn kümmerten, so heiter zu sehen machte sie unendlich froh.

»Du musst viel geübt haben«, sagte er nun anerkennend. »Wenn ich bedenke, wie lange du kein Instrument in der Hand hattest …«

»Irgendwie verlernt man das Spielen nicht«, erwiderte Elisa. »Nur die Geläufigkeit, an der muss ich noch arbeiten. Aber ich habe das Gefühl, heute die Gesetze der Musik viel besser zu verstehen als damals.«

»Das macht das Alter«, gab Niklas mit einem Schmunzeln zurück. »Nicht alles daran ist schlecht.«

Elisa legte ihm liebevoll die Hand auf die Schulter, dann hörte sie, wie jemand ihren Namen rief. Es wurde Zeit für die zweite Hälfte des Konzerts, die sie mit einer Soloimprovisation eröffnen würde.

Wenig später hatte sie ihren Platz auf der Bühne eingenommen, als Danilo ins Licht trat und sich an das Publikum wandte.

»Dies ist ein besonderer Abend«, sagte er, und es wurde vollkommen still im Saal. »Wir haben alle lange darauf gewartet, Elisa endlich wieder spielen zu hören.« Spontaner Applaus brandete auf, und Elisa wurde vor Verlegenheit heiß. »Und ich finde, wir haben ein Riesenglück, dass sie als Ort dafür unseren Jazzclub in Lugano ausgewählt hat. Sicher ist euch nicht entgangen, dass sie auf einem ganz besonderen Instrument spielt, auf der Campanula. Dieses Instrument stammt aus unserer berühmten Werkstatt, der Manufaktur für Streichinstrumente Fasetti, und ist das Ergebnis meiner jahrelangen Suche nach einem bestimmten Klangerlebnis. Heute ertönt sie zum ersten Mal vor großem Publikum. Ich bin gespannt, wie sie euch gefällt. Jetzt aber heißt es: Bühne frei für Elisa Eschbach an der Campanula.«

Danilo hatte sie gebeten, in diesem Solo die Besonderheiten des Instruments zum Glänzen zu bringen. Sie begann ganz leise auf der tiefsten Saite, so als dringe ihre Musik aus dem Innern der Erde hervor und trete nur langsam ans Licht. Sie spielte eine kleine Melodie und hielt kurz inne, damit die Zuhörer den ungewöhnlichen Nachhall der Resonanzsaiten wahrnehmen konnten, setzte dann erneut an und ließ die Töne ausschwingen. Schließlich führte sie dieselbe Melodie bis in die höchsten Höhen, in der die Campanula beinahe klang wie eine Geige, und setzte hohe, flirrende Obertöne wie Farbtupfer dazwischen, die nicht von dieser Welt schienen. Und als sie meinte, dass nun jeder erfahren hatte, was für ein ungewöhnliches Klangerlebnis dieses neuartige Instrument bot, spielte sie die bislang zögernd dargebotene Weise in rascher Folge und immer neuen Variationen und staunte dabei selbst darüber, wie virtuos sie noch immer zu spielen in der Lage war.

Nach dem letzten Stück, das sie wieder gemeinsam mit Danilo darbot, wollte der Applaus kein Ende nehmen. Die Zuhörer erhoben sich von ihren Plätzen und verlangten lauthals nach einer Zugabe. Elisa und Danilo, die darauf vorbereitet waren, taten ihnen gern den Gefallen, und als das Publikum nach zwei zusätzlichen Stücken noch immer nicht genug hatten, kam Elisa eine Idee.

»Zum Abschluss«, sagte sie, nachdem sie sich mit Danilo abgesprochen und die Menge beruhigt hatte, »spiele ich eine Improvisation auf eine Opernmelodie zu Ehren meiner verstorbenen Großmutter. Leider durfte ich Paulina Conti-Eschbach nicht mehr kennenlernen, ihre großartige Stimme hat mich dennoch von klein auf begleitet. Ich versuche mich also nun an einer Variation auf die Arie ›Vissi d'arte‹ aus der Oper *Tosca* von Giacomo Puccini.«

Mit einem Schlag wurde es mucksmäuschenstill im Club. Elisa setzte sich mit ihrer Campanula zurecht und rief sich Paulinas wundervolle Stimme ins Gedächtnis, die sie nur von zwei alten Schallplattenaufnahmen kannte. Persönlich gehört hatte sie diese Stimme nie, denn ihre Großmutter war bei der Geburt von Elisas Mutter im Alter von vierundzwanzig Jahren gestorben. *Ich lebte für die Kunst, ich lebte für die Liebe*, so lauteten die ersten Zeilen dieser Arie, und Elisa war es immer so vorgekommen, als sei dies nicht der Text aus einer Oper, sondern eine persönliche Botschaft ihrer Großmutter an sie.

Ganz in der Kunst aufzugehen, auch wenn es das Schicksal nicht immer gut mit einem meinte – dieses Motto hatte ihre Jugend geprägt. Und nun, als sie diese weltberühmte Melodie intonierte, schlicht und innig, so wie Paulina es getan hatte, wurde ihr bewusst, dass sie erst vor Kurzem erkannt hatte, was Liebe eigentlich war und was es bedeutete, in ihr und für sie zu leben.

Niklas Eschbach hatte Tränen in den Augen, als Elisa geendet hatte und sich verbeugte. Eilig holte sie Danilo zu sich auf die Bühne, und nach einer gefühlten Ewigkeit verklang der letzte Applaus. Sogleich wurden sie umringt von Menschen aus dem Publikum, die Elisa versicherten, noch selten ein so innig gespieltes Konzert gehört zu haben. Außerdem wollten die meisten einen näheren Blick auf die Campanula erhaschen und von Danilo wissen, wie er auf die Idee gekommen war, das traditionelle Cello genau auf diese Weise abzuändern.

Elisa spähte zu dem Platz hinüber, wo eben noch der Rollstuhl ihres Großvaters gestanden hatte, doch er war leer. Sie sah zum Ausgang, wo gerade Amadous hünenhafte Gestalt verschwand.

»Es war wundervoll«, schwärmte Cosma, als sie später im Kreis ihrer Freunde in einem Bistro am Seeufer an der Bar standen, jeder ein frisch gezapftes Bier aus der Hausbrauerei in der Hand. »Ich meine, Danilo schleppt uns ja schon seit Jahren zu den Abenden im Club, und es ist immer toll. Aber das heute …« Sie nahm einen großen Schluck von ihrem Bier. »Das war etwas Besonderes.«

»Ihr seid einfach das Traumpaar schlechthin«, ergänzte ihr Bruder Dante, Danilos bester Freund, der ein Brett voller fein aufgeschnittener Schinken- und Käsescheiben herumreichte, das der Wirt ihnen spendierte. Dante war in der

Tourismusbranche tätig und kannte jedes einzelne Lokal in der Umgebung.

»Tut mir leid für dich, dass es schon wieder vorbei ist mit dieser … Wie hieß sie noch gleich?«, fragte Danilo und schlug seinem Freund liebevoll auf die Schultern.

»Dörte«, knurrte Dante und seufzte.

»Diese Zicke hat dich gar nicht verdient«, versuchte Cosma ihren Bruder zu trösten. »Wir haben einfach nicht so viel Glück wie diese beiden Turteltauben hier«, fügte sie hinzu und wies mit ihrem Bierglas auf Danilo, der Elisa gerade sanft auf die Schläfe küsste.

»Aber sie machen mir Mut«, gab Dante zurück. »Schließlich war Danilo bis vor Kurzem genauso glücklos wie wir beide, Schwesterherz. Und jetzt schwebt er im siebten Himmel. Wenn *er* das schafft …«

»Vergiss es«, unterbrach Cosma ihn resigniert und angelte sich ein Stück Schinken von dem Holzbrett.

»Du hast gut reden«, erklärte Dante mit einem Seufzen. »Du wirst ja wenigstens von deinen Viechern geliebt.«

»Das heißt Tiere«, korrigierte Cosma ihn freundlich. Dantes Schwester war Veterinärin, und als sei das nicht genug, hatte sie auf ihrem Grundstück ein kleines Asyl eingerichtet, in dem Vierbeiner Unterschlupf fanden, die sonst in einer Tötungsstation landen würden. Von Tag zu Tag wurden es mehr Bewohner, und die Vermittlung an verantwortungsbewusste Menschen gestaltete sich schwierig. Sie wandte sich an Danilo. »Sagt mal, habt ihr eigentlich immer noch keine Wohnung gefunden?«

»Nein«, antwortete Danilo und legte einen Arm um Elisa. Schon seit einer Weile waren sie auf der Suche nach einer Bleibe. Elisa stand zwar noch immer ihr altes Kinderzimmer in der Rosenholzvilla zur Verfügung, doch sie schlief häufig bei Danilo in dem Rustico, dem traditionellen Steinhäuschen seiner Familie in den Wäldern des Monte San Giorgio. Und obwohl sowohl Niklas als auch Mariella, Danilos Mutter, dem jungen Paar angeboten hatten, jeweils bei ihnen zu wohnen, wünschten die beiden sich ihre eigenen vier Wände. Bislang hatten sie leider nichts Bezahlbares in der begehrten Gegend um Lugano finden können.

»Warum zieht ihr nicht zu mir?«, fragte Cosma. »Die alte Mühle ist sowieso viel zu groß für mich. Das ganze obere Stockwerk ist frei …«

»… und eine Ruine«, fügte Dante hinzu.

»Na, so schlimm ist es nicht«, protestierte seine Schwester. »Gut. Man muss renovieren. Aber wenn wir alle zusammen anpacken, kriegen wir das bestimmt hin.«

»Wäre dir das denn recht?«, fragte Elisa, die den Gedanken, in Cosmas alter Mühle am Fuße des Monte San Giorgio zu wohnen, verlockend fand. Bei ihren Besuchen dort war ihr das Anwesen immer wie ein kleines Paradies erschienen. Das obere Stockwerk hatte sie allerdings noch nie betreten.

»Ob mir das recht wäre?« Cosma sah sie mit leuchtenden Augen an. »Ich fände das großartig!«

»Cosma sucht nur jemanden, der sich in ihrer Abwesenheit um die Tiere kümmert«, warnte Dante mit einem gutmütigen Grinsen. »Gib es ruhig zu, Schwesterherz.«

Cosma holte tief Luft, um zu widersprechen, dann stieß sie sie wieder aus. »Also, ich würde das keinesfalls zur Bedingung machen«, räumte sie ein. »Und noch nicht einmal von euch erwarten. Ich weiß ja, dass Elisa ein bisschen ängstlich ist, was die größeren Hunde anbelangt. Aber ich fände es einfach schön, nicht mehr allein da draußen zu leben. Das kann manchmal ziemlich einsam sein.«

»Sagt die mutige ›Ich-brauche-niemanden-Amazone‹«, frotzelte ihr Bruder.

»Hört nicht auf ihn.« Cosma verdrehte die Augen. »Und im Ernst. Im Sommer ist das Rustico ja wunderschön. Obwohl es dort nicht mal fließend Wasser gibt, von warmem Wasser ganz zu schweigen. Wascht ihr euch allen Ernstes immer noch draußen am Brunnen?«, wollte sie von Danilo wissen.

»Natürlich nicht.« Er schüttelte lachend den Kopf. »Ich mache Wasser auf dem Holzofen heiß. Aber du hast völlig recht. Wir brauchen dringend etwas anderes.«

Elisa nippte nachdenklich an ihrem Bier. »Das Problem ist, dass ich im Augenblick nichts verdiene. Das bedeutet, dass ich dir gar keine angemessene Miete bezahlen könnte.« Diese Tatsache war für sie tatsächlich belastend. Ihre Stelle als Flugbegleiterin hatte sie vor ein paar Monaten aufgegeben, als sie erkannt hatte, dass sie des vielen Fliegens überdrüssig geworden war. Ohnehin war diese Berufswahl im Grunde nichts anderes als eine Notlösung gewesen, nachdem ihr Traum von einer Karriere als Musikerin zerplatzt war. Und seit sie in Danilo die Liebe ihres Lebens gefunden hatte, wollte sie mit ihm zusammen sein, statt ständig um die Welt zu fliegen. Also hatte sie den mutigen Schritt gewagt und gekündigt. Noch hatte sie Ersparnisse. Womit sie allerdings in Zukunft ihr Geld verdienen sollte, das wusste sie noch nicht.

»Mach dir mal deswegen keinen Kopf«, versuchte Cosma sie zu beruhigen. »Wenn ihr das obere Stockwerk renoviert, könnt ihr dafür gern ein paar Jahre mietfrei darin wohnen.«

»Das ist ein schönes Angebot, Cosma«, sagte Danilo sichtlich gerührt. »Wir denken darüber nach.«

»An eurer Stelle würde ich mir das Obergeschoss zuerst ganz genau ansehen«, riet Dante. »Wer weiß, ob das mit der Renovierung nicht ein Fass ohne Boden wird.«

»Wieso kommt ihr nicht am Sonntag vorbei?«, schlug Cosma vor. Ihr gefiel die Idee offenbar gut, Danilo und Elisa könnten bei ihr einziehen. »Wir grillen ein bisschen, wenn das Wetter mitmacht, und schauen uns alles an. Ich war ehrlich gesagt schon lange nicht mehr oben. Und du, Dante, frag doch mal Ernesto, ob er nicht Zeit und Lust hat, zu kommen. Dann haben wir gleich jemanden vom Baufach mit an Bord.«

»Und wozu soll ich Ernesto einladen?«, fragte Dante. »Zu Tofuwürstchen und Grillkäse? Oder bist du inzwischen womöglich noch Veganerin?«

»Wir grillen Gemüse und von mir aus auch Steaks, wenn du sie mitbringst«, gab Cosma angriffslustig zurück. »Ich bin eine tolerante Vegetarierin, im Gegensatz zu dir militantem Fleischesser.«

»Wer ist Ernesto?«, fragte Elisa.

»Ein genialer Mensch, der aus einer Ruine im Nullkommanichts ein Schlösschen zaubert«, behauptete Dante. Sein Blick wanderte zur Tür. »Seht mal, wer da kommt!« Eine hübsche Frau mit langem leuchtend rotem Haar stand am Eingang und sah sich suchend um.

Danilo hob den Arm und winkte. »Romy«, rief er erfreut. »Hier sind wir.« Seine Schwägerin hatte die Gruppe entdeckt und schob sich durch die Menge zu ihnen durch. »Wie schön, dass du es noch geschafft hast!«

»Da war ein Kunde von mir im Konzert«, erzählte Romy und verzog das Gesicht. »Er hat mir endlos vorgeschwärmt, wie toll er Geige spielt, seit er meinen Bogen hat. Ich dachte schon, ich werde ihn nicht mehr los.«

»Das ist doch ein schönes Kompliment für eine Bogenmacherin«, sagte Elisa.

»Wenn du mich fragst, ist der in dich verknallt«, behauptete Dante. »Er hatte den ganzen Abend nur Augen für dich. Willst du ein Bier?«

»Gern«, antwortete Romy. Sie nahm auf einem der Barhocker Platz, den Dante für sie ergattert hatte, und sah sich um. »Hey, hier ist ja richtig was los. Ich weiß nicht, wann ich das letzte Mal ausgegangen bin, so lange ist das schon her. Aber heute übernachtet Mimi bei meiner Tante, und ich habe tatsächlich mal frei.«

Romy und Danilos Bruder lebten getrennt, worunter nicht nur die fünfjährige Mimi litt, sondern auch Romy. Sie hätte sich gern wieder mit Fabio versöhnt, doch es sah nicht so aus, als würde er darauf eingehen.

»Wieso war eigentlich keiner von deiner Familie im Konzert?«, fragte Cosma plötzlich Danilo. »Immerhin stammt die Campanula aus eurer Werkstatt und …«

»Lass gut sein«, unterbrach Danilo sie genervt. »Du weißt doch …«

»Fabio ist nicht gekommen, weil er wusste, dass *ich* hier sein würde«, erklärte Romy unglücklich. »Vielleicht hätte ich zu Hause bleiben sollen.«

»Auf keinen Fall«, widersprach Danilo entschlossen. »Schließlich spielt Elisa mit einem Bogen aus deiner Werkstatt.«

»Romy ist wirklich die beste Bogenmacherin diesseits und jenseits der Alpen«, sagte Elisa zu Cosma und Dante.

»Du übertreibst«, wandte Romy ein, die rosarot angelaufen war.

»Nein, das tut sie nicht«, erwiderte Danilo mit einem Lächeln. »Du bist die Beste. Und wenn mein Bruder nicht ein solcher Trottel wäre …«

»Danilo«, mahnte Elisa ihn leise.

»Ist doch wahr«, beharrte er ein wenig milder. »Außerdem ist er nicht wegen dir weggeblieben«, fügte er an Romy gewandt hinzu. »Er ist wütend auf mich, weil ich nicht meine gesamte Energie in den Familienbetrieb einbringe, sondern nebenher noch so sinnlose Dinge tue, wie Instrumente weiterzuentwickeln und Campanulas zu bauen. Aber das weißt du ja.«

»Ist das der Grund, warum auch deine Mutter nicht da war?«, erkundigte sich Cosma mitfühlend.

»Natürlich«, antwortete Danilo und versuchte, seine Verbitterung darüber zu verbergen. »Sie ist derselben Meinung wie Fabio. In ihren Augen bin ich ein Versager.«

»Nein, das stimmt nicht«, widersprach Elisa.

»Dann eben eine Enttäuschung auf ganzer Linie.«

»Auch das ist nicht wahr, Danilo«, erklärte Romy. »Deine Celli sind Weltklasse, und das wissen die beiden sehr genau. Deshalb hätten sie es eben gern, dass du noch mehr davon baust. Und zwar ausschließlich.«

»Elisa wird dafür sorgen, dass die Campanula die Welt erobert«, behauptete Dante und reichte eine Platte mit Käsestücken herum. »Bald wirst du dich vor Aufträgen nicht mehr retten können.«

Danilo lachte gutmütig auf. »Das wäre wundervoll, aber …«

»Lasst uns darauf anstoßen«, fiel ihm Cosma ins Wort und griff nach ihrem Glas. »Auf die Campanulas dieser Welt und alle anderen verrückten Instrumente.«

Unter großem Gelächter hoben sie ihre Gläser.

»Ich würde gerne noch mehr von deinen Bögen ausprobieren«, sagte Elisa zu Romy, als sie später gemeinsam das Lokal verließen.

»Dann komm doch endlich mal bei mir vorbei«, schlug Romy vor. »Wie wäre es zum Beispiel morgen? Mimi bleibt übers Wochenende bei meiner Tante, dann könnte ich dir in Ruhe alles zeigen.«

»Gerne«, erwiderte Elisa. Sie hatte schon länger vorgehabt,

Romys Werkstatt zu besuchen, bislang hatte es nie geklappt. »Passt es dir um elf?«

»Wunderbar. Ich wohne in der Nähe von Montagnola. Danilo hat meine Adresse.« Romy umarmte Elisa zum Abschied. »Bis morgen.«

»Wie fühlst du dich nach diesem großartigen Erfolg?«, fragte Danilo, als sie wenig später Lugano hinter sich ließen und in Richtung Süden fuhren. Da er die Streitereien mit seiner Mutter satthatte und deshalb lieber nicht mit ihr und seinem Bruder unter einem Dach leben wollte, hatte er es seit einigen Jahren vorgezogen, im Rustico der Familie zu wohnen, auch wenn das im Grund nicht mehr war als eine steinerne Hütte. Es bestand aus einem Wohnraum, einem winzigen Schlafzimmer, in dem sie die alten Stockbetten durch ein größeres Bett ersetzt hatten, und einem Lager für das wertvolle Klangholz, aus dem die Instrumente entstanden, für die die Fasettis berühmt waren.

»Ich fühle mich gut«, antwortete Elisa auf Danilos Frage und lehnte sich in ihrem Sitz zurück. »Es hat so viel Spaß gemacht. Nein«, korrigierte sie sich. »Spaß ist nicht das richtige Wort. Es war … weißt du, dass wir so unfassbar gut miteinander musizieren können, ist für mich immer noch ein echtes Wunder.«

»Das klappt so gut, weil wir uns lieben«, sagte Danilo und griff nach ihrer Hand.

»Ich habe nicht gewusst, dass Liebe so sein kann«, gab sie leise zurück.

»Ich auch nicht«, gestand Danilo und drückte einen Kuss auf ihren Handrücken.

Obwohl sie beide müde waren, liebten sie sich in dieser Nacht mit einer Zärtlichkeit, die Elisa zutiefst berührte. Was für ein Glück sie hatte! Genau wie Cosma hatte sie die

Hoffnung bereits aufgegeben, jemals einen Partner zu finden, mit dem sie ihr Leben verbringen wollte. Und nun dies. Noch immer fühlte sich alles an wie ein Traum.

Am nächsten Morgen brauchte Elisa eine Weile, bis sie die Adresse gefunden hatte. Romys Haus stand inmitten von Weinbergen in der Nähe des Ortes, von dem Elisa wusste, dass hier einst der Schriftsteller Hermann Hesse gelebt hatte. Es war ein eleganter Bungalow auf einem Hanggrundstück, und Elisa, die auf ihrer Wohnungssuche bereits die Erfahrung gemacht hatte, dass Immobilien in dieser Gegend ganz besonders wertvoll waren, fragte sich, wie Romy es sich leisten konnte, hier zu leben.

»Möchtest du einen Kaffee?« Romy trug einen wollweißen Hausanzug und hatte ihr Haar zu einem kessen Pferdeschwanz zurückgenommen. Sie hatte kein Make-up aufgelegt und wirkte ungeschminkt mit ihren hübschen Sommersprossen viel jünger als achtundzwanzig Jahre.

»Gern«, antwortete Elisa und folgte Romy in die Küche, die sich zum Wohnzimmer hin öffnete. An den Wänden dort entdeckte Elisa großformatige, abstrakte Gemälde. Der Teppich war mit Spielsachen übersät.

»Tut mir leid«, sagte Romy mit einem verlegenen Blick auf das Puppenhaus, über das man einen Schritt machen musste, wollte man zur Küchenzeile gelangen, und schob rasch einige Einhörner beiseite, die die Theke bevölkerten. »Mimi ist gestern nicht mehr zum Aufräumen gekommen, bevor meine Tante sie abgeholt hat.«

Elisa lachte und nahm Romy eines der Einhörner ab. »Sie liebt offenbar Rosarot.«

»Über alles«, gab Romy zurück und rollte mit den Augen. »Wenn ich es nicht verhindern würde, wäre hier alles in Pink gestrichen. Nimmst du deinen Kaffee mit oder ohne Milch?«

Elisa bat um einen Milchkaffee und setzte das rosafarbene Einhorn zu den anderen. Dann folgte sie Romy mit ihrem Becher in der Hand die Treppe hinunter ins Gartengeschoss, das, da das Haus am Hang gebaut war, ebenerdig auf eine große Terrasse hinausging.

»Was für ein grandioser Blick«, rief Elisa begeistert. Durch mehrere bodentiefe Fenstertüren konnte man über den westlichen Arm des Sees hinweg bis zu den Bergen sehen.

»Ich habe riesiges Glück, dass mein Vater mir das alles hinterlassen hat«, sagte Romy beinahe entschuldigend.

Elisa blickte fasziniert hinunter ins Tal und auf das türkis schimmernde Wasser. »Es ist wunderschön hier«, erklärte sie hingerissen. »War dein Vater auch Bogenbauer?«

Romy schüttelte den Kopf. »Er war Maler. Die Bilder oben stammen von ihm. Leider ist er schon vor zehn Jahren gestorben. Er war viel älter als meine Mutter und hätte mein Großvater sein können.«

»Wohnt deine Mutter hier bei euch?«

»Nein. Sie lebt in Paris und kommt nur selten her. Die Erinnerungen tun ihr nicht gut, sagt sie. Meine Eltern haben sich sehr geliebt, weißt du …« Romy wandte sich ab, und Elisa war sich nicht sicher, ob sie noch immer um ihren Vater trauerte oder aus einem anderen Grund so niedergeschlagen war. »Nun ja.« Romy räusperte sich. »Seit Fabio ausgezogen ist, wohnen Mimi und ich allein hier.« Sie presste die Lippen aufeinander, und Elisa verstand, woher ihr Schmerz rührte – von der Trennung von Fabio.

Danilo hatte ihr einmal anvertraut, dass seine Schwägerin eine kurze, unbedachte Affäre gehabt hatte, die sie längst zutiefst bereute. Doch Fabio konnte ihr das offenbar nicht verzeihen.

»Komm, ich zeige dir ein paar von meinen besten Arbeiten«,

wechselte Romy das Thema und ging zu einem Sideboard mit tiefen, flachen Schubfächern und öffnete eines. Auf Samt gebettet ruhten darin zehn Cellobögen, einer schöner als der andere. »Willst du sie mal spielen? Du hast dein Instrument doch dabei, oder?«

Elisa hatte die Campanula tatsächlich mitgebracht und holte sie eilig aus dem Wagen. Die nächste Stunde verbrachte sie damit, die vielen Exemplare auszuprobieren, die Romy aus ihren Schränken hervorzauberte. »Deine Bögen sind wirklich etwas Besonderes«, sagte sie schließlich.

»Danke.« Romy strahlte. »Ist denn einer dabei, den du gerne hättest?«

»Einer?« Elisa lachte. »Da sind einige, die mir sehr gut gefallen.«

»Weißt du was? Ich gebe sie dir mit, und du spielst mit ihnen, bis du dich entschieden hast, welcher am besten zu dir passt«, antwortete Romy.

»Aber …«

»Kein ›Aber‹«, fiel ihr die Bogenmacherin freundlich ins Wort. »Dieses Angebot mache ich den meisten meiner Kunden. An einen Bogen muss man sich erst gewöhnen und ihn auch zu verschiedenen Zeiten und in unterschiedlichen Räumen spielen, ehe man weiß, ob man in ihm den passenden Partner hat.«

»Ja, das stimmt«, räumte Elisa ein. Sie wählte drei Bögen aus, die Romy in ein Futteral legte. Und da es inzwischen Mittag geworden war und die Frühlingssonne ihre goldenen Strahlen auf die Terrasse warf, beschlossen die beiden, es sich dort bei einem alkoholfreien Gin Tonic und ein paar Käsewürfeln gemütlich zu machen und ein bisschen zu plaudern. Zuvor jedoch bewunderte Elisa verzückt die Kamelien, die in Romys Garten ihre weiße, rosafarbene und purpurrote Blütenpracht zeigten. In den umliegenden Weinbergen funkelte bereits erstes

Grün an den dunklen Stöcken, und der Boden war übersät von Krokussen. Ein Schwarm Vögel zog tief über den See hinweg, und Elisa fragte sich, ob das die ersten Zugvögel waren, die aus südlicheren Gefilden zurückkehrten. »Herrlich hast du es hier.« Mit einem wohligen Seufzen ließ sich Elisa auf einem der gepolsterten Rattansessel nieder.

»Ja, es ist perfekt«, stimmte Romy ihr zu und wirkte doch alles andere als glücklich. Gedankenverloren sah sie auf den See hinunter. »Trotzdem überlege ich manchmal, ob ich nicht einfach alles verkaufen und wegziehen sollte.«

»Warum?«, fragte Elisa verwundert.

Romy atmete tief durch. »Irgendwie geht es mir in letzter Zeit so ähnlich wie meiner Mutter«, gestand sie. »Alles erinnert mich an Fabio und die glückliche Zeit, die wir hier miteinander verlebt haben. Aber natürlich kann ich schon wegen Mimi nicht wegziehen. Jedenfalls nicht weit. Sie hängt so an ihrem Papa. Und an Mariella auch.«

»Du liebst ihn immer noch«, sagte Elisa leise.

Romy sah sie an, und ihre grünblauen Augen schwammen in Tränen. Sie nickte. »Danilo hat dir sicher gesagt, warum wir uns getrennt haben?«, fragte sie und schluckte tapfer. »Das ist nicht schlimm. Ich weiß, dass alle über mich reden.«

»Ja, er hat mir von der Sache erzählt«, gab Elisa verlegen zu. »Aber es ist nicht so, wie du denkst. Danilo findet, dass Fabio einen Fehler macht.«

Romy schien in den Anblick eines der Kameliensträucher versunken. »Er sagt, er kann mir nicht mehr vertrauen.« Sie zog ein Papiertaschentuch aus einer Hosentasche, um sich die Nase zu putzen. »Ich bin ja selbst schuld. Und Mimi ist diejenige, die am meisten leidet.« Elisa war sich da nicht so sicher. Jeder konnte sehen, dass Romy schrecklich unglücklich über die Trennung war. »Weißt du eigentlich, dass Fabio in dich verliebt ist?«, fragte Romy plötzlich, und Elisa hielt vor Schreck die Luft an. »Am Anfang dachte ich, du wärst auch an ihm interessiert«, fuhr sie fort. »Ich glaube, es war für alle eine Überraschung, als du plötzlich mit Danilo zusammen warst.«

»Ich hab Fabio von Anfang an sehr gern gemocht«, versuchte Elisa, ihre Gefühle für Danilos Bruder in Worte zu fassen. »Es war fast so, als würde ich ihn schon ewig kennen. Aber ich habe ihm nie Anlass gegeben, zu glauben, dass er für mich mehr sein könnte als ein richtig guter Freund.« Sie seufzte. »Dass er sich mehr von mir erhofft hat, ist mir erst klar geworden, als er so eifersüchtig reagiert hat. Mir wäre das nie in den Sinn gekommen. Ich hoffe sehr, dass er inzwischen darüber hinweg ist. Ganz bestimmt ist er das«, versuchte sie, sich und Romy zu überzeugen. »Du und Fabio, ihr kommt wieder zusammen. Gib ihm Zeit«, sagte sie, als Romy niedergeschlagen den Kopf schüttelte, und fragte sich zugleich, woher sie das Recht nahm, gute Ratschläge zu erteilen, ausgerechnet sie, die bis vor Kurzem ausgesprochenes Pech mit Männern gehabt hatte.

»Das sagt Mariella auch«, gab Romy resigniert zurück. »Aber ich fühle deutlich, dass er mich nicht mehr liebt. Das spürt man als Frau einfach, oder? Und ich glaube nicht, dass sich das noch mal ändern wird. Die Einzige, an der ihm noch etwas liegt, ist Mimi.«

Auf der Heimfahrt war Elisa sehr nachdenklich. Romy tat ihr furchtbar leid. Andererseits – wäre sie in der Lage, Danilo zu verzeihen, wenn er eine Affäre hätte? Sie war sich nicht sicher. Dabei ging es ja nicht allein ums Verzeihen. Musste man dann nicht ständig fürchten, so etwas könnte sich wiederholen? *Er sagt, er kann mir nicht mehr vertrauen*, echote es in ihrem Kopf. War Liebe noch möglich, wenn Vertrauen fehlte?

2

Die Mühle

»Wo war eigentlich deine Mutter gestern?«, fragte Niklas, als Elisa ihn am Nachmittag in der Rosenholzvilla besuchte. Sie saßen im Musikzimmer, das eigentlich ein kleiner Saal war, in dem sich nicht nur ein ausgewachsener Konzertflügel und eine Sitzgruppe aus gediegenen Ledersesseln befanden, sondern seit Niklas' Rückkehr aus der Klinik auch sein Bett, damit er nicht in den ersten Stock hinaufmusste. »Hast du sie nicht eingeladen?«

»Sie war verhindert«, antwortete Elisa.

»Natürlich«, gab ihr Großvater sarkastisch zurück. »Wann wäre Anna das nicht?« Elisa schwieg. Natürlich war sie enttäuscht gewesen, als ihre Mutter ihr mitgeteilt hatte, dass sie es leider nicht zu ihrem Auftritt schaffen würde. Das würde sie ihrem Großvater allerdings nicht auf die Nase binden. »Wenn man bedenkt«, fuhr er jetzt fort, »dass sie es war, die damals dafür gesorgt hat, dass du nicht mehr Cello spielen konntest …«

»Niklas, bitte«, unterbrach Elisa ihn sanft, aber bestimmt. »Anna musste nach London. Wegen einer Modenschau.«

»Das ist natürlich wichtiger als ihr Kind, das sieht ja jeder ein«, gab ihr Großvater zurück. Elisa seufzte. Niklas und Anna waren heillos miteinander zerstritten. Und was Elisa am meisten daran quälte, war die Tatsache, dass es dabei stets um sie ging. »Immerhin war das dein erster Auftritt seit langer Zeit«, setzte Niklas hartnäckig hinzu. »Und ich kann gar nicht genug betonen, was für eine großartige Leistung es war, dass du dich nach diesem ganzen Debakel endlich wieder auf eine Bühne getraut hast.«

»Sie hat mir den schönen Rock und das Oberteil geschickt«, führte Elisa zu Annas Gunsten ins Feld.

»Na, das sieht ihr ähnlich«, entgegnete ihr Großvater. »Hauptsache man ist nach der neuesten Mode gekleidet. Wie konnte ich nur mit einer so oberflächlichen Tochter gestraft werden?«

»Können wir bitte von etwas anderem reden?«, fragte Elisa gereizt. Mit »Debakel« meinte ihr Großvater jenes Konzert in der Carnegie Hall in New York, zu dem die internationale Fachkritik angereist war, von den Agenten und Musikproduzenten ganz zu schweigen, die miteinander um Schallplattenverträge mit diesem gefeierten Cellotalent konkurriert hatten. Und genau in diesem Konzert hatte Elisa einen Hörausfall gehabt, war von der Bühne gelaufen und nie mehr aufgetreten. Bis gestern. Und sie hatte keine Lust, diese alte Geschichte wieder und wieder durchzukauen. Sie hatte lange genug darunter gelitten.

»Worüber würdest du denn gerne reden?«, gab Niklas zurück.

»Wie wäre es mit deiner heutigen Übungsstunde mit Amadou? Kommst du gut voran?« Elisa biss sich auf die Zunge. Es war gemein, Niklas, der früher stets vor Gesundheit nur so gestrotzt hatte, an seine körperlichen Defizite zu erinnern. Wie bitter es für ihn sein musste, im Rollstuhl zu sitzen, wo er doch noch vor wenigen Monaten weltberühmte Orchester dirigiert hatte, konnte vermutlich nicht einmal sie ermessen.

»Demnächst brechen wir zu einer Bergtour auf«, erklärte er jedoch zu ihrer Überraschung. »Ich rate dir, zu trainieren, falls du mitkommen willst.« Seine Mundwinkel zuckten, und Elisa registrierte erleichtert, dass er ihr ihre Bemerkung keineswegs übel nahm.

»Wo geht es denn hin?«, ging Elisa auf das Spiel ein.

»Den Olymp hinauf, wie es sich für einen Gott wie mich geziemt«, gab Niklas zurück. »Und jetzt Schluss mit dem Blödsinn. Morgen essen wir alle zusammen. Sieh zu, dass Danilo auch kommt.«

»Morgen sind wir schon verabredet«, erklärte Elisa. »Wir sind bei Cosma eingeladen.«

»Bei der Tierärztin?«

»Ja genau.«

»Willst du einen Hund adoptieren? Oder einen Esel?«

»Nein. Aber vielleicht ziehen wir bei ihr ein.«

Niklas musterte sie streng. »Wieso zieht ihr nicht endlich in die Rosenholzvilla?«, fragte er. »Wie oft soll ich euch das denn anbieten! Hier ist Platz genug.« Elisa seufzte. Noch ehe sie zu einer Antwort ansetzen konnte, schob Niklas nach: »Du hast keine Lust, bei deinem alten Opa zu wohnen, stimmt's?«

»Niklas …«, begann sie. »Versetz dich doch mal in meine Lage. Hättest du mit dreiunddreißig noch bei deinem Großvater wohnen wollen?«

»Mit dreiunddreißig war das Dirigentenpult meine Heimat«, bellte Niklas zurück.

»Eben«, beeilte Elisa sich zu sagen. Zu spät war ihr eingefallen, dass ihr Großvater in ihrem Alter bereits seine Frau verloren hatte.

»Und mein Großvater lebte damals schon nicht mehr. Aber …«

»Danilo möchte hier nicht einziehen«, fiel ihm Elisa ins Wort. »Er würde sich vorkommen wie ein …« Sie suchte noch nach dem passenden Wort, als Niklas ihr zuvorkam.

»Wie ein Schmarotzer? Ja, das kann ich verstehen.« In

diesem Moment klopfte es an der Tür. »Herein!« Niklas klang gereizt.

Es war Serafina, seine Haushälterin, die vorsichtig den Kopf ins Zimmer streckte. Wie so oft war ihre dunkle Lockenmähne, die sie stets versuchte, zu einem ordentlichen Knoten zusammenzustecken, bereits wieder in Auflösung. Serafina hatte ein großes Herz und die fatale Gabe, sich stets in die falschen und mitunter gewalttätigen Männer zu verlieben. Erst neulich hatte sie Amadou gebeten, ihrem Ex-Freund ins Gewissen zu reden, der nicht akzeptieren wollte, dass die Beziehung beendet war. Ein Gespräch unter Männern hatte genügt, um ihn eines Besseren zu belehren, denn Amadou war eine imponierende und sportliche Erscheinung. »Ich wollte nur sagen, dass ich jetzt einkaufen fahre«, sagte Serafina.

»Um Himmels willen, deshalb müssen Sie uns doch nicht stören«, polterte Niklas los, und die junge Frau schloss rasch die Tür. »Noch mal wegen morgen.« Niklas wirkte auf einmal nervös. »Ich hab euch allen etwas ... etwas Wichtiges mitzuteilen. Und das wollte ich so bald wie möglich hinter mich bringen.«

»Geht das nicht an einem anderen Tag?«, fragte Elisa. »Wie gesagt, morgen sind wir bei Cosma eingeladen.«

»Dann treffen wir uns eben am Montag.« Fast schien Niklas ein wenig erleichtert, die Sache noch einmal aufschieben zu können. »Ihr kommt einfach alle am Montagabend auf ein Glas Cognac hierher. Und wir reden in aller Ruhe.«

Elisa betrachtete ihren Großvater und bemerkte die tiefen Sorgenfalten um Mund und Augen. »Was willst du uns denn mitteilen?« Wenn ihr Großvater Cognac ausschenkte, musste etwas Außergewöhnliches bevorstehen. Alles Mögliche schoss ihr durch den Kopf. Hatte Niklas eine schlimme Diagnose erhalten, ohne dass sie es mitbekommen hatte? Nein, das war ausgeschlossen. Sie begleitete ihn ja stets zu den Untersuchungen in die Klinik.

»Das erfährst du noch früh genug. Fahr du mal zu deiner Tierärztin«, gab Niklas zurück. Er lenkte seinen Rollstuhl in Richtung Flügel. »Jetzt weiß ich auch, warum Amadou gefragt hat, ob er am Sonntag freihaben kann.« Er schnaubte. »Als ob er mich darum bitten müsste, ich bin doch kein Ausbeuter«, brummelte er vor sich hin und begann, in den dort aufgeschlagenen Noten zu blättern. »Sonntags arbeiten wir ja nie. Also, was ist?«, fragte er über seine Schulter hinweg. »Willst du eine Übungsstunde? Dann hol dein Instrument.«

Und obwohl Elisa es nicht fassen konnte, dass ihr Großvater sie mitunter noch immer behandelte wie mit sechzehn, und sie sich außerdem fragte, was Amadou mit ihrer Wohnungsbesichtigung zu tun haben sollte, ging sie rasch die Campanula holen. Denn von Niklas Eschbach konnte sie noch immer eine Menge lernen.

Die Frühlingssonne umhüllte das Anwesen der alten Mühle mit einem fast schon unwirklich goldenen Schein, als Elisa und Danilo am nächsten Tag pünktlich um zwölf dort eintrafen. Die mächtige Eiche in der Mitte des Hofs, um den sich das Hauptgebäude und mehrere ehemalige Ställe gruppierten, zeigte bereits den ersten, zarten Flor. Es war ein milder Tag, der Elisa verzauberte und vollkommen vergessen ließ, dass es erst Anfang Februar war und kalendarisch noch immer Winter herrschte – nicht jedoch in diesem südlichsten Zipfel der Schweiz.

Wie schön wäre es, hier zu wohnen, dachte Elisa, und als hätte Danilo ihre Gedanken gelesen, sagte er: »Die Mühle hat mir von Anfang an gefallen.«

Er hatte ihr erzählt, dass er gemeinsam mit Fabio, Dante

und einigen anderen Freunden einen ganzen Sommer lang geholfen hatte, das Erdgeschoss des Hauses bewohnbar zu machen, nachdem Cosma das verwahrloste Anwesen in einem Anfall von Wagemut gekauft hatte. »Zumindest weiß ich, dass die Elektrizität und die Wasserleitungen im gesamten Haus erneuert wurden«, hatte er noch am Morgen gesagt, als sie über Cosmas großzügiges Angebot beratschlagt hatten. »Aber wir hatten damals genug damit zu tun, die untere Wohnung herzurichten. Ich glaube, ich war nur ein einziges Mal im Obergeschoss und kann mich nicht mehr gut daran erinnern, wie viele Räume es da oben gibt und in welchem Zustand sie sind.« Das wollten sie nun herausfinden.

Cosma kam ihnen aus dem ehemaligen Pferdestall entgegen, den sie zu einem artgerechten Hundehaus umgebaut hatte. Offenbar hatte sie dort nach ihren Schützlingen gesehen, deren aufgeregtes Bellen man bis in den Hof hören konnte. »Ihr seid die Ersten«, rief sie ihnen fröhlich entgegen. »Lasst uns gleich mit der Hausbesichtigung beginnen.« Aufgeregt schloss sie Elisa, dann Danilo in die Arme. »Ich hab dort oben mal grob durchgefegt. Und ehrlich, so schlimm sieht es gar nicht aus.«

Danilo holte den Korb mit Lebensmitteln aus dem Kofferraum, den Elisa für das gemeinsame Grillen gepackt hatte, und folgte den beiden Frauen ins Haus. Zunächst gelangten sie in das Vestibül, dessen Boden mit blaugrauen Steinfliesen bedeckt war. Eine verglaste Doppeltür trennte es von der Erdgeschosswohnung, die Elisa von früheren Besuchen kannte. Linker Hand führte eine Treppe nach oben, die sie bisher nie beachtet hatte.

»Ihr hättet hier also einen separaten Eingang«, erklärte Cosma, während Danilo den Korb in ihrer Küche abstellte. »Ich geh mal voran, ja?«

»Ist das Marmor?« Elisa betrachtete erstaunt die abgetretenen Treppenstufen.

»Hier ist vieles aus Marmor«, erwiderte Cosma. »Ganz in der Nähe befindet sich ein Steinbruch, der inzwischen aufgegeben wurde.«

Elisa wusste, wovon sie sprach, Danilo hatte ihr diesen Ort an ihrem ersten gemeinsamen Abend gezeigt. Nachdenklich folgte sie Cosma nach oben, bis sie vor einer ähnlichen Tür wie die vor Cosmas Wohnung standen. Cosma schloss sie auf, und sie betraten eine kleine Diele, in der sich als einziges Möbelstück eine Standuhr befand. Mehrere Türen führten zu weiteren Räumen.

»Sieht so aus, als wären die beiden Stockwerke schon immer zwei getrennte Wohnbereiche gewesen.« Danilo untersuchte die Standuhr, als fragte er sich, ob er sie wohl wieder zum Laufen bringen könnte.

»Ja, ich vermute, dass hier früher mehrere Generationen unter einem Dach gelebt haben.« Cosma öffnete eine der Türen. »Hier ist der *salotto*.«

Unter Elisas Füßen knarrten Holzdielen, als sie ihn betrat. Drei große Fenster gingen zum Hof hinaus, sie waren von dem Efeu fast vollständig zugewachsen, nur grünlich schimmerndes Dämmerlicht drang in den großen Wohnraum. Den Fenstern gegenüber befand sich ein offener Kamin, den Danilo sogleich inspizierte.

»Außer diesem gibt es noch einen zweiten Schornstein im Haus, oder?«, fragte er.

Cosma nickte. »Ja, der zweite war ursprünglich für die Küche gedacht. Früher stand bei mir unten ein uralter Holzherd, so einer wie bei euch im Rustico. Ich hab mir allerdings mittlerweile einen modernen Elektroherd angeschafft.«

»Das heißt, dass auch Starkstrom im Haus ist, richtig?«

»Natürlich. Ernesto hat das damals alles verlegt. Erinnerst du dich nicht mehr?«

»Nicht im Detail. Ich kann mich vor allem an endlose Wände erinnern, die wir verspachtelt und gestrichen haben. Holzdielen, die ausgebessert werden mussten. Und an dein Badezimmer, das neu gefliest wurde.«

»Wir haben auch das Dach repariert«, fügte Cosma hinzu. »Zwei Balken mussten erneuert werden. Damit haben wir angefangen.« Sie stöhnte bei der Erinnerung daran. »Ich habe drei Nächte nicht geschlafen, weil ich dachte, ich würde das niemals schaffen.«

»*But With a little Help from your Friends ...*«, zitierte Danilo frei den berühmten Beatles-Song.

»Ja genau.« Cosma legte ihm kumpelhaft eine Hand auf die Schulter. »Ihr wart meine Rettung. Also ist es nur recht und billig, wenn auch ihr hier ein Heim findet. Ich meine, falls es euch gefällt.«

Sie öffnete die Türen zu den anderen Räumen, drei kleinere Zimmer, von denen zwei untereinander durch eine weitere Tür verbunden waren. Die uralten, einst geblümten Tapeten waren verblichen und hingen an einigen Stellen von der Wand. Man konnte noch sehen, wo früher Möbel gestanden hatten. Die Dielenböden waren von einer Schicht aus Staub bedeckt, schienen jedoch in Ordnung zu sein. Als Cosma eine weitere Tür öffnete, wich Elisa allerdings zurück.

»Uuuh.« Sie verzog angeekelt das Gesicht. »Das riecht schlimm.« Es war das Badezimmer, und allen war sofort klar, dass es hier mit ein bisschen Streichen nicht getan sein würde.

»Okay«, sagte Danilo, nachdem er sich todesmutig hineingewagt und mit einiger Mühe ein Fenster aufgestoßen hatte. »Hat Dante diesen Presslufthammer noch, mit dem wir deinem alten Bad zu Leibe gerückt sind, Cosma?«

»Wir werden ihn fragen«, lautete die Antwort.

Auch in der Küche würden sie einiges tun müssen. Zu

Elisas Freude verfügte sie über eine kleine Loggia, von der eine Holztreppe hinunter in den Garten führte.

»Wo seid ihr denn?«, hörten sie plötzlich Dantes Stimme aus dem Hof.

Als Elisa sich über die Brüstung beugte, entdeckte sie Cosmas Bruder unter der alten Eiche. Und er war nicht allein. Neben ihm stand Amadou und winkte fröhlich zu ihr herauf. »Seht mal! Amadou ist mitgekommen!«, rief sie, bemerkte dabei, dass Cosma leicht errötete. Niklas' Worte vom Tag zuvor fielen ihr wieder ein. War es möglich, dass er früher als sie bemerkt hatte, dass sich zwischen den beiden etwas entwickelte?

»Ich hab ihn eingeladen, damit er mal rauskommt und nicht nur mit deinem Großvater abhängen muss.« Und schon war Cosma die Holztreppe hinuntergestürmt, um die beiden Neuankömmlinge zu begrüßen.

Elisa und Danilo tauschten einen verblüfften Blick. »Läuft da was zwischen Amadou und Cosma?«, fragte Danilo.

»Sieht fast so aus«, gab Elisa voller Freude zurück. »Ich fände das großartig! Nun sag mal: Wie findest du die Wohnung?«

»Sie wird schön sein, wenn sie erst einmal hergerichtet ist.« Danilo legte seinen Arm um ihre Schulter, und gemeinsam gingen sie zurück ins Haus. Langsam schlenderten sie von einem Raum zum anderen. »Jeder von uns hätte ein eigenes Zimmer. Und in dem dritten hier könnten wir schlafen. Außerdem ist da noch der schöne, große *salotto* …«

»Ja, hier könnte ich mich wohlfühlen.« Elisa versuchte sich vorzustellen, wie sie das Wohnzimmer mit dem offenen Kamin einrichten würde. Am liebsten hätte sie die Fenster von den Efeuranken befreit, damit mehr Licht hereinfiel und sie alles besser betrachten konnten. Aber selbst in dem grünlichen Schein, der durch das Laub drang, wirkte der Raum geräumig und durch die traditionelle Balkendecke äußerst gemütlich.

»Nur das Bad macht mir Sorgen. Meinst du, das kriegen wir hin?«

»Wenn Dante und Ernesto uns helfen, warum nicht?« Danilo drehte Elisa sanft zu sich. »Weißt du eigentlich, dass du die erste Frau bist, mit der ich mir vorstellen kann, zusammenzuziehen?« Er schloss sie in seine Arme, küsste sie, und Elisa schmiegte sich an ihn.

»Na, ihr Turteltäubchen«, ertönte Dantes Stimme mit einem Lachen hinter ihnen. Sie trennten sich nur zögernd voneinander, um ihn zu begrüßen. »Gefällt es euch hier? Ernesto ist da. Hier kommt er schon.«

Ein kleiner, stämmiger Mann kam die Treppe heraufgestapft. Seine dunklen Haare waren kurzgeschnitten und standen wie bei einem Igel vom Kopf ab. Über seinen freundlichen braunen Augen wirkten seine Brauen wie schwarze Balken. »*Ciao.*« Er streckte Elisa seine überraschend große Hand hin.

»Freut mich sehr«, antwortete sie und erwiderte seinen kräftigen Händedruck.

»Gut, dich zu sehen, Ernesto«, sagte Danilo und schlug ihm auf die Schulter. Ernesto strahlte. »Darf ich dir Elisa vorstellen? Meine Freundin.«

»Davon hab ich schon gehört«, gab Ernesto zurück. »Ich meine, dass du tatsächlich sesshaft werden willst.«

»Ja, Mann, das ist wirklich erstaunlich, was?« Danilo lachte. »Was die Liebe so mit einem alles anstellt! Für Elisa gilt übrigens dasselbe. Sie war bis vor Kurzem als Flugbegleiterin auf der ganzen Welt unterwegs.«

»Und jetzt wollt ihr ausgerechnet hier Wurzeln schlagen?« Ernesto sah sich skeptisch um.

»Warum nicht?«, fragte Cosma, die gemeinsam mit Amadou in die Diele trat. »Ist doch schön hier.«

»Das finde ich auch«, sagte Danilo. »Komm, Ernesto, ich

zeig dir gleich das größte Problem.« Er zog seinen Freund in Richtung des Badezimmers, und Dante und Amadou folgten den beiden.

»Wollen wir das Essen vorbereiten?«, schlug Cosma Elisa vor. »Die vier werden jetzt sowieso eine Weile fachsimpeln. Ich dachte, wir könnten tatsächlich draußen essen, was meinst du? Die Luft ist so mild.«

»Gute Idee!« Elisa drehte sich noch einmal langsam um die eigene Achse und ließ ihren Blick über die Räumlichkeiten gleiten. Die Türen zu den Zimmern standen offen. »Die Wohnung ist wirklich schön«, sagte sie schließlich. »Du könntest sie sanieren und als Ferienwohnung vermieten. Damit würdest du dir ein gutes Zubrot verdienen.«

»Ich brauche kein Zubrot, du weißt, wie genügsam ich lebe«, entgegnete Cosma. »Und Touristen unter meinem Dach möchte ich schon gar nicht. Denk mal an die Tiere, glaubst du, das würde den Urlaubern gefallen? Es geht manchmal richtig laut zu, das müsst ihr bedenken.«

»Wir sind Musiker«, entgegnete Elisa mit einem Lächeln, »das musst *du* bedenken. Vielleicht sollten wir mal testen, wie das bei dir unten klingt, wenn ich hier oben Campanula spiele. Womöglich fällt dir dein Kronleuchter auf den Kopf.«

»Gut, dass ich keinen habe«, erwiderte Cosma mit einem Lachen. Dann wurde sie ernst. »Du kannst hier spielen, wann immer du möchtest, sogar mitten in der Nacht. Ich bin sowieso lange wach und oft schon früh auf den Beinen. Ich wäre sehr froh, wenn ihr hier einziehen würdet. Ich hoffe wirklich, dass es klappt.«

Später saßen sie alle zusammen im Garten um die Feuerstelle herum, die Cosma mit Amadous Hilfe selbst gebaut hatte. Amadou war es auch, der das Grillen von Auberginen,

Zucchini, Paprika und saftigen Steaks übernommen hatte, die Dante von einem lokalen Bauern mitgebracht hatte. Eine von Cosmas Katzen, die bei einem Unfall ein Bein verloren hatte, tauchte wie aus dem Nichts auf und schmiegte sich schnurrend an Elisa.

»Das Badezimmer wird vollständig entkernt«, entschied Ernesto. »Und wenn ihr wollt, kann ich euch Waschbecken und sogar eine Wanne besorgen. Ich renoviere nämlich gerade eine Villa am See. Die Besitzer lassen alles rausreißen, obwohl es noch wie neu ist.«

»Warum tun sie das dann?«, wollte Cosma wissen.

»Weil es der Signora nicht mehr gefällt.« Ernesto nahm eine Gabel von dem Kartoffelsalat, den Elisa zubereitet hatte, und gab einen genüsslichen Laut von sich. »Wir vermessen das Bad nachher mal. Vielleicht passt ja noch das Bidet hinein, das soll ebenfalls rausfliegen. Und für die Fliesen, da hätte ich eine Idee.« Er ließ sich von Dante ein Steak auf den Teller legen und würzte es mit reichlich Pfeffer. »Falls euch so was gefällt.«

»Was für eine Idee?«, fragte Danilo.

»Ihr kennt doch den Steinbruch bei Arzo«, begann Ernesto.

»Den stillgelegten Marmorbruch?«, warf Dante ein.

Ernesto nickte. »Aus dem Marmor hat man früher schöne Fliesen geschnitten. Und ratet mal, was man in einer alten Scheune gefunden hat, die ein Freund von mir gerade abbricht?« Er sah erwartungsvoll in die Runde.

»Solche Fliesen?«

»Genau«, antwortete Ernesto. »Noch original verpackt. Nicht viele, vielleicht fünf Quadratmeter. Für euer Badezimmer würde es ausreichen.«

»Marmorfliesen von Arzo?« Danilo vergaß vor lauter Begeisterung zu essen. »Was sollen die denn kosten?«

»Ich hab sie dem Besitzer der Scheune für drei Kästen Bier

abgekauft«, verkündete Ernesto. »Wenn du mir die bezahlst, gehören sie dir.«

»Meint er wirklich den Steinbruch, in dem du mir auf dem Campanula-Vorläufer vorgespielt hast?«, fragte Elisa leise Danilo, als die anderen über die Vor- und Nachteile von Marmorfliesen im Badezimmer zu diskutieren begannen.

»Ja.« Danilo betrachtete sie zärtlich. »Schon allein deswegen kommt gar nichts anderes für unser neues Bad infrage, oder?«

Elisa nickte und konnte es kaum fassen. Sie fand den Marmor von Arzo wunderschön, grauer Stein mit einer lebhaften, rötlichen Maserung, mitunter wie geflammt. Vor allem war jener Abend im Steinbruch für sie und Danilo schicksalhaft gewesen. Statt sie in ein Lokal auszuführen, wie es andere Männer getan hätten, hatte Danilo sie an ihrem allerersten gemeinsamen Abend zu jenem Steinbruch gebracht, der wie eine Arena mit natürlicher Bühne geformt war. Hier hatte er ihr von seinen Versuchen erzählt, die Instrumente weiterzuentwickeln, die seine Vorfahren so lange unverändert gebaut hatten. Aber was sich noch viel stärker in Elisas Herz eingebrannt hatte, war die Tatsache, dass sie an jenem Abend, berührt von den ungewöhnlichen Klängen seines allerersten Instruments dieser Art, endlich ihren Schutzpanzer hatte fallen lassen können und Danilo von ihrem schrecklichen Erlebnis auf der Bühne in New York und den weitreichenden Folgen erzählt hatte. Es war das erste Mal gewesen, dass sie darüber gesprochen hatte. In all den Jahren war sie zu der Überzeugung gelangt, dass die Musik für sie nicht mehr wichtig war. An jenem Abend jedoch war ihr klar geworden, dass das nicht stimmte. Dass sie endlich herausfinden musste, was damals wirklich geschehen war. Jener Abend unter einem halben Mond war zu einer Art Wendepunkt in ihrem Leben geworden. Und der Beginn ihrer Liebesbeziehung.

»Vor übernächster Woche kann ich nicht loslegen«, sagte Ernesto gerade. »Aber fangt doch schon mal mit dem Ablösen der Tapeten an, und kümmert euch um den Fußboden.«

»Meinst du, Fabio ist auch dabei?«, fragte Dante.

Danilo hob unschlüssig die Schultern. »Eigentlich mag ich ihn nicht fragen, so seltsam, wie er in letzter Zeit ist.«

»Er war damals sensationell beim Abschleifen des Holzbodens«, warf Cosma ein.

»Wenn dein Bruder nicht kann, bring ich noch zwei Kumpels mit«, bot Ernesto an.

»Ich helfe auch gern«, erklärte Amadou und legte Elisa ein schönes Stück Lende auf den Teller. »Und wenn euch der Rücken wehtut, wisst ihr, wer euch wieder fit macht.«

Alle lachten. Während die anderen weiter über die bevorstehenden Arbeiten plauderten, sah Elisa zu den beiden Fenstern im Obergeschoss, die auf den Garten hinausgingen. Bestimmt hatte man von dort einen Blick bis zum Mühlenbach, der rund dreißig Schritte entfernt durch das Grundstück floss. Eine kleine Holzbrücke führte ans andere Ufer zu einer Bank, die für Elisa in den vergangenen Monaten häufig zu einem Ruhepunkt und Zufluchtsort geworden war. Um diese frühe Jahreszeit blühten bereits an geschützten Stellen Mimosen, und die winzigen weißen Blüten der Sarcococca, auch Schleimbeere genannt, verströmten ihren betörenden Duft nach Honig und Vanille. Die dreibeinige Katze hatte sich dort niedergelassen und die Augen geschlossen. Elisa konnte kaum glauben, dass sie an diesem wundervollen Ort nun bald wohnen sollte. War das nicht eine besonders glückliche Fügung des Schicksals?

»Hättest du Lust, wieder ein bisschen in der Werkstatt mitzuhelfen?«, fragte Danilo Elisa am folgenden Morgen beim Frühstück. »Heute Vormittag kommt der Musiker aus Dänemark, sein Cello ist fertig. Ich hole ihn nachher am Flughafen in Locarno ab. Vermutlich werde ich heute kaum zum Arbeiten kommen.«

»Das mache ich gerne!«, antwortete Elisa. Sie hatte bereits in den vergangenen Wochen Danilo ab und zu unterstützt. Auch wenn sie keine gelernte Geigenbauerin war, gab es doch viele Dinge, bei denen sie sich nützlich machen konnte. Und Elisa liebte den Umgang mit dem wertvollen Holz, seinen Duft, seine Textur und den feinen Klang, den es von sich gab, wenn man gegen die dünn gehobelten Einzelteile klopfte. Fast so, als wären sie aus Keramik. »Was kann ich tun?«

»Ich habe gerade mit einem neuen Celloboden begonnen«, sagte er und nahm einen Schluck von seinem Kaffee. Elisa nickte. Die Rückseite eines Cellos wurde traditionell aus Ahorn gefertigt, über Jahrhunderte hinweg hatte man damit die besten Erfahrungen gemacht. Niklas hatte ihr einmal erklärt, dass das geeignetste Holz für die Decke, also für den Teil des Cellos, der beim Spielen nach vorne gerichtet war, von der Fichte stammte, und zwar von Exemplaren, die in großen Höhen auf den Bergen wuchsen. Denn je schwieriger die Wachstumsbedingungen für einen Baum waren, desto schmaler wurden die Jahresringe und stabiler das Holz. Am begehrtesten war eine seltene Mutation der Fichte, die man Haselfichte nannte. Sie war besonders hart und widerstandsfähig. Und von dieser Sorte besaßen die Fasettis einen großen Bestand an ausreichend abgelagerten und bereits passend keilförmig zugeschnittenen Brettern.

»Diese Woche sind wieder zwei Bestellungen eingegangen«, erklärte Danilo niedergeschlagen und schenkte sich Kaffee nach. Er blätterte in einem Fachmagazin und blieb bei den Stellenanzeigen hängen.

»Überlegst du, noch einen Geigenbauer einzustellen?«, fragte Elisa interessiert.

»Da gibt es nicht viel zu überlegen«, antwortete Danilo. »Das sollten wir unbedingt tun. Aber Fabio behauptet, dass wir uns das nicht leisten können.« Er seufzte. »Ich finde das zu kurzsichtig gedacht. Wenn wir Verstärkung hätten, könnten wir mehr Instrumente herstellen und entsprechend mehr Umsatz machen.« Er blätterte die Seite um. »Das Hauptproblem ist, dass es gar nicht ausreichend qualifizierte Leute gibt. Schau mal hier, unser Konkurrent in Cremona sucht auch einen Geigenbaumeister.« Er drehte die Seite so, dass Elisa sie lesen konnte. »Dort hat Fabio seinen Meister gemacht. Diese Anzeige steht schon seit Monaten immer wieder in diesem Heft und überall sonst. Offenbar finden sie niemanden.« Danilo schlug das Heft zu und trank seinen Kaffee aus.

»Viellicht solltet ihr überlegen, selbst auszubilden?«

»Auch dagegen sperrt sich Fabio«, gab Danilo zurück und schnitt eine Grimasse. »Ein Auszubildender ist zunächst ja keine große Entlastung, sondern kostet uns Zeit.«

»Aber am Ende zahlt es sich aus«, gab Elisa zu bedenken.

»Das finde ich auch. Früher oder später wird Fabio das hoffentlich einsehen.«

Das Anwesen der Fasettis lag direkt unterhalb der Rosenholzvilla und hatte früher einmal ein halbes Dutzend Instrumentenbauer beschäftigt. Damals hatte es zur Villa gehört. Der Gründervater des Unternehmens hatte im 19. Jahrhundert noch Flöten hergestellt, die aus dem farblich interessanten und äußerst harten Rosenholz gefertigt worden waren. Danilos Urgroßvater hatte einen ganzen Hain mit dieser ursprünglich in Südamerika beheimateten und inzwischen gefährdeten Palisanderart auf seinem Gelände pflanzen lassen, doch irgendwann hatten die Fasettis aufgehört, Blockflöten zu fertigen, und widmeten sich seither ausschließlich dem Bau von

Streichinstrumenten. Danilos Großvater war auf die Idee gekommen, jedem Instrument, ehe es seine Werkstatt verließ, auf der Rückseite des Halses gleich unterhalb des Wirbelkastens eine stilisierte Blüte aus dem dunkelroten Rosenholz als Einlegearbeit einzufügen. Bis heute war die Fasetti-Rose das Markenzeichen der Werkstatt, und die Äste der Rosenholzbäume lieferten dafür ausreichend Material.

Vor fünfunddreißig Jahren war das seit Generationen bestehende Familienunternehmen in finanzielle Schieflage geraten, und Reno, der Vater der Brüder, hatte sich gezwungen gesehen, einen Teil des Anwesens zu veräußern. Damals war Niklas Eschbach auf den Plan getreten, der schon lange mit Reno befreundet gewesen war, und hatte die Villa und einen Großteil des Parks gekauft. Darüber hinaus hatte er Anteile an der Geigenbauwerkstatt erworben, um dem Betrieb finanziell unter die Arme zu greifen. Und Elisa nahm an, dass es dieses Thema war, worüber ihr Großvater mit ihnen an diesem Abend sprechen wollte.

Als sie zusammen mit Danilo in die Werkstatt kam, war Fabio schon da. »Guten Morgen«, begrüßte Elisa ihn freundlich.

»Morgen«, gab er kurz angebunden zurück und wandte ihnen den Rücken zu. Er arbeitete an einer Geige und tat so, als gäbe es nichts Wichtigeres auf der Welt.

Elisa seufzte innerlich. Dies war der einzige Wehrmutstropfen für sie hier – Fabios abweisendes Verhalten, seit sie mit seinem Bruder zusammen war. Dennoch gab sie die Hoffnung nicht auf, dass er sich irgendwann daran gewöhnen würde und sie zu einem normalen Umgang miteinander finden könnten.

Während Danilo ein letztes Mal mit einem weichen Lappen über die wundervolle, rotbraun lackierte Oberfläche des fertigen Cellos des Dänen fuhr und es schließlich in den angrenzenden Verkaufsraum brachte, in dem sie die Kunden empfingen, schlüpfte Elisa in einen Kittel und machte sich ans Werk. Mit scharfen, speziell für den Instrumentenbau konstruierten Werkzeugen begann sie behutsam, den von Danilo begonnenen Celloboden weiter in Form zu hobeln und aus dem Holz diese leichte Wölbung herauszuarbeiten, die für den Klang so wichtig war.

»Ich fahr dann mal zum Flughafen«, sagte Danilo und küsste Elisa auf die Schläfe. »Toll, dass du mir hilfst! Du machst das richtig gut«, lobte er sie und wies auf eine Markierung, die er mit Bleistift gezogen hatte. »Bis später.«

Er warf Fabio ein flüchtiges *Ciao* zu und verließ die Werkstatt.

»Hat er dich jetzt als seine Hilfskraft angestellt?«, fragte Fabio, als sie hörten, wie Danilos Berlingo vom Hof fuhr.

»Nein«, gab Elisa befremdet zurück. »Ich mach das gern. Im Moment hab ich ja auch nichts anderes zu tun. Und ich liebe diese Arbeit mit dem Holz.« Sie strich zärtlich über das Ahornbrett und wischte ein paar Hobelspäne fort. Die frisch freigelegte Schicht fühlte sich kühl und samtig an. »Vielleicht mach ich tatsächlich eine Lehre bei euch. Wie würdest du das finden?«

Sie spähte zu Fabio hinüber, gespannt, wie er darauf reagieren würde. Doch er ignorierte ihre Bemerkung einfach.

»Meine Mutter sagt, dass ihr zusammenziehen wollt«, sagte er nach einer Weile und legte die zierliche Feile aus der Hand, mit der er den Hals der Geige bearbeitet hatte.

»Ja, das ist richtig.« Elisa setzte erneut den Hobel an. »Wenn alles gut geht, ziehen wir zu Cosma in die Mühle. Ich hab gehört, du hast mitgeholfen, das Haus zu renovieren.«

»Ich halte das für keine gute Idee«, erklärte Fabio und kam ein paar Schritte auf sie zu.

»Was denn?« Elisa bemühte sich um einen unbekümmerten

Ton und hoffte, dass das Gespräch keine unangenehme Wendung nehmen würde. »Dass wir in die Mühle einziehen?«

Fabio blieb vor ihrer Werkbank stehen und starrte auf den werdenden Celloboden. »Ich weiß«, begann er schließlich und fuhr sich mit der Hand über seine akkurat geschnittenen dunklen Haare, »ich sollte das nicht sagen. Danilo ist immerhin mein Bruder. Aber ich halte es für einen Fehler, dass du dich jetzt schon so stark an ihn bindest. Du kennst ihn doch noch gar nicht richtig. Und glaub mir, er hat Seiten, die dir nicht gefallen werden.« Elisa holte Luft, um ihn in seine Schranken zu weisen, doch er ließ sie nicht zu Wort kommen. »Mein Bruder ist unberechenbar«, fuhr er hastig fort. »Unbeständig. Er ist noch immer wie … wie ein großes Kind. Er sagt selbst, dass er sich nicht festlegen will. Dass er seine Freiheit braucht. Elisa«, sagte er fast schon beschwörend. »Bitte. Hör mir zu. Ich meine es gut mit dir. Weil ich …« Er seufzte. »Ja, weil ich dich wirklich gern mag. Sehr gern. Und einfach nicht mitansehen kann, wie mein Bruder dich benutzt und irgendwann wieder fallen lassen wird.« Er schluckte und sah ihr zum ersten Mal seit langer Zeit direkt ins Gesicht. Bestürzt bemerkte sie den leidenschaftlichen Ausdruck in seinen haselnussbraunen Augen.

»Ich liebe Danilo.«

Fabio zuckte unter ihren Worten zusammen, als habe sie ihn geschlagen, und obwohl sie es bedauerte, ihm wehzutun, wusste sie, dass sie endlich klare Verhältnisse schaffen musste. »Und er liebt mich. Außerdem bin ich erwachsen und kann selbst entscheiden, wem ich vertraue und wem nicht.«

»Du machst einen Fehler«, beharrte Fabio. »Du erkennst nicht, wer dich wirklich liebt.« Mit einem Ruck wandte er sich ab und ging zurück zu seinem Arbeitstisch.

»Vielleicht gilt das eher für dich. Du bist derjenige, der nicht erkennt, wer dich von ganzem Herzen liebt.«

Fabio fuhr herum. »Und wer sollte das sein?«, fragte er barsch.

»Romy«, gab Elisa zurück. »Die Mutter deiner Tochter.«

»Misch dich nicht in meine Angelegenheiten …«

»Aber du darfst dich ungefragt in meine mischen?«, fiel ihm Elisa empört ins Wort. »Mir sagen, wen ich lieben soll und wen nicht?«

»Romy hat mich betrogen«, stieß Fabio hervor. »Sie hat mein Vertrauen missbraucht und mich hintergangen. Weißt du, was das für mich ist?« Seine Augen funkelten. »Unverzeihlich ist das. Wie soll ich mit so jemandem weiter zusammenleben? Und weißt du was? Ich fürchte, dass es dir früher oder später mit Danilo ebenso ergehen wird. Genau das möchte ich gerne …« Er holte tief Luft und fuhr dann ruhiger fort. »Ich möchte verhindern, dass du genauso leiden musst wie ich. Weil mir etwas an dir liegt, Elisa. Ich kann nichts dafür und nichts dagegen tun, aber ich empfinde für dich …« Er stockte, und Elisa krampfte sich das Herz zusammen vor Mitgefühl.

»Fabio«, begann sie leise. »Ich habe sehr wohl bemerkt, dass du viel für mich empfindest. Es ist nur leider so …«

»Du teilst meine Gefühle nicht«, beendete Fabio den Satz. »Das ist mir klar, ich bin ja nicht blöd.«

»Für mich bist du wie … wie ein Bruder. Ein guter Freund«, versuchte Elisa sich zu erklären. »Ich fühle mich einfach wohl in deiner Gegenwart und …«

Doch Fabio lachte bitter auf. »Ein guter Freund? Na danke. Es ist nur leider so, Elisa, dass ich mich alles andere als wohl fühle, wenn du und Danilo in der Werkstatt seid.«

Elisa atmete tief durch. Behutsam legte sie den Hobel auf die Werkbank und wischte sich die Hände an ihrem Arbeitskittel ab. »Verstehe«, sagte sie ernüchtert. »Dann ist es wohl keine gute Idee, dass ich euch helfe.« Sie zog den Kittel aus und hängte ihn an seinen Haken. Als sie zur Tür gehen wollte, stellte sich Fabio ihr in den Weg.

»Elisa«, sagte er verzweifelt. »Bitte hör auf mich und …«

»Es ist nicht in Ordnung, wie du über deinen Bruder sprichst«, erwiderte sie mit fester Stimme. »Aber es ist gut, dass du endlich offenlegst, was dich umtreibt. Dass du eifersüchtig bist. Und wir sind uns sicher einig darüber, dass ich unter diesen Umständen hier nicht mehr arbeiten werde.« Sie ging an Fabio vorbei zur Tür und verließ die Werkstatt.

Draußen fiel ihr ein, dass sie sich schon am selben Abend bei Niklas wiedersehen würden, und sie stöhnte leise auf. Joris, der alte Berner Sennenhund der Familie Fasetti, hob sein mächtiges Haupt und runzelte besorgt die Stirn. Ganz gegen seine Gewohnheit erhob er sich und trottete zu Elisa, um ihr die Hand abzulecken. »Guter alter Joris«, flüsterte Elisa und tätschelte ihm den Kopf. Cosma hatte völlig recht, wenn sie sagte, dass Hunde jede Stimmung auffingen. »Das kommt schon wieder in Ordnung«, tröstete sie ihn und hatte doch keine Ahnung, wie das geschehen sollte.

3

Die Enthüllung

Die Erste, die abends zu dem Treffen erschien und Elisa im Foyer der Rosenholzvilla begrüßte, war Mariella. Die sonst so souveräne Mittsechzigerin wirkte ungewöhnlich bleich. Nervös strich sie mehrmals über ihr wie immer perfekt zu einem Bob geschnittenes brünettes Haar mit den vielen Silberfäden. Elisa entdeckte dunkle Schatten unter ihren Augen, so als hätte sie schlecht geschlafen.

»Ist alles bereit?«, fragte sie, und Elisa wunderte sich. Ihr Großvater hatte zu einem Treffen nach dem Abendessen gebeten, und dafür gab es nun wirklich nicht viel vorzubereiten. »Wo steckt Niklas?«

»Er kommt sicher gleich«, antwortete Elisa. Gemeinsam mit Serafina hatte sie zusätzlich zu den beiden Ledersesseln, die sich im Musikzimmer befanden, vier Korbstühle von der Terrasse hereingeholt und sie im Kreis angeordnet. »Wollen wir schon mal reingehen?«, fragte sie, doch Mariella schüttelte den Kopf.

»Warten wir erst auf meine Söhne«, sagte sie, und Elisa wunderte sich erneut. So hatte sie Mariella, die in der Rosenholzvilla ein und aus ging, noch nie erlebt.

Danilos und Fabios Mutter war eine elegante Erscheinung, selbst wenn sie mit Gummistiefeln in ihrem Blumengarten stand oder in der Küche ihre berühmte *torta di pane* zubereitete. Sie wirkte auch oft ein wenig streng und distanziert, vor allem zu Beginn ihrer Bekanntschaft hatte sie Elisa ihre Missbilligung darüber deutlich spüren lassen, dass sie sich als Enkelin jahrelang nicht um Niklas gekümmert hatte. Ja, nach seinem ersten Schlaganfall war es sogar zu Streitereien gekommen, wer ihn besuchen durfte und wer nicht. Dass die Familie Fasetti und Niklas Eschbach eine enge Freundschaft verband, hatte Elisa erst nach und nach realisiert. Und seit Elisa und Danilo ein Paar waren, begegnete ihr Mariella mit einer Herzlichkeit, die sie der Tessinerin anfangs nicht zugetraut hätte.

»Geht es dir gut?«, fragte Elisa. »Du siehst blass aus.«

»Mit mir ist alles in Ordnung«, antwortete Mariella fast eine Spur zu hastig, während ihr Blick zur Eingangstür huschte. »Und was ist mit dir? Danilo hat dich heute vermisst. Der dänische Cellist hat ihn den ganzen Tag in Anspruch genommen. Wolltest du in der Zwischenzeit nicht ein wenig mithelfen?«

»Das hätte ich gern getan …«, begann Elisa, unsicher, wie viel sie Mariella von ihrem Gespräch mit Fabio erzählen sollte. Danilo hatte sie selbstverständlich eine Nachricht geschickt und auch begründet, warum sie vorerst nicht mehr in die Werkstatt kommen wollte. »Weißt du, Fabio hat mir gesagt, dass er es nicht so gern hat, wenn ich da bin.«

Mariella sah Elisa bestürzt an, dann schüttelte sie bekümmert den Kopf. »Er hat sich da in etwas verrannt«, sagte sie. »Aber glaub mir. Nach heute Abend … Da wird vieles anders sein. Viel … klarer.«

Elisa hob erstaunt die Brauen. »Geht es um Niklas' Anteile an eurem Betrieb?«, fragte sie. »Du weißt, dass das keine Neuigkeit mehr ist, weder für Fabio noch für mich. Und ich finde es richtig, dass Niklas sich in eurer Werkstatt finanziell engagiert. Ich wüsste also nicht, was …«

Die Tür zur Küche flog auf und Serafina stürmte heraus. Ihr hübsches Gesicht mit den dunklen Augen war von einer

Gloriole ihrer dunklen Locken umrahmt. »*Madonna*«, rief sie aus, »ich muss los! Ich bin so was von spät dran.«

»Hast du einen neuen Verehrer?«, konnte Mariella sich offenbar nicht verkneifen zu fragen.

»Nein … das heißt vielleicht. Ich weiß noch nicht«, antwortete Serafina und wurde rot bis unter die Haarwurzeln.

»Dann schau ihn dir vorher gut an«, riet Mariella in mütterlichem Ton. »Nicht, dass er dir wieder Ärger bereitet.«

»Mach ich!« Serafina war bereits an der Tür und hatte es nun noch eiliger, wegzukommen. »*Ciao.* Bis morgen.« Sie warf ihre Beuteltasche über die Schultern und riss schwungvoll die Haustür auf. Dabei wäre sie beinahe mit Danilo zusammengestoßen, der ihr geschickt auswich.

»Bin ich zu früh?«, fragte er und gab Elisa zur Begrüßung einen Kuss. »Warum steht ihr hier im Foyer herum?«

»Du bist nicht zu früh«, antwortete Mariella mit Blick auf ihre Armbanduhr. »Wo bleibt Fabio?«

»Der kommt vielleicht gar nicht«, antwortete Danilo mit grimmiger Miene. »Er hat es nicht besonders gut aufgenommen, dass ich ihm den Marsch geblasen habe. Ich meine, wie kommt er dazu, Elisa aus der Werkstatt zu werfen?«

»Na ja, so war es nicht gerade«, wandte Elisa ein. Dass die Brüder sich wegen ihr in die Haare gerieten, war das Letzte, was sie wollte. »Er hat nur gesagt, dass er sich nicht wohlfühlt, wenn wir beide …«

»Ohne deinen Bruder macht das Treffen heute Abend überhaupt keinen Sinn«, fiel ihr Mariella ins Wort. »Wo ist er? Ich rede mit ihm und …«

»Nicht nötig, *mamma.*« Keiner von ihnen hatte Fabio hereinkommen hören. Er blickte stur an Elisa und Danilo vorbei. »Was immer Niklas heute so Wichtiges zu sagen hat – bringen wir es hinter uns.«

Danilo warf Elisa einen vielsagenden Blick zu. Dass ausgerechnet Fabio, der sonst immer die Beherrschung in Person war, seine schlechte Laune so deutlich zeigte, war ungewöhnlich. Sie folgten ihm ins Musikzimmer, wo Fabio sich sogleich in einen der Korbsessel warf, dass es nur so knarrte. Er schlug die Beine übereinander und verschränkte die Arme vor der Brust, während Danilo zum Flügel ging und die dort aufgeschlagenen Noten studierte. Elisa hatte am späten Vormittag mit ihrem Großvater musiziert und mit Freuden festgestellt, dass sich die Motorik seiner Hände erheblich verbessert hatte. Inzwischen konnte er seine Arme heben und hatte ihr mehrfach den Einsatz gegeben. Auch wenn sie es liebte, mit Danilo zu improvisieren, so gefiel es ihr, mit Niklas die alten klassischen Werke durchzugehen, die früher zu ihrem Repertoire gehört hatten, und sie durch den Klang der Campanula ganz neu für sich zu entdecken.

Nun blieb sie mit Mariella unschlüssig in der Nähe der Tür stehen und musterte verstohlen die Miene der Älteren, die, wie ihr schien, Fabio angstvoll betrachtete.

»Da seid ihr ja schon alle«, brach Niklas' Stimme die Stille. Er stand auf der Schwelle, und zwar nicht im Rollstuhl, wie sonst immer, sondern aufrecht auf Gehhilfen gestützt. Hinter ihm konnte Elisa Amadou sehen, der aufmerksam jede Bewegung seines Patienten verfolgte, bereit, falls notwendig, einzugreifen. »Da staunt ihr, was?« Langsam und konzentriert bewegte Niklas sich zu einem der Ledersessel, drehte sich vorsichtig um und ließ sich in die Polster gleiten, worauf Amadou sich diskret entfernte. Obwohl Niklas feine Schweißperlen auf der Stirn standen, war sein Gesicht ein einziges Strahlen.

Als er jedoch die angespannte Stimmung seiner Gäste bemerkte, erlosch sein Lächeln. Mit wachsamem Blick musterte er Fabio. »Was ist los?«, fragte er die anderen. »Warum setzt ihr euch nicht?« Elisa und Danilo nahmen auf den beiden übrigen Korbsesseln Platz, und Mariella ging nach kurzem Zögern zu dem zweiten Ledersessel. »So ist es recht.« Niklas betrachtete die Wasserkaraffe, in die Serafina Blütenblätter von den letzten Duftrosen gegeben hatte, und runzelte die Stirn. »Ich glaube, mit Wasser ist es heute nicht getan. Elisa. Bist du so lieb und holst meinen besten Cognac aus dem Schrank? Du weißt schon, welchen. Gläser sind gleich darüber.«

Elisa erhob sich, um seiner Bitte nachzukommen. Sie wusste, dass ihr Großvater bei feierlichen Gelegenheiten oder solchen, die er dafür hielt, gern einen Cognac trank. Offenbar stand dergleichen bevor.

»Danke«, sagte Fabio, als sie die Gläser verteilte. »Ich will keinen Alkohol.«

»Doch, doch, den willst du«, widersprach Niklas mit aufgesetzter Heiterkeit. »Glaub mir. Wenn nicht jetzt, dann nachdem du gehört hast, was ich zu sagen habe. Wir alle werden ihn brauchen.« Er blickte in die Runde, und nun erkannte Elisa das nervöse Zucken seiner Augen. Und auf einmal befiel sie ein bedrückendes Gefühl der Vorahnung. War Niklas vielleicht ernstlich erkrankt? Hatte er womöglich nur noch kurze Zeit zu leben? Nein, das passte nicht zu dem eisernen Willen, mit dem er daran arbeitete, seine Beweglichkeit zurückzugewinnen. Und auch nicht zu seiner angestrengt guten Laune. Oder doch? »Also. Worauf wartest du, Elisa? Normalerweise würde ich euch ja gern selbst einschenken, aber …« Er hielt Elisa sein Glas hin, in das sie einen Fingerbreit von der bernsteinfarbenen Flüssigkeit goss. »Dieser Cognac ist fünfunddreißig Jahre alt«, sagte Niklas versonnen. »So alt wie du, Fabio.«

Elisa füllte die anderen Gläser und musste achtgeben, dass

ihre Hand vor Aufregung nicht zitterte. Warum machte Niklas die Sache so spannend? Sie stellte die Flasche ab und blickte in die Runde. Nur Danilo schien die Ruhe selbst, und ihr Herz wurde weit, als ihre Blicke sich trafen.

»Also«, begann Niklas. »Die Sache ist ganz einfach und bedarf eigentlich keiner langen Reden. Mariella ist schon seit einer Weile der Meinung, dass wir es euch endlich sagen sollten, und inzwischen stimme ich ihr zu. Wir hatten unsere Gründe, so lange darüber zu schweigen, und ich bin sicher, dass ihr die versteht.« Er hielt kurz inne und schien sich zu sammeln. Oh mein Gott, dachte Elisa plötzlich. Klang das nicht danach, als wollten die beiden ihre Verlobung verkünden? Wenn sie recht behielte, wäre dies eine wunderbare Nachricht. Warum blickte Mariella dann so besorgt?

»Wahrscheinlich könnt ihr euch kaum vorstellen, dass auch wir einmal jung waren«, fuhr ihr Großvater fort. »Ich jedenfalls hab früher nie so gedacht, wenn ich einen alten Knacker wie mich getroffen habe. Aber so war das eben. Wir waren jung und …«

»Bitte, Niklas«, fiel ihm Fabio höflich ins Wort. »Würde es dir etwas ausmachen, zur Sache zu kommen? Ich muss nachher noch Mimi abholen, und es war ein langer Tag. Also sei so nett, und spann uns nicht länger auf die Folter.«

Niklas wirkte auf einmal erschöpft, so als hätte Fabio mit seiner Bemerkung alle Energie, die er mühsam zusammengerafft hatte, aus ihm herausgesaugt. Und Elisa begriff, dass das, was Niklas sagen würde, keine freudige Nachricht war.

»Ich soll mich kurzfassen«, sagte er, sichtlich aus dem Konzept gebracht. »Vermutlich hast du recht.« Er holte tief Luft und sah Fabio fest in die Augen. »Also, die Kurzfassung lautet: Fabio, du dachtest immer, dass Reno dein Vater sei. Aber das stimmt nicht. In Wirklichkeit bist du *mein* Sohn.«

Fabio gab ein bitteres Lachen von sich. »Guter Scherz, Niklas«, sagte er. »Und nun raus mit der Sprache. Was willst du uns wirklich mitteilen?«

Kurz war es totenstill im Raum. Elisa versuchte zu begreifen, was ihr Großvater da eben gesagt hatte.

»Du hast es gehört«, brach Mariella das Schweigen und schloss einen Moment lang die Augen, als müsste sie um Fassung ringen. »Niklas ist dein Vater.«

Es war, als würde die Zeit einen Moment lang stehen bleiben. Elisa sah von Mariella zu Fabio und erschrak. Alles Blut war aus seinem Gesicht gewichen, dafür schien ein bislang unbekanntes Feuer in seinen Augen zu brennen. »Das ist nicht wahr.« Seine Stimme klang fremd. »Das ...«

»Doch, mein Sohn, es ist die Wahrheit«, sagte Niklas beherrscht. Elisa erkannte jedoch am Pochen der Ader an seiner Schläfe, dass er keineswegs ruhig war. »Und ich bin froh, dass wir endlich ...«

»Du bist froh?«, schrie Fabio und klammerte sich mit beiden Händen so sehr an die Armlehne des Korbsessels, dass seine Knöchel weiß hervortraten. »Du und meine Mutter, ihr habt meinen Vater betrogen, und du bist auch noch *froh*?« Er sprang auf und stellte sich breitbeinig vor Niklas. »Du warst Renos *Freund*. Jedenfalls hat er das immer geglaubt. Und jetzt erfahr ich, dass das alles gelogen war?« Er fuhr sich mit beiden Händen durchs Haar. »Dass mein ganzes Leben«, kurz brachte er keinen Ton hervor, dann keuchte er: »Dass mein ganzes Leben eine einzige Lüge ist?«

»Bitte beruhige dich«, sagte Mariella mit fester Stimme. »Lass uns miteinander reden wie erwachsene Leute. Wir hatten eine schwierige Zeit miteinander, Reno und ich. Und in dieser Zeit ...«

»... bist du mit Niklas ins Bett gegangen?«, brüllte Fabio,

außer sich vor Wut, sodass es auch Danilo nicht mehr auf seinem Sessel hielt.

Er sprang auf und legte seinem Bruder die Hand auf die Schulter. »Fabio, bitte«, mahnte er. »Reiß dich zusammen.«

Doch Fabio schüttelte seine Hand ab. »Ich soll mich zusammenreißen?« Seine Stimme überschlug sich. »*Du* sagst *mir*, ich soll mich zusammenreißen? Wer reißt sich denn seit Jahren zusammen, um den Betrieb aufrechtzuerhalten? Wer trägt Renos Erbe fort und gibt alles, damit sein Vermächtnis nicht untergeht? Und jetzt erfahre ich, dass meine eigene Mutter …«

»Jetzt reg dich mal ab«, bat Danilo eindringlich. »Es nutzt nichts, herumzuschreien. Lass sie doch erst einmal erzählen, wie das alles kam. Und was es bedeutet.«

»Was es bedeutet?«, gab Fabio heftig zurück. »Es bedeutet, dass meine Mutter all die Jahre nicht ehrlich mit mir war. Es bedeutet, dass sie Renos Vertrauen missbraucht hat und meines gleich mit.« Mit ausgestrecktem Arm deutete er auf Niklas. »Und du bist der Schlimmste in diesem Spiel. Unter dem Deckmantel eurer ach so großartigen Freundschaft hast du Reno die Frau gestohlen.« Er keuchte. Sein Gesicht lief plötzlich dunkelrot an. Niklas und Mariella hingegen waren leichenblass und wie versteinert. »Jetzt versteh ich, was es mit deiner Investition in unseren Betrieb auf sich hat«, fuhr Fabio fort, und seine Stimme klang so kalt, dass Elisa Gänsehaut bekam. »Du wolltest dich loskaufen, was? Aber so funktioniert das nicht, Niklas. Weil ich nicht käuflich bin. Und Reno hätte lieber die Werkstatt geschlossen, als von dir dieses Geld anzunehmen, wenn ihr nur den Mut gehabt hättet, ihm die Wahrheit zu sagen.« Er wandte sich ab und ließ seinen Blick durchs Zimmer schweifen, so als sähe er es zum ersten Mal. Als er Elisa wahrnahm, verzog sich seine Miene wie unter Schmerzen.

»Ich kann deine Reaktion verstehen«, sagte Mariella gefasst.

»Ich hab sie vorausgesehen. Und wahrscheinlich deshalb so lange geschwiegen. Jetzt bist du ein erwachsener Mann, Fabio. Und ich baue darauf ...«

»Vergiss es«, fiel ihr Fabio atemlos ins Wort. »Bau nicht mehr auf mich.« Und damit drehte er sich um und verließ den Raum. Kurz darauf fiel die Eingangstür ins Schloss.

»Er wird sich beruhigen«, sagte Niklas und klang doch selbst nicht überzeugt.

Mariella sprang auf und stürzte Fabio nach. Laut rief sie seinen Namen, wieder und wieder, umsonst. Sie hörten, wie sein Wagen mit quietschenden Reifen davonfuhr. Schließlich kehrte seine Mutter niedergeschlagen zurück, ließ sich in den Sessel fallen und verbarg ihr Gesicht in den Händen.

»Und was ist mit mir?« Danilo stand noch immer im Kreis der Stühle und wirkte plötzlich wie verloren. »Bin ich Renos Sohn?«

»Ja, das bist du«, sagte Niklas an Mariellas Stelle.

Mariella nahm die Hände vom Gesicht, das vor Tränen glänzte, und Elisa beeilte sich, ihr ein Päckchen Papiertaschentücher zu reichen. Mariella putzte sich die Nase und räusperte sich. »Reno und ich«, begann sie mit zitternder Stimme, »wir haben so lange versucht, Kinder zu bekommen. Sieben Jahre. Wir dachten schon, einer von uns ist unfruchtbar. Und in diesen sieben Jahren gab es für Reno nur die Geigenbauwerkstatt, sonst nichts.« Sie schluckte schwer, tupfte sich mit einem Taschentuch die Augen ab und sah unruhig nach der Tür, als hoffte sie, Fabio würde zurückkommen. »Er hatte den Betrieb gerade von seinem Vater übernommen, und die Geschäfte gingen schlecht. Du weißt, dass dein Großvater lange schwer krank war, ehe er starb. Die meisten Kunden waren abgewandert, und Reno musste den Betrieb völlig neu aufbauen. Ich hatte den Eindruck, dass ich in seinem Leben kaum vorkam.«

»Damals hab ich die Villa gekauft«, ergänzte Niklas.

Mariella starrte auf die Hände in ihrem Schoß. Dann blickte sie auf, gefasst und wieder so beherrscht, wie Elisa sie kannte. »Und so ist es eben passiert«, erklärte sie schlicht, als spräche sie von einem ganz alltäglichen Ereignis. »Ich wurde sofort schwanger. Reno hat sich unbeschreiblich gefreut und mich mit seiner Liebe überhäuft, und ich begriff, dass ich ihm gar nicht so gleichgültig war, wie ich gedacht hatte. Da haben Niklas und ich beschlossen, dass wir das zwischen uns … nun ja, dass wir fortan nur noch Freunde sein würden. Weil ich Reno liebte und … das ist auch bis zu seinem Tod so geblieben. Niklas und ich kamen überein, dass seine Vaterschaft unser Geheimnis bleiben würde.«

»Reno war so sehr Fabios Vater wie deiner«, sagte Niklas zu Danilo.

»Und kaum war Fabio auf der Welt, wurde ich erneut schwanger«, fuhr Mariella fort. »Diesmal von Reno.« Sie griff nach ihrem Cognacglas und nahm einen Schluck. »Ich denke, ich sollte Fabio hinterherfahren«, sagte sie schließlich. »Er ist sicher auf dem Weg zu Romy, um Mimi abzuholen.«

»Nein«, warf Niklas ein. »Lass ihn. Fabio muss sich erst an den Gedanken gewöhnen. Er besinnt sich schon wieder. Wir alle wissen, wie vernünftig er ist.«

Doch Elisa musste an Fabios Worte über Romys Seitensprung denken. *Sie hat mein Vertrauen missbraucht und mich hintergangen. Weißt du, was das für mich ist? Unverzeihlich.*

»Soll ich heute hier übernachten?«, fragte Elisa ihren Großvater, nachdem Mariella sich verabschiedet hatte.

»Fragst du wegen mir?«, gab er fast schon schroff zurück, und Elisa hatte Mühe, hinter die Fassade zu blicken, die er wieder um sich herum errichtet hatte. »Dein Zimmer steht dir jederzeit zur Verfügung. Auf mich brauchst du nicht aufzupassen, falls du das meinst.« Er sah zu Amadou hinüber, der vor einer Weile hereingekommen war. Wie eine Wächterfigur stand er neben der Tür und ließ Niklas nicht aus den Augen. »Es reicht, dass ich diesen Aufpasser hier habe. Ich gehe ohnehin bald zu Bett.«

»Gut«, sagte Elisa und wechselte einen Blick mit dem Pfleger, der ihr unmerklich zunickte. »Dann brechen wir jetzt auf. Du weißt ja …«

»… wo ich dich erreiche«, beendete Niklas ungeduldig ihren Satz. »Natürlich. Geht ruhig, und habt wenigstens ihr noch einen schönen Abend.«

Sie beugte sich über ihn und gab ihm einen Kuss auf die Wange, dabei sah sie, wie seine Lippen zitterten. Kurz erwog sie, ob sie nicht doch bleiben sollte, entschied sich allerdings dazu, seinen Wunsch zu respektieren.

Schweigend fuhren sie zum Rustico, und Elisa fragte sich, was hinter Danilos Stirn wohl vor sich ging. Erst als sie sich mit einer Tasse Kräutertee vor das Häuschen gesetzt hatten und Danilo eine Wolldecke um ihre Schultern legte, fanden sie Worte, um über das zu sprechen, was ihnen heute enthüllt worden war.

»Hättest du jemals gedacht, dass meine Mutter …«, begann Danilo.

»Nein«, antwortete Elisa ehrlich. »Dass sie Niklas nähersteht, als es unter Nachbarn üblich ist, das ist mir von Anfang an aufgefallen. Ich dachte, das liege an der Freundschaft zwischen den beiden Männern. Aber das war es wohl nicht.«

»Ob sie … ich meine«, sagte Danilo zögernd, »meinst du, sie lieben sich noch immer?«

»Keine Ahnung«, gab Elisa zurück. »Und wenn es so ist, geht es uns nichts an.« Sie erinnerte sich daran, wie heftig

Mariella darauf bestanden hatte, sich mit den Besuchen im Krankenhaus bei Niklas mit Elisa abzuwechseln. Und an ihre Worte, dass Niklas »Dinge klären« müsste. Jetzt verstand sie, was sie gemeint hatte.

»Sie hätten das schon viel früher sagen sollen«, fand Danilo mit einem Seufzen. »Mein Vater war ein wirklich großherziger Mann.«

»Ich habe ihn nicht kennengelernt und kann das nicht beurteilen. Denkst du denn, er hätte es gut aufgenommen, dass sein Ältester gar nicht sein Sohn war?«, fragte Elisa zweifelnd.

Danilo zuckte mit den Schultern. »Mariella hat immer zu uns gesagt, dass man für das geradestehen muss, was man getan hat. Jetzt zu erfahren, dass sie selbst …« Er verstummte, und eine Weile sagte keiner von beiden etwas.

»Ich mach mir Sorgen um Fabio«, gestand Elisa schließlich.

»Er wird es verkraften«, meinte Danilo, und in Elisas Ohren klang es fast ein wenig herzlos. »Hey«, rief er plötzlich. »Du und Fabio, ihr seid miteinander verwandt.«

»Stimmt«, sagte Elisa. »Lass mich mal überlegen … Er ist so etwas wie mein Onkel. Oder?« Wider Willen musste sie lachen. »Ist das nicht seltsam? Von Anfang an hab ich mich so verbunden mit ihm gefühlt. Als seien wir schon immer gute Freunde gewesen. Oder Familie.«

»Und du denkst, das kommt daher, dass ihr gemeinsame Gene habt?«, fragte Danilo zweifelnd.

»Keine Ahnung«, antwortete Elisa nachdenklich. »Aber jetzt verstehe ich, was Mariella vorhin gemeint hat. Ihr ist natürlich auch aufgefallen, dass Fabio in mir mehr sieht als eine gute Freundin. Sie hat gesagt, dass nach diesem Abend alles viel klarer sein würde.«

»Das ist es in der Tat.« Danilo lachte kurz trocken auf. »Allerdings tun sich auch neue Fragen auf. Wenn Fabio nicht

Renos Sohn ist, dann ist er eigentlich gar nicht sein Erbe. Stattdessen …« Fragend sah er Elisa an und beugte sich ein wenig vor, um ihr direkt ins Gesicht blicken zu können. »Stattdessen müssen wohl du und deine Mutter irgendwann euer Erbe mit ihm teilen.«

»Na und?«, fragte Elisa zurück. »Ich hab mir immer einen Bruder gewünscht. Für mich ist Fabio jetzt einfach mein Bruder-Onkel.« Ein warmes Gefühl breitete sich in ihr aus. »Weißt du eigentlich, dass ich keine Ahnung habe, wer *mein* Vater ist?«

»Wirklich nicht? Ich dachte, deine Eltern hätten sich irgendwann getrennt, wie so viele Paare. Du weißt nicht …?«

»Nein«, antwortete Elisa. »Anna will es mir einfach nicht sagen. Ich finde das nicht in Ordnung.« Wieder fühlte sie die Empörung darüber, wie sehr ihre Mutter in ihr Leben eingegriffen hatte. Auch damals nach dem verpatzten Konzert hatte sie Elisa von ihrem Großvater konsequent abgeschirmt und somit die Fortsetzung ihrer Karriere als Cellistin verhindert. Und warum weigerte sie sich auch heute noch, ihr von ihrem Vater zu erzählen?

»Vielleicht bist du besser dran ohne ihn.« Danilo zog sie enger an sich.

»Das würde ich gerne selbst entscheiden.« Elisa seufzte tief. »Im Grunde hat Fabio zwei Väter«, sagte sie nachdenklich. »Er hatte Reno. Und jetzt hat er Niklas. Ich beneide ihn fast ein wenig.«

»Hoffen wir, dass er das irgendwann auch so sehen kann.« Danilos Handy, das drinnen auf dem Tisch lag, begann zu klingeln. Widerstrebend erhob er sich. »Ich hätte das blöde Ding gleich ausschalten sollen«, brummte er und ging ins Haus.

Elisa zog die Decke fester um ihre Schultern und sah in den Abendhimmel hinauf, wo mit zunehmender Dunkelheit immer mehr Sterne sichtbar wurden. Sie fragte sich, was ihre Mutter wohl dazu sagen würde, dass sie einen Halbbruder hatte, und überlegte, ob sie sie darüber unterrichten sollte. Dabei wurde ihr bewusst, dass sie schon länger als einen Monat nicht mehr mit Anna telefoniert hatte. Es fiel ihr schwer, ihr unbefangen zu begegnen, seit sie wusste, dass Anna ihr damals die Wahrheit vorenthalten hatte. Die Wahrheit war, dass Niklas darum gekämpft hatte, zu ihr vorzudringen. Stattdessen hatte Anna sie in dem Glauben gelassen, er hätte sich von Elisa abgewandt und ihr sogar ihr geliebtes Cello weggenommen …

Elisa seufzte wieder. Das alles war lange her, und es war nicht ihre Art, nachtragend zu sein. Irgendwann würde sie ihre Wohnung in München auflösen. Vielleicht wäre dies eine Gelegenheit für eine Aussprache?

»Fabio ist verschwunden«, sagte Danilo hinter ihr, und sie schreckte auf. »Jedenfalls nimmt meine Mutter das an.«

»Was ist passiert?«

»Er sollte doch zu Romy fahren.«

»Ja, weil er Mimi abholen wollte.«

»Aber er ist nicht gekommen.« Danilo fuhr sich mit der Hand übers Gesicht.

»Er hat Mimi nicht abgeholt? Das sieht ihm überhaupt nicht ähnlich!« Elisa beschlich ein ungutes Gefühl. Fabio würde sich doch nichts antun? »Vielleicht braucht er einfach ein bisschen Zeit für sich, um mit der Neuigkeit klarzukommen«, versuchte sie, sich und Danilo zu beruhigen.

Danilo schluckte. »Meine Mutter hat in Fabios Zimmer nachgesehen. Sein Kleiderschrank ist nahezu leer. Es sieht so aus, als hätte er in aller Eile zwei Koffer gepackt und mitgenommen.«

Elisa sog scharf die Luft ein. Bau nicht mehr auf mich,

hatte er gesagt. Sollte er das tatsächlich ernst meinen? Wo war er jetzt? Wie viel Abstand legte er gerade zwischen sich und den Ort, der fünfunddreißig Jahre lang sein Zuhause gewesen war? Fabios Bemerkung über Romys Untreue kam ihr erneut in den Sinn. Seine Verurteilung hatte so unversöhnlich geklungen.

In der Ferne bellte ein Fuchs, ein zweiter antwortete. In der Natur brach nun die Zeit an, in der sich die Tiere des Waldes paarten und Familien gründeten. Sie dachte an Mimi, die vergeblich auf ihren Papa wartete. »Er wird zur Vernunft kommen und zurückkehren«, sagte sie. Doch im Grunde glaubte sie selbst nicht mehr daran.

Zwei Wochen vergingen und Fabio ließ nichts von sich hören. Elisa mied die Geigenbauwerkstatt, denn für den Fall, dass er zurückkam, wollte sie nicht dort sein und seinen Unmut erregen. Stattdessen kratzte sie in der alten Mühle die Tapeten von den Wänden und sah täglich nach Niklas, der heroisch versuchte, sich nicht anmerken zu lassen, wie nahe ihm Fabios Verschwinden ging. Was ihm keineswegs gelang. Er wirkte im Gegenteil so deprimiert, dass Amadou, den noch keiner eingeweiht hatte, Elisa irgendwann beiseitenahm.

»Er ist beim Training nicht mehr bei der Sache«, erklärte er. »Im Augenblick macht er Rückschritte, statt dass es vorangeht. Dabei war er so motiviert. Was ist passiert?« Als Elisa ihm in knappen Worten von der Aussprache und Fabios Verschwinden erzählt hatte, nickte er. »Er hat seinen Sohn verloren«, sagte er. »Jedenfalls denkt er das.«

Besonders herzzerreißend war jener Abend, als Romy mit Mimi in die Geigenbauwerkstatt kam und das kleine Mädchen überall nach ihrem Papa suchte. »Sie will mir nicht glauben, dass er nicht hier ist«, sagte Romy niedergeschlagen zu Elisa, die gerade Danilo von der Arbeit abholen wollte, als Mimi mit fliegenden Locken aus der Werkstatt gerannt kam, um im Wohnhaus nach ihrem Papa zu suchen. Nachdem sie in jedem Winkel des Hauses vergeblich nachgesehen und ihn nicht gefunden hatte, lief sie tränenüberströmt in den Garten und verkroch sich unter einem Kamelienstrauch. Es brach ihnen allen beinahe das Herz, so untröstlich war die Kleine.

»Dass er mit uns nichts mehr zu tun haben will«, sagte Danilo später am Abend, »das kann ich ja noch verstehen. Aber sein eigenes Kind einfach zurückzulassen! Das passt so gar nicht zu meinem Bruder.«

Vieles passte nicht zu jenem Fabio, den sie gekannt hatten. Mariella, die kaum noch das Haus verließ, konnte es nicht fassen, dass er nicht nur ihr, sondern auch dem Familienbetrieb so Knall auf Fall den Rücken gekehrt hatte. Erst am Tag nach seiner überstürzten Abreise hatte Danilo festgestellt, dass eine Geige, eine Bratsche und ein Cello fehlten. Alle diese Stücke hatte Fabio gefertigt, sie trugen seine Signatur. Ob er sie als Andenken mitgenommen hatte? Elisa konnte es sich nicht erklären. Doch eines schien es anzudeuten: Fabio hatte nicht vor, so bald zurückzukommen.

Und dann, in der dritten Woche, erhielt Mariella einen Brief. Er war in Italien aufgegeben und zeigte den Stempel der Stadt Cremona. Mariella brauchte zwei Tage, bis sie endlich den Inhalt mit Niklas, Danilo und Elisa teilte. Zwei Tage, in denen sie ihr Zimmer nicht verließ.

Elisa erschrak, als sie sie danach sah. Mariellas Haar war in den vergangenen beiden Wochen vollständig ergraut, und ihre Haut wirkte fahl.

»Fabio kommt nicht mehr zurück«, sagte sie. Es fiel ihr sichtlich schwer, das auszusprechen. »Er hat sich dazu entschlossen, in Cremona eine Stelle anzunehmen.«

»Was?« Danilo griff bestürzt nach dem Brief.

»Bei jenem Geigenbauer, bei dem er seinen Meister gemacht hat.« Mariella klang verbittert. »Der hat ihn natürlich mit Kusshand genommen.«

»Verdammt«, stieß Danilo aus, während er den Brief überflog. »Er muss den Verstand verloren haben.«

»Die suchen schon seit einer Ewigkeit nach einem Werkstattleiter«, fuhr Mariella fort, und Elisa erinnerte sich an die Annonce, die Danilo ihr gezeigt hatte. »Einen besseren hätten sie nicht finden können.«

»Und was machen wir jetzt?« Danilo reichte den Brief an Elisa weiter und fuhr sich aufgewühlt mit beiden Händen durchs Haar. »Da bleibt uns wohl nichts anderes übrig, als die Werkstatt zu schließen.«

»Oh nein, das kommt nicht infrage«, begehrte Mariella auf, und mit einem Mal war sie wieder die stolze Unternehmerin, als die Elisa sie kennengelernt hatte. »Wir machen weiter. Jetzt bist *du* in der Verantwortung, Danilo. Wir schaffen das. Auch ohne deinen Bruder.«

»Wie bitte?« Danilo sah sie entsetzt an. »Das kann nicht dein Ernst sein. Du weißt ganz genau, dass ich nur hier bin, weil Fabio mir versprochen hat, einen Ersatz für mich zu finden«, stieß er hervor.

»Fabio ist nicht mehr hier«, gab Mariella streng zurück. »Jetzt bist du der Kopf des Unternehmens. Unser Auftragsbuch ist voll. In diesem Moment aufzugeben wäre Wahnsinn.«

»Es war nie die Rede davon, dass ich die Werkstatt übernehmen soll«, wehrte Danilo sich wütend. »Ich bin nicht dazu geschaffen, tagein, tagaus dasselbe zu machen, so wie Fabio.«

»Hast du das Versprechen vergessen, das du deinem Vater geben hast?« Mariellas Augen funkelten, und Danilo schnappte nach Luft.

»Und was ist mit Fabio?«, schleuderte er ihr zornig entgegen. »Hält er sich an irgendetwas, was er mal versprochen hat? Von mir aus übernehme ich die Werkstatt Fasetti. Aber dann, um Campanulas zu bauen und …«

Niklas, der bislang geschwiegen hatte, hob seine Hand. »Noch hast du keine Kundschaft für deine Campanulas«, gab er zu bedenken. »Wenn du vernünftig bist, tust du, was deine Mutter dir rät.«

»Sie rät mir nicht«, konterte Danilo wütend. »Sie befiehlt mir.«

»Mariella hat dir nichts zu befehlen«, sagte Niklas. »Du bist der Meister in diesem Unternehmen, der einzige, der noch da ist. Und als solcher solltest du planvoll denken.«

»Was willst du damit sagen?«, fragte Mariella misstrauisch.

»Danilo sollte so lange traditionelle Instrumente bauen, bis es die Nachfrage für seine neuen Erfindungen erlaubt, das Programm umzustellen. Dann kann er seine Campanulas und was ihm sonst noch einfallen wird, bauen, so viel er will.«

»Ich weiß, wie das enden wird«, entgegnete Danilo finster. »Ich werde nicht die Zeit haben, meine eigenen Interessen zu verfolgen. Ihr wisst so gut wie ich, dass ich höchstens zwei Instrumente pro Monat bauen kann, und das ist schon eine Menge. Das Geschäft mit den Geigen, Bratschen und Celli wird mich auffressen. Und eines Tages bin ich ein alter Mann und habe mein Leben vergeudet.«

Elisa, die den Wortwechsel bis hierher schweigend verfolgt hatte und alle drei Sichtweisen verstehen konnte, beschloss, sich einzumischen. »Warum findet ihr euch eigentlich so schnell mit Fabios Weggang ab?«, warf sie dazwischen. »Wieso fahrt ihr nicht hin und sprecht mit ihm?«

Eine Weile sagte keiner etwas. Dann zuckte Marielle mit den Schultern. »Weil es zwecklos ist«, sagte sie.

»Ich finde schon, dass du uns das schuldig bist«, widersprach Danilo verärgert. »Nach allem, was du uns angetan hast.«

»So?« Mariellas Augen blitzten angriffslustig. »Und was hab ich *dir* angetan?«

»Du willst mich in eine Rolle zwingen, für die ich nicht geschaffen bin«, schimpfte Danilo los. »Fabio war glücklich hier, im Gegensatz zu mir. Und du hast ihn vertrieben.«

»Einmal musste er die Wahrheit erfahren«, wandte Niklas ein.

Danilo hörte nicht auf ihn. »Du hast Fabio mir immer vorgezogen«, warf er seiner Mutter vor. »Ständig hast du ihn mir als leuchtendes Vorbild hingestellt. Was ich geleistet habe, hat dir nie genügt. Und jetzt, wo dein Mustersohn uns im Stich lässt, gibst du dir keine Mühe, ihn zurückzuholen.«

»Weil es keinen Sinn hat«, erwiderte Mariella scharf. »Ich kenne ihn besser als ihr. Wenn Fabio etwas beschlossen hat, bleibt er dabei. Er hat gerade seine Unterschrift unter den Vertrag in Cremona gesetzt. Keine Macht der Welt wird ihn dazu bringen, sein Wort zu brechen.«

»Wunderbar!«, rief Danilo aus. »Dann ist es eben vorbei mit den Fasettis.«

»Auf gar keinen Fall!«

»Schluss damit!« Niklas' sonore Stimme brachte sie zum Schweigen. »Ich kann Danilo verstehen. Er war noch nie der klassische Geigenbauer wie sein Vater oder Fabio. Er ist kreativ und hat eine Vision. Manchmal wundere ich mich, dass *er* Renos Sohn ist und nicht meiner.«

»Bist du dir da so sicher?« Danilo blickte kämpferisch in die Runde. »Wer sagt uns denn, dass ihr euer Verhältnis wirklich aufgegeben habt, nachdem …«

»Du glaubst mir nicht?«, fuhr Mariella wütend dazwischen. »Du bist Renos Sohn, daran besteht nicht der geringste

Zweifel.« Niklas strahlte auf einmal eine Ruhe aus, die die Gemüter der anderen zu besänftigen schien. »Deine Mutter und ich waren genau zwei Mal zusammen, und zwar im Herbst 1989. Im Winter des Folgejahres und Frühjahr 1991, in dem du gezeugt wurdest, war ich auf Auslandstournee, das ist in zahlreichen Archiven überprüfbar. Also lass uns nicht unnütz zanken, sondern überlegen, was jetzt zu tun ist.«

Die Stille nach diesem Wortgefecht lastete schwer auf ihnen.

»Ich finde trotzdem, dass man mit Fabio sprechen müsste«, sagte Elisa schließlich. »Es geht ja nicht nur um die Werkstatt. Was ist mit Mimi? Er kann doch sein Kind nicht einfach alleinlassen!«

»Das macht mir am meisten Kopfzerbrechen«, gestand Mariella mit einem Seufzen. »Er wird sein Kind nicht aufgeben. Was bedeutet, dass Romy sich auf einiges gefasst machen muss.«

»Wie meinst du das?«, fragte Elisa erschrocken.

Mariella presste die Lippen aufeinander und schwieg.

»Du denkst, er wird versuchen, Romy das Kind wegzunehmen?«, fragte Danilo alarmiert.

»Wir werden sehen.« Mariella wirkte wieder so niedergeschlagen wie zu Beginn des Gesprächs.

»Ich werde ihm schreiben«, erklärte Niklas. »Besuchen kann ich ihn schlecht. Aber ich werde alles versuchen, um ihn zur Vernunft zu bringen.«

Auf einmal wurde Elisa bewusst, dass Mimi ja auch mit ihr verwandt war. Sie waren Cousinen. Und nicht nur das, Mimi war Niklas' Enkelkind. Wie schön das alles sein könnte, dachte sie, hätte Fabio nicht so extrem reagiert. So lange hatte sie sich eine richtige Familie gewünscht mit Geschwistern, Onkeln und Tanten. Und jetzt, wo sie erfuhr, dass sie tatsächlich Verwandte hatte, entzweite ein Zwist die Familie.

4
Nachbeben

»Und jetzt hängt alles an mir.« Wütend fuhr Danilo mit dem Hobel über das Ahornbrett, das einmal zum Boden einer Bratsche werden sollte.

Elisa seufzte innerlich. Seit Tagen haderte ihr Freund mit seinem Schicksal, verfluchte seinen Bruder, der ihn im Stich gelassen hatte, und ärgerte sich darüber, dass er es nicht übers Herz brachte, dasselbe zu tun und damit dem Familienunternehmen ein Ende zu setzen. Nach vier Generationen und fast zweihundert Jahren. Und vor allem stritt er sich noch mehr mit seiner Mutter, als er es schon zuvor getan hatte. Mittlerweile gingen sich die beiden regelrecht aus dem Weg.

Dafür machte die Sanierung der neuen Wohnung in Cosmas Mühle auch ohne Danilos Zutun Fortschritte. Ernesto hatte Wort gehalten und war mit zwei Helfern dem Badezimmer zu Leibe gerückt, während Dante und Cosma mit anpackten, wann immer sie sich freinehmen konnten.

Elisa dagegen fühlte sich hin- und hergerissen. Natürlich wollte sie bei der Renovierung mitwirken, auf der anderen Seite brauchte Danilo in der Werkstatt jede Unterstützung. Und so teilte sie ihre Tage zwischen der alten Mühle und der Werkstatt auf.

Sie war mit Danilo übereingekommen, dass sie dort mithalf, wo ihre Stärken lagen. Und das war kurz vor der Vollendung der Instrumente, wenn es galt, die Saiten aufzuziehen und zu justieren und am Klang des Instruments die letzten diffizilen Einstellungen vorzunehmen. Denn dafür brauchte man ein ausgezeichnetes Gehör, und Elisa war froh, diese Gabe, die sie lange Zeit als Last betrachtet hatte, nun sinnvoll einsetzen zu können. Sie staunte immer wieder, wie stark sich auch das kleinste Detail beim Bau auf den Gesamtklang auswirkte. Schon ein halber Millimeter konnte beispielsweise am Steg, über den die Saiten geführt wurden, das Klangbild verändern, von dem geheimnisvollen Innenleben des Instrumentenkörpers ganz zu schweigen. Für Elisa war es immer noch ein magischer Moment, wenn Danilo mithilfe eines Zahnarztspiegels und einer speziell geformten Pinzette den Stimmstock, ein zylinderförmig geschnitztes Holzstäbchen aus Fichtenholz, durch die F-Löcher in den Hohlraum des Instruments einführte und passgenau zwischen Decke und Boden platzierte, wo er wie eine kleine Säule das gesamte Gehäuse stabilisierte. »Jetzt bekommt das Instrument seine *anima*«, sagte Danilo dann, und Elisa fand den italienischen Ausdruck für dieses so wichtige kleine Holzstück viel treffender als den deutschen Begriff »Stimmstock«. Denn in der Tat prägte das Stäbchen die Seele eines Cellos oder einer Geige. Immerhin musste der Korpus eines Streichinstruments die ungeheure Spannung der Saiten aushalten, da war diese zusätzliche Stütze zwischen Decke und Boden enorm wichtig.

Elisa war gern in der Werkstatt. Sie liebte den Duft des frisch gehobelten Holzes und wie es sich anfühlte, wenn sie mit den Fingerspitzen darüberstrich. Danilo zeigte ihr geduldig, wie man die Wölbung von Decke und Boden aus den verleimten Brettern herausarbeitete, bis das Holz genau das tat, was ihm seinen Namen gegeben hatte: nämlich klingen.

»Hör mal genau hin.« Danilo hielt eine fertige Geigendecke vorsichtig zwischen Zeigefinger und Daumen neben ihr Ohr und klopfte mit einem Fingerknöchel dagegen. Und tatsächlich vernahm Elisa einen feinen, klaren Ton, fast wie von einem kleinen Gong.

»Deshalb heißt es Klangholz«, sagte Elisa und lauschte fasziniert.

»Genau«, antwortete Danilo mit leuchtenden Augen. »Es lagert seit dreißig Jahren oben im Rustico und wird beinhart. Bei einer Geige sollte dieser Ton zwischen einem F und einem Gis liegen. Bei den anderen Instrumenten entsprechend tiefer.« Mit einer Lampe prüfte Danilo die Stärke der Decke, und an besonders dünnen Stellen schien das Licht durch das Holz hindurch.

»Woher weißt du, wie dünn du arbeiten kannst?«, fragte Elisa staunend.

»Aus Erfahrung«, antwortete Danilo. »Es hängt vor allem von der Beschaffenheit des Holzstücks ab. Sind die Jahresringe enger, kann ich mehr weghobeln, als wenn es weich ist. Mit der Zeit bekommst du das heraus. Inzwischen kann ich es unter meinen Händen fühlen, wo es mehr Material braucht und wo ich es riskieren kann, nur etwas mehr als einen Millimeter stehen zu lassen.«

»Hast du jemals ein Brett verdorben?«, wollte Elisa wissen.

Danilo lachte. »Natürlich, was glaubst du denn«, erwiderte er. »Das passiert am Anfang jedem und ist immer total schade um das schöne Material. Aber ohne Fehler zu machen, bekommt man nicht das Gefühl dafür.« Er klopfte noch einmal gegen die sanft gewölbte Geigendecke, und der feine Ton war wieder zu hören. »Es braucht eine gewisse Begabung. Deshalb sind wirklich gute Instrumentenbauer auch so selten zu finden«, fuhr er auf einmal niedergeschlagen fort. »Es gibt nicht viele junge Leute, die sich für unseren Beruf begeistern. Und unter denen, die den Weg einschlagen, musst du mit der Lupe nach einem wirklich fähigen Handwerker suchen. Einen, der das Holz fühlen und hören kann.«

So vergingen mehrere Wochen, und Elisa fand zwischen der Renovierung und der Werkstatt kaum Zeit, um nach ihrem Großvater zu sehen. Obwohl Ernesto die Arbeiten in der alten Mühle inzwischen ganz in die Hand genommen hatte, nachdem er verstanden hatte, unter welchem Druck Danilo stand, gab es doch viele Dinge, bei denen Elisa gebraucht wurde. Erst als Amadou sie Anfang April auf Niklas ansprach, wurde ihr bewusst, wie sehr sie ihn vernachlässigt hatte.

»Ich mache mir Sorgen um ihn«, sagte der Pfleger. »Er wirkt wie jemand, dem man alle Hoffnung genommen hat. Stell dir vor, er hat nicht einmal mehr Freude daran, mit mir herumzustreiten. Das ist wirklich alarmierend.«

»Sag ihm, ich komme heute Abend zum Essen, wenn es ihm passt.«

Amadou grinste schief. »Wenn es ihm passt? Es ist nicht gerade so, als ob sich bei ihm die Besucher drängeln würden. Eigentlich merkwürdig für einen weltberühmten Dirigenten, oder? Ich dachte immer, solche Menschen wären niemals allein.«

Hast du eine Ahnung, dachte Elisa. Sie konnte sich noch gut daran erinnern, wie einsam die Abende auf ihren Tourneen gewesen waren. Sicherlich. Nach den Konzerten wollte jeder ein paar Worte mit ihr wechseln und ein Autogramm bekommen. Sie wurde auf Empfänge eingeladen, und doch wusste sie, dass es diesen Leuten nicht auf sie als Mensch ankam, sondern dass sie sich im Grunde nur mit ihr schmückten, so als sei sie ein besonders kurioses Blumengebinde oder ein seltenes Geschmeide, das man für einen Abend auslieh. Echte Freundschaften hatte es nicht gegeben, dazu war ihr Leben das Jahr über zu zurückgezogen und während der Tourneen zu unstet gewesen. Und Niklas? Soweit Elisa das beurteilen konnte, hatte sich ihr Großvater einen Ruf als spitzzüngiger Kauz erworben, vor dem man sich wohl besser in Acht nahm. Außer Alexander Hilbour, seinem Manager, mit dem Niklas seit vielen Jahren zusammenarbeitete, hatte er ihres Wissens nach kaum jemanden an sich herangelassen. Das Musikgeschäft war hart und Niklas einer der schärfsten Kritiker, auch sich selbst gegenüber, was ihn zu dem Ausnahme-Dirigenten gemacht hatte, der er gewesen war.

Aber gerade das war der Punkt: Das gehörte der Vergangenheit an, und ein knappes Jahr nach seinem ersten Schlaganfall gab es daran nichts mehr zu beschönigen. Wie man sich fühlte, wenn eine Karriere unwiderruflich zu Ende war, das brauchte man Elisa nicht zu erklären. Noch für denselben Tag kündigte sie sich bei Serafina in der Rosenholzvilla zum Abendessen an.

Es war Frühling, und die Sonne schien mit einer solchen Kraft, als wäre es schon Sommer. Die letzten Kamelien in Mariellas Garten verloren ihre Blütenblätter und verwandelten die Erde unter sich in einen vielfarbigen Teppich. Im Park leuchteten die Azaleen und Rhododendren in Weiß, Lila und Violett, und die ersten Rosen öffneten ihre Knospen. Elisa, die wusste, dass Niklas den Rosengarten zum Gedenken an seine verstorbene Frau angelegt hatte, schnitt kurz vor dem Abendessen einige von ihnen und arrangierte sie in einer Vase.

Niklas schien sie nicht einmal zu bemerken. In dem Spargelrisotto, das er so liebte, stocherte er nur herum. »Habt ihr etwas von Fabio gehört?«, fragte er.

»Nein«, antwortete sie und sah bestürzt, wie Niklas' Miene sich wieder verdüsterte. Halbherzig begann sie zu erzählen, dass sie Danilo in der Werkstatt zu unterstützen versuchte, doch ihr Großvater hörte überhaupt nicht zu. Schließlich verebbte das

Gespräch, und Elisa verstand, warum Amadou sich Sorgen machte.

»Weißt du, ich habe alles falsch gemacht«, brach Niklas endlich das Schweigen, nachdem Serafina seinen fast unberührten Teller abgeräumt hatte. Elisa half ihm gerade in seinen Lieblingssessel.

»Was hast du falsch gemacht?«, fragte sie und schob ihm ein Kissen in den Rücken. Dabei fiel ihr auf, wie dünn er geworden war.

»Alles«, antwortete er.

»Alles falsch kannst du wohl nicht gemacht haben.« Elisa wies auf das Regal vor ihnen. »Du bist eine Legende. Schau dir mal all deine Aufnahmen an und …«

»Das meine ich nicht«, fiel Niklas ihr ins Wort, und sein Blick glitt müde über die vielen Schallplatten und Auszeichnungen. »Was ist das denn wert, wenn man am Ende seines Lebens alle vergrault hat, auf die es ankommt? Meine Tochter spricht nicht mehr mit mir und hält sich von mir fern. Und mein Sohn …« Er verstummte und fuhr sich mit der Hand über das Gesicht. »Aber lassen wir das.«

»Anna ist eben ein bisschen kompliziert«, versuchte Elisa ihn zu trösten und sich selbst gleich mit. Schließlich hatte auch sie seit einer Weile ein zwiespältiges Verhältnis zu ihrer Mutter.

»Sie wäre es vermutlich nicht, wenn ich sie als Kind nicht im Stich gelassen hätte«, entgegnete ihr Großvater. »Du hast doch gehört, was sie mir vorwirft. Nach dem Tod ihrer Mutter hab ich sie weggegeben und mich nicht genug um sie gekümmert.«

»Du hattest keine andere Wahl. Vermutlich wäre sie heute … nun ja, noch schwieriger, wenn du sie die ersten Jahre ihres Lebens mit dir durch die ganze Welt geschleppt hättest.«

»Das weiß man nicht.« Niklas saß da wie ein Häuflein

Elend. »Ich hätte eine Kinderfrau engagieren und sie mit auf meine Tourneen nehmen können. Wahrscheinlich hätte Paulina das getan.« Offenbar hatte er sich während der vielen Monate, die seit der letzten, dramatischen Begegnung mit Elisas Mutter vergangen waren, eine Menge Gedanken gemacht. Damals hatte Anna ihn mit heftigen Vorwürfen konfrontiert. »Ich hätte nicht zulassen dürfen, dass wir uns so voneinander entfremden.« Er beugte sich vor, um nach dem Glas Wasser auf dem Couchtisch zu greifen. Seine Hand zitterte, als er es zum Mund führte. Elisa wurde das Herz schwer angesichts dieser deutlichen Anzeichen dafür, dass sein Gesundheitszustand sich verschlechtert hatte. Ob er wohl heute noch in der Lage wäre, sie auf dem Flügel zu begleiten wie noch vor wenigen Wochen?

»Ich erinnere mich an einen Besuch bei meiner Schwiegermutter, bei der ich Anna untergebracht hatte«, erzählte er jetzt. »Das war zwei Jahre nach Paulinas Tod.« Er sah kurz zu dem Ölgemälde hinüber, das über dem Flügel hing. Es zeigte Paulina Conti-Eschbach in ihrer vollen, südländischen Schönheit. Anna war ihr Ebenbild, und diese Ähnlichkeit schien Niklas jedes Mal, wenn sie sich trafen, aus dem Konzept zu bringen. »Also war sie damals zwei Jahre alt. Und weißt du, was sie getan hat, als sie mich sah?« Elisa schüttelte den Kopf. »Sie hat angefangen zu weinen, als sei ich der böse Wolf persönlich.«

»Vielleicht hat sie sich einfach nur erschreckt«, versuchte Elisa zu erklären.

»Genau!« Ihr Großvater nickte traurig. »Ich hab sie erschreckt. Weil ich für sie ein fremder Mann war. Und das bin ich heute noch für sie. Fabio hingegen …« Elisa bemerkte bestürzt, dass seine eisblauen Augen sich mit Tränen füllten. »Fabio hat mich immer gerngehabt«, fuhr er leise fort. »Wir haben uns gut verstanden. Ich glaube sogar, er hat mich ein wenig verehrt. Als Nachbar, als Freund seines Vaters. Und weißt du, mir hätte das vollkommen genügt. Nicht dass du denkst, ich hätte mich aus der Verantwortung gestohlen. Ich habe mich um Fabio gekümmert und die ganze Familie unterstützt.« Er schluckte. »Als Mariella schwanger wurde, hab ich zu ihr gesagt: Entweder wir sprechen jetzt gleich mit Reno und stellen die Dinge klar. Oder wir schweigen für immer darüber. Weil ich geahnt habe, dass es nach all den Jahren schwer zu akzeptieren sein würde. Und genauso ist es gekommen. Jetzt, wo Fabio die Wahrheit kennt, habe ich ihn verloren.« Er trank von dem Wasser und hatte Mühe, nichts zu verschütten.

Elisa hätte ihn gerne getröstet, fand aber keine passenden Worte. Stattdessen kam ihr plötzlich eine weitere Frage in den Sinn. »Hättest du denn Mariella … ich meine, hast du sie geliebt und wolltest mit ihr eine Familie gründen? Hättest du dir das gewünscht?«

Niklas schüttelte entschlossen den Kopf. »Mariella und ich«, sagte er, »das wäre niemals gutgegangen. Als Freunde, ja. Für mehr sind wir uns einfach zu ähnlich.« Ein zaghaftes Lächeln erschien auf seinem Gesicht. »Was glaubst du, wie die Funken geflogen wären, hätte ich diese Frau noch mehr in mein Leben gelassen! Nein, Reno und sie, das war genau richtig.«

»Weiß Anna denn, dass sie einen Halbbruder hat?«, fragte Elisa.

Wieder schüttelte Niklas den Kopf. »Niemand wusste es«, antwortete er. »Und vermutlich hätte es dabei bleiben sollen. Aber Mariella hat mir keine Ruhe gelassen. Und was ist das Ergebnis? Ich habe meinen Sohn verloren. Und jetzt gibt sie mir die Schuld dafür.«

Elisa hatte ihren Großvater noch nie so niedergedrückt erlebt. Sie stand auf und kniete sich neben den Sessel, in dem er saß, und umschlang ihn mit ihren Armen. Er war immer stark und unerschütterlich wie einer der prächtigen Rosenholzbäume im Park gewesen, doch jetzt, als er seinen Kopf auf ihre Schulter sinken ließ, fühlte sich sein Körper ungewohnt zerbrechlich an.

»Ich möchte dir etwas sagen«, begann er schließlich und löste sich aus ihrer Umarmung. »Wenn ich sterbe …«

»Du stirbst nicht«, fiel ihm Elisa erschrocken ins Wort.

»Unsinn! Jeder stirbt irgendwann. Und ich will, dass du weißt, was dann zu tun ist.« Elisa schwieg betroffen, während Niklas offensichtlich um die richtigen Worte rang. »Ich möchte, dass mein Körper eingeäschert wird. Und das, was von mir übrig bleibt, sollt ihr im Rosengarten beisetzen. Nein, lass mich ausreden«, sagte er rasch, als Elisa etwas erwidern wollte. »Ich habe dort schon eine Stelle ausgesucht, du wirst sie zweifellos finden. Mein Testament ist bei einem Notar hinterlegt, und der wird sich zur gegebenen Zeit bei euch melden.« Elisa schluckte, ihr Hals war trocken und rau. »Und noch etwas«, fuhr Niklas fort, und ein kleines Lächeln umspielte seinen Mund. »Du musst jetzt nicht denken, dass du in meiner Nähe bleiben musst, nur weil du die Letzte bist, die noch nicht das Weite gesucht hat.«

Erstaunt hob Elisa den Kopf. »Mach dir darüber mal keine Sorgen«, sagte sie und erwiderte sein Lächeln. »Demnächst löse ich meine Wohnung in München auf und ziehe ganz hierher.«

»Wegen Danilo.« Niklas' Lächeln vertiefte sich. »Da hab ich aber Glück.«

»Ich habe dich lieb, Niklas.« Elisa drückte ihren Großvater sanft an sich. »Und ich bin sicher, Fabio wird sich eines Tages beruhigen und sich mit dir und Mariella aussöhnen.«

»Eines Tages«, wiederholte Niklas zweifelnd. »Falls du recht hast, kann ich nur hoffen, dass ich diesen Tag noch erlebe.«

»Dann streng dich an«, versuchte Elisa ihn zu ermutigen. »Mach mit dem Training weiter. Oder willst du wie ein

Häuflein Elend im Rollstuhl hängen, wenn er zurückkommt?« Sie biss sich auf die Zunge, doch sie kannte ihren Großvater gut genug, um zu wissen, dass dies genau der richtige Ton war, um die Lebensgeister in ihm zu wecken. »Bald ziehen wir in die neue Wohnung ein. Und wenn alles fertig ist, erwarte ich, dass du kommst. Versprochen?«

Niklas wollte ihr zwar kein Versprechen geben, doch Amadou berichtete ihr schon am folgenden Abend, dass ihr Großvater seine Übungen, wenn auch halbherzig, wieder aufgenommen hatte. »Was wir brauchen, ist ein Laufband«, erklärte er. »Mit einem Geländer auf beiden Seiten, auf dem er sich abstützen kann. Ich habe es ihm schon vorgeschlagen, aber …« Er rollte mit den Augen, und Elisa lachte.

»Lass mich raten«, sagte sie. »Er hat mit dir gestritten.«

»Woher weißt du das?«, wollte Amadou wissen. »Hat man uns bis in die Werkstatt unten gehört?«

»Das nicht«, antwortete Elisa und musste lachen. »Weißt du was? Ich werte es als gutes Zeichen. Wenn er so niedergeschlagen ist, dass er nicht mehr mit uns herumdiskutiert, steht es wirklich schlimm um ihn. Bitte sag mir, was genau wir brauchen, und ich besorge es.«

»Nein, das ist viel zu teuer und zu sperrig«, widersprach Amadou. »In Lugano gibt es ein Studio, in dem er auf solchen Geräten trainieren kann. Dorthin will ich ihn bringen und mit ihm arbeiten. Er muss natürlich einverstanden sein. Im Augenblick höre ich immer nur: ›Nein‹.«

»Was ist mit Mariella?«, fragte sie. »Vielleicht kann sie ihn überzeugen.«

Amadou legte den Kopf schief und hob skeptisch die Augenbrauen. »Seit jenem Abend hab ich sie nicht mehr in der Villa gesehen.«

»Ach, herrje«, entfuhr es Elisa. Und sie fragte sich, wie ein einziger Satz eine ganze Familie entzweien konnte.

»Das alles hat Niklas zu verantworten«, erklärte Mariella unversöhnlich und hieb mit ihrer Gartenhacke energisch auf den dunklen Boden ein. Es war ein zauberhafter Morgen, und die ersten Sonnenstrahlen beschienen golden den feinen Nebelschleier über dem Luganer See. Zarte Gebilde wie aus Zuckerwatte erhoben sich daraus und lösten sich auf. Doch Mariella hatte keinen Sinn für die Schönheit, die sie umgab. »So unsensibel, wie er Fabio mit der Wahrheit konfrontiert hat, musste der Junge ja überreagieren.«

Elisa sah eine Weile zu, wie Mariella weiter mit heftigen Schlägen die Erde traktierte. Sie konnte es nicht fassen, dass die sonst so vernünftige Frau Niklas die alleinige Schuld dafür gab, dass Fabio ihnen den Rücken gekehrt hatte. »Würdest du bitte mal die Hacke beiseitelegen, damit wir uns richtig unterhalten können?«, bat sie.

Widerwillig hielt Mariella in ihrer Bewegung inne. »Was willst du?«

»Findest du es wirklich richtig, das Niklas in die Schuhe zu schieben?«, fragte Elisa. »Warum hast du deinem Sohn eigentlich nicht selbst die Wahrheit gesagt?« Mariella presste die Lippen aufeinander und schob sich eine silberne Strähne hinter das Kopftuch, das sie sich um die Schläfen gebunden hatte. Selbst mit vor Anstrengung – oder war es Zorn? – gerötetem Gesicht und in ihrem Arbeitskittel war Mariella Fasetti eine schöne, stolze Frau. »Lass uns einen Kaffee zusammen trinken«, schlug Elisa versöhnlich vor. »Wir haben zu reden.«

Mariella runzelte unwillig die Stirn. Normalerweise war sie es, die so mit anderen sprach, doch Elisa sah ihr fest in die Augen. Schließlich lehnte Mariella ihr Arbeitsgerät gegen den

Zaun und wischte sich die Hände an ihrem Kittel ab. Dann gab sie sich einen Ruck und verließ den Garten, ging an Elisa vorbei zum Haus. Elisa folgte ihr mit einem tiefen Seufzen. Wie stur die Fasettis allesamt sein konnten!

Der Berner Sennenhund Joris, der seit Fabios Verschwinden untröstlich wirkte, hob besorgt den großen Kopf, als Mariella an ihm vorbeistapfte und die Haustür aufriss. Er stand auf und trottete Elisa bis in den *salotto* hinterher, der zur Wohnküche hin offen war. Um diesen großen Raum zu schaffen, hatte man die Wände einiger kleinerer Zimmer entfernt, das tragende Gebälk jedoch stehen gelassen. Normalerweise herrschte hier tadellose Ordnung, und Elisa wunderte sich, auf dem massiven Holztisch, an dem ein gutes Dutzend Gäste Platz finden konnte, einen Haufen alter Tageszeitungen und einen gebrauchten Becher mit eingetrocknetem Kaffeerand vorzufinden. In einem Tonkrug ließen verblühte Tulpen die Köpfe hängen. Und auf der Spüle stapelte sich das Geschirr. Das alles passte überhaupt nicht zu Mariella.

Joris trank aus seiner Wasserschüssel und ließ sich dann in seinem riesigen Körbchen nieder. Elisa widerstand der Versuchung, das schmutzige Geschirr in die Spülmaschine zu räumen. Bislang hatte Mariella ihre Mithilfe stets entschieden abgelehnt, und wahrscheinlich wäre es ihr nun peinlich, so deutlich auf die Unordnung hingewiesen zu werden. Also wartete Elisa, während Mariella sich im Badezimmer die Hände wusch, und ging zur Esszimmerkommode, über der viele gerahmte Fotografien hingen.

Eines zeigte die Brüder im Alter von ungefähr acht und sechs Jahren. Fabio blickte ernst in die Kamera, während Danilo eine lustige Grimasse schnitt. Auf einem anderen Bild waren Fabio und Romy am Tag ihrer Hochzeit zu sehen. Die Braut trug ein hinreißendes Kleid aus weißer Spitze und einen

Blütenkranz auf ihrem wunderschönen roten Haar, das in weichen Locken über ihre Schultern fiel. Elisa konnte sich nicht erinnern, Fabio jemals so glücklich gesehen zu haben wie auf diesem Bild.

Ihr Blick wanderte weiter zu Mariella, die zwischen zwei Männern stand. Der eine war Niklas, der andere Reno, und beide strahlten um die Wette in die Kamera. Elisa hatte dieses Bild schon mehrmals betrachtet und sich jedes Mal darüber gewundert, wie vertraut ihr Großvater in dieser Runde wirkte, wo er sich doch sein ganzes Leben lang gesellschaftlich eher rargemacht hatte. Jetzt, da sie wusste, was ihn mit Fabio und Mariella verband, sah sie das Foto in einem völlig neuen Licht.

Mariella kam aus dem Badezimmer und hantierte ungeduldig an der Kaffeemaschine herum, die Fabio erst vor Kurzem angeschafft hatte. »Kannst du mal bitte schauen, wie das funktioniert?«, fragte sie Elisa. »Fabio hat mir nie gezeigt, wie das geht. Manchmal krieg ich sie an. Und dann wieder nicht.«

Elisa inspizierte das Gerät. »Ich fürchte, dazu bräuchte ich das Handbuch. Warum brühen wir den Kaffee nicht einfach auf wie früher?«

Frustriert ließ Mariella Wasser in den Kessel laufen und knallte ihn anschließend unnötig heftig auf die Herdplatte. »Also«, sagte sie und drehte sich um. »Was willst du von mir?«

Elisa holte tief Luft. »Es gibt mehrere Dinge, die wir klären müssen«, begann sie. »Zum einen möchte ich dich bitten, mit Niklas zu sprechen. Ich verstehe nicht, warum du ihn ausgerechnet jetzt, wo er dich am meisten braucht, nicht mehr besuchst.«

»Niklas braucht überhaupt niemanden«, kam es wie aus der Pistole geschossen zurück. »Er kommt sehr gut allein zurecht.«

»Nein, das tut er nicht«, erwiderte Elisa. »Niemand kommt allein zurecht, vor allem nicht der Vater deines Sohnes, der gesundheitlich schwer angeschlagen ist und entsetzlich darunter leidet, dass Fabio uns verlassen hat.«

»Glaubst du, da ist er der Einzige?« Mariella funkelte sie aufgebracht an. »Wie mir zumute ist, interessiert niemanden.«

»Doch, und das weißt du. Aber keiner hat etwas davon, wenn ihr euch gegenseitig die Schuld zuweist«, entgegnete Elisa. »Ich habe dich als stark und tatkräftig erlebt. Entschlossen und darauf bedacht, das Richtige zu tun. Im Augenblick kann ich nicht erkennen, dass das der Fall ist.« Mariella schnappte nach Luft. Doch Elisa ließ sie nicht zu Wort kommen. »Du hattest selbst viele Jahre lang Zeit, Fabio die Wahrheit zu sagen. Du hast es nicht getan. Jetzt Niklas für die Situation verantwortlich zu machen ist nicht fair.«

»Es war an Niklas, die Sache klarzustellen«, entgegnete Mariella empört.

»Ehrlich gesagt verstehe ich nicht, warum das so sein sollte, aber es geht mich auch nichts an«, gab Elisa zurück. »Tatsache ist, du und Niklas habt einen gemeinsamen Sohn. Seit mehr als dreißig Jahren verbindet euch eine Freundschaft, und wie nah ihr euch steht, hast du mir noch vor wenigen Monaten deutlich unter die Nase gerieben. Warum lässt du ihn ausgerechnet jetzt im Stich, wo ihr zusammenstehen solltet, um gemeinsam eine Lösung zu finden?«

Mariellas Zorn schien ganz plötzlich verraucht. Müde wandte sie den Blick ab und beugte sich zu Joris hinunter, der aus seinem Körbchen gekommen war und seinen Kopf gegen ihren Oberschenkel rieb. Beruhigend tätschelte sie ihn, und Elisa staunte einmal mehr über die Feinfühligkeit des großen, alten Hundes. Offenbar verstand er sehr gut, dass es seinem Frauchen nicht gut ging, und wollte sie trösten.

»Es gibt keine Lösung«, sagte Mariella schließlich resigniert. »Fabio kommt nicht zurück.«

»Woher willst du das wissen?«, fragte Elisa nach. »Hast du es denn versucht? Vielleicht wartet er auf ein Zeichen von dir. Ich könnte mir gut vorstellen, dass er darauf hofft, dass du zu ihm nach Cremona fährst und …«

»Wenn du das glaubst«, unterbrach Mariella sie, »kennst du Fabio nicht. Auf sein Wort kann man sich hundertprozentig verlassen. Du hast den Brief gelesen. Er schreibt, dass er nicht wiederkommt. Und daran wird keiner von uns etwas ändern.«

»Das kann ich nicht glauben«, rief Elisa aus. »Denkst du denn nicht, dass er sich nach euch allen sehnt? Fahr hin und sprich mit ihm. Das ist das Mindeste, was du tun solltest.«

Der Wasserkessel begann zu pfeifen, und die beiden Frauen schraken zusammen. Mariella nahm ihn von der Herdplatte und stellte ihn beiseite. »Tut mir leid, Elisa, ich habe keinen Appetit auf Kaffee«, sagte sie. »Wenn du nicht noch etwas anderes auf dem Herzen hast, wäre ich jetzt gerne allein.«

»Sprich mit Niklas«, flehte Elisa geradezu. »Lass nicht zu, dass alles, was ihr über die vielen Jahre miteinander aufgebaut habt, kaputtgeht. Und hilf mir dabei, ihn zu überzeugen, ernsthaft mit dem Bewegungstraining fortzufahren.«

Mariella wirkte nachdenklich. »Na gut«, sagte sie widerstrebend. »Ich habe allerdings auch eine Bitte an dich.«

»Und die lautet?«, fragte Elisa überrascht.

»Rede mit Danilo«, bat Mariella eindringlich. »Überzeug ihn davon, dass er dieses Campanula-Hirngespinst aufgibt und sich mit voller Kraft dem widmet, wofür unser Name steht: für klassische Streichinstrumente allerbester Qualität.«

»Das würde mir nicht gelingen, selbst wenn ich das wollte.« Elisa konnte es nicht fassen. Hatte Danilos Mutter denn immer noch nicht verstanden, dass das der falsche Weg war?

»Wenn eine das schaffen kann, dann du«, gab Mariella zurück.

Elisa schüttelte den Kopf. »Du glaubst vielleicht, Fabio gut zu kennen«, entgegnete sie. »Aber was Danilo betrifft, hast du offenbar keine Ahnung. Sonst würdest du nicht von ihm verlangen, seinen Traum aufzugeben.«

»Wir alle müssen uns irgendwann von unseren Träumen verabschieden«, erwiderte Mariella, und ihre Stimme klang bitter. »Früher oder später trifft es jeden von uns.«

Elisa wusste nicht mehr, was sie sagen sollte. Enttäuscht sah sie zu, wie die Ältere ein Glas Wasser hinunterstürzte und das Tuch um ihre Schläfen fester band.

»Komm, Joris«, sagte sie und ließ Elisa einfach stehen.

Von welchen Träumen hatte Mariella sich verabschieden müssen? Das fragte sich Elisa, während sie über den Hof in die Werkstatt ging. Sie würde Danilo nichts von der Bitte seiner Mutter erzählen, denn das würde ihn nur noch mehr gegen sie aufbringen. In ihr keimte ein Verdacht. Hatte Mariella sich von der Beziehung zu Niklas damals mehr erhofft? Liebte sie ihn trotz aller gegenteiliger Beteuerungen und wollte es sich und anderen nicht eingestehen? Oder hatte sie von ganz anderen Träumen gesprochen, Träumen, von denen keiner etwas ahnte?

»Jetzt müsst ihr nur noch ein bisschen durchputzen«, sagte Ernesto knapp vier Wochen später und warf die Arbeitshandschuhe auf den Werkzeugkasten, von dem er sich nie zu trennen schien. »Dann könnt ihr einziehen.«

»Ein bisschen ist gut«, stöhnte Cosma und sah sich um. »Hättet ihr nicht mehr Plastikplanen auslegen können?« Sie schüttelte den Kopf. »Die Männer denken nie daran, dass man das alles wieder sauber kriegen muss.«

»Das schafft ihr schon«, gab Ernesto grinsend zurück. »Die paar Farbspritzer … Gefällt es dir denn?« Er sah Elisa gespannt an.

»Es ist traumhaft geworden«, antwortete sie. Danilo hatte sich nicht freinehmen können, so gerne er das Ergebnis der wochenlangen Arbeit auch gewürdigt hätte. »Das Bad ist sensationell«, schwärmte Elisa. »Prachtvoller als das in der Villa meines Großvaters.« Die mit roten und orangen Flammen durchzogenen Marmorfliesen aus dem Steinbruch von Arzo machten sich wundervoll und harmonierten ausgezeichnet mit der eleganten Wanne und dem Waschbecken, das sie sozusagen secondhand erhalten hatten.

In einer Mischung aus Ehrfurcht und Freude ging Elisa von einem Raum zum nächsten. Im *salotto* war es Ernestos Helfern gelungen, die Natursteinmauern freizulegen, und für die Wände der anderen Räume hatte Elisa warme Farben ausgesucht: ein sanftes Apricot für ihren, ein kräftiges Gelb für Danilos und ein beruhigendes, helles Grün für das Schlafzimmer. »Die Zimmer wirken viel größer, seit sie gestrichen sind«, fand Cosma.

»Es ist alles so wunderschön.« Elisa machte ein paar Aufnahmen, die sie Danilo zeigen wollte.

»Und wenn wir den Dielenboden erst gründlich geschrubbt haben«, fügte Cosma mit einer kleinen Grimasse hinzu, »wird der auch sehr hübsch sein. Also. Wann kommt nun der Möbelwagen?«

»So was brauchen wir nicht«, entgegnete Elisa mit einem verlegenen Grinsen. »Wir haben sowieso noch keine Möbel.«

Cosma sah sie verdutzt an. »Ich dachte, du löst deine Wohnung in München auf?«

»Ja, aber die habe ich möbliert gemietet«, erwiderte Elisa. »Ich war ja kaum zu Hause. Wir fangen hier also ganz von vorne an.«

Ernesto, der mitgehört hatte, grinste. »So ein Neuanfang hat doch was«, sagte er.

»Na ja, ohne Bett, Tisch und Stühle …«, wandte Cosma skeptisch ein.

»Keine Sorge! Das Wichtigste haben wir schon ausgesucht. Sobald hier alles sauber ist, werden die Möbel geliefert.« Es war nicht einfach gewesen, in den vergangenen Wochen ein paar ruhige Minuten gemeinsam mit Danilo zu finden, um solche Entscheidungen zu treffen. Sie waren sich allerdings einig darin, dass sie nichts übereilen mussten und ihre neue Bleibe erst nach und nach einrichten würden. Schließlich hatten sie beide lange Zeit wie Nomaden gelebt. Elisa griff nach dem Eimer, den sie mitgebracht hatte. »Jetzt lasst uns mal testen, ob das Warmwasser auch wirklich funktioniert.«

Obwohl Putzen nicht gerade zu ihren Lieblingsbeschäftigungen gehörte, machte es Elisa in den folgenden Tagen Spaß, die neue Wohnung auf Vordermann zu bringen. Mit jeder schwungvollen Bewegung, mit der sie mit dem Wischmopp über den Fußboden fuhr, kam die Schönheit der alten Holzdielen mehr zum Vorschein. Cosma ging ihr zur Hand, solange sie nicht zu einem Patienten gerufen wurde, und das kam häufiger vor, als es sich die Tierärztin gewünscht hätte. Doch Elisa machte das nichts aus. Sie genoss die einsamen Stunden in der frisch renovierten Wohnung, deren Räume ihr wie die unbeschriebenen Seiten eines Buchs erschienen, und verabredete mit Danilo, die Wohnung erst dann anzusehen, wenn alles sauber war. Während sie dem neuen Zuhause den letzten Glanz verlieh, ließ sie ihren Gedanken freien Lauf.

Mariella hatte Wort gehalten. Nachdem Elisa ihr ins Gewissen geredet hatte, schaute sie wieder regelmäßig bei Niklas vorbei, und Elisa hatte den Eindruck, dass die beiden sich miteinander versöhnten. Sie hatte den Vorschlag gemacht, sich freitagabends gemeinsam in der Rosenholzvilla zum Essen zu treffen, und Serafina erklärte sich gerne bereit, zu diesem

Anlass etwas Feines zu kochen. Alle hielten dies für eine gute Idee, und sogar Romy kam mit Mimi manchmal dazu. Auch wenn weder Niklas noch Mariella es zeigten, so war doch zu spüren, wie diese regelmäßigen Zusammenkünfte allen guttaten.

Besonders erleichtert war Elisa jedoch darüber, dass Niklas sein Bewegungstraining wieder mit mehr Elan aufnahm und sich überdies zur Therapie nach Lugano fahren ließ, nachdem Amadou ihm gesagt hatte, dass es ein Sportzentrum sei und keine Reha. Was nur halb geflunkert war, denn es gab durchaus Profisportler, die sich nach einer Verletzung dort fit machen ließen. Irgendwann würde sich alles wieder zum Besseren wenden, hoffte Elisa und fragte sich dennoch in weniger optimistischen Momenten, woher sie eigentlich die Zuversicht nahm. Denn ähnlich wie Fabio sich von dem Rest der Familie distanzierte, hielt auch Elisas Mutter Anna nach wie vor Abstand zu Niklas. Zwar gelang es Elisa ab und zu, ihre viel beschäftigte Mutter ans Telefon zu bekommen, doch an Annas ablehnender Haltung Niklas gegenüber war nichts zu ändern.

Als die Wohnung blitzte und blinkte, erlaubte sie Danilo, in die Mühle zu kommen. Sprachlos vor Staunen ging er von einem Zimmer zum nächsten. Für die Küche hatten sich in einem der Nebengebäude ein alter Tisch und zwei ungleiche Stühle gefunden, die Elisa in Himmelblau und Rosarot gestrichen hatte, außerdem ein halbhohes Sideboard, auf dem Dantes alter Campingkocher stand.

»Fehlt nur noch das Bett«, sagte Danilo begeistert und schloss Elisa in die Arme. »Du hast unglaublich geschuftet die letzten Tage«, flüsterte er nahe an ihrem Ohr.

»Nicht mehr als du«, raunte sie zurück. »Ist das neue Cello fertig?«

Danilo seufzte tief und löste sich aus der Umarmung. »Ja.

Trotzdem. Ich kann die Werkstatt nicht mehr sehen«, gestand er. »Du glaubst nicht, wie satt ich das alles habe.«

»Es sind wundervolle Instrumente«, versuchte Elisa ihn zu trösten.

»Aber es ist immer dasselbe«, gab er zurück, und Elisa verstand ihn nur zu gut. »Selbst die Lackierung wollen sie alle einheitlich haben. Das berühmte Fasetti-Rotbraun! Wenn ich das schon höre.«

Elisa schlang erneut ihre Arme um ihn und zog ihn an sich. »Irgendwann wird es anders«, sagte sie, doch Danilo machte sich jäh von ihr los.

»Und wann sollte das sein?«, entgegnete er ungeduldig. »Nein, Elisa. Ich mach mir nichts vor. Wenn ich nicht etwas unternehme, wird es so weitergehen, bis ich alt, grau und verbittert bin.« Heftig atmend ging er hinaus auf die Loggia und stützte sich mit beiden Armen auf dem Geländer ab. Elisa zögerte einen Moment, ehe sie ihm folgte, irritiert über die Schärfe, mit der er gesprochen hatte. »Entschuldige«, sagte er, den Blick über die alte Eiche im Hof hinweg in die Ferne gerichtet. »Du kannst ja nichts dafür. Aber eines steht fest. Lange halte ich das nicht mehr aus.«

Elisa fühlte Panik in sich aufsteigen. Und dann, wollte sie fragen. Was wirst du dann tun?

»Ich muss hier raus, Elisa.« Danilo wandte sich zu ihr um. »Sonst ersticke ich irgendwann.«

»Und was heißt das genau?«, fragte sie scheu. Fabios Worte kamen ihr in den Sinn. Dass sie sich nicht jetzt schon so stark an Danilo binden sollte. Dass sein Bruder unberechenbar und unbeständig sei und sich nicht festlegen konnte. Und dass er seine Freiheit brauchte.

»Ich weiß es nicht«, antwortete er niedergedrückt. »Am liebsten würde ich weit weggehen und irgendwo neu anfangen.

Aber auch wenn ich überhaupt nicht mit meiner Mutter klarkomme – ich bringe es einfach nicht fertig, ihr das anzutun.«

Elisa sah ihm in die Augen und erkannte seine tiefe Zerrissenheit. »Hast du schon mal daran gedacht, mit Fabio zu sprechen?«, fragte sie.

Danilo sah sie an, als hätte sie den Verstand verloren. »Mit ihm sprechen?«, wiederholte er. »Du meinst, ich soll ihn anrufen?«

»Nein«, gab Elisa zurück. »Ich an deiner Stelle würde hinfahren und persönlich mit ihm reden. Schließlich kannst du nichts für das, was deine Mutter und Niklas getan haben. Es ist nicht fair, dass er dich einfach so im Stich lässt. Ihr seid immerhin Brüder.«

»Halbbrüder. Und ich fürchte, bei ihm liegt die Betonung gerade auf ›halb‹.«

»Das ist doch völlig gleichgültig«, wandte Elisa ein. »Ihr seid als Brüder aufgewachsen. So etwas wird nicht von einem Tag auf den anderen bedeutungslos.«

»Das stimmt«, räumte Danilo ein. »Das Blöde ist nur, dass wir uns noch nie gut verstanden haben. Und irgendwie glaube ich jetzt auch zu wissen, warum.«

»Weil ihr unterschiedliche Väter habt?«, fragte Elisa zweifelnd.

»Was weiß ich«, gab Danilo zurück. »Vielleicht ist da mehr dran an der Sache mit den Genen, als wir uns vorstellen können. Jedenfalls hat sich Fabio für mich nie wie ein Bruder angefühlt.«

»Ihr habt dieselbe Mutter und seid zusammen aufgewachsen. Etwas muss euch doch verbinden!«

Danilo schwieg eine Weile. »Mag sein«, räumte er ein. »Trotzdem glaube ich nicht, dass Fabio zurückkommt, nur weil ich ihn darum bitte. Vermutlich wäre das sogar ein weiterer

Grund für ihn, erst recht in Cremona zu bleiben. Aus Rache. Er hat sich immer über die Freiheiten geärgert, die ich mir genommen habe. Und mit denen ist es jetzt ja vorbei.«

Elisa wusste nicht mehr, was sie sagen sollte. Vielleicht hatte Danilo recht. Dennoch war sie nach wie vor der Meinung, dass man wenigstens versuchen sollte, mit Fabio zu reden. Natürlich stand da in erster Linie Mariella in der Pflicht. Aber wenn sie es nicht tat – warum nicht Danilo?

»›Blut ist dicker als Wasser‹, sagt man. Wer weiß. Vielleicht bereut Fabio seinen Entschluss längst und ist nur zu stolz, um ihn rückgängig zu machen.« Denn was eure Sturheit anbelangt, setzte Elisa in Gedanken hinzu, seid ihr Fasettis alle gleich. Da war allerdings noch etwas anderes, was sie beschäftigte. »Falls du es ernst meinst und tatsächlich weggehen möchtest – macht es dann überhaupt Sinn, dass wir hier gemeinsam einziehen? Bitte sag es mir offen und ehrlich, ehe ich in München meine Zelte abbreche.«

Danilo sah sie erschrocken an. »Warum sollte es keinen Sinn machen?«, fragte er. »Ich liebe dich und will mit dir zusammen sein.«

»Aber …« Elisa musste sich räuspern, so belegt war ihre Stimme. »Wenn du es nicht mehr aushalten kannst und wieder auf Reisen gehst? Was dann?« Sie blinzelte und gab sich Mühe, ihm fest in die Augen zu sehen.

Da zog er sie an sich und drückte sie fest. »Wenn, dann gehen wir miteinander auf Reisen«, sagte er liebevoll. »Du und ich, wir gehören zusammen. Von nun an beschließen wir alles gemeinsam. Was glaubst du eigentlich, warum ich mir eine Flugbegleiterin geangelt habe?«

Sie löste sich so weit von ihm, dass sie sein Mienenspiel genau sehen konnte. Ein unsicheres Grinsen spielte um seinen Mund. »Du meinst, eine Ex-Flugbegleiterin?«

»Genau.« Er küsste sie sanft auf den Mund. »Weil du damit die ideale Reisegefährtin bist.«

»Ist das so?«, fragte sie und erwiderte seinen Kuss.

»So ist es«, antwortete er und schloss sie fest in seine Arme. »Eine Reisegefährtin, auf deren Begleitung ich nie mehr verzichten möchte.«

5

Überraschungen

Elisa hatte in den vergangenen Tagen mehrfach versucht, ihre Mutter zu erreichen, doch immer war der Anrufbeantworter angesprungen. Nun war sie in Danilos Citroën Berlingo unterwegs nach München und machte beim Lago d'Isola kurz vor dem San-Bernardino-Pass Rast, um sich die Beine zu vertreten. Tief sog sie die eiskalte Bergluft ein und ging ein paar Schritte zum See, der wie ein Spiegel aus altem Silber unter den majestätischen Berggipfeln lag. Auch jetzt, Mitte Mai, waren sie noch schneebedeckt und funkelten in der Sonne, sodass Elisa trotz Sonnenbrille ihre Augen mit der Hand beschirmen musste, um sie zu betrachten. Wie durch ein Brennglas hindurch wirkten die Gipfel überdeutlich und zum Greifen nahe. Eine Weile stand Elisa einfach nur da und ließ den Blick über die mächtigen Gebirgszüge wandern. Dann ging sie zurück zum Wagen, trank ein paar Schlucke Kaffee aus ihrer Thermoskanne und knabberte einen Keks. Sie wollte schon weiterfahren, als sie beschloss, es noch einmal zu probieren. *Hallo Mama,* schrieb sie, *ich bin jetzt auf dem Weg nach München, um meine Wohnung aufzulösen. Wo steckst du gerade? Meld dich doch mal. Elisa.*

Als sie gegen Abend endlich ankam, musste sie erst einen Parkplatz suchen, was in dem Viertel, in dem ihr Einzimmerapartment lag, alles andere als einfach war. Endlich hatte sie eine Lücke gefunden und stieg mit steifen Knien aus. So sommerlich es im Tessin gewesen war, in München herrschte trübes

Regenwetter. Sie zog sich die Jacke über den Kopf und rannte zu ihrer Wohnung.

Müde schloss Elisa die Tür auf. Trotz des Nieselregens öffnete sie alle Fenster und sah sich um. War dies wirklich all die Jahre lang ihr Heim gewesen? Wohl eher ihre Basisstation zwischen den vielen Flügen. Seltsam berührt betrachtete Elisa die gerahmten Fotografien, die neben ihrem winzigen Schreibtisch an der Wand hingen. Sie zeigten sie selbst in der Uniform ihrer Fluggesellschaft, zusammen mit Kolleginnen und Kollegen, und sie kam sich darauf fremd vor.

Sie drehte sich einmal um die eigene Achse. Was würde sie in ihr neues Leben mitnehmen? Vermutlich nicht sehr viel. Doch solche Entscheidungen würde sie an diesem Tag nicht mehr treffen. Sie ließ sich auf das Sofa fallen und rief Danilo an.

»Du fehlst mir«, hörte sie ihn sagen, und sogleich verschwand das seltsam heimatlose Gefühl, und Zärtlichkeit erfüllte sie.

»Du mir auch«, antwortete sie. Auf einmal wurde ihr klar, was ihr in all der Zeit hier gefehlt hatte: Es war ein Leben ohne Liebe gewesen, und so seltsam das sein mochte – das kleine unpersönliche Apartment hatte dies wie eine kleine Nussschale bewahrt. »Ich beeile mich und komme bald zurück.«

»Ja, mach schnell«, hörte sie Danilo sagen. »Denn ohne dich ist die neue Wohnung viel zu leer.«

Elisa lachte leise. »Sie ist tatsächlich noch leer«, entgegnete sie. »Mit oder ohne mich. Die Möbel kommen erst nächste Woche.«

»Das meine ich nicht«, versuchte Danilo zu erklären. »Mein Leben ist leer, wenn du nicht da bist.«

»Aber ich bin doch da«, gab sie zärtlich zurück. »In deinem Herzen. Und du bist in meinem.«

Am folgenden Morgen begann Elisa schon früh damit, systematisch die Schränke und Kommoden durchzusehen. Für die Dinge, die sie nach gründlicher Prüfung behalten wollte, hatte sie einige Umzugskartons mitgebracht. Im Supermarkt schräg gegenüber holte sie eine Bananenkiste, in die jene Sachen wanderten, von denen sie sich trennen wollte. Bald quoll diese über, während noch nicht einmal eine Umzugskiste voll war. Mehrere Male trug Elisa die Bananenkiste in den Hof und verteilte den Inhalt in die passenden Mülltonnen.

Am späten Mittag klingelte es an der Tür. Verwundert legte Elisa ein Fotobuch beiseite, das ihre Kollegen zu ihrem dreißigsten Geburtstag hatten drucken lassen, und fragte sich, wer das wohl sein mochte. Der Vermieter wollte erst am übernächsten Tag zur Übergabe kommen. Und keiner ihrer wenigen Bekannten in München wusste, dass sie hier war.

»Hallo, ich bin es«, rief eine Frauenstimme, als Elisa die Tür öffnete. Davor stand ihre Mutter, eine Papiertüte mit japanischen Schriftzeichen in der einen und eine Flasche Sekt in der anderen Hand.

»Mama«, rief Elisa aus. »Was für eine Überraschung! Komm rein! Wow, das hätte ich jetzt nicht erwartet.«

Anna zeigte ein strahlendes Lächeln, und nur jemandem, der sie gut kannte, fiel die Unsicherheit in ihrem Blick auf. Elisa nahm sie durchaus wahr. »Tut mir leid, dass ich mich nicht gemeldet habe, mein Schatz, aber du kannst dir nicht vorstellen, was hier los war«, sprudelte sie los. Sie trat in das Apartment und sah sich suchend nach einer freien Stelle um, wo sie Papiertüte und Flasche abstellen konnte, denn der kleine Esstisch war bis auf den letzten Zentimeter mit Dingen übersät, die Elisa noch sortieren wollte. »Genau genommen hält der Wahnsinn immer noch an. Aber als ich deine Nachricht gelesen habe, da hab ich mir gesagt: Das ist *die* Gelegenheit.«

»Ich freu mich!«, sagte Elisa glücklich. »Wahnsinn hin oder her. Ich kann es kaum fassen, dich zu sehen.«

»Der Zufall will es, dass ich gerade in der Stadt bin«, erklärte Anna und stellte das Mitgebrachte auf der Küchenspüle ab.

»Entschuldige, dass es hier so ungemütlich ist.« Elisa wusch sich die Hände, die vom Sortieren der vielen alten Dinge ganz staubig waren, und musterte verstohlen ihre wie aus dem Ei gepellte, wunderschöne Mutter. Sie trug einen Hosenanzug in einem leuchtenden Pink, eine Farbe, die nur jemand wie Anna tragen konnte, die auch mit einundfünfzig attraktiv und jugendlich wirkte. Das dunkle lange Haar fiel in perfekten Wellen über ihre Schulter, ihr Make-up war tadellos und brachte ihre ausdrucksvollen Augen zur Geltung. Sie glich immer mehr Paulinas Porträt, eine klassische, italienische Schönheit. »Wollen wir nicht lieber rüber zum Griechen gehen, so wie sonst auch?«

»Ich hab uns Sushi mitgebracht.« Anna holte zwei große Plastikschalen aus der Tüte. »Weil … nun ja, ich hab nicht so wirklich viel Zeit.« Sie warf Elisa einen schuldbewussten Blick zu. »Wir sind mitten in einer Reihe von Presseterminen für die Frühjahrskollektion. Und davon hängt diesmal ziemlich viel für mich ab.« Auf einmal wirkte Anna nervös.

»Wie viel Zeit hast du denn?«, fragte Elisa, die derlei schon kannte. Einmal war ihre Mutter für eine halbe Stunde zu ihr gehetzt, und sie hatten sich kaum das Wichtigste erzählen können.

»Den ganzen Nachmittag.« Anna atmete tief durch. »Nun ja, genau genommen bis halb fünf.« Also knapp drei Stunden, rechnete Elisa mit Blick auf die Uhr aus. Immerhin. »Was hältst du davon, wenn wir uns einfach aufs Sofa setzen und aus der Packung essen?« Anna griff nach der Sektflasche. »Hast du noch Gläser, oder sind die schon eingepackt?«

»Hier sind welche.« Elisa holte Sektkelche aus dem Küchenschrank. Eigentlich trank sie nie mitten am Tag Alkohol.

Aber es war klar, dass Anna keine Widerrede dulden würde. Und was machte es schon? Außer den Inhalt ihrer Schränke auszumisten, hatte sie ja nichts mehr vor. Und so sah sie zu, wie ihre Mutter, die in das Durcheinander des Apartments so wenig passte wie ein Pfau in einen Hühnerstall, den Korken knallen ließ, als hätten sie wer weiß was zu feiern.

»Wir feiern einfach ein bisschen uns beide«, sagte Anna, als hätte sie ihre Gedanken gelesen. »Schließlich haben wir uns so lange nicht gesehen.« Sie schob ein paar Bücher beiseite und setzte sich auf das Sofa. »Komm zu mir«, bat sie und klopfte auf den Platz neben sich. »Ich muss dir was erzählen.«

Ich dir auch, schoss es Elisa durch den Kopf, und sie quetschte sich zu ihr aufs Sofa. Ihr war gerade wieder in den Sinn gekommen, dass Anna noch nichts von ihrem Halbbruder wusste. »Was denn?«

Anna kämpfte mit dem Sektkorken, der sich endlich mit einem lauten Knall löste. Schäumend floss die perlende Flüssigkeit in die beiden Kelche. »Ich wollte dir einfach sagen, wie leid es mir tut, wie wir das letzte Mal auseinandergegangen sind.« Elisa glaubte zu hören, wie sehr dies ihre Mutter belastete. »Ich war so unglaublich wütend auf Niklas. Aber du kannst ja gar nichts dafür.«

Elisa schwieg überrascht, während sie ihr Glas entgegennahm. Es stimmte. Annas Besuch in der Rosenholzvilla im vergangenen Jahr hatte unter keinem guten Stern gestanden. »Komm, lass uns anstoßen. Hast du eigentlich heute Abend schon etwas vor?«, fragte ihre Mutter, als ihre Gläser gegeneinanderklirrten.

»Nein«, antwortete Elisa überrascht.

»Dann möchte ich dir gerne jemanden vorstellen«, fuhr Anna fort und ließ sie dabei nicht aus den Augen.

»Ich dachte, du hast keine Zeit?«

»Um acht hol ich dich ab. Würde dir das passen?«

Und auf einmal dämmerte es Elisa. Anna wollte ihr jemanden vorstellen? Und sah sie die ganze Zeit so merkwürdig an? »Du bist mit jemandem zusammen!«, schlussfolgerte sie erfreut.

Ein großes Lächeln erschien auf Annas Gesicht, und ihre ausdrucksvollen schwarzen Augen strahlten. »So ist es, mein Schatz. Und ich würde mich riesig freuen, wenn ihr euch endlich kennenlernen würdet.«

»Das ist … das ist wundervoll!«, rief Elisa und umarmte ihre Mutter spontan, sodass diese beinahe Sekt über ihre Anzugshose verschüttet hätte. »Natürlich hab ich Zeit. Allerdings …« Sie sah an sich herab. »Ich hoffe, du hast nichts Mondänes im Sinn. Denn was richtig Feines hab ich nicht dabei.«

Anna betrachtete sie mit schief gelegtem Kopf. »Natürlich haben wir was Mondänes mit dir vor, was denkst du denn«, gab sie zurück. »Und falls du nicht alles der Heilsarmee gespendet hast, was ich dir im Laufe der Jahre geschenkt habe, müsste dein Schrank vor Ausgehsachen nur so platzen. Lass mich mal sehen.« Anna stellte ihr Sektglas ab, ging zu Elisas Kleiderschrank und öffnete ihn. Routiniert rückte sie einige Kleiderbügel zur Seite, dann hatte sie gefunden, was sie suchte: eine weit geschnittene Marlene-Dietrich-Hose aus feinem Wollgabardine in Himmelblau, eine farblich dazu passende Chiffonbluse und einen lässigen weißen Kurzmantel. »Sag bloß, das hat du noch nie getragen?«, fragte sie konsterniert, als sie sah, dass alles noch auf den Originalbügeln hing.

»Dazu hab ich keine Schuhe«, wand Elisa sich.

»Deine weißen Sneakers passen perfekt«, erwiderte Anna. »Ich hab sie im Flur stehen sehen. Du weißt, bei solchen Dingen habe ich ein Adlerauge.« Sie grinste. »Also, was meinst du? Lässt du uns dich zu einem ganz besonderen Abend einladen?«

Punkt acht klingelte es, und Elisa betrachtete sich ein letztes Mal in dem Spiegel im Flur. Warum wehrte sie sich eigentlich immer so dagegen, Annas modische Kreationen zu tragen? Denn in einem hatte ihre Mutter recht: Sie standen ihr ausgezeichnet und trugen sich außerdem noch bequem. War es möglich, dass sie sich aus Prinzip gegen alles wehrte, was das Leben ihrer Mutter ausmachte? Wenn ja, warum tat sie das?

Anna wartete in einem Taxi auf sie und wirkte ungewohnt nervös, was Elisa nur umso neugieriger auf ihren neuen Partner machte. Wie er wohl war?

»Möchtest du mir denn gar nicht verraten, wen wir treffen?«, fragte Elisa.

Anna holte tief Luft, und Elisa betrachtete sie gespannt. »Du wirst es gleich sehen«, erklärte Anna geheimnisvoll. Statt mit der Sprache herauszurücken, erzählte sie Elisa von dem neuen Restaurant, das erst kürzlich eröffnet und auf Anhieb drei Michelin-Sterne errungen hatte. »Das gab es meines Wissens noch nie«, erzählte sie. »Und heute wollen wir herausfinden, ob es wirklich so toll ist, wie alle sagen.«

Elisa dachte daran, dass Anna noch immer nichts von Fabio wusste, und ihr kamen Zweifel, ob dies der richtige Abend war, davon zu erzählen. Und überhaupt – wieso sollte eigentlich sie diese Neuigkeit überbringen? War das nicht Niklas' Aufgabe? »Wann kommst du denn mal wieder nach Lugano?«, fragte sie also.

Anna starrte sie überrascht an. »Schatz, du weißt, dass ich nicht mehr in die Rosenholzvilla komme«, antwortete sie nach kurzem Zögern. »Niklas und ich … das funktioniert einfach nicht. Und ich hab im Moment wahrhaft andere Sorgen …«

»Er ist in den vergangenen Wochen sehr gealtert«, insistierte Elisa. »Meinst du nicht, ihr könntet euch doch noch irgendwann versöhnen?« Im Licht der vorbeihuschenden

Straßenlaternen und des Verkehrs wirkte Annas Gesicht auf einmal müde. »Mir zuliebe?«, fügte Elisa hinzu und bereute es sogleich.

Annas Kopf fuhr herum. »Dass du dich wieder so mit ihm verbündest …«, sagte sie. »Merkst du nicht, wie schwierig das für mich ist?«

»Ich verbünde mich nicht mit ihm«, gab Elisa verblüfft zurück. »Es geht schließlich nicht um Gegnerschaft, wo sich zwei gegen einen verbünden.«

»Doch, genau darum geht es«, beharrte Anna. »Niklas hat mich nie geliebt, er hat mich nicht einmal gewollt. Er gibt mir die Schuld am Tod seiner Frau. Am besten wäre es gewesen, ich wäre überhaupt nicht geboren worden. Dann hätte er seine geliebte Paulina noch an seiner Seite. Und keine Querulantin wie mich als Tochter.«

Schockiert hielt Elisa die Luft an. »Er bereut sehr, wie das damals gelaufen ist zwischen euch«, sagte sie dann. »Es geht ihm gar nicht gut, Mama. Er sagt, er habe alles falsch gemacht.«

»Und damit hat er ausnahmsweise einmal recht«, gab Anna ungerührt zurück. »Bitte, Elisa. Lass uns diesen Abend nicht verderben. Er ist mir wichtig.« Das Taxi verlangsamte seine Fahrt und fuhr rechts heran. »Und außerdem sind wir jetzt da.« Anna gab dem Taxifahrer ein großzügiges Trinkgeld, und sie stiegen aus.

Über dem Eingang des Restaurants stand in eleganten Leuchtbuchstaben der Name des Lokals. Der Serviceleiter empfing sie mit der gewohnten Souveränität eines solchen Hauses und führte sie zu einem mit einem luftigen Vorhang abgetrennten Séparée. »Sie haben einen unserer *Privat Dining Rooms* gebucht«, erklärte er und zog den Vorhang beiseite. »Und Sie werden bereits erwartet.«

Gespannt folgte Elisa ihrer Mutter in den kleinen Raum.

An dem Tisch, der für drei Personen gedeckt war, saß jemand in einem schicken dunklen Anzug, das volle graue Haar modisch kurz geschnitten.

»Tut mir leid, dass du warten musstest, *darling*«, sagte Anna, und die Person erhob sich, wandte ihnen lächelnd das Gesicht zu. Den Bruchteil einer Sekunde lang war Elisa sich nicht sicher, ob diese schönen, klassischen Züge tatsächlich einem Mann gehörten, oder …

»Ich bin Caren«, sagte die Frau. »Wie schön, dich endlich kennenzulernen, Elisa.«

Caren war Elisa auf Anhieb sympathisch. Mit ihren wachen blauen Augen unter den markanten Brauen erinnerte sie an Niklas, und Elisa fragte sich verwundert, ob Anna dies vollkommen entging. Überhaupt, so bemerkte Elisa nach einer Weile, in der sie sich angeregt unterhielten, glich Caren in vielerlei Hinsicht ihrem Großvater. Genau wie er war sie groß und athletisch und erschien erfüllt von einem offenbar naturgegebenen Selbstbewusstsein, einfach, weil sie sich ihrer selbst bewusst schien, eine Eigenschaft, die auch Niklas ausstrahlte und um die Elisa die Lebensgefährtin ihrer Mutter spontan ein wenig beneidete.

»Caren ist Veranstaltungsmanagerin«, erklärte Anna mit spürbarem Stolz. »Und sie hat ihren Flug nach Hamburg heute extra auf kurz vor Mitternacht verschoben, um dich kennenzulernen.«

Caren machte eine Handbewegung, als wäre dies nicht der Rede wert. »Mein Team und ich organisieren unter anderem auch Modeschauen«, sagte sie zu Elisa. »So haben wir uns kennengelernt.«

»Ja, das war in London«, ergänzte Anna.

»Dabei haben wir uns zunächst furchtbar gezofft«, erzählte

Caren mit einem Schmunzeln und betrachtete Anna voller Zuneigung. »Als Erstes hab ich nämlich mit deinem südländischen Temperament Bekanntschaft machen dürfen. Weißt du noch, Liebes? Worum hast du damals eigentlich so erbittert mit mir gestritten?«

Elisa sah von Caren zu ihrer Mutter, die laut auflachte, und lauschte dem liebevollen Geplänkel der beiden. Und auf einmal machte alles Sinn. Sie verstand, warum Anna so selten Zeit für sie gehabt hatte. Zu ihrem beruflichen Terminkalender waren die Treffen mit Caren gekommen. Sie verstand jetzt auch, warum ihre Mutter all die Jahre lang Single geblieben war, obwohl sich alle Männer nach ihr umdrehten und sie bestimmt keine Probleme gehabt hätte, einen Partner zu finden. Elisa hatte das auf den nicht ganz unkomplizierten Charakter ihrer Mutter geschoben und auf die Tatsache, dass Männer oft vor starken Frauen zurückschreckten. Jetzt wurde ihr allerdings der wahre Grund dafür klar. Entweder, Anna hatte lange gebraucht, um herauszufinden, dass sie Frauen liebte. Oder sie hatte frühere Beziehungen vor ihr geheim gehalten. Aber warum hätte sie das tun sollen? Sie hatte doch nicht etwa befürchtet, Elisa könnte sich daran stören? Irgendwann einmal würde sie ihre Mutter danach fragen.

Der erste Gang wurde serviert, kunstvoll mit allerlei Blüten angerichtete Garnelen in einem Bett aus leuchtend grünem Schaum, Elisa tippte auf eine Avocado-Emulsion oder so etwas in der Art. Vor lauter Aufregung hatte sie die Menüfolge nicht richtig mitbekommen.

»Und du hast jetzt wieder zur Musik zurückgefunden?«, fragte Caren und sah ihr in die Augen. Ihr Gesicht wirkte freundlich und offen wie eine Einladung, sich ihr anzuvertrauen.

»Ja, das stimmt«, antwortete Elisa.

»Anna hat mir das Video von deinem Konzert gezeigt«, fuhr Caren fort und probierte von der Garnele. »Du spielst wirklich großartig.«

»Du hast ein Video von meinem Auftritt?«, fragte Elisa ihre Mutter.

»Nicht ich«, erwiderte Anna gelassen. »Das Internet hat es.« Sie lachte. »Sag bloß, du weißt nichts davon? Es hat sensationell viele Likes bekommen. Du bist ein Superstar.« Anna lächelte stolz.

»Du kennst das Video wirklich nicht?«, fragte Caren und holte ihr Smartphone aus der Tasche. Kurz tippte sie darauf herum, dann reichte sie es Elisa.

Mit Befremden sah Elisa sich selbst auf der Bühne des Clubs. Der Ton war ausgeschaltet, und Elisa wollte lieber nicht hören, wie ihr Spiel aus diesem kleinen Gerät klang – bestimmt war es keine gute Qualität.

»Du siehst traumhaft aus in dem langen Rock und dem Paillettentop«, sagte Anna selbstzufrieden. »Ich hab mich riesig darüber gefreut, dass du es tatsächlich getragen hast.«

Elisa reichte das Handy zurück.

»Man sieht in allem, was du entwirfst, traumhaft aus«, sagte Caren, dennoch hatte Elisa das Gefühl, dass dieser Frau nicht entgangen war, wie sehr es Elisa aufwühlte, sich selbst im Internet zu sehen. »Sieh nur meinen Smoking an.« Sie wies auf ihren Anzug. »In jedem anderen würde ich verkleidet wirken.«

Natürlich hatte Caren recht. Auch wenn der Smoking einem Herrenanzug nachempfunden war, zeichnete er doch mit klaren und schmeichelhaften Linien Carens weibliche Silhouette nach. Sie und Anna waren in der Tat ein schönes Paar.

Zum Hauptgang hatte Anna ein sogenanntes *Signature Dish* des berühmten Kochs bestellt, ein Gericht, für das er, wie sie Elisa erklärte, berühmt geworden war. Und eine ganze

Weile zog die extravagant angerichtete Sardine, zwischen deren beider Hälften eine Schicht Cidregelée eingefügt war, samt der raffinierten auf die Teller hingetupften Beilagen die Aufmerksamkeit der beiden Damen auf sich, und Elisa hatte ausreichend Gelegenheit, all die neuen Informationen, die dieser Abend ihr bescherte, zu überdenken. Sie freute sich riesig darüber, wie gelöst und in sich ruhend ihre Mutter in Carens Gegenwart wirkte, die Anspannung, unter der sie sonst stets zu stehen schien, war wie weggeblasen.

»Was ist das eigentlich für ein interessantes Instrument, auf dem du gespielt hast?«, fragte Caren, nachdem ihre Teller abgetragen worden waren. »Anna hat versucht, es mir zu erklären, aber ehrlich gesagt habe ich nur ›Cello und doch kein Cello‹ verstanden.«

Sie lachten.

»Das ist eine Campanula. Es ist die Weiterentwicklung eines Cellos«, begann Elisa. »Danilo …«

»… Elisas Lebensgefährte«, warf Anna an Caren gewandt ein. »Er hat sie am Flügel begleitet.«

»Genau«, nahm Elisa den Faden wieder auf. »Er ist auf der Suche nach dem ursprünglicheren Klang eines Cellos, der mit mehr Obertönen angereichert ist. Deshalb hat er nicht nur die Form des Korpus verändert, sondern Resonanzsaiten hinzugefügt.«

»Entschuldige bitte. Da ich von Musik nichts verstehe, sagt mir das gar nichts«, gab Caren offen zu.

»Die Resonanzsaiten werden nicht gespielt«, versuchte Elisa zu erklären, »sondern nur die vier, die man auch beim Cello kennt. Die zusätzlichen schwingen einfach mit und erzeugen einen geheimnisvollen Klang.«

»Das hört sich spannend an«, meinte Caren. »Wie ist er denn auf diese Idee gekommen?«

»Die Idee ist im Grunde nicht neu. Früher gab es viele derartige Instrumente mit zusätzlichen, mitschwingenden Saiten«, erläuterte Elisa. »Und in den Traditionen der Volksmusik sind sie in einigen Kulturen noch erhalten. Doch seit ungefähr hundertfünfzig Jahren, als die großen Orchesterwerke entstanden, war man mehr an einem schlanken Klang mit wenig Obertönen interessiert, damit alle Instrumente eines Orchesters besser zusammenpassten. Die Campanula eignet sich nicht in erster Linie für klassische Werke, weil ihr Klang von Nachhall geprägt ist. Es ist ein Instrument, das die Herzen bewegt, statt dazu einzuladen, immer noch virtuoser darauf zu spielen.«

Nach diesen Worten war es einige Momente lang still. Caren betrachtete sie nachdenklich. »Das würde ich gerne einmal live hören«, sagte sie.

»Dann kommt einfach beide zu uns ins Tessin«, schlug Elisa voller Freude vor. »Danilo und ich ziehen gerade auf dem Grundstück einer Freundin in eine alte Mühle.«

»Ich dachte, du lebst bei deinem Großvater?« Caren wechselte einen fragenden Blick mit Anna.

»Nicht mehr«, antwortete Elisa. »Wir haben bislang vor allem in einem alten Steinhäuschen in den Bergen gewohnt, das Danilos Familie gehört. Man nennt es Rustico, und es ist wirklich ein bisschen rustikal. Auf Dauer ist das zu klein und zu provisorisch. Aber wir wollten weder in die Rosenholzvilla einziehen noch bei Danilos Mutter.«

»Sein Bruder lebt dort, nicht wahr?«, warf Anna ein. »Ein netter junger Mann. Er soll auch ein ausgezeichneter Instrumentenbauer sein.«

»Das stimmt. Fabio ist einer der besten«, antwortete Elisa. »Leider ist er nicht mehr da.«

»Wirklich? Warum denn nicht?«

Elisa starrte unschlüssig auf die Serviette vor ihr auf dem

Tisch. Nun war dieses Thema doch aufgetaucht, und ausgerechnet jetzt fragte Anna nach.

»Es gibt da ein paar Neuigkeiten«, begann sie und sah unschlüssig von Caren zu Anna.

»Wenn es etwas ist, was ihr lieber allein besprechen möchtet, kann ich euch gern eine Weile …«, begann Caren, aber Anna legte ihr die Hand auf den Arm.

»Auf keinen Fall«, sagte sie. »Wir haben vor dir keine Geheimnisse. Also raus mit der Sprache, Elisa. Was ist passiert?«

Elisa holte tief Luft. »Niklas hat uns Anfang Februar alle zusammengerufen«, begann sie. »Ich vermute, du hast auch eine Einladung bekommen.«

»Ach das!« Anna machte eine wegwerfende Bewegung mit der Hand.

»Er hat uns etwas mitgeteilt«, fuhr Elisa fort. »Etwas, was auch dich angeht.«

»Na, da bin ich ja gespannt«, gab Anna zurück.

Elisa sah ihrer Mutter prüfend in die Augen und fragte sich, wie sie die Neuigkeit wohl aufnehmen würde. »Er hat uns gesagt, dass Fabio sein Sohn ist. Er ist also dein Halbbruder.«

Anna zuckte zusammen. »Mein … Halbbruder?«, wiederholte sie konsterniert. Dann schien sie langsam zu begreifen. »Er hat mit dieser Mariella …?« Sie stieß ein schockiertes Lachen aus und schüttelte den Kopf. Caren griff nach ihrer Hand, doch Anna entzog sie ihr. »Wie alt ist Fabio?«, fragte sie. »Dreißig?«

»Er wird nächsten Monat fünfunddreißig«, antwortete Elisa.

»Das heißt«, fuhr Anna wie unter Trance fort, »dass ich damals sechzehn war.« Sie starrte vor sich hin, als blicke sie zurück zu jener Zeit. »Ich habe Tag und Nacht geübt wie eine Verrückte, damit er endlich Notiz von mir nimmt. Und er hat mit dieser Mariella rumgemacht?«

»Liebling«, ermahnte Caren sie leise. »Dein Vater ist auch nur ein Mensch.«

»Hast du eine Ahnung«, schleuderte Anna ihr ins Gesicht. »Du kennst ihn nicht. Und außerdem. Angeblich war Mariellas Mann sein bester Freund. So eine Art von Mensch ist Niklas.«

Der Kellner schob den Vorhang ein wenig zur Seite und fragte, ob die Damen noch Wünsche hätten.

»Ja«, stieß Anna wütend hervor. »Ein Filetiermesser wäre großartig. Da gibt es nämlich jemanden, den ich …«

»Anna, das reicht jetzt«, fiel ihr Caren liebevoll, aber bestimmt ins Wort. »Wir würden gerne bezahlen«, sagte sie zu dem erschrockenen Kellner, der sich augenblicklich zurückzog.

»Es tut mir leid«, sagte Elisa unglücklich, doch Caren schüttelte nur den Kopf.

»Dir muss überhaupt nichts leidtun«, sagte sie nachdrücklich. »Und ich sehe nicht ein, warum wir uns in unserem Alter noch über sogenannte Fehltritte unserer Eltern aufregen und ihnen Vorwürfe machen sollten. Man könnte Niklas höchstens fragen, warum er das nicht schon viel früher gesagt hat. Und natürlich auch Mariella.«

»Weil er sich aus der Verantwortung stehlen wollte«, behauptete Anna mit erstickter Stimme. »So wie bei mir. Kinder waren bei ihm Unfälle, kein Grund zur Freude.«

»Das weißt du doch gar nicht«, wandte Caren ein. »Wenn dem so wäre, warum spricht er jetzt darüber? Aber das Wichtigste ist: Du hast einen Bruder, Anna. Und nach allem, was ich von diesem jungen Mann gehört habe, ist er einer, auf den man stolz sein kann.«

»Leider hat er Knall auf Fall alles hinter sich gelassen und ist nach Cremona gegangen.« Elisa seufzte. »Dort ist er jetzt Werkstattleiter des größten Konkurrenten seiner Familie. Seither ist Niklas furchtbar niedergeschlagen, und Danilo muss jetzt ganz allein …« Sie hielt inne, denn plötzlich brach Anna in Tränen aus.

»Dieser … dieser …«, schluchzte sie, offenbar fehlten ihr die Worte, um zu beschreiben, wie schrecklich sie ihren Vater fand.

Caren reichte ihr ein Taschentuch und erhob sich. »Besser, ich bezahle vorn an der Theke«, sagte sie. »Und rufe auch gleich ein Taxi.«

»Ich bleibe selbstverständlich heute Nacht noch hier.« Sie standen auf dem Gehsteig vor dem Restaurant und warteten auf das Taxi. Caren hatte den Arm um Annas Schulter gelegt. Noch immer weinte Elisas Mutter haltlos.

»Aber das geht nicht«, schluchzte diese. »Du hast morgen früh diesen wichtigen Termin und …«

»Keine Widerrede«, unterbrach Caren sie sanft. »Ich lass dich in diesem Zustand nicht allein.«

Das Taxi fuhr heran, und sie stiegen ein. »Elisa kann doch bei mir sein«, schniefte Anna. Sie hatte mit Caren auf der Rückbank Platz genommen, Elisa auf dem Beifahrersitz. »Würdest du das tun, mein Schatz?«

»Natürlich«, sagte Elisa und wechselte im Rückspiegel einen Blick mit Caren. Wie seltsam, dachte sie. Sie hatte diese Frau vor gerade mal zwei Stunden kennengelernt, und schon verstand sie sich mit ihr fast ohne Worte. »In meiner Bude ist es ohnehin schrecklich ungemütlich«, versuchte sie zu scherzen. »Ich schlafe gern bei dir im Hotel, Mama.« Dennoch fragte sie sich, warum die Neuigkeit Anna derart erschütterte.

»Bist du dir sicher, dass ich nicht bleiben soll?«, fragte Caren, und als Anna heftig nickte, küsste sie sie zärtlich auf die Schläfe und zog sie fest an sich. »Denk immer daran«, sagte sie leise, und Elisa war es fast ein wenig peinlich, das mit anzuhören, so liebevoll sprach sie. »Ich liebe dich. Das kann dir niemand auf der Welt nehmen. Du bist nicht mehr das kleine Mädchen, das von seinem Papa im Stich gelassen wurde. Du bist eine erwachsene Frau, die mit beiden Beinen im Leben steht. Und du bist mein Ein und Alles.«

Langsam wurde Anna ruhiger und schien sich in Carens Umarmung zu entspannen. Und erst jetzt wurde Elisa bewusst, warum es Anna so unmöglich erschien, sich mit Niklas zu versöhnen. Und warum sie immer versucht hatte, Elisa von ihm fernzuhalten. Sie hatte geglaubt, ihre Tochter vor ihm beschützen zu müssen, und dafür sogar zur Lüge gegriffen, indem sie Elisa glauben ließ, ihr Großvater habe sie fallen gelassen. Was falsch gewesen war, denn Elisa hatte ja eine ganz andere Geschichte mit ihm als sie selbst.

In der Suite, die ihre Mutter bewohnte, kam sich Elisa ein wenig verloren vor, während Caren, die bereits gepackt hatte, sich von Anna verabschiedete.

»Danke, dass du ihr Beistand leistest«, sagte sie, als sie auch Elisa herzlich umarmte. »Ich hoffe, wir sehen uns bald wieder.« Und dann war sie fort.

»Tut mir leid, dass wir so überstürzt aufgebrochen sind«, sagte Anna und putzte sich die Nase. »Jetzt hast du das Dessert verpasst.«

»Das macht überhaupt nichts«, erklärte Elisa. »Wie fühlst du dich?«

Anna sah sie aus rot geränderten Augen trübe an. »Scheußlich«, antwortete sie niedergeschlagen. Sie gab sich einen Ruck und stand auf, ging zum Telefon und hob den Hörer ab. Zu Elisas Überraschung orderte sie beim Zimmerservice eine Flasche Cognac, Mineralwasser und zwei Gläser.

»Mama«, rief Elisa alarmiert aus, »ich …«

Anna ließ sie nicht ausreden. »Das ist genau das, was wir jetzt brauchen«, erklärte sie entschlossen.

Wie sehr sie Niklas doch ähnelt, dachte Elisa und erinnerte sich an den Cognac, von dem an jenem Abend in der Rosenholzvilla am Ende kaum jemand getrunken hatte.

»Ist es wirklich so schlimm für dich, dass Fabio dein Halbbruder ist?«, fragte Elisa und setzte sich probehalber auf das elegante Sofa.

»Ach, was weiß ich«, gab Anna zurück und ließ sich in den Sessel gegenüber fallen. »Es ist …« Sie ließ den Satz unbeendet und schüttelte nur traurig den Kopf. »Ich habe mir mein Leben lang eine Familie gewünscht. Aber ich hatte keine. Und nur weil mein Vater vor fünfunddreißig Jahren noch ein Kind in die Welt gesetzt hat, ändert das nichts. Familie ist schließlich nicht eine Ansammlung von Blutsverwandten, sondern …« Sie wurde vom diskreten Klopfen unterbrochen. »Ja bitte«, sagte sie laut und vernehmlich und in einem Ton, der es gewohnt war, mit Servicepersonal umzugehen. Ein junger Kellner erschien mit einem Tablett. »Bitte stellen Sie es hierhin«, bat Anna und wies auf den Glastisch zwischen ihr und Elisa.

Der Kellner hielt Anna die Flasche mit dem Etikett entgegen. Als sie nickte, goss er ein Fingerbreit von der bernsteinfarbenen Flüssigkeit in die beiden bauchigen Cognacschwenker. »Darf ich Ihnen sonst noch etwas bringen?«, fragte er, doch Anna verneinte und bedankte sich.

»Also lass uns anstoßen auf diesen neuen Verwandten«, sagte sie sarkastisch und hob ihr Glas. Widerstrebend nahm auch Elisa ihres in die Hand. »Auf Fabio.« Die Gläser gaben einen klangvollen Ton von sich, als sie aufeinandertrafen. »Dass er augenblicklich das Weite gesucht hat, zeugt von seiner Klugheit.«

»Ich sehe das anders«, widersprach Elisa. »Er hat seine kleine Tochter zurückgelassen. Von seiner Mutter und dem Betrieb ganz zu schweigen.«

»Das mit der Tochter ist natürlich schlimm«, stimmte Anna ihr zu. »Aber dass er das Gefühl hat, seiner Mutter, die ihn all die Jahre belogen hat, nichts mehr schuldig zu sein, das verstehe ich gut. Du nicht?«

Elisa seufzte. Hätte nicht auch sie allen Grund, auf ihre Mutter sauer zu sein? Immerhin hatte Anna damals nach dem verpatzten Konzert verhindert, dass Elisa mit dem weitermachen konnte, was ihre ganze Leidenschaft war: mit dem Cellospiel. Aber Elisa war einfach viel zu harmoniebedürftig, um so radikale Schnitte zu ziehen, wie Anna und Fabio sie für angebracht hielten. Sie hasste Konflikte. »Schon allein, wie du und Fabio mit solchen Situationen umgehen, zeigt, dass ihr Geschwister seid«, sagte sie stattdessen.

»Während du die Gutmütigkeit in Person bist«, gab Anna liebevoll zurück. »Wenn man bedenkt, wie schnell du Niklas verziehen hast.«

»Ich habe Niklas nichts zu verzeihen«, widersprach Elisa nun doch etwas heftiger. »Er hat mir nichts getan, im Gegenteil. Ich wurde von ihm immer gefördert. Wenn ich jemandem einen Vorwurf machen könnte …« Sie biss sich auf die Unterlippe.

»… dann mir«, vollendete Anna ernüchtert ihren Satz. »Ich hätte dich nicht vom Cellospielen abhalten dürfen, das habe ich längst begriffen. Als ich dich in dem Video sah mit dieser Campanula, da fiel es mir wie Schuppen von den Augen. Aber damals dachte ich, dass es dich krank macht. Und ich war nicht die Einzige. Immerhin habe ich dich zu den besten Ärzten gebracht.«

»Die haben ja nichts herausgefunden«, erwiderte Elisa. »Auf

Niklas' Rat hin war ich im Sommer bei einem Spezialisten in Lugano.«

»Das hast du mir ja gar nicht erzählt!« Anna beugte sich gespannt vor. »Und? Hast du etwas Neues erfahren?«

»Seine Diagnose ist überraschend«, antwortete Elisa. »Und doch wieder nicht. Er hat eine leichte Anomalie meines Innenohrs festgestellt. Sowohl mein Hör- als auch mein Gleichgewichtsorgan sind stärker ausgeprägt als bei anderen Menschen. Das heißt, dass ich besonders gut höre. Man spricht von einer hohen Hörleistung.«

»Aber du hast doch damals auf einmal *nichts* mehr gehört«, wandte ihre Mutter ein. »Wie passt das zu einer hohen Hörleistung?«

»Dr. Morelli meint, dass mein Gehirn durch die Fülle an Signalen manchmal überfordert ist. Und zwar in Stresssituationen. Dann kommt es mit der Verarbeitung all dieser Informationen nicht mehr zurecht und schaltet im Ernstfall einfach für eine Weile ab.«

Anna lauschte ihr atemlos, den Mund leicht geöffnet. »Warum hat das denn keiner …«, sagte sie. »Ich meine, wenn ich das gewusst hätte …«

Elisa überlegte kurz, ob sie erwähnen sollte, dass Niklas Anna schon damals vorgeschlagen hatte, sie von Dr. Morelli untersuchen zu lassen, und dass ihre Mutter dies abgelehnt hatte. Doch sie entschied sich dagegen. Was wäre damit gewonnen? Anna würde entweder alles von sich weisen oder sich noch schlechter fühlen. Damit war keinem geholfen. Und so schwieg sie. »Erzähl mir von Caren«, bat sie, um das Thema zu wechseln. »Wie lange seid ihr schon zusammen?«

»Zwei Jahre«, antwortete Anna, und die Anspannung in ihren Zügen ließ nach, ein glückliches Lächeln verschönte ihr Gesicht. »Wie findest du sie?«

»Ich finde sie großartig.« Elisa betrachtete ihre Mutter aufmerksam. »Warum hast du sie mir denn nicht schon viel früher vorgestellt?«

»Weißt du, ich …« Anna brach ab und nahm einen Schluck Cognac. »Ich war mir nicht sicher.«

»Weil sie eine Frau ist? Hattest du Sorge, ich könnte das nicht gut finden?«

Anna errötete. »Nein, mein Schatz. Natürlich nicht deshalb. Es ist nur … Es hat eine Weile gedauert, bis ich herausgefunden habe, warum ich mit Männern einfach nicht zurechtgekommen bin. Warum ich nicht glücklich war in meinen vielen Beziehungen. Ja, ich gebe es zu, eine Zeit lang wechselten meine Liebhaber erschreckend oft, und das tat mir gar nicht gut.« Sie streifte die eleganten Pumps von ihren Füßen und schlug die Beine unter. Der Hosenanzug umfloss sie wie eine pinkfarbene Wolke. »Und dann war da auf einmal Caren, und ich verstand die Welt nicht mehr. Vor allem *mich* verstand ich nicht mehr. Und ich hab so mit ihr gestritten, du kannst dir nicht vorstellen, wie zickig ich mit ihr war, als wir zum ersten Mal zusammengearbeitet haben. Sie hat die Show organisiert.« Sie verstummte, schien in der Erinnerung versunken.

»Damals in London«, warf Elisa ein.

»Genau. London. Und je mehr ich ausflippte, weil nichts so funktionierte, wie ich es mir gedacht hatte, desto ruhiger wurde diese Frau. Ist das nicht unglaublich?« Anna schüttelte lachend den Kopf. »Und irgendwann nahm sie mich einfach in ihre Arme und küsste mich. Einfach so. Und da hab ich es endlich verstanden.«

»Dass du sie liebst?«, fragte Elisa.

»Dass ich Frauen liebe«, antwortete Anna. »Und ganz besonders Caren.« Sie leerte ihr Glas, und Elisa sah besorgt zu, wie sie sich gleich wieder nachfüllte. »Es war wie eine Offenbarung«, fuhr Anna fort. »Als wäre ich endlich in meinem Körper gelandet nach einer albtraumhaften extraterrestrischen Erfahrung.« Sie kicherte. »Verstehst du, was ich meine?«

»So ungefähr.« Auch Elisa musste lachen. »Du meinst, dass du dich endlich wohl in deiner Haut gefühlt hast?«

»›Wohl‹ ist ein viel zu armseliges Wort«, behauptete Anna. »Na ja, ich nehme mal an, dass es dir mit deinem Danilo ähnlich ergeht. Jedenfalls hoffe ich das für dich.«

Elisa lächelte. »Genauso wird es wohl sein.«

»Willst du eigentlich tatsächlich nicht mehr fliegen?«

»Nein«, erwiderte Elisa entschlossen. »Das ist vorbei.«

»Und was willst du stattdessen tun?«

Mit dieser Frage hatte ihre Mutter einen wunden Punkt erwischt. Elisa zuckte mit den Schultern. »Ich weiß noch nicht«, antwortete sie. »Im Moment helfe ich Danilo ein bisschen in der Werkstatt. Ob das wirklich das Richtige für mich ist?«

»Warum steigst du nicht bei mir ein?« Annas Augen begannen zu leuchten.

»Als was sollte ich das denn tun?«, fragte Elisa. »Von Mode habe ich keine Ahnung, und sie interessiert mich nicht.«

»Du wärst das perfekte Model. Das hab ich dir schon oft gesagt.«

Elisa lachte laut auf. »In meinem Alter?«

»Genau das richtige Alter für meine Mode«, behauptete Anna. »Weißt du eigentlich, dass ich fast immer dich vor Augen habe, wenn ich entwerfe? Neuerdings auch Frauen wie Caren, okay. Heutzutage sind die Models nicht mehr blutjung und dünn wie ein Bleistift. Man bevorzugt richtige Frauen, keine Barbies. Und du …«

»Nein, Mama, schlag dir das aus dem Kopf«, unterbrach Elisa ihren Wortschwall. »Das wäre kein Leben für mich.«

»Früher hast du das Rampenlicht geliebt«, gab Anna zu bedenken. »Auf dem Laufsteg hättest du das jeden Tag.«

»Ich habe nicht das Rampenlicht geliebt«, entgegnete Elisa lauter, als sie es beabsichtigt hatte. »Sondern die Musik. Glaubst du, ich bin aufgetreten, um meine hübschen Kleider zu zeigen?«

Kurz wurde es still in der Suite. Zu spät bemerkte Elisa, dass Anna das als Herabwertung ihrer Arbeit verstehen könnte. Doch als sie aufblickte, sah sie, dass Anna sie anlächelte.

»Du hast recht«, sagte sie. »Und deshalb denke ich, solltest du auch in Zukunft etwas machen, was mit Musik zu tun hat.«

Nachdenklich nahm Elisa nun doch einen Schluck von ihrem Cognac. Natürlich wollte sie das. Nur hatte sie keine Ahnung, wie genau das aussehen könnte.

6

Viral

Sie redeten die halbe Nacht, und zwar vor allem über Annas Leben, das, seit sie mit Caren zusammen war, schöner geworden war, allerdings nun noch mehr Organisation und Planung erforderte. Denn Carens Agentur befand sich in London, während Anna in Berlin ihr Atelier betrieb, und keine von beiden hatte sich bislang dazu entschließen können, ihren Sitz zu verlegen.

»Das wäre gar nicht so einfach nach dem Brexit«, erklärte Anna. »Ich beneide dich. Wie wunderbar, dass du mit Danilo zusammenleben kannst. Obwohl ich es absolut bedauerlich finde, dass es unbedingt im Tessin sein muss.«

»Warum?«, fragte Elisa, obwohl sie die Antwort kannte. »Die italienische Schweiz ist wunderschön.«

»Ja, schon«, räumte Anna ein. »Aber so weit weg.«

»Auch nicht weiter als London«, entgegnete Elisa.

»Du weißt, warum es für mich weiter weg ist als der Mond«, sagte Anna.

»Ich finde, was das Thema Niklas anbelangt, hat Caren absolut recht«, fuhr Elisa fort. »Wir sind alt genug, um unseren Eltern zu verzeihen, was sie uns angetan haben.« Sie betrachtete ihre Mutter und fragte sich, ob sie diesen Satz vielleicht auf sich selbst beziehen würde.

Anna schnaubte. »Caren hat gut reden«, entgegnete sie. »Sie ist in einem liebevollen und toleranten Elternhaus aufgewachsen.

Kein Wunder, dass sie meist die Ruhe selbst ist, sogar in den unglaublichsten Situationen.« Sie seufzte. »Dank ihr hab ich gelernt, mich mehr von alldem zu lösen. Er lebt sein Leben. Ich meines.«

»Ich kann einfach nicht glauben, dass es dir vollkommen gleichgültig ist, wie es deinem Vater geht«, entgegnete Elisa. »Denn wenn es so wäre …« Sie stockte.

»Was willst du damit sagen?«, fragte Anna alarmiert und leerte ihr Glas erneut. »Raus mit der Sprache!«

»Wenn es so wäre, dann würdest du dich nicht dauernd so aufregen, sobald die Rede auf ihn kommt.« Elisa ließ ihre Mutter nicht aus den Augen. »Außerdem …« Wieder hielt sie inne. Noch nie hatte sie so offen mit ihr über diese Themen gesprochen, und sie fürchtete, zu weit zu gehen.

»Sag endlich, was du denkst«, herrschte Anna sie an. »Diese Andeutungen machen mich wahnsinnig.«

Elisa holte tief Luft und sagte: »Wenn Niklas dir vollkommen gleichgültig wäre, warum hast du dann vorhin so geweint?«

Danach war es lange still in der Suite. Wobei »still« relativ war. Elisa registrierte zum ersten Mal das leise Surren der Klimaanlage und den Verkehr, der gedämpft zu ihnen heraufdrang. Im Badezimmer tropfte ein Wasserhahn, aber Elisa war sicher, dass das außer ihr keiner bemerkte. Sie hörte, wie jemand die Suite neben ihnen aufschloss, und die leisen, fast unmerklichen Schritte auf dem sicherlich ebenso weichen Teppich wie der in Annas Suite. Und sie staunte, wie gut ihr Gehirn all diese Wahrnehmungen normalerweise ausblendete, damit sie sich auf das Wesentliche konzentrieren konnte.

Besorgt betrachtete Elisa ihre Mutter. Anna hatte den Kopf in das schalenförmige Rückenpolster des Sessels gelehnt und die Augen geschlossen. Sie sah hinreißend aus, wie ein in die

Jahre gekommenes schlafendes Dornröschen, und Elisa lief das Herz über vor Liebe zu ihrer Mutter. Und auf einmal erkannte sie, was die Schönheit ihrer Mutter so besonders machte. Es war der unterschwellige Schmerz, der stets präsent war, selbst wenn sie fröhlich war und ausgelassen lachte. Ein Hauch von Tragik, der sie immer umgab.

Als hätte Anna ihren Blick gespürt, öffnete sie nun die Augen und sah Elisa an. »Es gab eine Zeit, da habe ich alles dafür gegeben, um Niklas zu beeindrucken. Ich habe Geige geübt bis zum Umfallen, um ihm zu zeigen, dass ich auch etwas wert bin. Und ich hab es damit sogar geschafft, dass ich als Jüngste überhaupt in die Meisterklasse von diesem Milan Storković aufgenommen wurde. Aber glaubst du, Niklas hätte das beeindruckt? Nicht im Geringsten. Und jetzt weiß ich auch warum.«

»Warum denn?«, fragte Elisa hilflos.

»Weil er anderweitig beschäftigt war«, gab Anna hart zurück und setzte sich auf. »Und zwar mit dieser Mariella.«

Elisa atmete tief durch. »Ja, er hat dich damals vernachlässigt, das tut ihm heute wirklich leid«, gab sie zu bedenken. »Trotzdem. Oder vielleicht gerade deshalb, wäre es wichtig …«

»Lass es gut sein«, fiel ihr Anna müde ins Wort. »Ich bin schon zweimal deinetwegen zur Rosenholzvilla gekommen. Beim ersten Mal hat Niklas mich mit meiner Mutter verwechselt und war untröstlich, als er seinen Irrtum bemerkte. Das zweite Mal haben wir uns so heftig gestritten … Aber was rede ich, du warst ja dabei.«

Oh ja, und ob Elisa sich erinnerte. Die beiden hatten sich einen regelrechten Schlagabtausch geliefert. An jenem Tag hatte Elisa einiges erfahren, was sie vorher nicht gewusst hatte. Zum Beispiel, dass ihre Mutter in ihrer Jugend Violine gespielt hatte, das hatte sie ihr nie zuvor erzählt. Mit siebzehn war Anna allerdings mit ihr schwanger geworden und hatte dies zum Anlass genommen, der Musik für immer den Rücken zu kehren und stattdessen die Laufbahn einer Modedesignerin einzuschlagen.

»Hast du das Geigespielen eigentlich nie vermisst?«

Anna sah sie überrascht an. »Natürlich nicht! Wieso fragst du das?«

»Nun ja«, gab Elisa zurück. »Immerhin hast du wegen mir damit aufgehört. Weil du schwanger geworden bist.«

Anna richtete sich auf und wirkte auf einmal hellwach. »Elisa, Liebes, das hast du völlig falsch verstanden«, sagte sie eindringlich. »Ich habe mit der Violine nicht aufgehört, weil ich mit dir schwanger wurde. Früher oder später hätte ich das alles ohnehin hingeworfen. Die Schwangerschaft kam mir gerade recht. Ich hab sie als Ausrede benutzt. Denn im Grunde hab ich das alles nur gemacht, damit Niklas endlich Notiz von mir nimmt. Irgendwann war mir klar, dass er das niemals tun würde.«

»Es war dir wirklich recht, mit siebzehn Jahren schwanger zu werden?«, fragte Elisa zweifelnd. »Und das von jemandem, den du bis heute verleugnest?«

»Ich verleugne deinen Vater nicht«, entgegnete Anna streng. »Ich will nur nicht, dass er in unserem Leben eine Rolle spielt. Denn das tut er nicht.« Weil du ihn nicht lässt, wollte Elisa einwenden, als Anna ihr zuvorkam. »Gut, dass wir darüber sprechen. Denn du musst eines wissen: Du bist das Beste, was mir passieren konnte. Und bitte lass nicht zu, dass Niklas zwischen uns steht.«

»Er steht doch überhaupt nicht zwischen uns«, erklärte Elisa mit Nachdruck. »Er ist mein Großvater. Die Vergangenheit kann man nicht mehr ändern. Aber du hast sehr wohl in der Hand, wie eure Geschichte zu Ende gehen wird.«

»Zu Ende?« Anna schnaubte. »Jetzt wirst du theatralisch.«

»Niklas hatte zwei Schlaganfälle«, erinnerte Elisa sie. »Und er ist dreiundachtzig. Er ist ebensowenig unsterblich wie du und ich.« Wieder schwiegen sie, und Elisa stellte ihr Glas, aus dem sie kaum getrunken hatte, zurück auf den Tisch. Ihr Blick fiel auf das Etikett der Flasche. »Weißt du eigentlich, dass er genau den gleichen Cognac trinkt, wenn es emotional wird?«

Anna sah sie verständnislos an. »Und du denkst, die Marke ist in unseren gemeinsamen Genen verankert?«

Auf einmal musste Elisa kichern, und zu ihrer Erleichterung stimmte Anna mit ein. Sie konnten gar nicht mehr aufhören zu lachen, bis ihnen die Tränen über die Wangen liefen.

»Caren sagt übrigens genau dasselbe wie du«, sagte Anna schließlich, nachdem sie sich etwas beruhigt hatten.

»Das mit dem Cognac?« Wieder brachen sie wie zwei alberne Teenager in Gelächter aus, und es tat unendlich gut.

»Nein«, erwiderte Anna und wischte sich die Lachtränen aus den Augenwinkeln. »Das andere.« Sie wurde schlagartig ernst. »Das mit der Versöhnung. Als hättet ihr euch abgesprochen.«

»Ich halte Caren für eine kluge Frau«, antwortete Elisa und beschloss, es dabei zu belassen.

Zurück in ihrem Apartment machte Elisa am nächsten Morgen konzentriert mit dem Aufräumen ihrer Vergangenheit weiter, und endlich waren alle Schränke und Schubfächer leer, die Mülleimer im Hof dagegen voll. Zufrieden, aber auch ein bisschen irritiert betrachtete Elisa am Abend die drei Umzugskartons, die sie mitnehmen würde. War das alles, was Bestand hatte? Zwei Kisten enthielten hauptsächlich Geschirr und Besteck, Bettwäsche und Handtücher, Bücher und einige Erinnerungen wie Fotoalben und Mitbringsel von ihren Reisen. In die dritte würde sie am folgenden Morgen ihr Federbett, Kissen und eine Kuscheldecke stopfen, während sie ihre Kleidung in zwei Koffern verstaut hatte. Blieb noch der handgeknüpfte Teppich, den sie vor Jahren aus Turkmenistan mitgebracht hatte. Zusammengerollt konnte sie ihn gerade noch alleine tragen.

Mit letzter Anstrengung schleppte sie alles runter auf die Straße und verstaute es in dem Berlingo, den sie kühn ins absolute Halteverbot direkt vor der Haustür gestellt hatte. Glücklicherweise störte sich keiner daran, und als sie mit allem fertig war, war sogar der Parkplatz zwei Straßen weiter, den sie kurzzeitig aufgegeben hatte, noch frei.

Danach gönnte sie sich ein Vollbad. Wohlig lehnte sie sich zurück, schloss die Augen und stellte sich vor, wie sie dies das nächste Mal in ihrem frisch sanierten Badezimmer in der alten Mühle gemeinsam mit Danilo tun würde. Ein tiefes Gefühl von Zärtlichkeit durchflutete sie, als sie an ihn dachte. Schon am folgenden Tag würden sie sich wiedersehen. Elisa konnte es kaum erwarten.

Als sie ihn vor dem Schlafengehen anrufen wollte, vermisste sie ihr Handy. Sie suchte überall und konnte es nirgends finden. Am Vormittag hatte sie Danilo noch eine Nachricht geschickt, nachdem sie ihn nicht erreicht hatte, also hatte sie es nicht im Hotel vergessen. Vermutlich war es ihr in eine der Kisten gerutscht. Jetzt hatte sie nicht mehr die Kraft, im Auto danach zu suchen.

Die Wohnungsübergabe am anderen Morgen verlief reibungslos. Ohne jede Wehmut übergab Elisa die Schlüssel, und schon gegen neun befand sie sich auf der Autobahn in Richtung Süden.

Erst auf der Fahrt kam Elisa dazu, über all das nachzudenken, was sich in den vergangenen drei Tagen zugetragen hatte. Eigentlich war sie nur nach München gefahren, um ihre Wohnung aufzulösen. Und nun hatte sie außerdem einen Einblick in das private Leben ihrer Mutter bekommen. Das hatte auch lange genug gedauert. Wie gut, dass ihre Mutter in Caren eine so liebevolle und starke Partnerin gefunden hatte. Und vielleicht konnten sie Anna irgendwann gemeinsam davon überzeugen, sich mit Niklas auszusöhnen.

Als sie einmal wie aus weiter Ferne ihr Handy klingeln hörte, war sie erleichtert. Offenbar befand es sich irgendwo an Bord, und das war die Hauptsache. Bei einer kurzen Rast versuchte sie, es zu finden, gab es aber bald wieder auf. Nur noch zwei Stunden, dann war sie ohnehin am Ziel.

Als sie nach Bellinzona dem Tal des Flusses Ticino folgte, der dem südlichsten Kanton der Schweiz seinen Namen gegeben hatte, befielen Elisa direkt heimatliche Gefühle. Der Anblick dieser grandiosen Bergwelt und das mediterrane Flair, das von Kilometer zu Kilometer deutlicher zu spüren war, erfüllten sie mit Vorfreude. Oder lag das daran, dass sie bald Danilo wiedersehen würde?

Eigentlich hatte sie vorgehabt, ihre Umzugskisten direkt zur alten Mühle zu bringen, doch sie beschloss, ihn zuerst in der Werkstatt aufzusuchen und später noch nach ihrem Großvater zu sehen. Es war kurz nach drei, als sie auf den Hof der Fasettis fuhr. Zu ihrer Überraschung war die Werkstatt abgeschlossen, und auch im Wohnhaus schien niemand zu sein.

»Wo sind denn die beiden?«, fragte sie Joris, der sie treuherzig ansah.

Elisa ließ den Wagen stehen und ging durch den Park hinauf zur Villa. Vielleicht wusste Serafina, wo Danilo war. Sie durchquerte das Rosenholzwäldchen, stieg die vielen Natursteinstufen hinauf und gelangte schließlich zu dem Teich mit den Kois. Bereits hier vernahm sie laute Stimmen, die von der Villa zu kommen schienen, und beschleunigte besorgt ihre Schritte. Im Schutz der Rosensträucher blieb sie irritiert stehen. Auf der

Terrasse standen fremde Menschen, und Elisa durchfuhr ein heißer Schreck – war ihrem Großvater etwas zugestoßen?

Vorsichtshalber machte sie einen Bogen um das Haus und gelangte in den kleinen Kräutergarten. Von hier führte eine Tür direkt in die Küche, und Serafina, die gerade ein Tablett mit gefüllten Gläsern in Händen hielt, fuhr zusammen, als Elisa so plötzlich hinter ihr auftauchte.

»*Dio mio!*« Klirrend stellte sie das Tablett ab. »Haben Sie mich erschreckt!«

»Tut mir leid, das wollte ich nicht«, erklärte Elisa atemlos. »Was machen denn all diese Leute hier? Wer sind sie?«

Serafina seufzte. »Wir halten das alle für keine gute Idee«, sagte sie. »Aber nicht einmal Signora Fasetti konnte ihn davon abbringen. Und Signor Alexander hat ihn darin noch bestärkt.«

»Signor Alexander?«, fragte Elisa irritiert.

»Der Agent.« Serafina sah ungeduldig zur Tür. »Früher kam er oft zu Besuch. Kennen Sie ihn nicht?«

»Alexander Hilbour?« Das war Niklas' Manager, und früher hatte er auch Elisa vertreten. »Er ist hier?« Elisa füllte ein Glas mit Wasser aus dem Hahn und stürzte es hinunter.

»*Si*, Signora. Ich glaube sogar, das mit der Pressekonferenz war seine Idee.«

»Wie bitte? Niklas gibt eine Pressekonferenz?«

Serafina zuckte hilflos mit den Schultern. »Entschuldigen Sie, ich muss das jetzt rausbringen.« Sie nahm vorsichtig das Tablett auf.

»Natürlich.« Elisa beeilte sich, ihr die Tür aufzuhalten. Dabei warf sie einen vorsichtigen Blick ins Foyer. »Könnten Sie Signor Alexander bitten, kurz zu mir in die Küche zu kommen?« Serafina nickte und eilte davon.

Wenige Minuten später betrat ein drahtiger älterer Mann die Küche. Erst auf den zweiten Blick erkannte Elisa ihren früheren Manager wieder, denn in den vergangenen Jahren hatte er sein schütteres Haar vollständig verloren. Doch seine klugen blauen Augen wirkten noch immer genauso agil wie früher. »Elisa«, rief er aus. »Wie geht es dir?«

Elisa ging nicht darauf ein. »Alexander, bitte, was hat das zu bedeuten«, fragte sie stattdessen. »Wie kommt Niklas in seinem Zustand auf die Idee, eine Pressekonferenz zu geben?«

»Unter den gegebenen Umständen war es das Klügste«, antwortete der Manager, und seine Stirn legte sich in Sorgenfalten, womit er Elisa an den Schauspieler Ben Kinsley erinnerte, den sie immer schon gemocht hatte. »Dein Konzert hat im Internet für Furore gesorgt. Und da ist die Presse natürlich nicht nur auf dich, sondern auch auf Niklas aufmerksam geworden und darauf, dass er eine Reihe von Konzerten abgesagt hat. Ein besonders pfiffiges Bürschlein hat die Spur bis hierher verfolgt, du hast Glück, dass du nicht da warst. Und da die Bluthunde schon mal die Fährte aufgenommen hatten, habe ich Niklas geraten, nicht nur die Sensationsjournalisten, sondern auf die Schnelle auch alle anderen offiziell einzuladen.«

Elisa wurde es ganz heiß vor Schreck. »Oh mein Gott, das hab ich nicht gewollt!«

»Na ja, heutzutage muss man damit rechnen, dass jeder Auftritt mediale Aufmerksamkeit erregt, selbst wenn er in einem kleinen Club stattfindet«, entgegnete Alexander. »Ich wünschte, du hättest mich vor deinem Auftritt informiert. Aber keine Sorge. Jetzt machen wir einfach das Beste daraus.«

Elisa war keineswegs beruhigt. »Wird Niklas eine Pressekonferenz denn verkraften?«

»Dein Großvater ist stark.« Alexander Hilbour musterte sie aufmerksam. »Und du?«, fragte er. »Willst du dich der Presse auch schon stellen?«

Elisa fühlte, wie ihr das Blut aus dem Gesicht wich. »Wieso

denn? Nein.« Sie schluckte. »Es sei denn, Niklas braucht mich …«

»Er kann das ziemlich gut allein«, erklärte Alexander. »Und ich bin ja da. Falls du allerdings die Gelegenheit nutzen möchtest – es wäre das perfekte Comeback.«

»Aber ich will doch gar nicht …«, wandte Elisa ein. »Ich spiele kein Cello mehr.«

»Natürlich nicht. Du spielst Campanula. Das weiß inzwischen die ganze Welt, dank dieses Videos.«

»Von dem Video hatte ich keine Ahnung.« Elisa war völlig durcheinander. »Nein, Alexander, ich …« Sie stockte.

»Schon gut«, sprang Hilbour ihr bei. »So ein Schritt will wohlüberlegt sein nach der langen Zeit. Wenn du dich dazu entscheidest und so weit bist, bereite ich das gerne für dich vor. Und wenn ich dir einen Rat geben darf – am besten verschwindest du so schnell wie möglich wieder, ehe einer von den Presseleuten dich sieht.«

Die Küchentür wurde aufgerissen, und Elisa fuhr zusammen. Doch es war kein Journalist, sondern Danilo. »Elisa!«, rief er und schloss sie erleichtert in seine Arme. »Wie gut, dass du zurück bist. Ich hab bestimmt hundert Mal versucht, dich anzurufen. Du kommst genau richtig.« Er ließ sie los und sah ihr in die Augen. »Niklas findet auch, dass das *die* Gelegenheit ist, um die Campanula bekannt zu machen. In einer Stunde ungefähr ist er fertig. Dann könntest du …«

»Ich?«, fiel ihm Elisa ins Wort. »Nein, das ist keine gute Idee.« Auf einmal wurden ihre Hände schweißnass. »Ich habe eine lange Fahrt hinter mir und …«

»Du hast doch noch eine Stunde«, entgegnete er. »Du kannst dich oben frisch machen und …«

»Aber was soll ich denn spielen?«, fragte sie verständnislos. »Ich bin kein bisschen vorbereitet.«

»Wir improvisieren einfach, genau wie im Club«, schlug Danilo vor. »Ich begleite dich und …«

»Sie sollten sie nicht bedrängen«, unterbrach Hilbour ihn mit Nachdruck. »So, wie sie jetzt vor diese Leute tritt, wird man sie künftig beurteilen. Dieses Bild wird nicht mehr so leicht zu korrigieren sein.«

»Aber …«

»Hier geht es um die Zukunft von Elisa Maria Eschbach.« Der Manager betrachtete ihn streng. »Und nicht nur um Sie und Ihre Campanula. Alles zu seiner Zeit. Auch ein improvisiertes Vorspiel muss wohlüberlegt sein. Wenn Elisa noch nicht so weit ist, wäre es ein Fehler, sie jetzt dort rauszuschicken.«

Danilo sah so aus, als wollte er etwas entgegnen, dann ließ er es sein. »Natürlich will ich dich zu nichts drängen.« Er wirkte derart enttäuscht, dass Elisa versucht war, nachzugeben. Aber allein die Vorstellung, so unvorbereitet vor eine Gruppe von Journalisten zu treten, schickte ihr einen kalten Schauder durch die Adern.

»Bitte versteh«, sagte sie leise, doch Danilo hatte sich bereits wieder in der Gewalt.

»Natürlich«, sagte er und zwang sich ganz offensichtlich zu einem Lächeln. »Es wäre einfach zu schön gewesen.«

»Warum präsentieren Sie Ihr Instrument nicht selbst?«, fragte Alexander Hilbour.

»Weil ich es nicht so gut spielen kann«, gab Danilo kurz angebunden zurück. »Ich bin Instrumentenbauer, kein Cellist. Elisa dagegen … sie bringt die Campanula zum Singen.«

Sie kamen überein, dass Elisa in der Werkstatt warten würde, bis die Journalisten abgereist waren, und Alexander versprach, sie anzurufen, wenn es so weit wäre. Danilo begleitete sie, und während des gesamten Weges durch den Park sprachen sie kein Wort. Im Hof der Fasettis musste Elisa erst die Umzugskisten durchwühlen, bis sie endlich ihr Handy fand. Als sie die Werkstatt betraten, bemerkte sie, dass Danilo mit dem Bau einer neuen Campanula begonnen hatte. »Es tut mir leid wegen der Pressekonferenz«, sagte sie schließlich. Danilo machte sich an der Kaffeemaschine zu schaffen, antwortete aber nicht. Elisa fühlte sich schlecht. Machte sie gerade einen Fehler? Hätte sie doch in ihr früheres Kinderzimmer schleichen, eine Dusche nehmen und dann mutig vor die Presse treten sollen, um Danilos wundervolle Erfindung zu präsentieren? Alles in ihr sträubte sich dagegen. Nein, es wäre ein Fiasko geworden. Denn die Journalisten hätten ihr andere Fragen gestellt. Für die Campanula hätten sie sich vermutlich kaum interessiert. Vor allem hätte man sie gefragt, warum sie damals ihre Karriere so jäh abgebrochen hatte. »Ich hoffe, du kannst mich verstehen.«

»Na klar, ist schon in Ordnung«, antwortete Danilo. »Wie war die Fahrt?« Es war deutlich zu hören, dass er mit seinen Gedanken ganz woanders war.

Sie trat hinter ihn und drehte ihn zu sich. »Hör zu«, begann sie, »es wird sicher eine viel bessere Gelegenheit geben, die Campanula einer breiteren Öffentlichkeit vorzustellen. Und zwar dann, wenn sie wirklich ausgereift ist.«

»Natürlich«, gab Danilo zurück und machte sich sanft von ihr los, wandte sich dem Bord zu, als gäbe es nichts Wichtigeres, als Kaffee zu kochen.

»Hast du gewusst, dass unser Konzert ins Netz gestellt wurde?«, fragte sie.

»Nein«, antwortete Danilo. »Ich war auch überrascht.«

»Weißt du, wer das gemacht hat?«

Danilo schüttelte den Kopf und schaltete die Maschine an. »Das kann jeder gewesen sein. Ich hab schon Dante gefragt, er hat keine Ahnung. Stört es dich denn?« Endlich sah er sie an, forschend und ein wenig besorgt.

»Ich weiß nicht«, antwortete sie und ließ sich auf einen der Hocker sinken.

»Du hast mittlerweile fast eine Million Likes.«

»Das kann ich gar nicht glauben.«

Danilo holte sein Handy aus der Hosentasche und tippte darauf herum. »Hier.« Er hielt ihr das Gerät hin, und Elisa stellte erleichtert fest, dass er sie anlächelte. »Überzeug dich selbst.«

Elisa nahm das Handy und traute ihren Augen nicht. Es stimmte, was Danilo sagte. Das Video war jetzt mehr als 990.000-mal geliked worden. Wie gebannt sah sie sich wieder auf der Bühne des Jazzclubs spielen, und obwohl der Ton tatsächlich lausig war, so klang ihr gemeinsames Spiel wirklich gut. »*Wir* haben fast eine Million Likes«, sagte sie mit belegter Stimme. »Du und ich.«

Danilo schüttelte mit einem gutmütigen Lachen den Kopf. »Ich war nur die Begleitung. Und versteh mich nicht falsch, mehr will ich gar nicht sein. *Du* bist es, die hier gefeiert wird. Lies doch mal, was die Leute schreiben! Du wirst sehen, dass es eine Menge Menschen auf der Welt gibt, die Elisa Maria Eschbach nicht vergessen haben.«

Elisa starrte ihn überrascht an. Dann überflog sie einige der Kommentare. Tatsächlich. *Endlich ist Elisa Maria Eschbach zurück – wer hätte das gedacht?*, schrieb jemand aus Toronto. Und aus Washington: *Wir haben uns alle gefragt, was aus ihr geworden ist. Jetzt haben wir endlich eine Antwort. Bravo, Elisa! Wann kehrst du auf die große Bühne zurück?* Sie legte das Handy auf die Werkbank, als wäre es auf einmal zu heiß.

»Was ist los? Geht es dir nicht gut?« Besorgt ging Danilo vor ihr in die Hocke und strich ihr das Haar aus dem Gesicht zurück.

»Nein … ich«, stammelte Elisa. »Das geht mir alles zu schnell. Ich weiß doch noch gar nicht, ob ich jemals wieder im Licht der Öffentlichkeit stehen möchte.« Im Grunde hatte sie das nie für möglich gehalten.

»Ich fürchte, das ist bereits passiert.« Liebevoll griff Danilo nach ihren Händen. »Freut es dich denn überhaupt nicht, dass du so treue Fans hast?«

Elisa wusste nicht, was sie sagen sollte. Natürlich freute sie sich, sie empfand sogar so etwas wie Stolz darüber. Und dennoch. Das alles kam ihr viel zu plötzlich. Sie hatte nicht damit gerechnet, dass ihr kleiner Auftritt in dem Jazzclub solche Folgen haben würde. Vielleicht war das naiv gewesen. Aber nun war es geschehen. »Hoffentlich kommt Niklas mit dem Rummel zurecht«, sagte sie schließlich. »Er hat sich solche Mühe gegeben, sein Privatleben zu schützen. Und jetzt hab ausgerechnet ich dafür gesorgt, dass das nicht mehr möglich ist.«

»Er ist ein Profi«, versuchte Danilo sie zu beruhigen. »Außerdem hat er die Unterstützung seines Managers.«

Das stimmt, dachte Elisa. Allerdings war ihr Großvater nicht mehr derselbe wie vor seiner Erkrankung. Man würde Fotos von ihm machen, und Elisa war sich nicht sicher, wie er reagieren würde, wenn er sich in seinem aktuellen Zustand in den Zeitungen sah. Vielleicht wäre er so klug, sich das gar nicht erst anzuschauen.

Sie selbst hatte es früher ihm überlassen, ihre Kritiken zu lesen. Manchmal hatte er ihr eine Zeitung hingelegt, sie las jedoch selten, was man über sie schrieb, selbst wenn Niklas behauptete, dass sich alle nur in Lobeshymnen ergingen. Das war ihre Art gewesen, sich zu schützen, sowohl vor unbedachten Worten, die sie vielleicht verunsichert hätten, als auch vor übertriebenem Lob. Obwohl sie noch so jung gewesen war, hatte sie genau verstanden, dass man darauf nichts geben durfte. Sie wusste stets selbst, wie sie gespielt hatte und ob es an der einen oder anderen Stelle noch perfekter hätte sein können, dazu brauchte sie keine Musikkritiker. Außerdem war da Niklas gewesen, der ihr ehrlich gesagt hatte, wo sie stand. Der ganze Rummel um ihre Person war ihr nicht wichtig und zuletzt sogar lästig gewesen. Sie wollte Cello spielen und ihre Freude daran mit möglichst vielen Menschen teilen. Das war alles.

Plötzlich kam ihr ein Gedanke. »Wo ist eigentlich Mariella?«, fragte sie.

»Sie ist bei ihm.« Danilo hatte sich erhoben und schenkte ihnen den Kaffee ein, der inzwischen fertig war. »Und Amadou ebenfalls. Er lässt Niklas nicht aus den Augen, ich glaube, die Journalisten denken, er sei sein Bodyguard.«

»Trägt er denn nicht die weiße Arbeitskleidung?«

Danilo schüttelte grinsend den Kopf. »Jeans und ein schwarzes T-Shirt, in dem sein athletischer Körper so richtig gut zur Geltung kommt. Ich glaube, Cosma hat es ihm geschenkt.«

Elisa lächelte. »Die beiden sind ein Paar, oder?«

»Mich würde es freuen.«

Elisa sah nervös auf ihre Armbanduhr. Seit einer halben Stunde lief die Pressekonferenz bereits. »Ich hab kein gutes Gefühl, was Niklas anbelangt.« Sie stand auf und ging unschlüssig in der Werkstatt auf und ab. »Ich sollte bei ihm sein. Findest du nicht auch?«

»Es wird schon alles gut gehen«, versuchte Danilo sie zu beruhigen. Und dann erzählte er ihr, dass in ihrer Abwesenheit die neuen Möbel gekommen waren. Gemeinsam mit Dante hatte er schon alles aufgebaut, es war ihm sogar gelungen, die alte Standuhr in der Diele zu reparieren. »Das Schlagwerk darin macht ganz schön Radau«, erzählte er grinsend. »Nachts müssen wir es wahrscheinlich anhalten, sonst haut es uns zu jeder vollen Stunde aus dem Schlaf.« Sie lachten, und die

Anspannung fiel von Elisa ab. »Jedenfalls können wir jetzt endlich einziehen«, schloss Danilo. Im selben Moment begann Joris zu bellen, und Danilo trat ans Fenster. Im Hof stand ein Mann und sah sich suchend um.

»Wer ist das?«, fragte Elisa alarmiert.

»Einer der Journalisten.« Danilo runzelte die Stirn. »Ich hab ihn vorhin in der Villa gesehen. Besser du gehst nach nebenan.«

Jetzt hatte der Mann die Werkstatt entdeckt und kam auf sie zu. Elisa schlüpfte durch die Tür, die zum Besucherraum der Fasettis führte, als es auch schon klopfte. Rasch drehte sie den Schlüssel hinter sich im Schloss um und presste ein Ohr gegen das Holz. Tatsächlich konnte sie hören, wie Danilo den Journalisten nach seinen Wünschen fragte.

»Entschuldigen Sie bitte. Ich bin auf der Suche nach Elisa Maria Eschbach. Ist sie zufällig hier?«

»Ich kann sie nirgendwo entdecken«, gab Danilo zurück, und Elisa musste grinsen, trotz ihres Ärgers über die Unverfrorenheit des Journalisten. »Sie vielleicht?«

»Sind Sie nicht der Mann, der auf dem Video am Flügel gesessen hat?«

»Das ist richtig«, hörte Elisa Danilo sagen. »Ich bin übrigens derjenige, der die Campanula gebaut hat. Das Instrument, auf dem Frau Eschbach gespielt hat.«

»Aha.« Elisa hätte den Journalisten allein seines desinteressierten Tons wegen ohrfeigen mögen. »Dann stehen Sie doch sicherlich in Kontakt mit ihr?«

Einige Momente verstrichen, schließlich sagte Danilo. »Was wollen Sie von ihr?«

»Ich bin Filmemacher«, sagte der Mann. »Und ich würde gerne eine Langzeitdokumentation mit ihr machen. Ihr Weg zurück auf die Bühne. Hier …«, einige Sekunden war es still, »meine Visitenkarte. Wenn Sie so freundlich wären …«

»Wenn sie interessiert ist«, antwortete Danilo, »wird sie sich bei Ihnen melden.«

Auf einmal begann Elisas Handy, das sie in der Eile in der Werkstatt zurückgelassen hatte, zu klingeln, und sie zuckte zusammen. Dann beruhigte sie sich. Der Dokumentarfilmer konnte ja nicht wissen, dass das ihres war. Angespannt hörte sie, wie Danilo den Anruf entgegennahm.

»Ja?«, hörte sie ihn sagen. »Gerade nicht möglich. Hm … bereits eingetroffen. Keine Sorge, alles bestens. Bis später.«

Unruhig wechselte Elisa von einem Bein aufs andere. Sicher war das Alexander gewesen, der ihnen mitteilen wollte, dass die Pressekonferenz beendet war. Und sie vor dem Auftauchen des Filmemachers warnen wollte. Hoffentlich verschwand der Eindringling bald. Sie wollte unbedingt so schnell wie möglich nach Niklas sehen.

»Wissen Sie was?«, sagte Danilo im anderen Raum. »Da Sie sich ja nicht für Elisa Maria Eschbachs neues Instrument interessieren – wieso lassen Sie mich jetzt nicht weiterarbeiten und gehen Ihres Weges?«

Der Dokumentarfilmer schien zu zögern, dann verabschiedete er sich tatsächlich, und Elisa sah ihn wenig später den Hof überqueren und zwischen den Rosenholzbäumen verschwinden. Was für ein Anfänger, dachte sie. Wenn er ernsthaft an einer Dokumentation über ihre Rückkehr zur Musik interessiert wäre, dann hätte er sich diese Gelegenheit nicht entgehen lassen, alles über ihr neues Instrument zu erfahren.

»Hier«, sagte Danilo, als sie in die Werkstatt zurückkehrte, und reichte ihr die Karte.

»Ich hab alles mitgehört«, gab Elisa zurück, nahm die Karte und riss sie mittendurch.

»Was machst du denn da?« Danilo klang geradezu entsetzt. »Willst du denn gar nicht …«

»Nein«, entgegnete Elisa.

»Es wäre eine großartige Chance!«

»Ganz sicher nicht.«

»Verdammt noch mal«, donnerte Danilo los, und Elisa begriff, dass er die Sache vollkommen anders sah. »Das wäre die einmalige Gelegenheit, dich gemeinsam mit der Campanula in der Öffentlichkeit zu etablieren. Dass du nicht unvorbereitet vor die Presse treten möchtest – das kann ich ja noch verstehen. Aber einen Dokumentarfilm von vorneherein abzulehnen …«

»Danilo, bitte, komm zur Vernunft«, bat Elisa. »Einer, der dich behandelt wie einen Botenjungen und nicht begreift, wen er vor sich hat, wird keinen qualitätvollen Dokumentarfilm drehen. Ich finde es empörend, wie er dich …«

»Und ich finde es empörend, wie du jede Gelegenheit ablehnst, die mir auch nur ein bisschen helfen könnte, aus dieser unmöglichen Situation herauszukommen.« Er machte eine ausladende Geste, die die gesamte Werkstatt mit einschloss. Elisa wurde bewusst, dass sie sich wie zwei Kampfhähne gegenüberstanden. Ihre Kehle war plötzlich wie ausgetrocknet. Auf einmal wurde ihr schwindelig. Sie hatte seit dem belegten Brötchen während ihrer kurzen Rast am Vormittag nichts mehr gegessen und zudem viel zu wenig getrunken. Halt suchend lehnte sie sich gegen die Werkbank und stieß dabei gegen ein Stück Klangholz, das rumpelnd zu Boden fiel.

»Himmel, pass doch auf«, fuhr Danilo sie an, der offenbar nicht bemerkte, dass sie sich nicht gut fühlte.

Da klingelte Elisas Handy erneut. Sie atmete ein paarmal tief durch und nahm das Gerät vom Tisch. »Ja?«, sagte sie und versuchte, gegen das Schwindelgefühl anzuatmen.

»Wo bist du?«, hörte sie Mariella fragen, und ihr Ton verhieß nichts Gutes. »Bitte komm, so schnell du kannst.«

»Was ist passiert?«

»Niklas«, sagte sie. »Ich glaube, er ist verrückt geworden.« Und dann hörte Elisa nur noch ein seltsames Geräusch. Es dauerte eine Sekunde, bis sie begriff, dass Mariella schluchzte.

7
Auszeit

So schnell war Elisa noch nie durch den Park hinauf zur Villa gelaufen wie an diesem späten Nachmittag. Ihre Schwäche war vergessen, sie wusste selbst nicht, woher sie die Kraft mobilisierte. Der Gedanke, dass sich ihre Befürchtung bewahrheitet und Niklas die Pressekonferenz nicht gut überstanden hatte, war schier unerträglich.

Sie betrat die Villa durch die Terrassentür und erwartete das Schlimmste. Doch Niklas saß quicklebendig in seinem Sessel und unterhielt sich mit Alexander, der gerade einige Unterlagen in eine abgewetzte Rindsledertasche schob. Ihr Großvater schien vollkommen in sich ruhend, und Elisa fragte sich, warum Mariella so aufgewühlt gewesen war.

»Gut, dass du kommst«, sagte Niklas und lud sie mit einer Handbewegung ein, Platz zu nehmen. »Es gibt großartige Neuigkeiten.«

Elisa sah sich im Musikzimmer um. Das Pflegebett war nicht mehr da, und den Flügel hatte man in eine Ecke des großen Raumes geschoben. Rund ein Dutzend Stühle aus dem Esszimmer war für die Journalisten aufgestellt worden, Elisa zog einen davon heran. »Ist alles in Ordnung?«, fragte sie.

»Ja, warum?« Niklas betrachtete sie argwöhnisch. »Ach so, hast du womöglich mit Mariella gesprochen?« Elisa nickte, und Niklas verzog das Gesicht. »Sie ist hysterisch«, sagte er.

»Nun ja, sie ist vermutlich besorgt«, wandte Alexander ein

und erhob sich. »Und wenn ich ehrlich sein darf – ich bin es auch. Aber da du es schon öffentlich gemacht hast …«

»Was denn?«, fragte Elisa alarmiert. »Was hast du öffentlich gemacht?«

»Ich werde endlich wieder arbeiten«, sagte Niklas.

»Du wirst … was?«

»Dirigieren.« Niklas streckte seine Arme aus und krümmte seine Finger zur Faust, öffnete und schloss sie. Eine Übung, die er seit Wochen mit Amadou machte.

Elisa wusste nicht, was sie sagen sollte. Hilfesuchend sah sie zu Alexander, doch der zuckte nur mit den Schultern. »Und wann genau?«

»Nächsten Monat an der Scala in Mailand.« Alexander sah auf die Rolex an seinem Handgelenk. »Das ist wenigstens nicht so weit weg, und Niklas muss nicht fliegen. Wir hatten gehofft, dass du ihn begleitest.«

»Natürlich begleite ich dich«, sagte Elisa. »Aber …«

»Nichts ›Aber‹«, fiel ihr Niklas ins Wort. »In ein paar Tagen steht es in allen Zeitungen. Jetzt gibt es kein Zurück.« Und er wirkte auch kein bisschen, als wollte er einen Rückzieher machen. Er betrachtete Elisa und kniff dabei ein wenig die Augen zusammen. »Ich konnte die Zeitungsleute doch nicht mit einer Krankengeschichte heimschicken, jetzt, wo sie mich aufgespürt haben.«

»Das ist meine Schuld«, brach es aus Elisa hervor. »Es tut mir so leid, dass ich die Journalisten auf deine Fährte gebracht habe.«

»Dir muss überhaupt nichts leidtun«, erwiderte Niklas. »Im Gegenteil. Weißt du, ich bin ziemlich stolz auf dich. Eine Million Zuhörer! Die hattest du in deinen besten Zeiten nicht.«

Elisa stöhnte. »Wenn ich gewusst hätte, dass da einer filmt …«

»Was dann?«, fiel ihr Niklas ins Wort. »Wärst du womöglich

gar nicht aufgetreten?« Das Lächeln verschwand aus seinem Gesicht, und auf einmal war ihm die Anstrengung des Tages deutlich anzusehen. »Hör mir gut zu, Elisa. Du bist schon einmal vor deinem Schicksal davongelaufen. Tu dir und mir und der ganzen Welt das bitte nicht noch einmal an.«

»Er muss verrückt geworden sein«, wiederholte Mariella später in der Werkstatt. »Er kann doch unmöglich eine komplette Oper dirigieren.«

Danilo räumte schweigsam seine Werkbank auf. Er wirkte noch immer schlecht gelaunt.

»Er sagt, er wird im Sitzen dirigieren.« Im Grunde pflichtete Elisa Mariella durchaus bei. Sie fand, dass Niklas ein zu großes Wagnis einging. Aber ihr war ebenso klar, dass er sich von seinem Plan nicht abbringen lassen würde.

»Trotzdem«, beharrte Mariella.

Elisa beobachtete, wie Danilo die beiden Hälften der Visitenkarte, die der Filmemacher ihm gegeben und die sie zerrissen hatte, sorgsam beiseitelegte. Dachte er immer noch über dieses Vorhaben nach? »Ich bin müde«, sagte sie.

»Natürlich.« Danilo straffte sich. »Du hattest heute eine weite Fahrt.« Sie verabschiedeten sich von Mariella, die immer noch außer sich zu sein schien. Es war bereits dunkel, als sie in den Citroën Berlingo stiegen, und Elisa war vollkommen erschöpft.

»Wollen wir heute wirklich schon in der Mühle schlafen?« Elisa gähnte. Eigentlich hatte sie sich diesen Tag ganz anders vorgestellt. Sie hatte ihre Sachen in die Schränke räumen und das neue Bett beziehen wollen. Und am Abend hatte sie sich mit Danilo bei einem Glas Wein auf der Loggia gesehen. »Oder ein letztes Mal im Rustico?«

»Wie du möchtest«, antwortete Danilo und klang, als sei ihm alles vollkommen gleichgültig.

»Was möchtest denn *du?*«, fragte Elisa zurück.

»Spielt das denn eine Rolle?« Danilo startete den Motor und steuerte den Wagen aus dem Hof.

»Natürlich spielt das eine Rolle.« Elisa versuchte in Danilos Miene zu lesen. Doch es war zu dunkel, und er drehte den Kopf zur anderen Seite.

»Den Eindruck habe ich aber nicht.«

Elisa lehnte ihren Kopf zurück und schloss die Augen. Das Letzte, was sie jetzt noch gebrauchen konnte, war ein Streit. »Bitte sag mir, warum du so verärgert bist.«

»Ich bin nicht verärgert«, gab Danilo zurück. »Ich muss mich nur damit abfinden, dass alles andere wichtiger ist als meine Bedürfnisse.«

»Was meinst du damit?«

»Na alles!« Danilo bog mit Schwung um die nächste Kurve. »Der Fortbestand der Werkstatt. Niklas' Gesundheitszustand. Und der Aufruhr um das Video.«

»Dafür kann ich doch nichts«, warf Elisa ein.

»Natürlich nicht.« Danilo sah stur geradeaus. »Ich mach dir ja auch keine Vorwürfe.«

»Nein?«

Danilo wandte ihr kurz den Kopf zu. Seine Augen blitzten gefährlich. »Mache ich dir etwa Vorwürfe?«

»Irgendwie … na ja, kommt es mir schon so vor.«

»Ich habe dich lediglich gefragt, wo du heute schlafen möchtest«, entgegnete Danilo scharf.

Elisa atmete ein paarmal tief ein und wieder aus und versuchte, ruhig Blut zu bewahren. »Lass uns ins Rustico fahren«, sagte sie schließlich. Denn in dieser Stimmung wollte sie auf keinen Fall zum ersten Mal in der gemeinsamen Wohnung übernachten.

Sie sprachen nicht mehr viel an diesem Abend, und obwohl Elisa wirklich müde war, fand sie lange keine Ruhe. War Danilos Gereiztheit ein Anzeichen dafür, dass bald der Moment kommen würde, an dem auch diese Beziehung zu Ende ging, so wie ihre anderen zuvor? Ihr Herz klopfte schmerzhaft in ihrer Brust, und zu gerne hätte sie sich mit Danilo ausgesprochen, doch der schlief bereits tief und fest, wie nur Männer es nach einem solchen Wortwechsel vermochten.

Irgendwann schlummerte sie dennoch ein, und als sie aufwachte, war Danilo bereits aufgestanden. Ihre Unstimmigkeiten vom Abend zuvor kamen ihr wieder in den Sinn, und sie beschloss, nicht jedes Wort, das gefallen war, auf die Goldwaage zu legen und mit diesem neuen Tag auch neu anzufangen.

Sie fand Danilo vor dem Haus. Er hielt einen Becher Kaffee in der Hand und sah zu den Bäumen auf der anderen Seite des Weges. Als er sie bemerkte, legte er lächelnd den Finger auf seine Lippen und wies in den Wald.

Ein Reh stand dort und hob wachsam den Kopf, bemerkte sie jedoch nicht und äste geruhsam weiter. Leichtfüßig und geräuschlos trat ein Rehbock aus dem Unterholz und gesellte sich dazu. Einige aus der Zeit gefallene Momente beobachteten sie atemlos die Tiere, bis diese lautlos zwischen den Tannen verschwanden.

»Hast du gut geschlafen?« Danilo legte den Arm um Elisa und drückte ihr einen Kuss auf die Stirn.

»Tief und fest«, antwortete sie und verschwieg, dass sie lange wach gelegen hatte. »Und du?«

»Es war unsere letzte Nacht hier.« Danilo sah ihr in die Augen. »Jetzt beginnt unser *gemeinsames* Leben.«

»Dann wollen wir die Dinge von jetzt an auch gemeinsam entscheiden«, schlug sie vor und schmiegte sich an ihn. Erleichtert fühlte sie, wie er sie sanft an sich zog. Sie würden das hinbekommen. Dieses Mal würde ihre Liebe nicht scheitern. Jedenfalls hoffte Elisa das inständig.

Die neue Wohnung zu ihrem Heim zu machen war etwas vollkommen Neues für Elisa. Von klein auf war sie daran gewöhnt, dass nichts von Bestand war, dass die Orte, an denen sie gemeinsam mit ihrer Mutter gewohnt hatte, Durchgangsstationen waren, Aufenthalte für eine gewissen Zeit, nichts von Dauer. Die ersten Jahre ihres Lebens während Annas Ausbildung an der Modeschule hatten sie in einem Mailänder Studentenwohnheim verbracht, danach waren sie nach Berlin gezogen und hatten in den Räumen der ehemaligen Handschuhfabrik, in der Anna noch heute ihr Studio hatte, ihr Lager aufgeschlagen. Bei Niklas war sie im Grunde nur zu Besuch gewesen, und selbst in den beiden Jahren, als sie zu ihm gezogen war, hatten sie dauernd ihre Koffer gepackt und waren zu Meisterkursen bei berühmten Cellisten, zu Wettbewerben und zu Konzertauftritten gereist. Künstler, so hatte sie gelernt, waren eine Art fahrendes Volk, das nirgendwo Wurzeln schlug. Eine umso wichtigere Rolle hatten die Menschen gespielt, mit denen sie zusammengelebt hatte: ihre Mutter und Niklas. Wenn Elisa hätte sagen sollen, was Heimat für sie bedeutete, wären es diese beiden Menschen gewesen, keine Orte. Und dann hatte sie erlebt, dass auch auf diese beiden kein Verlass gewesen war, und sich von ihnen gelöst.

Das Gefühl, an keinem Ort wirklich zu Hause zu sein, war allerdings geblieben. Deshalb hatte sie stets möblierte Wohnungen gemietet, nachdem sie sich endlich von Anna freigeschwommen hatte. Ansprüche stellte sie nur wenige, eine Wanne im Badezimmer war ihr wichtig, außerdem legte sie Wert auf ausreichend Sonnenlicht. Noch nie hatte sie eine so große Wohnung wie die in der alten Mühle bewohnt, geschweige denn eingerichtet.

Und so kam es, dass Elisa einen ganzen Vormittag lang in der neuen Wohnung von einem Zimmer ins andere ging und zu begreifen versuchte, dass sie nun nach all den Jahren so etwas wie sesshaft wurde. Danilo schien es nicht anders zu gehen, und einige Male stellten sie gemeinsam die Möbel noch mal um, bis alles an seinem Platz war. Dann machten sie eine Liste mit Dingen, die noch fehlten.

»Wenn du möchtest, gehen wir gemeinsam einkaufen«, schlug Cosma ihr in diesen Tagen vor. Offenbar hatte die Freundin bemerkt, wie schwer sich Elisa damit tat, ihr neues Domizil in Besitz zu nehmen.

»Wenn Danilo damit einverstanden ist?« Elisa dachte daran, was sie sich versprochen hatten.

»Ich kenne keinen Mann, der unbedingt mitentscheiden möchte, welches Besteck in der Schublade liegt oder von welchen Tellern er isst.« Cosma lachte. »Aber natürlich bin ich nicht gerade die Expertin in Sachen Zusammenleben.«

Elisa verkniff sich schmunzelnd eine Bemerkung über Amadou, der inzwischen fast jeden Abend bei Cosma vorbeischaute und häufig über Nacht blieb. Dass die Tierärztin, die noch immer Witze über die sogenannte »große Liebe« riss, rundum glücklich wirkte, blieb niemandem verborgen.

Cosma behielt recht – Danilo war mehr als froh, dass Elisa die Einkäufe übernahm, und so verbrachten die beiden Frauen einen gut gelaunten Nachmittag mit dem Besorgen von diversen Utensilien für Küche und Bad. Cosma kannte viele kleine Geschäfte jenseits der Grenze zu Italien, die nur wenige Kilometer von der alten Mühle entfernt verlief, weshalb die Tierärztin gerne sagte, dass sie mit einem Bein in der Schweiz und mit dem anderen in Italien lebte. Elisa genoss diese unbeschwerten Stunden, die sie von ihren Sorgen ablenkten. Denn Danilo wirkte von Tag zu Tag unzufriedener. Und Niklas hielt stur an seiner Entscheidung fest, Ende Juni an der Mailänder Scala eine Aufführung der Oper *Tosca* zu dirigieren. Triumphierend zeigte er Elisa die Zeitungsberichte, die von seiner Rückkehr ans Dirigentenpult berichteten. Es war ihm mit Alexanders Hilfe tatsächlich gelungen, sich auf der Pressekonferenz trotz der Folgen seines Schlaganfalls ins beste Licht zu rücken. Und selbst Elisa staunte über die Fortschritte, die ihr Großvater machte. Inzwischen konnte er mithilfe eines Stockes zwar langsam, jedoch recht sicher gehen. Und seine Arme gewannen viel von ihrer früheren Beweglichkeit und Kraft zurück. Das war auch notwendig, denn der Beruf eines Dirigenten verlangte davon eine ganze Menge.

Elisa besuchte ihn fast täglich und ging mit ihm die Partitur durch, um seine Erinnerung aufzufrischen. Sie wusste, dass er diese Oper in seinem Leben einige Male dirigiert hatte, und doch schien er nun über verschiedene Stellen nachzudenken und sie ein wenig anders interpretieren zu wollen als früher.

»Wenn du alt wirst«, sagte er einmal zu Elisa, »dann siehst du vieles in einem anderen Licht.«

»Wird er es denn schaffen?«, fragte Elisa eines Abends Amadou, als sie alle in ihrem *salotto* in der Mühle beisammensaßen.

»Er hat ein Ziel, und das ist gut«, gab Amadou zur Antwort. »Er verfolgt es mit eisernem Willen. Meine Großmutter hat immer gesagt, der Wille ist die größte Macht eines Menschen. Und du weißt ja …«

»… deine Großmutter war eine kluge Frau«, beendete Elisa lächelnd den Satz. »Manchmal denke ich, sie und Niklas hätten sich gut verstanden.«

Amadou grinste und hob die Schultern. »Sie hätten vermutlich prächtig miteinander gezankt.«

»Gefällt es dir hier in der Wohnung?«, fragte Cosma Danilo,

der wie immer spät aus der Werkstatt gekommen war und sich erschöpft auf das neue Sofa hatte fallen lassen. An diesem Tag hatte Elisa einige Teppiche angeschafft und in der Wohnung verteilt. Danilo schien es nicht einmal zu bemerken.

»Ja, es ist alles sehr schön.« Er lehnte sich zurück und schloss die Augen. Seine Worte klangen so gleichgültig, dass Cosma leicht die Brauen hochzog und einen kurzen Blick mit Elisa wechselte. Es war klar, dass es für ihn ohne Bedeutung war, ob hübsche Teppiche am Boden lagen oder nicht. Jeder sah ihm an, dass er nicht glücklich war, und Elisa tat alles dafür, um ihn wenigstens im Alltag ein wenig aufzuheitern. An der vertrackten Situation seines Familienunternehmens, die ihn so belastete, würde sie kaum etwas ändern können. Niklas hatte zwar, wie er es versprochen hatte, vor einer Weile an Fabio einen langen Brief geschrieben. Eine Antwort war leider nie gekommen.

Die Visitenkarte des Filmemachers hatte Elisa heimlich mit Tesafilm zusammengeklebt und in ihre Geldbörse gesteckt, konnte sich jedoch nicht dazu entschließen, ihn anzurufen. Das Letzte, was sie wollte, war jemand, der mit einer Kamera hinter ihr herlief, um »ihre Rückkehr auf die Bühne« zu filmen. Wusste sie doch nicht einmal, ob sie jemals wieder auftreten würde, und wenn ja, wann. Sie wollte sich auf keinen Fall drängen lassen. Obwohl Danilo nicht mehr darüber sprach, ahnte sie doch, dass er sich genau das von ihr wünschte. Und während der Stunden, in denen sie ihm in der Werkstatt half, lastete diese unausgesprochene Erwartung wie ein Vorwurf auf ihr.

Sie hätte ihm nur zu gern seinen Wunsch erfüllt. Aber sie war noch immer Profi genug, um zu wissen, dass ein paar improvisierte Sessions nicht ausreichten, um auf die großen Konzertbühnen dieser Welt zurückzukehren. Dafür brauchte sie etwas Eigenes, etwas Besonderes. Sie hatte einfach noch keine

Ahnung, was das sein könnte, und es brachte auch nichts, darüber nachzugrübeln.

Und so war es eine wahre Erleichterung für sie, wenn sie gemeinsam mit Cosma lange Spaziergänge mit den Hunden unternahm. In den vergangenen Wochen hatte Elisa die Tiere besser kennengelernt und war nun mit dem Charakter eines jeden einzelnen vertraut. Die wilde Ausgelassenheit der Tiere schreckte sie nicht mehr, im Gegenteil, ihre so offen gezeigte Freude und gute Laune steckten sie an. Mittlerweile nahm sie es sogar mit Rocky auf, jenem Schäferhund, den Cosma im vergangenen Jahr halb verhungert vor der Todesstation gerettet hatte. Er hatte sich prächtig entwickelt, hinkte nur noch ganz leicht auf einem der hinteren Läufe und war seiner Retterin mit einer derart hingebungsvollen Liebe zugetan, die Elisa tief berührte.

Und doch ahnte sie, dass es nicht mehr lange so weitergehen konnte. Danilo erschien ihr wie ein Pulverfass, das jeden Augenblick explodieren konnte, und sie hatte keine Ahnung, was dann geschehen würde. Das Dumme war, dass Elisa keinen Ausweg wusste und sich nicht in die schwierige Beziehung zwischen ihm und seiner Mutter einmischen wollte. Im Grunde musste Danilo selbst eine Entscheidung treffen.

»Warum nehmt ihr beide nicht mal eine kleine Auszeit?«

Es war Freitagabend, und Serafina hatte einmal mehr ein wunderbares Mahl für sie gezaubert. Auch Romy und Mimi waren gekommen.

»Wen meinst du?« Danilo sah Elisas Großvater fragend an.

»Na, euch beide. Elisa und dich.«

»Eine Auszeit?« Mariella runzelte die Stirn. »Ausgerechnet jetzt? Das kommt nicht infrage.«

»Was ist eine Auszeit?«, erkundigte sich Mimi.

»Wenn man für eine gewisse Zeit etwas anderes tut als sonst«, erklärte Romy ihrer Tochter. »Alles hinter sich lässt und eine Weile weggeht.«

»So wie Papa?«, fragte die Kleine, und Tränen schimmerten in ihren Augen. Unwillkürlich presste sie ihren Stoffaffen, den sie stets bei sich trug, fester an sich.

»Ja genau«, antwortete Romy und wandte den Blick ab. »So wie Papa.«

»Es können nicht einfach alle weggehen.« Mariella funkelte Niklas empört an.

»So kann Danilo nicht weitermachen.« Niklas kostete von dem köstlichen Zitronenrisotto, das Serafina als *primo piatto* serviert hatte. Dann wies er mit der Gabel auf Danilo. »Schau ihn dir doch an. Ich gebe ihm noch zwei, drei Wochen, ehe er alles hinschmeißt.« Danilo war bleich geworden. »Schließ die Werkstatt ab, nimm Elisa, und macht ein bisschen Ferien. Eine Reise. Was immer euch einfällt. Verschwindet eine Weile von hier. Denn lange geht das nicht mehr gut.«

»Jetzt haben sich die beiden gerade die Wohnung neu eingerichtet.« Mariella war offensichtlich nicht bereit, den Vorschlag so schnell zu akzeptieren.

»Na und?« Niklas warf ihr einen warnenden Blick zu. »Sie läuft nicht weg, die Wohnung. Und die Werkstatt auch nicht. Aber womöglich dein zweiter Sohn, wenn wir nicht achtgeben. Und das möchtest du doch sicher nicht?«

Mariella sah erschrocken von ihm zu Danilo. Dann senkte sie den Blick.

»Brauchst du mich denn nicht?«, fragte Elisa leise.

»Ob ich dich brauche? Du meinst wegen der *Tosca*?« Niklas betrachtete sie aus seinen gletscherblauen Augen. »Hör mal zu, mein Kind. Ich habe die *Tosca* dirigiert, da warst du noch nicht einmal geboren.«

»Ich weiß«, gab Elisa zurück. »Aber damals warst du noch ein bisschen jünger.«

»Und jetzt bin ich ein alter Trottel, was?«

Elisa hielt die Luft an und machte sich auf einen seiner berühmten Wutanfälle gefasst. Doch auf einmal zuckten Niklas' Mundwinkel, und er begann zu lachen. »Du hast recht. Ich krieg das trotzdem alleine hin.«

Danilo blieb an diesem Abend schweigsam, und erst, als sie in ihrem neuen Zuhause noch zusammen ein Glas Rotwein auf der Loggia tranken, wurde er wieder gesprächig. »Kennst du eigentlich das Blenio-Tal und die Capanna di Gorda?«, fragte er.

»Nein. Wo ist das?«

»Ungefähr eine Stunde von hier.« Danilo lehnte seinen Kopf zurück und sah hinauf zum Sternenhimmel. »Kurz vor dem Gotthardtunnel geht es bei Biasca rechts ab. Und dann hinauf auf knapp 2000 Meter.« Er griff nach ihrer Hand, und Elisa war es, als würde eine Welle von Liebe zu ihr herüberströmen. Eine riesige Erleichterung durchflutete sie. Offenbar hatte ihr Großvater mit seiner Idee ins Schwarze getroffen. »Dort oben kann man wundervoll wandern«, fuhr Danilo fort. »Niklas hat recht. Was ich brauche, ist eine Veränderung. Wenigstens für eine Weile. Einen Wechsel der Perspektive. Die Welt von oben betrachten. Und Touren, auf denen kein Platz für trübe Gedanken ist. Weil man sich ständig auf den Weg konzentrieren muss. Und von der Schönheit der Landschaft vollkommen berauscht wird.« Er wandte den Kopf und sah sie an. In seinen Augen spiegelte sich das Licht der Sterne. »Bist du dabei?«

»Ich bin dabei«, antwortete sie feierlich. Es war lange her, dass sie in den Bergen gewandert war, und genau genommen hatte sie das vorher nur einmal getan. Aber das spielte jetzt keine Rolle. Sie konnte geradezu fühlen, wie von Danilo eine

Last abfiel. Und wie sehr es sie selbst bedrückt hatte, dass ihr Liebster mit seinem Leben haderte. »Wann soll es losgehen?«

»Sobald wir die nötigen Vorbereitungen getroffen haben.« Auf einmal klang Danilos Stimme voller Elan. »Du brauchst gute Bergstiefel. Und sonst noch einiges.«

»Dann lass uns das besorgen.«

In dieser Nacht liebten sie sich wieder so wie zu Beginn ihrer Beziehung. Und Elisa wurde klar, dass sich etwas ändern musste. Und zwar grundsätzlich. Eine kleine Auszeit mit Trekkingtour war eine feine Sache, würde das Problem aber nicht lösen. Wenn Fabio tatsächlich nicht zurückkam, war die Geigenbauerwerkstatt auf Dauer nicht zu halten. Außer Danilo konnte seinen Traum verwirklichen und das tun, was er wirklich wollte: Campanulas bauen.

Sie brachen an einem sonnigen Morgen Ende Mai auf. Die Wiese rund um die alte Mühle stand in voller Blüte, und aus dem Wald drang der würzige Geruch nach Harz und wilden Kräutern zu ihnen herüber, als sie die Rucksäcke im Wagen verstauten. Sie hatten für Elisa nicht nur feste Wanderschuhe, sondern auch Stöcke besorgt, eine leichte Windjacke und einen flotten Sonnenhut.

Als sie losfuhren, kurbelte Elisa das Seitenfenster herunter, um die milde Luft hereinzulassen. Es war ungewohnt, an der Abzweigung nach Morione vorbeizufahren und den Tunnel in Richtung Norden zu durchqueren. Als sie die letzten Außenbezirke von Lugano hinter sich ließen und sie einen kurzen Blick auf den Lago Maggiore erhaschen konnten, atmete Danilo hörbar auf.

»Früher waren Dante und ich dauernd in den Alpen unterwegs«, erzählte er. »Es gibt so viele schöne Ecken im Tessin, die ich dir noch nicht gezeigt habe.«

»Damit fangen wir jetzt an.«

Vor ihnen leuchteten die Berge im Morgenlicht.

Danilo lächelte ihr zu. »Ich glaube, damals hat Dante beschlossen, das zu seinem Beruf zu machen.«

»Du meinst das Wandern?«

»Ja, das auch. Du weißt, dass er für Touristen alle möglichen Freizeitaktivitäten anbietet. Am liebsten allerdings macht er geführte Trekkingtouren.« Elisa erinnerte sich, dass Dante und Danilo oft über verschiedene Wegstrecken und Übernachtungsmöglichkeiten sprachen. »Er hat das Glück, sein liebstes Hobby zu seinem Beruf gemacht zu haben. Ich beneide ihn darum.« Nach diesen Worten schwieg Danilo wieder. »Weißt du«, fuhr er nach einer Weile fort, »ich habe meinem Vater versprochen, die Werkstatt weiterzuführen, als er so krank wurde. Gemeinsam mit Fabio. Das war sein größter Wunsch, und uns allen war klar, dass er nur mit der Gewissheit in Frieden gehen konnte, dass sein Lebenswerk und das seiner Vorväter Bestand haben würde.«

Elisa legte mitfühlend ihre Hand auf seinen Arm. Natürlich erklärte es, warum Danilo trotz seines Widerwillens noch immer in der Werkstatt blieb, obwohl dies seinem Freiheitsdrang überhaupt nicht entsprach. Elisa fragte sich, ob Danilo dieses folgenschwere Versprechen aus freien Stücken gegeben oder ob er sich dazu verpflichtet gefühlt hatte.

»Woran ist Reno eigentlich gestorben?«, fragte sie.

»Er hatte Krebs. Leider hat man das zu spät erkannt.« Danilo schluckte. »Aber das mit der Werkstatt … Solange Fabio noch da war, hat das alles gut geklappt. Inzwischen wird mir klar, wie schwierig es für ihn gewesen sein muss, als ich so oft weg war. Der große Unterschied ist, dass er für sein Leben gern Geigen, Bratschen und Celli baut und keinerlei Neigung verspürt, an ihnen etwas zu verändern oder Neues auszuprobieren. Fabio ist unserem Vater so viel ähnlicher als ich.« Danilo seufzte und schüttelte den Kopf. »Nie im Leben wäre ich darauf gekommen, dass er gar nicht sein Sohn ist. Viel eher habe ich gedacht, dass ich irgendwie versehentlich in diese Familie geraten bin.«

»Du bist Instrumentenbauer mit Leib und Seele«, wandte Elisa ein. »Und dass du Freude daran hast, zu experimentieren, und dich nicht mit der althergebrachten Bauweise zufriedengibst, zeigt doch, dass du ein echter Fasetti bist.«

Danilo warf ihr einen liebevollen Blick zu, und sein Lächeln wärmte ihr Herz. »Findest du?«

»Ich habe Reno leider nicht kennengelernt«, antwortete Elisa. »Aber wenn ich seine Fotos anschaue, sehe ich durchaus große Ähnlichkeiten zwischen euch beiden.«

»Wirklich?«

»Ihr habt dasselbe Lächeln«, sagte Elisa und betrachtete Danilos Profil von der Seite. »Ich glaube, wenn du älter bist, wird die Ähnlichkeit noch deutlicher zutage treten.«

Das schien Danilo zu beschäftigen, denn während sie weiter nach Norden fuhren, schwieg er nachdenklich.

Hinter Bellinzona, wo Elisa noch vor Kurzem in Richtung München die Abzweigung in Richtung Chur genommen hatte, begann Neuland für sie. Immer tiefer drangen sie in die Bergwelt ein, immer mächtiger ragten die Gipfel in den leuchtend blauen Himmel. Schließlich setzte Danilo den Blinker, und sie verließen die Autobahn, um in ein wildromantisches Tal abzubiegen, das Valle di Blenio. Zu beiden Seiten des Flusses stiegen die Hänge steil empor, zunächst als grüne Wiesen, dann bedeckten Wälder ihre Flanken. Und als Elisa den Kopf in den Nacken legte, erspähte sie ganz oben blanke Felsgipfel, von denen einige mit Schnee wie mit Puderzucker bestäubt waren.

»Lust auf einen Kaffee?« Sie erreichten ein Dorf, und Danilo verlangsamte das Tempo. »Da vorne gibt es eine nette Bar.«

»Oh ja, gute Idee.«

Wenig später stellten sie den Wagen auf einem kleinen Platz ab. Elisa sah sich um. Ein Lebensmittelgeschäft lockte mit lokalen Spezialitäten, Käse aus der Region und hausgemachten Nudeln. An den Tischen auf der kleinen Terrasse des Cafés auf der anderen Straßenseite herrschte reger Betrieb. Frauen mit Einkaufstaschen hielten ein Schwätzchen. An der Theke standen Männer in Arbeitsoveralls, vor sich kleine Espressotassen.

Danilo orderte zwei Cappuccini, und Elisa suchte auf der Terrasse ein sonniges Plätzchen für sie aus. »Dort oben ist es.« Danilo wies eine der Bergflanken hinauf. »Wenn du genau hinschaust, kannst du die Kirche von Gorda erkennen.«

Elisa beschattete ihre Augen mit der Hand und versuchte, unter den winzigen Häusern, die wie über die Hänge verstreutes Spielzeug wirkten, eine Kirche auszumachen. Ihr wurde ein wenig schwindelig, so hoch ragten die Gipfel empor. »Wie kommt man denn überhaupt dort hinauf?«, fragte sie.

Danilo lachte. »Es gibt Wege«, sagte er. »Keine Sorge, ich kenne mich hier gut aus.«

Die Fahrt nach Gorda würde Elisa tatsächlich so bald nicht vergessen. Zunächst schlängelte sich die Straße durch grün leuchtende Wiesen und Weiden an der Flanke des Berges entlang. Dann begann der wirkliche Anstieg, und Danilo steuerte den Berlingo über enge Haarnadelkurven. Mitunter waren diese so steil und so nah am Abgrund, dass Elisa die Augen schloss und sich instinktiv an dem Seitengriff festhielt.

»Du brauchst keine Angst zu haben«, versuchte Danilo sie zu beruhigen, doch als Elisa die Augen wieder öffnete, hatte sie den Eindruck, als würde der Fahrweg geradewegs in den Abgrund führen. Sie fühlte, wie ihre Hände feucht wurden. Aber natürlich stürzten sie nicht, sondern die Straße machte lediglich eine weitere Kurve knapp am Abhang entlang. »Genieß lieber die Aussicht«, riet Danilo.

»Ja, ist schon gut«, antwortete Elisa schwach und bemühte sich, tief ein- und auszuatmen. Und tatsächlich, die ständig wechselnden Ausblicke auf das Tal und die gegenüberliegenden Berghänge fesselten sie nach und nach so sehr, dass sie gar nicht mehr auf die abenteuerliche Piste achtete, die sie bald durch die bewaldete Zone führte.

Nach einer halben Stunde ließen sie die Baumgrenze hinter sich und passierten einige aus grauem Granitstein erbaute Rusticos. Und dann sahen sie eine kleine weiß gestrichene Kirche, die über der steilen Kante eines Wiesenabhangs thronte.

»Wir sind gleich da.« Danilo warf ihr einen prüfenden Blick zu. »Alles in Ordnung mit dir?«

»Alles bestens.« Elisa reckte den Kopf, um das Kirchlein besser zu sehen. Etwas weiter oben entdeckte sie eine kleine Ansammlung von Rusticos, die dem Steinhäuschen am Monte San Giorgio ähnelten. »Ist das Gorda?«

»Genau. Wir werden in der Capanna wohnen, das ist eine Herberge. Ich habe das einzige Doppelzimmer für uns reserviert.«

Die Unterkunft war einfach, aber immerhin hatten sie ein Zimmer für sich alleine. Die anderen Wanderer, von denen manche nur eine oder zwei Nächte blieben, mussten sich ein Achtbettzimmer teilen.

Elisa war nie zuvor so hoch in den Bergen gewesen und kam aus dem Staunen nicht mehr heraus. Die Luft hier oben war so klar und rein, dass sich ihre Lungen anfühlten, als würden sie frisch durchlüftet. Die Wiesen rund um die Capanna waren von Blumen übersät, und Elisa wurde nicht müde, sie zu bestaunen: Buschwindröschen, Enzian, Butterblumen und

Exotinnen wie Türkenbund, Natternköpfe und verschiedene wilde Orchideen – auf Schritt und Tritt gab es Neues zu entdecken.

Sie schlief tief und traumlos in der Nacht und wurde in aller Frühe von Kuhglocken geweckt. Verwirrt rieb sie sich die Augen und lauschte dem Gebimmel, das mal näher, mal entfernter zu ihr drang. Eine Weile beobachtete sie Danilo beim Schlafen, und Liebe und Zärtlichkeit zu diesem Mann erfüllten sie. Schließlich stand sie leise auf, schlüpfte in Jeans und Pullover und ging hinaus.

Der Anblick, der sich ihr bot, war überwältigend. Über den Zinnen der Berge auf der anderen Seite des Tals ging gerade die Sonne auf und hüllte Gorda in goldenes Licht. Von Gold umflort wirkten auch die Kühe, die in aller Ruhe auf den umliegenden Weiden grasten und sich gemächlich vorwärtsbewegten.

»*Buongiorno!*« Elisa hatte die Wirtin der Herberge gar nicht kommen hören. Sie trug Gummistiefel und in der Hand eine große Milchkanne. Ein schwarz-weiß gefleckter Hund begrüßte Elisa mit wedelndem Schwanz. »Möchtest du einen Kaffee?«

»Gerne.« Elisa betrachtete neugierig die Kanne. »Hast du frische Milch geholt?«

»Ja, drüben von der Alp«, antwortete die Frau und wies auf ein lang gestrecktes Gebäude einige Hundert Meter entfernt.

»Ist das ein Bauernhof?«

»Nein, die Kühe sind nur über den Sommer hier oben«, erklärte die Wirtin. »Sie sind letzte Woche erst gekommen. Schau mal, ich finde, man kann ihnen ansehen, wie froh sie sind, hier oben zu sein.« Sie wies zu den friedlich grasenden Kühen hinüber und lachte.

»Ist die Capanna nur über den Sommer geöffnet?«, fragte Elisa und folgte der Wirtin ins Haus.

»Wir haben das ganze Jahr über auf. Im Winter ist es hier oben wunderschön. Übrigens, ich heiße Lucrezia.«

»Ich bin Elisa.«

»Bist du das erste Mal in den Alpen?«

Elisa lachte. »Merkt man das sehr?«

Lucrezia schmunzelte. »Ein bisschen.« Sie schenkte Kaffee in einen Becher und gab von der frischen Milch dazu. Andere Gäste polterten in dicken Wanderstiefeln aus ihren Zimmern, und nun war Lucrezia damit beschäftigt, ihnen das Frühstück zu servieren.

Elisa nahm ihren Becher mit hinaus und setzte sich auf eine Bank in die Sonne, denn im Schatten war es noch empfindlich kühl. Fasziniert betrachtete sie das imposante Gebirgsmassiv auf der anderen Talseite, das zum Greifen nah schien. Graue Steilhänge und glatte Bergwände, dazwischen verliefen senkrecht abfallende Furchen, die wohl von gigantischen Steinschlägen herrührten, Elisa fragte sich, ob wohl so manche Lawine bis hinunter ins Tal gelangen konnte. Der Hund kam angelaufen und beschnüffelte Elisa, und sie war froh, inzwischen ihre Angst abgelegt zu haben. Nach einer Weile verließen die Wanderer die Capanna, und der Hund sprang auf, um sie ein Stück weit zu begleiten.

»Hier bist du!« Danilo setzte sich neben sie auf die Bank.

»Guten Morgen, du Langschläfer.« Elisa gab ihm einen Kuss auf die Nase.

»Es ist gerade mal sechs Uhr.«

»Tatsächlich?«

»Hier oben ticken die Uhren anders, nicht wahr?« Danilo strich ihr eine Strähne aus der Stirn, die sich aus dem Zopf gelöst hatte, zu dem sie ihr langes Haar geflochten hatte.

»Irgendwie schon.«

»Und? Hast du Lust, die Gegend zu erkunden?«

An diesem ersten Tag wählten sie einen Pfad, der sich ohne große Steigungen um den Berg herumwand und großartige Ausblicke hinunter in das Tal bot, durch das sie hergekommen waren. Wie anders die Welt doch von oben aussah. Elisa verstand sehr gut, warum Danilo diesen Ort ausgesucht hatte, um durchzuatmen und den Kopf frei zu bekommen. Einmal abgesehen davon, dass es auf der Alm einfach bezaubernd war – alles erschien hier in einem anderen Licht. Die Probleme des Alltags verloren an Bedeutung, die Relationen verschoben sich, und es kam ihr einfacher vor, zu erkennen, was wirklich wichtig war. Sie machte eine Menge Fotos und schickte einige davon Anna. Zu ihrer Überraschung antwortete Caren ihr mit einem Bild, auf dem sie zusammen mit Anna in irgendeiner Messehalle zu sehen war. Spontan schickte Elisa auch ihr ein Selfie mit Danilo an ihrer Seite, und prompt kam ein Herzchen zurück.

An einem der folgenden Tage stiegen sie hinauf in Richtung des Gipfels über ihnen und gelangten zu einem kleinen, verzaubert wirkenden Bergsee inmitten einer mit Tausenden von winzigen gelben Blumen bedeckten Bergwiese. Hier oben waren sie ganz allein, und so legten sie die Kleider ab und plantschten ausgelassen in dem kalten Wasser, bis ihre Haut krebsrot war und Elisa vor Kälte bibberte. Danilo schloss sie am Ufer in seine Arme und wärmte sie, und sie kamen sich vor wie Adam und Eva vor der Vertreibung aus dem Paradies.

»Komm«, flüsterte Danilo und zog Elisa zwischen einige große Felsen. Dort ließen sie sich auf weichem Moos nieder und hielten einander in den Armen, schmiegten sich aneinander und liebten sich schließlich voller Zärtlichkeit. Kein Mensch störte sie, und nachdem ihre Leidenschaft gestillt war, hielten sie sich noch lange umfangen.

»Noch einmal ins Wasser?« Danilo wartete ihre Antwort

nicht ab, nahm sie an der Hand, und gemeinsam rannten sie juchzend hinein in das kalte Nass.

»Hier möchte man für immer bleiben«, sagte Elisa, als ihre Haut wieder trocken war und sie in ihre Kleider schlüpften.

»Überall, wo man für immer bleibt, verliert der Ort irgendwann seinen Zauber«, wandte Danilo ein und schnürte seinen Wanderstiefel.

»Fühlst du dich denn an das Versprechen absolut gebunden, das du deinem Vater gegeben hast?«

Es war ihr letzter Abend in Gorda, sie hatten beschlossen, noch einige Tage am Lago Maggiore zu verbringen. Sie lagen rücklings auf einem von der Sonne noch warmen Felsen etwas oberhalb der Capanna, den Blick in den Himmel gerichtet. Je dunkler es wurde, desto mehr Sterne erschienen am Firmament. Danilo antwortete nicht gleich. In der Nähe grasten ein paar Kühe, hin und wieder drang das Bimmeln ihrer Glocken zu ihnen, mal näher, mal weiter entfernt. Sehen konnten sie sie nicht.

»Ich halte meine Versprechen«, sagte Danilo nach einer Weile. »Auch wenn mein Bruder anderes von mir sagt.«

»Aber Fabio hat Reno ja dasselbe Versprechen gegeben. Oder nicht?«

»Ja. Hat er.«

Offenbar schien Fabio sich nicht mehr in der Pflicht zu fühlen, nachdem er erfahren hatte, dass er gar nicht Renos Sohn war. Was Reno gegenüber wenig fair war, wie Elisa fand, denn er war ihm schließlich ein Vater gewesen, und ein solches Verhältnis löste sich nicht einfach in Luft auf, wenn man erfuhr, dass man nicht blutsverwandt war.

Auf der anderen Seite, so überlegte Elisa, sollte man seinen Kindern solche Versprechen nicht abverlangen. Keiner konnte wissen, wie sich die Dinge in der Zukunft entwickeln würden. Und dass Danilos Interesse schon zu Renos Lebzeiten mehr dem Experimentieren gegolten hatte als dem Bau klassischer Instrumente, das hätte sein Vater berücksichtigen müssen.

»Wusste dein Vater, dass du keine traditionellen Instrumente mehr bauen möchtest?«

»Natürlich.« Danilo rückte auf dem Fels ein wenig näher an sie heran. »Ihn hat das nicht gestört. Damals hatte er auch noch zwei weitere Meister beschäftigt, inzwischen sind die allerdings pensioniert. ›Hauptsache‹, hat mein Vater immer gesagt, ›Fabio bleibt der Tradition treu‹.« Was er nicht mehr tut, dachte Elisa mit einem Seufzen. Danilo setzte sich auf und zog seinen Rucksack heran. Zu Elisas Erstaunen zog er daraus den kleinen Prototypen der Campanula hervor, jenes Instrument, auf dem er ihr damals im Steinbruch vorgespielt hatte. Es war kleiner als ein Cello, jedoch größer als eine Bratsche. Er schlug die Beine unter und stützte das Instrument auf seinem linken Knie ab. So begann er an den Saiten zu zupfen und sie zu stimmen.

»Hast du auch einen Bogen dabei?« Elisa hatte sich ebenfalls aufgesetzt.

Wortlos zog Danilo ein Futteral mit einem Bogen aus dem Rucksack und reichte ihn ihr samt dem Instrument.

Elisa begann zu spielen. Sanft erhoben sich die Töne, schienen von den Steinen rund um sie widerzuhallen und zu den Sternen aufzusteigen. Zunächst musste sie sich an das kleinere Griffbrett gewöhnen, doch bald hatte sie eine Melodie gefunden und ließ sie in vielen Variationen erklingen. Wieder war es, als ob die Zeit hier oben anders verging als unten in den Tälern, und sie hatten das Gefühl dafür verloren. Schließlich erhob sich ein kühler Wind, und im Licht des aufgehenden Mondes kehrten sie zurück zu ihrer Unterkunft.

Vor der Capanna saßen die anderen Gäste und blickten ihnen entgegen. »Wart ihr das?«, fragte eine Frau.

»Was meinst du?«

»Diese Musik«, erläuterte ihr Partner. »Habt ihr die gemacht?«

»Ja, ich hoffe, wir haben euch nicht gestört«, antwortete Danilo.

»Aber nein, es war wunderschön. Was war das denn?«

Sie setzten sich zu den anderen, und Danilo holte das Instrument aus seinem Rucksack, um es herumzuzeigen.

»So etwas hab ich noch nie gesehen«, erklärte einer der Männer. »Spiel doch bitte noch mal für uns.«

»Elisa ist die Musikerin«, sagte er und reichte es ihr. »Ich hab es nur gebaut.«

Elisa war dankbar dafür, dass es schon dunkel war und keiner ein Video machte oder sie gar erkannte. Noch immer war da eine Scheu in ihr, sich zu zeigen, und sie hoffte, dass sich daran bald etwas ändern würde. Sie spielte, und nach und nach kamen die Bewohner der anderen Rusticos heraus und setzten sich zu ihnen ins Gras. Bald war Elisa umringt von Zuhörern. Alle schienen wie verzaubert, als sie das Instrument nach einer langen Weile beiseitelegte, keiner wollte die besondere Atmosphäre, die die Musik geschaffen hatte, brechen. Schließlich bedankten sich die Gäste und verabschiedeten sich, denn anderntags hatten sie eine Bergtour geplant, und es wurde Zeit für sie, sich schlafen zu legen.

Am folgenden Morgen waren die meisten bereits aufgebrochen, als Elisa und Danilo an einem der Tische auf der Veranda frühstückten. Eine junge Frau kam aus der Capanna, die Elisa schon vorher wegen ihrer ungewöhnlichen Tattoos an den Armen und am Dekolleté bis hinauf unter das Kinn aufgefallen war. Auf den ersten Blick wirkte es, als trüge sie ein besonders bunt gemustertes T-Shirt. Doch die wunderschönen Blumen in leuchtenden Farben waren ihr auf die Haut tätowiert.

»Darf ich mich zu euch setzen?«

»Natürlich«, antwortete Elisa und betrachtete fasziniert die zahlreichen Piercings in dem ebenmäßigen Gesicht. Die blonden Haare hatte die junge Frau zu vielen kleinen Zöpfen geflochten und auf ihrem Kopf zu einer wilden Frisur aufgetürmt. Sie erinnerte Elisa an einen Paradiesvogel, auf ihre Art war sie ohne Zweifel bildhübsch.

»Ich bin Natascha«, begann sie.

»Und ich bin …«, begann Elisa.

»Ihr seid Elisa und Danilo, das weiß ich schon.« Nataschas mit Lidstrich betonten Augen blitzten. »Das hat mir die Wirtin erzählt. Und ich wollte euch etwas fragen.« Sie holte tief Luft. »Kann ich bei euch eine Lehre machen? Ich möchte lernen, solche Instrumente zu bauen.«

8

Das Eisessen

Danilo musterte Natascha verblüfft. Sie wirkte noch jung, trotzdem schätzte Elisa sie aufgrund des entschlossenen Zuges um ihren schönen Mund auf etwa Mitte zwanzig. »Hast du denn noch keinen Beruf?«, fragte Danilo.

Die junge Frau zog etwas aus ihrer Jeanstasche und legte es auf den Tisch. Es war ein Schlüsselanhänger aus Holz, eine filigrane Drechselarbeit. »Ich bin Kunstdrechslerin. Und jetzt würde ich gerne lernen, Instrumente zu bauen.«

Danilo griff behutsam nach dem Gegenstand und hielt ihn ins Licht. »Warum möchtest du das lernen?«, fragte er und drehte das Holzstück zwischen seinen Fingern.

»Weil ich das cool finde. Und gestern, als ich euer Instrument gesehen und gehört habe … das hat mich total begeistert.«

Danilo wirkte skeptisch, und Elisa wunderte sich über seine Zurückhaltung. Tatsächlich wäre eine Auszubildende, noch dazu jemand mit Vorkenntnissen in der Arbeit mit Holz, eine gute Sache, fand sie.

»Vielleicht schaust du einfach mal bei uns vorbei.« Danilo legte den Schlüsselanhänger auf den Tisch. »Falls du es wirklich ernst meinst.«

Es war Natascha anzusehen, dass Danilos Antwort ihr den Wind aus den Segeln genommen hatte.

»Gefällt dir die Arbeit als Kunstdrechslerin nicht mehr?«, fragte Elisa.

»Doch, natürlich. Es ist nur so, ich bin es leid, Obstschalen, Tortenplatten, Salzfässchen und dergleichen wie am Fließband zu produzieren. Ich möchte besondere Dinge erschaffen.«

»Wie wäre es dann mit Holzbildhauerin?«, schlug Danilo vor. »Als Künstlerin erschaffst du täglich besondere Dinge.«

»Das ist nichts für mich.« Natascha zog eine kleine Grimasse. »Ich hab es schon ausprobiert. Nein, ich bin mit Leib und Seele Handwerkerin.« Sie wies auf den Schlüsselanhänger, der wirklich ungewöhnlich schön war. »In den letzten beiden Jahren habe ich solche Sachen gemacht und verkaufe sie auf Märkten. Aber das reicht mir nicht. Ich hab schon seit einer Weile den Wunsch, dazuzulernen. Es muss etwas mit Holz sein, denn das ist einfach mein Ding. Und gestern, als du gespielt hast, da habe ich Feuer gefangen.« Sie sah Elisa offen in die Augen, und die Begeisterung in ihrem Blick rührte Elisa.

»Es dauert lange, das zu lernen.« Danilo war offenbar noch immer nicht überzeugt. »Eine Geige oder ein Cello besteht aus so vielen kleinen Einzelteilen, und nur wenn sie ausgewogen und perfekt gearbeitet sind, kommt am Ende ein gutes Instrument dabei heraus. Das lernt man nicht in einem Sommer und auch nicht in einem Jahr.«

»Das ist mir klar.« Natascha hielt seinem Blick stand. »Und wenn ich am Anfang nur einen Teil dazu beitragen kann, ich möchte das lernen.«

»Bist du alleine hier?« Elisa versuchte das Gespräch auf neutrales Terrain zu bringen, um die junge Frau ein bisschen besser einschätzen zu können.

»Nein, mit einer Gruppe.« Natascha sah hinüber zu dem Wegekreuz, an dem verschiedene Pfade begannen. »Die anderen sind heute Morgen schon früh aufgebrochen. Aber ich wollte unbedingt mit euch sprechen. Und da ihr heute abreist, bin ich geblieben.« Sie schwieg. Entmutigt betrachtete sie den Schlüsselanhänger und steckte ihn wieder ein.

»Wir sind noch ein paar Tage unterwegs«, sagte Danilo, als sie Anstalten machte, aufzustehen. »Wenn du willst, komm danach vorbei. Instrumentenbau Fasetti in Morione, das ist bei Lugano.« Nataschas Miene hellte sich auf. »Komm einfach mal vorbei«, wiederholte Danilo. »Dann sehen wir weiter.«

»Warum warst du so zurückhaltend?«, fragte Elisa. Sie waren auf dem Weg hinunter ins Tal, und Elisa schloss erneut mehrmals die Augen, denn abwärts erschienen ihr die schmalen Serpentinen am Rande des Abgrunds noch furchteinflößender als bei der Herfahrt.

»Ich hatte das Gefühl, sie stellt sich das zu einfach vor.« Danilo nahm umsichtig eine Haarnadelkurve, und Elisa widerstand dem Impuls, sich am Haltegriff über der Tür festzukrallen. »An einer Auszubildenden, die hereinschnuppert und wieder geht, wenn sie merkt, dass es anstrengend wird, bin ich nicht interessiert.«

»Ist es, weil sie aussieht wie ein Paradiesvogel?«

Danilo warf ihr einen empörten Blick zu, und Elisa wünschte, er würde stattdessen auf die Straße achten. Dabei fuhr er souverän und war schließlich auch vertraut mit dieser Art von Wegen. Ihre Furcht kam ihr lächerlich vor. Und doch kam sie nicht dagegen an.

»Nein, was denkst du denn«, sagte er. »Auf meinen Reisen sind mir so viele verschiedene Menschen begegnet. Ich beurteile niemanden nach seinem Äußeren.« Er bremste ab, um vorsichtig über eine tiefe Rinne zu fahren, die zur Entwässerung bei starkem Regen oder bei der Schneeschmelze diente. »Ich denke, wenn sie tatsächlich kommt, liegt ihr wirklich etwas daran. Wir werden sehen.«

Sie verbrachten lichte Tage am Lago Maggiore. Nach der imposanten Bergwelt genoss Elisa das *dolce far niente* am leuchtenden See, an dessen Ufer die Gärten vor Blumenpracht überquollen und die Kronen der Palmen im sachten Frühsommerwind raschelten, als seien sie aus Papier. Elisa überlegte, was eigentlich den Unterschied zwischen dem Tessin und Italien ausmachte, der so fein und doch unübersehbar war – vielleicht die Leichtigkeit eines Lebensgefühls hier und der offensichtliche Wunsch drüben, alles unter Kontrolle zu halten? Elisa wusste es nicht. In diesen unbeschwerten Tagen ließen sie es sich einfach gutgehen und sie und Danilo fühlten sich einander so nahe wie schon lange nicht mehr.

Auf der Heimfahrt waren sie beide in ihre Gedanken versunken. Würden sie das, was sie in den vergangenen beiden Wochen erlebt hatten, in ihren Alltag retten können? Sie hatten seit jenem Abend auf dem Felsen in Gorda weder über die Zukunft der Werkstatt noch über Elisas Sorgen wegen Niklas' Plan, seine Arbeit wieder aufzunehmen, gesprochen. Allerdings wertete Elisa die Tatsache, dass weder Amadou noch Mariella ihnen Nachrichten geschickt hatten, als gutes Zeichen. Sie waren übereingekommen, dass man sie nur im Notfall kontaktieren würde. Und der war offenbar nicht eingetreten.

Wie immer, wenn sie im Hof der alten Mühle aus dem Wagen stiegen, begannen die Hunde in ihren Gehegen zu bellen und hörten erst damit auf, als sie Elisa und Danilo erkannten und begeistert an dem Gatter emporsprangen, um sie zu begrüßen. Cosmas dreibeinige Katze, die in den vergangenen Wochen immer mehr Zutrauen zu Elisa gefasst hatte, kam angerannt, um sich streicheln zu lassen.

»Schau dir das an!« Danilo, der mit ihren beiden Rucksäcken schon vorausgegangen war, lachte.

»Was ist?« Neugierig folgte Elisa ihm.

Mit einem breiten Grinsen wies Danilo auf den Treppenaufgang, der zu ihrer Wohnung führte. Dort hing eine Girlande mit bunten Wimpeln, auf denen Buchstaben das Wort BIENVENUTI formten. Elisa lachte fröhlich auf. Wie nett von Cosma. Auch wenn sie nicht genau hatte wissen können, wann sie wiederkamen – sie hatte vorgesorgt und hieß sie auf diese Weise willkommen.

»Ich habe einen Entschluss gefasst.«

Es war Freitagabend, und sie saßen wie immer um den Esstisch in der Rosenvilla versammelt. Gerade hatte Serafina die Dessertteller abgeräumt, und nun wandten sich die Blicke aller erwartungsvoll Danilo zu. Selbst Elisa war überrascht, sie wusste nicht, was er entschieden hatte.

»So? Dann lass mal hören«, sagte Niklas.

»Ich werde meine Arbeit in der Werkstatt aufteilen«, erklärte Danilo. »Und genauso viel Zeit für die Campanulas aufwenden wie für die herkömmlichen Instrumente.«

Seinen Worten folgte ein Moment der Stille. Nur das Klappern von Mimis Löffel war zu hören, die mit ihrem Pudding noch nicht fertig war. Angespannt wartete Elisa auf Mariellas Reaktion. Doch sie blieb aus. Danilos Mutter blickte auf die Kerze in der Mitte des Tisches und wirkte, als hätte sie gar nicht zugehört.

»Das klingt gut«, brach Niklas schließlich das Schweigen. »Nicht wahr, Mariella?«

Jetzt sah Danilos Mutter auf, und Elisa nahm wahr, wie bleich sie war. »Das geht in Ordnung«, sagte sie tonlos. Und als sie merkte, wie überrascht alle waren, fügte sie so gefasst wie möglich hinzu: »Fabio hat uns sowieso die meiste Stammkundschaft abgeworben.«

»*Was* hat er?« Niklas reckte den Kopf vor, als fürchte er, schlecht gehört zu haben.

»Mehrere Bestellungen wurden storniert«, sagte Mariella niedergeschlagen. »Das gab es noch nie, und da hab ich mal nachgefragt. Sie gehen jetzt alle nach Cremona. Auch viele der Kunden, die ihre Instrumente bei uns warten lassen, sind Fabio gefolgt.«

In die schockierte Stille, die auf ihre Worte folgte, drang Mimis helles Stimmchen. »Warum folgen wir nicht auch Papa und gehen nach Crema?«, fragte sie und sah Romy treuherzig an, die sie sogleich auf ihren Schoß zog und leise und beruhigend auf sie einsprach.

»Er sagt uns den Krieg an«, entfuhr es Danilo.

»Nein, das glaube ich nicht«, versuchte Mariella ihn zu beruhigen, und doch war ihr anzusehen, wie sehr ihr diese Entwicklung zusetzte. »Die Kunden folgen ihm sicher aus eigenem Interesse. Weil sie sich immer auf ihn verlassen konnten und zufrieden mit seiner Arbeit waren. Während du …« Sie stockte und tupfte sich mit der Serviette den Mund ab.

»Ich war nie da, verstehe«, ergänzte Danilo finster ihren Satz. »Aber mach dir keine Sorgen«, fügte er ruhiger hinzu. »Eines Tages werden wir bekannt dafür sein, Campanulas herzustellen. Instrumente, die es sonst nirgendwo gibt. Die alten Kunden mögen bei Fabio gut aufgehoben sein. Die anderen …«

»Und wo sind diese anderen?« Mariella kämpfte sichtlich mit den Tränen. »Wovon sollen wir leben, bis die Welt von deinen Campanulas erfahren hat?«

»Na, na, verhungern wird hier niemand«, mischte Niklas sich ein, der von diesen Entwicklungen offenbar ebenso wenig gewusst hatte wie Elisa und Danilo. »Und eigentlich passt das doch zu deinen Plänen, Danilo. Wer weiß. Vielleicht hast du ja nun tatsächlich mehr Zeit für deine eigene Arbeit, als du gedacht hast.«

»Ich kann nicht verstehen, dass keiner von euch das Problem ernst nimmt«, protestierte Mariella. »Nicht mal Elisa hat Lust, mit der Campanula aufzutreten und Danilo darin zu unterstützen, dieses Instrument bekannt zu machen.«

Elisa sog scharf die Luft ein. Doch noch ehe sie etwas erwidern konnte, sagte Niklas: »Lass bitte Elisa aus dem Spiel. Es ist ihre Sache, ob und wann sie wieder auftreten will, da dulde ich keine Einmischung. Danilo hat einen Entschluss gefasst. Jetzt kann er zeigen, was in ihm steckt.«

»Hat sich mein Bruder noch immer nicht bei dir gemeldet?«, fragte Danilo Romy, als sie nach dem Essen auf der Terrasse im Stehen noch Kaffee oder Kräutertee tranken. Mariella hatte Mimi mit in den Garten genommen, um die Goldfische, wie die Kleine die Kois nannte, zu besuchen.

»Persönlich nicht.« Romy blies auf ihren heißen Kamillentee. Auch sie war blass und wirkte niedergeschlagen. »Sein Anwalt hat mir geschrieben. Fabio hat die Scheidung eingereicht.«

Danilo ließ einen missbilligenden Laut hören. »Und Mimi?«

»Er will das Sorgerecht.«

»Nein!« Erschrocken trat Elisa einen Schritt näher. »Das wird er doch nie und nimmer bekommen.«

»Wer weiß.« Romy sah hinüber zu ihrer Tochter, die in die Futterdose griff, die Mariella ihr hinhielt, und von dem Granulat juchzend eine Handvoll in den Teich streute. »Wir alle kennen ihn. Was er macht, macht er perfekt. Und wenn sein Masterplan lautet, mir Mimi wegzunehmen, dann wird er das durchziehen.« Sie holte ein Taschentuch hervor und putzte sich die Nase. »Er will sie außerdem regelmäßig sehen«, fuhr sie fort. »Morgen soll ich sie nach Como bringen, er möchte seinen Geburtstag mit ihr verbringen. Zu uns nach Hause will er auf keinen Fall kommen.«

»Schau mal, *mamma*, die Fische machen Abendbrot«, rief Mimi ausgelassen herüber, und Romy stiegen die Tränen in die Augen. Rasch wischte sie sie ab und winkte zurück.

»Wäre das nicht eine Gelegenheit, um endlich mit ihm zu reden?« Elisa verstand einfach nicht, warum weder Danilo noch Mariella versuchten, mit Fabio in Kontakt zu treten. Zumindest Romy sollte das Gespräch mit ihm suchen, fand sie.

»Ich mache mir keine großen Hoffnungen, dass das etwas bringt.« Romy sah sie verzweifelt an. »Weißt du, ich hab so oft versucht, mit ihm zu reden, als er noch hier war. Aber er hat einfach zugemacht und den Schlüssel zu seinem Herzen weggeworfen. Und jetzt ist er erst recht verbittert.«

»Wie genau soll das denn morgen ablaufen?«, fragte Niklas nach. »Du bringst Mimi nach Como und übergibst sie dort Fabio?«

Romy nickte. »In einer Eisdiele. Wir werden gemeinsam ein Eis essen, und ich soll dann verschwinden.«

»Und dort sollst du sie wieder abholen?«

»Ja, am Montagabend.« Romys Stimme zitterte. »Ich hab kein gutes Gefühl dabei.«

»Warum nicht? Ich finde, es wird höchste Zeit, dass Mimi ihren Vater wiedersieht«, sagte Danilo.

»Ja, schon. Aber meine Anwältin rät mir davon ab.« Romy sah unruhig zu der Kleinen, die aufgeregt am Rand des Bassins hin- und herlief. »Was, wenn Fabio sie nicht zurückbringt? Er lebt in Italien, wir in der Schweiz. Falls er Mimi behält, wird es sehr kompliziert, sagt sie.«

Elisa hielt schockiert die Luft an. »Traust du Fabio so etwas tatsächlich zu?«

Romy zuckte mit den Schultern. »Ich weiß nicht. Aber

wenn Mimi erst einmal im Ausland wäre … ich mag mir das gar nicht ausmalen.«

»Ich komme mit euch nach Como und werde mit ihm sprechen«, schlug Niklas vor.

Romy wiegte skeptisch den Kopf. »Versteh mich nicht falsch, aber ich bin nicht sicher, ob das eine gute Idee ist. Auf dich ist er ja im Moment ganz besonders wütend.«

»*Mamma*«, rief Mimi und hüpfte begeistert auf und ab. »Komm endlich. Fische füttern.«

»Und wenn *ich* euch begleite?«, fragte Elisa.

»Glaubst du denn, du könntest Fabio davon abbringen, sich die Kleine zu krallen, falls er das vorhat?«, wandte Danilo ein.

»Nein, sicher nicht.«

»Mich würde es beruhigen«, erklärte Romy.

»Es ist bestimmt nicht schlecht, wenn jemand dabei ist und bezeugen kann, dass Fabio verspricht, das Kind zurückzubringen. Ihr werdet ja über den Treffpunkt und die Uhrzeit reden, nehme ich an«, meinte Niklas.

»Genau!« Es war Romy deutlich anzusehen, dass sie dieser Plan erleichterte. »Außerdem mag er von uns allen Elisa am liebsten.«

Elisa war sich zwar nicht sicher, ob das wirklich noch zutraf. Aber sie wäre an Romys Stelle auch froh, wenn jemand sie begleitete.

»Nächsten Mittwoch fahren wir nach Mailand, Amadou und ich.« Elisa war Niklas ins Musikzimmer gefolgt, während die anderen auf der Terrasse blieben, um den lauen Abend zu genießen. »Ich hab gerade mit Alexander telefoniert. Die Proben beginnen am Donnerstag.« Er schob ihr einen Prospekt der Mailänder Scala hin, auf dem die Premiere der Oper *Tosca* mit ihm als Dirigenten angekündigt wurde.

»Und ich begleite dich, oder?«, fragte Elisa und steckte den Prospekt ein. Schließlich hatte Alexander das bereits nach der Pressekonferenz vorgeschlagen.

»Wenn es dir nichts ausmacht?«

»Nein, natürlich nicht«, antwortete sie. Sie war der Meinung, dass er nach seiner Krankheit jede Unterstützung gebrauchen konnte.

»Wir machen uns ein paar schöne Tage.« Niklas wirkte unternehmungslustig wie lange nicht mehr. »Die Orchesterproben sind am Vormittag. Und nachmittags nehme ich mir die Solisten vor. Mit den meisten hab ich schon gearbeitet. Außer mit der Darstellerin der Tosca, das ist eine junge Sopranistin aus dem Iran, ein großartiges Talent. Ich freue mich wirklich darauf, wieder zu arbeiten.«

Elisa betrachtete ihren Großvater voller Zuneigung. »Ich bin unglaublich froh, dass es dir wieder so gut geht.« Sie schloss die Augen, und kurz tauchte das Bild von Niklas auf der Intensivstation in ihr auf. Das war im vergangenen Jahr gewesen. Wie viel sich doch in dieser Zeit geändert hatte. Wenn nur Fabio Vernunft annehmen würde, dann würde ganz bestimmt alles gut.

»Ist es für dich in Ordnung, dass ich Niklas nach Mailand begleite?«

Elisa und Danilo drehten spät am Abend mit einigen von Cosmas Hunden noch eine kleine Runde durch den Wald. Trotz der fortgeschrittenen Stunde herrschte jetzt, Mitte Juni, unter den Laubbäumen ein beinahe unwirkliches Licht. Es duftete nach Kiefernnadeln und wilden Himbeeren. »Oder brauchst du mich in der Werkstatt?«

»Nein«, antwortete Danilo. »Du hast ja gehört. So viel gibt es gar nicht mehr zu tun.«

»Doch! Jetzt kannst du dich endlich der Campanula widmen.«

»Dafür gibt es ja noch keine Kundschaft.« Auf dem schmalen Pfad ging Danilo voraus, Elisa konnte sein Gesicht nicht sehen. Der unausgesprochene Vorwurf, dass sie ihn dabei nicht unterstützte, daran etwas zu ändern und endlich ein großes Konzert mit der Campanula gab, machte ihr das Herz schwer.

»Wir könnten Fotos machen und kleine Videos«, schlug sie vor. »Und damit werben.«

»Die beste Werbung wärst du«, kam es zurück.

Elisa seufzte. »Kommst du eigentlich auch zur Premiere nach Mailand?«, versuchte sie das Thema zu wechseln. Prompt hatte sich eine der Hundeleinen in einem Brombeerstrauch verfangen, und Elisa bemühte sich, sie wieder herauszulösen.

»Das hab ich fest vor«, antwortete Danilo. »Ob meine Mutter mitfährt, weiß ich nicht. Sie wird immer seltsamer in letzter Zeit.« Sie verließen den Wald, und vor ihnen lag nun das Tal mit Cosmas Mühle im letzten Dämmerlicht. »Willst du Romy morgen wirklich begleiten, wenn sie Fabio trifft?« Danilo war stehen geblieben, die Hunde schnupperten an dieser Stelle besonders gern im Gras.

»Ich hab es ihr versprochen.« Elisa wehrte eine Stechmücke ab, die sie umschwirrte. »Und wenn es sie beruhigt – warum nicht?«

»Und du fährst tatsächlich wegen Romy mit?«

Elisa runzelte irritiert die Stirn. »Ja, klar. Und wegen Mimi. Weshalb sollte ich denn sonst mitfahren?«

»Keine Ahnung«, antwortete Danilo und ging weiter.

Elisa beeilte sich, ihn einzuholen. »Jetzt warte doch mal«, rief sie. »Was soll diese seltsame Frage?« Danilo antwortete nicht gleich, wartete aber, bis sie zu ihm aufgeschlossen hatte.

»Sag mir, was los ist«, bat sie. »Findest du es nicht gut, dass ich Romy beistehe?«

»Doch, natürlich.« Plötzlich wirkte er schrecklich müde. »Entschuldige. Mir geht es gerade einfach nicht so gut.«

Elisa versuchte, ihn in den Arm zu nehmen, doch mit all den Hunden, die sie an den Leinen hielten und die munter um sie herumrannten, schaffte sie es lediglich, dass sie beide aneinandergefesselt wurden. Sie befreiten sich nur mit Mühe, und Elisa fiel ein Stein vom Herzen, als sie Danilo laut darüber lachen sah. Dennoch blieb ein Rest von Sorge zurück. Was war nur in ihn gefahren, ihr eine solche Frage zu stellen?

Zu Hause fiel Elisa der Prospekt von der Mailänder Scala wieder in die Hände, den sie mitgenommen hatte. Auf einmal hatte sie eine Idee. Wäre es nicht großartig, wenn ihre Mutter zu der Aufführung kam? Kurzerhand machte sie ein Foto von der Ankündigung und wollte es gerade Anna schicken, als sie im letzten Moment Zweifel befielen. Ihre Mutter würde die Idee sofort verwerfen. Aber was, wenn Elisa Caren informierte? Vielleicht könnte sie Anna davon überzeugen, dass dies eine gute Gelegenheit wäre … Elisa seufzte. Vermutlich sollte sie die Hoffnung auf Versöhnung ein für alle Mal begraben. Dennoch schickte sie das Foto an Caren. Schaden konnte es jedenfalls nicht.

Romy holte Elisa am folgenden Morgen gleich nach dem Frühstück ab. Im Fond saß die kleine Mimi im Kindersitz, ihren Stoffaffen im Arm und ein buntes Köfferchen neben sich.

»Wir fahren zu Papa«, rief sie Elisa aufgeregt zu, als diese einstieg. »Der hat heute Geburtstag.«

»Ja, das wird schön«, gab Elisa zurück. »Hast du auch alles eingepackt, was du brauchst?« Sie selbst hatte ein kleines Geschenk dabei, das Mariella ihr für Fabio mitgegeben hatte. *Romy kann ich mit so was nicht kommen*, hatte sie niedergeschlagen gesagt. *Du gibst es ihm, nicht wahr?* Dabei hatte sie Elisa so traurig angesehen, dass diese es nicht über sich gebracht hatte, ihr die Bitte auszuschlagen.

Als sie losfuhren, zählte Mimi auf, was sich in ihrem Köfferchen befand und darüber hinaus alles, was sie hatte mitnehmen wollen, aber wieder aussortiert hatte. Offenbar hatte es eine Diskussion unter Mimis Kuscheltieren gegeben, wer sie begleiten durfte und wer zu Hause bleiben musste.

»Und warum hast du dich für den Affen entschieden?«, wollte Elisa wissen, als bereits der Comer See in Sicht kam und die Kleine das Kuscheltier gegen die Fensterscheibe presste, damit es ja nichts verpasste.

»Papa hat ihn mir geschenkt«, antwortete Mimi. »Und wenn ich ihn anschaue, bin ich nicht mehr traurig.« Während Mimi dem Stofftier erzählte, was sie gemeinsam mit ihrem Papa unternehmen wollte, und zwar zuallererst Eisessen, denn schließlich würden sie ihn in einer Eisdiele treffen, warf Elisa Romy, die an diesem Morgen ohnehin nicht gesprächig war, einen besorgten Blick zu. Doch Mimis Mutter hielt das Lenkrad fest umklammert und starrte stur geradeaus auf die Straße.

Es war Viertel vor zehn, als sie die *gelateria* erreichten. Sie hatten das Glück, direkt davor einen Parkplatz zu ergattern. Die Eisdiele lag dem Seeufer gegenüber, und da sie erst um zehn öffnete, nahmen Romy und Elisa die Kleine zu einem Spaziergang in ihre Mitte. Sie fassten sie bei den Händen und schlenderten ein Stück die *passeggiata* am Wasser entlang, Romy trug den Koffer und Elisa den Affen. Mimi war begeistert von den Booten und den Möwen und wollte unbedingt die Fische füttern, die im See wohnten.

»Lass uns umkehren«, sagte Romy mit Blick auf ihre Armbanduhr. »Papa wartet vielleicht schon.« Mehr bedurfte es nicht, um Mimi von den Fischen abzulenken.

Fabio stand vor der Eisdiele und blickte ihnen entgegen. Als Mimi ihn erkannte, riss sie sich blitzschnell los, rannte auf ihn zu und warf sich ihm in die Arme. Er hob sie hoch und wirbelte sie durch die Luft.

Elisa griff rasch nach Romys Hand und drückte sie fest. Fabios feindseliger Blick, den er auf sie beide abgefeuert hatte, war ihr nicht entgangen. »*Ciao*, Fabio«, sagte sie so unbefangen wie möglich. »Herzlichen Glückwunsch zum Geburtstag!« Doch er tat so, als wären Romy und sie gar nicht da.

»Sind da deine Sachen drin?« Er stellte Mimi auf den Boden zurück und wies auf das Köfferchen in Romys Hand. Dabei bemühte er sich sichtlich, jeden Blickkontakt zu vermeiden. Das Kind nickte und nahm Elisa den Affen ab. »Dann können wir ja los.«

»Zuerst essen wir noch ein Eis zusammen«, sagte Elisa mit Bestimmtheit. »Nicht wahr, Mimi?«

»Ja«, jubelte das Mädchen. »Ich will einen Eisbecher. Und der Affe will Kakao.« Die Kleine zerrte an einem der Metallstühle auf der Terrasse der *gelateria.* »Und *mamma* bekommt einen bunten Becher mit Früchten. Das mag sie doch so gern.«

»Wir wollen mit dem Boot fahren. Und ich weiß nicht, ob das auf uns wartet«, sagte Fabio, und Elisa hätte ihn ohrfeigen mögen ob dieses Versuchs, die Kleine zu manipulieren.

Romy wurde bleich. Mimi stemmte die kleinen Fäuste in die Hüfte und sagte streng zu ihrem Vater: »Der Affe will einen Kakao und ich ein Eis. Wir haben uns schon die ganze Fahrt darauf gefreut.«

Fabio wirkte kein bisschen begeistert, doch nachdem Mimi auf den Stuhl geklettert war und laut nach der Bedienung rief, fügte er sich und setzte sich neben seine Tochter. Abweisend legte er ein Bein über das andere und verschränkte die Arme vor der Brust.

»Wie läuft es so in Cremona?«, fragte Elisa, entschlossen, Fabios Panzer zu durchdringen.

»Gut«, antwortete er, ohne sie anzusehen, und beugte sich zu Mimi, um ihr die Eiskarte zu erklären.

»Ich will ganz viel Schokoeis, das weißt du doch.« Mimi nahm ihm vorwurfsvoll die Karte aus der Hand und schlug sie zu. »Mit Sahne. Und du bekommst das mit Kaffee drin. In Ordnung?« Offenbar hatte sich das Kind die Vorlieben ihrer Eltern genau gemerkt. »Was willst du, Elisa?«

Die Bedienung kam, und sie gaben ihre Bestellungen auf. Elisa, die im Grunde um diese Uhrzeit noch keinen Appetit auf Eis hatte, nahm trotzdem eine Kugel Salzkaramell und einen Kaffee dazu.

»Wann kommst du nach Hause?«, fragte Mimi und setzte sich den Affen auf dem Schoß zurecht, die großen dunklen Augen auf ihren Vater gerichtet. Die Morgensonne ließ ihr rot gelocktes Haar aufleuchten. Elisa fand, dass sie aussah wie ein kleiner Engel. »Elisa und Danilo haben das auch gemacht, so eine Auszeit«, fuhr Mimi verständnisvoll fort. »Aber sie sind längst zurück. Wann kommst du?«

Fabio rang sichtlich um eine Antwort. »Ich wohne jetzt in Cremona«, brachte er schließlich hervor. »Und bald wohnst du bei mir.«

»Das würde dir so passen«, entfuhr es Romy. Unwillkürlich legte sie eine Hand auf das Ärmchen ihres Kindes.

Mimi sah verwirrt von ihr zu Fabio. »Ziehen wir alle zu dir nach Crema?«, fragte sie. »Ich, *mamma*, der Affe und die anderen Kuscheltiere?«

»Du und die Kuscheltiere ja«, antwortete Fabio. »Deine *mamma* bleibt in Lugano.«

In diesem Moment wurden ihre Eisbecher gebracht, aber Mimi schien es gar nicht wahrzunehmen. Sie hatte die

Unterlippe vorgeschoben, die kleine Stirn, hinter der es mächtig zu arbeiten schien, war gerunzelt. »Das geht nicht«, sagte sie entschieden. »Ohne *mamma* geht das nicht.«

»Du hast ja mich«, entgegnete Fabio, und Elisa bemerkte, wie ihm allmählich die Fassung entglitt. Keiner von ihnen hatte jetzt schon über diese Dinge sprechen wollen. Doch Mimi in ihrer kindlichen Unschuld hatte mit ihrer allerersten Frage gleich den Stein ins Rollen gebracht.

»Papa will nicht mehr zu uns zurückkommen«, sagte Romy, und ihre Stimme zitterte. »Und wir werden nicht nach Cremona ziehen, sondern in Lugano bleiben. Und den Papa siehst du an den Wochenenden. So wie jetzt.«

Mimi starrte erst sie, dann Fabio ungläubig an. Tränen stiegen ihr in die Augen und verfingen sich wie Tautropfen in ihren langen Wimpern. »Warum willst du nicht mehr zu uns zurückkommen?«, fragte sie ihn, und ihr Blick hätte einen Stein zum Erweichen gebracht. »Hast du uns denn nicht mehr lieb?«

Fabio gab einen schmerzlichen Laut von sich und streckte die Arme aus, um Mimi an sich zu ziehen. Doch das Kind wehrte ihn heftig ab und fegte dabei ihren Eisbecher vom Tisch. Mit einem lauten Klirren zerbrach die Schale auf den Steinplatten.

»Tut mir leid, mein Schatz«, sagte Fabio erschrocken. »Ich bestell dir gleich einen neuen …«

»Ich will kein Eis mehr«, heulte Mimi auf. »Ich will, dass du nach Hause kommst.« Weinend warf sie sich Romy in die Arme und war nicht mehr zu beruhigen.

»Das hast du jetzt davon«, sagte Romy, und Elisa verdrehte innerlich die Augen, so unpassend fand sie bei allem Verständnis diese Worte.

»Genau darauf hast du es doch angelegt!«, entgegnete Fabio. Wütend blickte er von Romy zu Elisa. »Und du? Bist du mitgekommen, um dich daran zu weiden, wie schlimm es um uns steht?«

»Nein«, antwortete Elisa, so ruhig sie vermochte. »Ich hatte gehofft, dass wir ein paar vernünftige Worte miteinander wechseln könnten. Denn so hab ich dich kennengelernt – besonnen und vernünftig. Und nicht wie einer, der seinem Kind den Seelenfrieden nimmt, nur um seiner Ex eins auszuwischen.«

Fabio schob den Metallstuhl so heftig zurück, dass er ein hässliches Geräusch auf dem Steinboden verursachte. »Komm, Mimi«, sagte er. »Wir gehen jetzt.«

»Nein«, wimmerte Mimi und verbarg ihr Gesicht an der Brust ihrer Mutter.

»Aber Mimi«, flehte Fabio. »Wir wollen doch Geburtstag feiern, Boot fahren und Fische füttern.«

Mimi hob den Kopf und sah ihn aus rot geweinten Augen an. »Ich will nicht Boot fahren«, schrie sie zornig. »Und ich will nicht zu dir nach Crema! Ich will, dass du nach Hause kommst.« Sie heulte laut auf und brüllte: »Du sollst nach Hause kommen!«

Einige Passanten blieben stehen und sahen zu ihnen herüber. Das herzzerreißende Geschrei des kleinen Mädchens, das sich erneut an seine Mutter klammerte und sein Gesicht in deren Halsbeuge verbarg, sorgte auch unter dem Personal der *gelateria* für Unruhe.

»Lass uns ein paar Schritte gehen, Fabio«, schlug Elisa leise vor und stand auf. »Bis Mimi sich ein bisschen beruhigt hat.« Erst jetzt schien er zu bemerken, welche Aufmerksamkeit sie erregten und wie vorwurfsvoll ihn alle musterten. Mit einem leisen Fluch auf den Lippen erhob er sich widerstrebend. »Wir sind gleich wieder da«, sagte Elisa zu Romy und legte ihr kurz die Hand auf die Schulter.

Fabio suchte so schnell das Weite, dass Elisa fast rennen

musste, um ihn einzuholen. Er lief blindlings in eine Gasse hinein, und als Elisa zu ihm aufschloss, bedachte er sie mit einem vernichtenden Blick. Die Gasse öffnete sich auf eine Piazza mit einer Reihe von Verkaufsständen. Vor einem Blumenhändler blieb Fabio endlich stehen. »Was willst du von mir?«, herrschte er Elisa an.

»Ich möchte einfach in Ruhe mit dir reden. Wir haben seit Wochen keine Nachrichten von dir«, begann sie. »Das bedrückt uns alle sehr.«

»Wen denn? Dich etwa?« Fabio hatte die Hände auf die Hüften gestemmt. Seine Augen blitzten.

»Ja, natürlich. In erster Linie aber deine Mutter.« Sie holte Mariellas Geschenk aus ihrer Tasche und reichte es ihm. »Das soll ich dir von ihr geben.«

Fabio stieß einen verächtlichen Laut aus und drehte den Kopf zur Seite.

»Willst du es nicht nehmen?«, fragte Elisa. »Du hast keine Ahnung, wie unglücklich sie ist. Sie vermisst dich ganz schrecklich. Genau wie du Mimi vermisst. Und Niklas ebenso.«

»Ich vermisse sie kein bisschen«, gab Fabio trotzig zurück.

»Wirklich nicht?« Elisa hielt noch immer das Päckchen in der Hand. Als Fabio jedoch keine Anstalten machte, es entgegenzunehmen, schob sie es zurück in die Tasche. »Okay, ich verstehe, dass du verletzt bist. Aber nach all den Wochen wäre es an der Zeit, ein wenig Großmut zu zeigen und wenigstens das Gespräch mit deiner Familie zu suchen. In Ruhe über alles zu reden. So wie wir jetzt. Auch wir sind miteinander verwandt, Fabio.«

»Ja, ich weiß«, sagte Fabio in sarkastischem Ton. »Danke, liebe Nichte, für deine Belehrungen.« Er wandte sich ab und ging weiter.

Elisa folgte ihm. So schnell würde sie nicht aufgeben. Diese

Gelegenheit war viel zu wichtig, als dass sie sie verstreichen lassen konnte. Bald lag der Platz hinter ihnen, und Elisa bemerkte, dass Fabio einen Bogen schlug, um zurück zur Eisdiele zu gelangen. »In zwei Wochen dirigiert Niklas übrigens wieder. An der Mailänder Scala«, sagte sie zu ihm. »Am 28. Juni.« Fabio reagierte nicht. Elisa war sich nicht sicher, ob er sie überhaupt gehört hatte. »Fabio, ich kann nicht glauben, dass dir das alles vollkommen gleichgültig ist«, fügte sie schließlich hinzu. »Du warst Niklas von klein auf verbunden. Er war wie ein Onkel für dich, das hast du selbst gesagt. Und du warst es, der ihm das Leben gerettet hat, als er den ersten Schlaganfall hatte. Ich kann auch nicht glauben, dass er und deine Familie dir nicht fehlen. Spring über deinen Schatten, Fabio, ich bitte dich. Komm zurück. Und wenn es nur ist, um dich mit ihnen auszusprechen.«

»Ich weiß genau, was hier läuft«, antwortete Fabio. »Mein Bruder schickt dich. Weil er allein in der Werkstatt nicht zurechtkommt. Aber das kann er vergessen. Ich habe lange genug den Deppen für alle gemacht.«

»Du irrst dich«, entgegnete Elisa so ruhig wie möglich. »Die Werkstatt wird bald schließen müssen, aber nicht, weil Danilo es ohne dich nicht schafft. Du hast deiner eigenen Familie die Kundschaft abgezogen. Und du weißt das ganz genau.«

Fabio blieb stehen und sah sie überrascht an. Elisa fragte sich, ob ihm das gar nicht klar gewesen war. Sogleich verfinsterte sich seine Miene allerdings wieder. »Was geht mich das an? Die Fasettis sind nicht mehr meine Familie. Das sind alles nur Lügner.«

Er machte Anstalten weiterzugehen, doch Elisa hielt ihn am Arm zurück. »Hör zu, ich kann verstehen, dass du das so siehst. Sie haben dir lange nicht die Wahrheit gesagt.« Sie atmete tief durch. »Bedenk bitte eines: Die Vergangenheit können wir nicht mehr ändern. Aber wie es mit deiner eigenen kleinen Familie weitergeht, mit Mimi und Romy, das liegt jetzt in deiner Hand«, sagte sie eindringlich. »Soll Mimi eines Tages genauso verbittert über dich sprechen wie du über Niklas? Willst du wirklich, dass dieses liebe kleine Mädchen an der Entscheidung zwischen Mama und Papa zerbricht? Selbst wenn du zu deinen eigenen Eltern grausam sein willst – sei nicht grausam zu Mimi.«

Fabio riss sich heftig los und taumelte einen Schritt zurück. Ein Blick in seine Augen verriet Elisa, dass sie ihn an seinem empfindlichsten Punkt getroffen hatte. »Halt du dich da raus«, zischte er, strich über die Stelle an seinem Arm, wo sie ihn berührt hatte, als müsste er etwas abstreifen. »Und hör auf, die Vermittlerin zu spielen!« Dann drehte er sich auf dem Absatz um und ging zurück zur Eisdiele.

Mimi weinte nicht mehr, doch zu Fabios Vorschlag, mit ihm Boot zu fahren, Fische zu füttern oder sonst etwas zu unternehmen, schüttelte sie vehement ihre roten Locken. »Ich will nach Hause«, antwortete sie. »Und du sollst mitkommen.«

»Herzlichen Glückwunsch«, sagte Fabio finster zu Romy. »Dass es dir gelungen ist, meine Tochter gegen mich aufzuhetzen. Aber das wird dir nichts nützen. Du hörst von meinem Anwalt.«

»Mehr fällt dir nicht ein?«, fuhr Romy auf. »Herrgott, Fabio, es geht um unser Kind.«

Doch Fabio war bereits ins Innere der *gelateria* verschwunden, um das Eis zu bezahlen, das keiner von ihnen angerührt hatte. »Nimm sie in Gottes Namen wieder mit«, sagte er anschließend verbittert zu Romy, die sich augenblicklich erhob und ihre Tochter zum Wagen trug.

»Papa! Papa!«, rief Mimi und reckte ihre Ärmchen nach ihm. Fabio eilte ihnen hoffnungsvoll nach. »Ich will, dass du mitkommst«, jammerte das Kind, während Romy es im Kindersitz festschnallte. »Komm mit nach Hause.«

»Mimi«, bat er flehentlich. »Ich kann nicht mitkommen. Warum bleibst du denn nicht bei mir? Willst du mich wirklich ganz allein lassen? An meinem Geburtstag?«

Auf einmal wurde die Kleine still und sah ihren Vater mit großen Augen an. Und dann tat sie etwas, was Elisa nie vergessen würde. Mit einer entschlossenen Geste drückte sie ihrem Vater, der sich zu ihr ins Auto beugte, mit beiden Händen den Stoffaffen gegen die Brust. »Der Affe passt auf dich auf«, sagte sie. »Und du bringst ihn mir wieder. Ja?«

»Aber Mimi«, wandte Romy überrascht ein. »Das ist doch *dein* Affe.«

Trotzig verschränkte die Kleine ihre Arme vor der Brust. »Ich leihe ihn Papa«, erklärte sie und lehnte sich in ihrem Sitz zurück. »Dann ist er nicht so allein.«

»Sie braucht den Affen zum Einschlafen«, sagte Romy eindringlich zu Fabio. »Das weißt du. Gib ihn ihr zurück.«

»Nein! Papa soll ihn haben«, schrie Mimi ungeduldig und trommelte mit ihren Fersen gegen den Autositz.

Einen Moment lang zögerte Romy, dann schloss sie sanft die hintere Tür und setzte sich ans Steuer.

»*Ciao*, Fabio.« Auf einmal fiel Elisa Mariellas Geschenk wieder ein. Sie holte es erneut aus ihrer Tasche und reichte es ihm. »Hier. Bitte nimm es.«

Wie unter Trance griff Fabio danach. Erleichtert stieg Elisa in den Wagen, der sich mit einem Ruckeln in Bewegung setzte, so jäh hatte Romy die Kupplung losgelassen.

Noch lange sah Elisa Fabio im Rückspiegel, wie er auf der Uferpromenade stand und ihnen fassungslos nachblickte, in einer Hand das Geschenk, in der anderen den Affen.

»Er bringt ihn mir wieder«, flüsterte Mimi auf der Rückbank und schluchzte leise auf. »Ganz bestimmt tut er das.«

9

Natascha

»Danke, dass du mitgekommen bist.« Romy hatte den Wagen im Hof der alten Mühle zum Stehen gebracht. Die gesamte Fahrt über hatten sie kein Wort gewechselt, und Mimi hatte leise vor sich hin geweint, bis sie endlich erschöpft eingeschlafen war.

»Warum bleibst du mit der Kleinen nicht noch ein bisschen bei uns?«, schlug Elisa vor. »Lass uns am Bach ein Picknick machen. Mimi spielt doch so gern im Garten.«

»Ich weiß nicht. Es war viel für sie heute.« Romy drehte den Rückspiegel so, dass sie ihr Kind betrachten konnte. Mimi lag wie hingegossen im Kindersitz, alle viere von sich gestreckt. Ihre rosigen Wangen waren tränenverschmiert. »Ein Kind sollte solche Szenen nicht erleben müssen.«

»Das stimmt natürlich.« Mitfühlend legte Elisa ihre Hand auf Romys Unterarm. »Aber Mimi hat ihrem Papa ordentlich die Meinung gesagt. Und sie wollte lieber bei dir bleiben. Ich hoffe nur, dass Fabio bald zur Vernunft kommt.«

Romy lachte freudlos auf und schüttelte den Kopf. Sie räusperte sich. »Ich denke, wir fahren besser nach Hause. Nochmals vielen Dank.«

In diesem Moment ging die Tür zum Hundehaus auf, und Cosma trat heraus, auf ihrem Arm ein flauschiges Etwas. Als sie Romys Wagen sah, kam sie gut gelaunt zu ihnen und beugte sich zum Fahrerfenster hinunter. Dann entdeckte sie die schlafende Mimi in ihrem Kindersitz und stutzte. Natürlich wusste auch sie von dem Wochenende, das die Kleine in Como mit ihrem Vater verbringen sollte. »Hey, was ist passiert? Gab es eine Planänderung?«, fragte sie, nachdem Romy und Elisa vorsichtig ausgestiegen waren, um Mimi nicht zu wecken.

»Das kann man wohl sagen«, erwiderte Romy.

»Ist er womöglich gar nicht gekommen, der Mistkerl?«

»Oh doch.« Romy stöhnte und verdrehte die Augen.

»Mimi wollte nicht bei Fabio bleiben«, fasste Elisa die Ereignisse zusammen.

Aus dem Wagen drang ein Maunzen wie von einem Kätzchen, Mimi streckte sich und wachte auf. Erstaunt sah sie sich um.

»Schau mal, was ich hier habe.« Cosma öffnete die hintere Wagentür und zeigte Mimi das kleine Fellbündel auf ihrem Arm.

Die Kleine rieb sich die Augen und gähnte herzhaft. Neugierig betrachtete sie den Welpen. »Ein Hundebaby?«, fragte sie und streckte ihre Hand aus, um das Tier zu streicheln.

»Ja. Hier am Bauch mag er es gern, wenn du ihn anfasst. Und hinter den Ohren ganz besonders, siehst du? Er ist erst zwei Wochen alt. Zuerst ging es ihm nicht so gut. Aber jetzt ist er auf dem Weg der Besserung.«

»Was hat er denn?«, fragte Mimi mitleidvoll, während Romy die Gurte des Kindersitzes löste und ihr heraushalf. »Machst du ihn wieder gesund?«

»Ja, das mach ich«, versprach Cosma. »Komm mit in den Garten. Dann darfst du ihn eine Weile auf dem Schoß halten und ihm das Bäuchlein massieren. Das tut ihm nämlich weh.« Sie warf Romy einen fragenden Blick zu. »Ihr bleibt doch zum Essen? Dante hat schon den Grillofen angefeuert, und Amadou zaubert in der Küche etwas Feines. Das Wetter ist einfach zu schön, um drinnen zu sitzen.«

»Wir bleiben«, entschied Mimi und hatte nur noch Augen für den Hundewelpen. Romy zuckte mit den Achseln, und ein kleines Lächeln erschien endlich auf ihrem Gesicht, als sie ihrer Tochter nachblickte, die Cosma eifrig in den Garten folgte.

Afrikanische Rhythmen wehten zu ihnen herüber. »Hey!« Amadou winkte ihnen aus Cosmas Küchenfenster zu. »Ihr kommt gerade recht. Gleich gibt es was Gutes zu essen.« Wie immer beim Kochen hörte Amadou Musik aus seiner Heimat.

»Senegalesisch?«, rief Elisa hoffnungsvoll zurück. Sie liebte es, wenn Amadou kochte.

»Ja klar! Ein Rezept meiner Großmutter.«

Auch im Kreise ihrer Freunde konnte Romy ihre Anspannung offenbar nicht abschütteln. Mimi hingegen schien von dem Hundebaby völlig verzaubert. Als Danilo nach Hause kam, der an diesem Samstagvormittag in der Werkstatt gearbeitet hatte, erfasste er genau wie die anderen mit einem Blick auf Mimi sogleich, dass es besser war, erst mal keine Fragen zu stellen, warum die Kleine nicht in Como geblieben war.

In aller Ruhe aßen die Erwachsenen von Amadous leckerem Lammeintopf mit *fonio*, einer afrikanischen Hirseart, und Mimi vertilgte das Würstchen, das Dante für sie gegrillt hatte, während der Welpe noch immer auf ihrem Schoß ruhte. Als Cosma jedoch schließlich erklärte, dass sich das Hundebaby nun ausruhen müsste und es Mimi vorsichtig abnehmen wollte, brach die Kleine schon wieder in Tränen aus und war nicht mehr zu beruhigen.

»Es wird Zeit«, sagte Romy und erhob sich, nahm ihr Kind auf den Arm und verabschiedete sich.

»Melde dich, wenn du etwas brauchst.« Danilo strich seiner Nichte liebevoll übers Haar.

»Und wenn es nur jemanden zum Reden ist«, fügte Elisa hinzu.

»Ich will meinen Affen«, jammerte Mimi und klammerte sich an ihre Mutter. »Warum kommt Papa nicht?«

Alle lauschten bedrückt, bis das Wehklagen der Kleinen verklang und sich das Motorengeräusch von Romys Wagen entfernte.

»Jetzt erzähl mal«, bat Danilo. Auch die anderen sahen Elisa erwartungsvoll an. »Was ist in Como passiert?«

Elisa fasste die Ereignisse in wenigen Sätzen zusammen. Als sie geendet hatte, sagte eine Weile niemand ein Wort. Elisa hatte sich Mühe gegeben, so neutral wie möglich zu bleiben, obwohl sie sich schwer damit tat, Verständnis für Fabio aufzubringen. Mimi zuliebe, so fand sie, sollte er unbedingt über seinen Schatten springen und eine dem Kind verträglichere Lösung suchen. Was hinderte ihn zum Beispiel daran, »seine« Wochenenden in Romys Haus zu verbringen? Dann hätte Mimi zumindest ein wenig Normalität in dieser enorm verfahrenen Situation. Vermutlich wäre Romy damit einverstanden, ihn mit Mimi für ein paar Stunden allein zu lassen. Wenn man will, dachte Elisa, findet man immer eine Lösung. Und wie unversöhnlich Fabio sich gegenüber seiner Mutter und Niklas verhielt – Elisa fand das vollkommen übertrieben. Dabei wusste sie genau, wie es sich anfühlte, belogen zu werden – schließlich hatte sie ebenfalls lange Zeit mit einer Lüge leben müssen, die dafür gesorgt hatte, dass sie sechzehn kostbare Jahre lang keinen Kontakt mit Niklas gehabt hatte, von dem unnötigen Ende ihrer Karriere als Cellistin ganz zu schweigen. Aber hätte sie deswegen mit Anna brechen sollen? Außerdem verschwieg ihre Mutter ihr noch immer, wer ihr Vater war. Trotzdem verhielt Elisa sich nicht wie ein trotziges Kind.

»Jetzt könnte ich einen Grappa vertragen«, riss Dante sie aus ihren Gedanken.

»Was für ein Vollpfosten«, schimpfte Danilo und erhob

sich, um eine Flasche samt Gläser zu holen. »Typisch mein Bruder. Stur wie ein … ach ich weiß nicht was.«

»Und Mimi hat tatsächlich ihren Stoffaffen hergeschenkt?«, fragte Cosma ungläubig, die genau wusste, wie sehr das Kind an dem Kuscheltier hing.

»Nicht hergeschenkt«, korrigierte Elisa sie. »Sie hat ihn Fabio geborgt. Sie hofft, dass er ihn ihr wiederbringt.«

»Das kann sie vergessen«, knurrte Danilo auf dem Weg zum Haus.

Cosma allerdings schüttelte beeindruckt den Kopf. »Die Kleine ist ziemlich schlau«, sagte sie.

»Kinder wissen meistens am besten, was zu tun ist.« Amadou kratzte den Topf aus und lud sich den Rest Lammeintopf auf seinen Teller.

»Sagt das deine Großmutter?«, fragte Cosma liebevoll.

Amadou nickte und grinste sie an. »Woher weißt du das?«

»Ach, nur so geraten«, feixte seine Freundin.

Mariella wurde ganz still und noch bleicher, als sie in letzter Zeit ohnehin schon war, als Elisa ihr und Niklas von der Begegnung mit Fabio erzählte. »Hat er mein Geschenk angenommen?«, fragte sie, und Elisa nickte, behielt jedoch für sich, was er über sie und die Familie gesagt hatte. »Und Mimi wollte wirklich nicht bei Fabio bleiben?«

»Nein.« Elisa fand es selbst unfassbar, wie entschlossen und klar Mimi sich mit ihren fünf Jahren geäußert hatte. »Mimi wusste genau, was sie wollte.«

»Dabei hängt sie so sehr an ihrem Papa.«

»Sie hat gesagt, dass er nach Hause kommen soll«, erwiderte Elisa.

»Das Kind hat zweifellos etwas von meinem Charakter mitbekommen«, erklärte Niklas anerkennend.

»Du meinst, von deiner Sturheit?« Mariella betrachtete ihn resigniert. »Davon hat schon Fabio genug geerbt.«

Von Romy hörten sie an diesem Wochenende nichts mehr. Trotzdem musste Elisa oft an sie und Mimi denken. Ob sich die Kleine wohl trösten ließ? Auch am Montagmorgen, als sie und Danilo zur Werkstatt kamen, war sie ganz in Gedanken versunken.

»Wer ist denn das dort?«, fragte Danilo erstaunt, und da sah Elisa die Gestalt, die bei Joris im Hof saß, den Kopf des alten Hundes im Schoß. Einen irrationalen Moment lang hoffte Elisa, es wäre Fabio. Doch dann erkannte sie die fantasievolle Hochsteckfrisur und die leuchtend roten, gelben und grünen Tattoos. Es war Natascha. Und Joris, der Fremden gegenüber normalerweise nicht so zugetan war, blickte geradezu verliebt zu ihr auf und ließ sich von ihr kraulen.

»Sieh mal einer an«, sagte Danilo verblüfft. »Sie ist tatsächlich gekommen.«

»Guten Morgen.« Natascha schob behutsam den schweren Hundekopf von sich und stand auf. Hinter ihr kam ein abgewetzter Tourenrucksack zum Vorschein.

»Na, du bist mir ja ein Wachhund«, scherzte Danilo in Joris' Richtung, der sich aufrappelte und seinen Kopf gegen Danilos Knie drückte, so als wollte er sich entschuldigen. »Hallo, Natascha. Seit wann bist du denn hier?«

»Ich bin heute Nacht angekommen.« Natascha strich sich die vielen kleinen Zöpfe zurück und versetzte am Hinterkopf eine Klammer, um dem Ungetüm an Steckfrisur neuen Halt zu verleihen. »Da wollte ich niemanden mehr stören. Und weil die Hotels hier alle so unverschämt teuer sind, hab ich mich einfach zu eurem Hund gelegt. Er hatte nichts dagegen.« Sie wies grinsend auf die Stelle, von der sie sich gerade erhoben hatte. »Ich hoffe, das war okay?«

»Ähm.« Danilo musste sich räuspern, und Elisa wusste nicht, ob sie lachen oder weinen sollte. Hätte Mariella die junge Frau in der Nacht einträchtig an Joris gekuschelt entdeckt – Elisa wollte sich gar nicht ausmalen, was dann passiert wäre. Und als hätten ihre Gedanken sie hergerufen, erschien Danilos Mutter in der Haustür.

»Was ist denn hier los?« Mit großen Augen musterte sie Natascha und die bunten Tattoos. Auch Nataschas Arme waren über und über mit vielfarbigen Blumenmustern übersät. »Wer sind Sie?«

»Natascha interessiert sich für eine Ausbildung«, erklärte Danilo.

»Für welche Ausbildung?«

»Ich möchte lernen, wie man Instrumente baut.« Natascha schenkte Mariella ihr schönstes Lächeln.

»Das ist ein schlechter Moment«, konterte Mariella brüsk. »Bald haben wir keinen Bedarf mehr an Geigen und Celli.«

»Ich will ja auch keine Geigen und Celli bauen«, erwiderte Natascha unbefangen. »Mich interessieren die Campanulas.«

»Komm einfach mal mit in die Werkstatt.« Danilo warf seiner Mutter einen warnenden Blick zu. »Da reden wir in Ruhe über alles.«

Natascha folgte ihnen bereitwillig. Während Danilo Kaffee machte und Elisa nach einer Packung Kekse kramte, denn sie nahm an, dass Natascha noch nicht gefrühstückt hatte, sah die junge Frau sich in der Werkstatt um. Sie bestaunte die der Größe nach an der Wand aufgehängten Schablonen für Decke und Boden der Geigen, Bratschen und Celli und die bereits grundierten Instrumente, die zum Austrocknen von der Decke baumelten. Bevor sie in die Berge aufgebrochen waren, hatten Danilo und Elisa die Werkstatt aufgeräumt, doch der Duft nach Holz und Terpentin sowie nach den aromatischen

Ölen und Harzen, aus denen Danilo den Lack herstellte, hing noch immer in der Luft. Und jetzt mischte sich noch der feine Geruch nach Kaffee darunter, als Danilo ihnen einschenkte.

»Wann kann ich anfangen?« Natascha sah Danilo erwartungsvoll an.

»Du meinst es also wirklich ernst?«

»Ja«, antwortete Natascha, und ihre dunklen Augen funkelten unternehmungslustig. »Natürlich. Sonst wäre ich nicht hier.«

Danilo betrachtete sie aufmerksam. »Bevor wir einen Lehrvertrag schließen, schaust du dir das alles erst einmal in Ruhe an«, schlug er schließlich vor. »Als Praktikantin. Einen Lohn kann ich dir in dieser Zeit nicht bezahlen, erst wenn wir beide der Ansicht sind, dass eine Ausbildung hier das Richtige für dich ist. Und wenn wir finden, dass es nicht passt, können wir das jederzeit beenden.«

»Ist in Ordnung«, sagte Natascha und nahm vorsichtig einen Schluck von dem heißen Kaffee. Die Kekse rührte sie nicht an. »Aber könnte ich vielleicht so lange hier wohnen? Ich schlafe auch gern in der Werkstatt. Für eine Unterkunft fehlt mir das Geld.«

»Kost und Logis bekommst du selbstverständlich«, antwortete Danilo. »Im Haus ist Platz.«

»Erzähl uns ein bisschen von dir«, bat Elisa. Sie hatte dem Wortwechsel interessiert gelauscht. So sympathisch ihr Natascha war, sie fand es doch wichtig zu wissen, wen sie sich da ins Haus holten.

»Was möchtest du denn wissen?«

»Zum Beispiel, was du in den letzten Jahren beruflich gemacht hast.« Elisa lächelte. »Eine Art Lebenslauf.«

»Ach so, das.« Natascha wirkte plötzlich ein wenig

angespannt. »Meine Vita ist nicht so geradlinig, wie die meisten es gerne hätten. Mit sechzehn habe ich die Schule geschmissen und bin von zu Hause ausgezogen. Danach bin ich erst einmal durch die Welt gereist.« Sie nahm einen Schluck Kaffee, und es schien, als erwäge sie, was sie erzählen sollte und was besser nicht. »Schließlich bin ich bei einem Drechsler in Österreich gelandet und habe dort das Handwerk gelernt.«

»Mit Abschluss?«, fragte Danilo nach. »Hast du die Meisterprüfung gemacht?«

Natascha schüttelte den Kopf, und ihre Wangen färbten sich rosa. »Kein Abschluss«, sagte sie trotzig. »Ist nicht mein Ding. Aber drechseln kann ich trotzdem.« Sie trank ihren Becher leer und stellte ihn auf die Werkbank. »Dann war ich ein Jahr lang in Indien und habe dort verschiedenste Handwerkstechniken gelernt. Die Schnitzerei. Und das hier.« Sie stand auf und deutete auf die Fasetti-Rose am Hals einer Geige, die von der Decke hing. »Intarsien mache ich dir mindestens so gut wie diese, wenn nicht besser. Der indische Meister, bei dem ich gearbeitet habe, hat außer Holz auch Perlmutt verwendet.« Sie kramte in ihrer Umhängetasche und zog eine Haarspange heraus, deren halbmondförmige, hölzerne Oberseite mit filigranen Einlegearbeiten verziert war.

»Ist das von deinem Meister?«, fragte Danilo.

»Nein. Das habe ich gemacht.«

Danilo nahm die Spange entgegen, holte eine Lupe aus einem Schubfach und betrachtete das feine Blütenmuster eingehend. »Gute Arbeit«, lobte er und reichte sie Natascha zurück. »Du kommst also direkt aus Indien?«

»Nein, ich habe danach eine Weile in Spanien gelebt. Vor einigen Monaten bin ich nach Deutschland zurückgekehrt.«

»Darf ich fragen, wie alt du bist?«, erkundigte sich Elisa. Dieser Werdegang war ganz schön abenteuerlich.

»Ich bin vierundzwanzig. Und ich finde, es ist nie zu spät, noch etwas Neues zu lernen«, fügte sie hinzu.

»Da hast du vollkommen recht.« Danilo wirkte nun viel weniger skeptisch. »Also. Probieren wir es. Und jetzt komm, wir regeln die Sache mit der Unterkunft gleich mit meiner Mutter.«

Mariella wirkte alles andere als begeistert, trotzdem ließ sie sich darauf ein, Danilos altes Kinderzimmer für Natascha herzurichten. Die beiden Räume, die Fabio nach der Trennung von Romy bei ihr bezogen hatte, waren für sie allerdings tabu.

»Geben Sie mir einfach die Bettwäsche«, bat die junge Frau. »Ich mach das selbst. Nur keine Umstände.«

»Und was das Essen anbelangt …«, begann Mariella.

»Ich bin Veganerin«, warf Natascha rasch ein.

»Ach du liebes bisschen«, entfuhr es Mariella.

»Das ist gar nicht kompliziert«, versuchte Natascha sie zu beruhigen. »Wenn ich Reis oder Nudeln und ein bisschen Gemüse bekommen kann, reicht das vollkommen aus.«

Mariella verdrehte die Augen, doch sie beließ es dabei.

An diesem ersten Tag sah Natascha Danilo bei der Arbeit zu und stellte ab und zu eine Frage. Nach einer Weile fiel Elisa auf, dass sie ihm wortlos und unaufgefordert die Werkzeuge zureichte, die er gerade brauchte, und ohne viel Aufhebens Hobelspäne und anderen Abfall wegräumte. Danilo zeigte ihr, wie er am Ende eines rohen, länglichen Holzstücks, das für den Hals einer Campanula vorgesehenen war, die Schnecke herausarbeitete und wo die Fasetti-Rose anzubringen war. Es war der jungen Frau deutlich anzumerken, wie sehr sie darauf brannte, selbst mitzuarbeiten.

»Was hältst du von ihr?«, fragte Danilo, als sie in der alten Mühle gemeinsam zu Abend aßen.

»Von Natascha? Sie wirkt sehr motiviert.« Nachdenklich

wickelte Elisa einige Nudeln auf ihre Gabel. »Und ihre Erfahrung mit Holz …«

»Das meine ich nicht«, unterbrach Danilo sie. »Wie schätzt du sie als Mensch ein?«

»Das ist schwer zu sagen, wir kennen sie ja noch gar nicht«, antwortete Elisa. »Sie ist nett, finde ich. Und mutig! Mit sechzehn von zu Hause auszuziehen und allein um die Welt zu reisen …« Kurz kam ihr der Gedanke, was wohl gewesen wäre, hätte sie nach ihrem verpatzten Konzert den Mut gehabt, sich Annas Einfluss zu entziehen. »Stell dir vor, wo sie schon überall gelebt hat.« Sie betrachtete forschend Danilos Miene. »Und du? Du hast Bedenken, nicht wahr?«

»Ich finde sie auch sympathisch.«

»Das hört sich nicht besonders begeistert an?«

»Die Sache ist die … Was sie von ihrem Leben erzählt, klingt ziemlich unstet. Bislang hat sie noch nie etwas zu Ende gebracht.«

»Du meinst, weil sie keine Abschlüsse hat?«

»Genau. Nicht dass ich auf Zeugnissen herumreiten würde, im Grunde ist viel wichtiger, was jemand kann. Aber ich möchte niemanden einstellen, der in einem halben Jahr schon wieder weiterziehen will.«

Elisa schob sich die Gabel mit Nudeln in den Mund. Sie hatten das Essen auf die Schnelle zubereitet, *Spaghetti Aglio Olio Peperoncino*, was nicht viel Arbeit machte, da Serafina ihr eine selbst gemachte Gewürzmischung geschenkt hatte, die man nur eine Weile in Olivenöl ziehen lassen musste. Es schmeckte köstlich. »Kann es sein, dass du in Natascha einige Züge wiedererkennst, die dir von dir selbst vertraut sind?«, fragte Elisa vorsichtig.

Danilo legte die Gabel beiseite und sah sie aufmerksam an. »Wie meinst du das?«

»Würdest du nicht am liebsten alles hinter dir lassen und durch die Welt reisen?«

Danilo riss die Augen auf. »Nein, nicht mehr«, antwortete er. »Diese Phase liegt hinter mir. Jetzt möchte ich das umsetzen, was ich auf meiner Wanderschaft gelernt habe.«

»Vielleicht ist ja Natascha genau die Richtige, um dir dabei zu helfen. Sie will ja ausdrücklich lernen, Campanulas zu bauen. Sind das nicht gute Voraussetzungen?«

»Falls sie genug Ausdauer hat.« Danilo schien daran immer noch zu zweifeln. »So etwas lernt man nicht in wenigen Wochen.«

»Sicherlich nicht«, räumte Elisa ein. »Sie bringt allerdings eine Menge Erfahrung mit. Bestimmt mehr als jemand, der direkt von der Schule kommt.«

»Wir werden sehen«, antwortete Danilo.

Am nächsten Morgen erwartete sie in der Werkstatt eine Überraschung. Natascha hatte die Schnecke ausgearbeitet und bereits mit der Einlegearbeit begonnen. Sie musste bei Morgengrauen damit angefangen oder die halbe Nacht durchgemacht haben.

Im Gegensatz zu Elisa war Danilo jedoch alles andere als begeistert. »Das habe ich dir nicht erlaubt.« Er nahm Natascha wütend das Stück Holz aus der Hand. Dann betrachtete er es verdutzt, drehte und wendete es. Elisa, die vorsichtig näher herangetreten war, stellte fest, dass die Schnitzerei der Schnecke ausgezeichnet gelungen war.

»Was kann ich besser machen?« Natascha wirkte völlig unbefangen.

»Ich möchte nicht, dass du ohne meine ausdrückliche Erlaubnis etwas machst«, gab Danilo streng zurück. »Das hier ist gerade noch mal gut gegangen. Es hätte auch schieflaufen können. Dann wäre ein kostbares Stück Holz verdorben.«

»Aber es ist nicht schiefgegangen, oder?« Natascha sah Danilo fragend an. »Wie soll ich dir zeigen, was ich kann, wenn du mich nur zuschauen lässt?«

Danilo setzte zu einer Antwort an, doch in diesem Moment spürte Elisa, wie ihr Handy in der Hosentasche vibrierte, und sie verließ leise die Werkstatt, da sie ohnehin das Gefühl hatte, die beiden jetzt besser allein zu lassen. Als sie draußen das Telefon herauszog, sah sie auf dem Display Carens Namen.

»Danke für die Info«, sagte Annas Lebensgefährtin. »Ich habe soeben zwei Karten für Anna und mich reservieren lassen.«

»Du meinst für die *Tosca* in Mailand?« Elisa konnte es kaum glauben.

»Genau«, hörte sie Carens Stimme.

Die Freude über diese Neuigkeit füllte Elisa ganz und gar aus. »Und Anna ist damit einverstanden?«

»Es wird eine Überraschung. Mein Geschenk zu ihrem Geburtstag. Ist dir denn noch nicht aufgefallen, dass sie an diesem Tag zweiundfünfzig wird? Dass dein Großvater dirigiert, nun, das wird sie noch früh genug erfahren.«

Elisa erschrak. Ihre anfängliche Freude verwandelte sich in Skepsis. An den Geburtstag ihrer Mutter hatte sie tatsächlich nicht gedacht, wie hatte ihr das nur passieren können? »Du weißt, dass du dir damit großen Ärger einhandeln wirst«, warnte sie Caren.

»Glaub mir, damit kann ich umgehen«, versicherte Caren mit einem Lachen. »Aber vielleicht ist es besser, du erzählst Niklas noch nichts davon. Man weiß nie, ob nicht noch etwas dazwischenkommt.«

»Ich verrate kein Wort«, versprach Elisa. »Danke. Ich freue mich riesig darauf, dich wiederzusehen.«

»Ich freue mich auch«, hörte sie Carens herzliche Stimme. »Bis bald also.«

»Bis bald.«

Als sie zurück in die Werkstatt kam, zeigte Danilo Natascha gerade, wie sie den Hals des Cellos vermessen und weiterbearbeiten musste. Zu Elisas Erleichterung schienen die Unstimmigkeiten vergessen, und die beiden wirkten so konzentriert, dass sie ihre Arbeit leise wieder aufnahm. Vielleicht, dachte sie, kann Natascha bald schon richtig mitarbeiten. Ihre Vorkenntnisse im Umgang mit Holz waren offenbar größer, als Danilo und sie gedacht hatten.

»… aber du musst mir versprechen, nie mehr auf eigene Faust weiterzumachen«, sagte er gerade zu Natascha. »Streichinstrumente sind Präzisionsarbeit. Erst wenn du die Zusammenhänge von Material und Klang verstehst und unter meiner Aufsicht jeden Vorgang durchlaufen hast, wirst du eigenständig bauen. Ist das klar?«

»In Ordnung.« Natascha strahlte geradezu. »Und was soll ich jetzt machen?«

»Lass dir von Elisa zeigen, wie man mit einem Wölbungshobel und dem Hohleisen umgeht. Denn sie wird ab morgen eine Weile weg sein. Dann kannst du das übernehmen.«

Elisa verließ die Werkstatt schon gegen Mittag, um für Mailand zu packen. Nachdenklich sah sie ihren Schrank durch. Neben Niklas' Proben würde sie sicher mit so manchem wichtigen Menschen aus der Welt des Konzertlebens zusammentreffen. Außer ihren Jeans, Blusen und T-Shirts nahm sie schließlich jenes Kleid vom Bügel, das ihre Mutter ihr im vergangenen Jahr geschenkt hatte, ein Traum aus mehreren Lagen Chiffon in verschiedenen Rosétönen. Anna hatte ihr die passenden Sandalen dazu ausgesucht. Elisa hatte weder das Kleid noch die Schuhe bislang getragen.

Entschlossen packte sie es in den Koffer, außerdem den

wunderschönen langen Rock und das Oberteil, das ihre Mutter ihr für den Auftritt in jenem Club in Lugano Anfang des Jahres geschickt hatte, es war genau das richtige Outfit für die Premiere. Sie fand noch andere Kombinationen, die Anna ihr im Lauf der Jahre geschenkt hatte, und probierte sie an, um sicherzugehen, dass sie ihr noch passten.

So traf Cosma sie an, die spontan mit ihr einen Kaffee trinken wollte, und staunte nicht schlecht, als Elisa ihr in einer meerblauen Kombination aus Minirock und Longjacket öffnete, die saßen wie angegossen.

»Wow«, rief ihre Freundin bewundernd aus. »Du siehst großartig aus. Wie ein Fotomodell!«

»Findest du?« Elisa sah an sich hinunter. »Das sind Sachen, die meine Mutter entworfen hat. Ich habe das alles so gut wie nie angehabt.«

»Warum denn nicht? Das steht dir fantastisch!«

Elisa zuckte mit den Schultern. So genau wusste sie das immer noch nicht. »Ich hatte irgendwie nie Gelegenheit dazu. Bei der Arbeit habe ich ja die Uniform getragen«, sagte sie nachdenklich. »Und in meiner Freizeit …«

»Da hast du kein mondänes Leben geführt«, spottete Cosma. »Deshalb passt du so gut zu uns. Packst du für Mailand?«

Elisa nickte. »Weißt du was? Ich mach noch den Koffer fertig. Dann komm ich runter. Wo finde ich dich? Auf der Terrasse oder am Bach?«

»Gern am Mühlbach«, antwortete Cosma, die Elisas Vorliebe für die romantische Bank neben der Brücke kannte.

»Alles klar«, antwortete Elisa und schlüpfte bereits aus der Jacke. »Gib mir eine halbe Stunde.«

Am Bach war es auch an diesem Nachmittag wunderschön. Es war Hochsommer, die kürzeste Nacht des Jahres stand bevor, und an dem kühlen Ufer blühten wilder Salbei und Majoran, eine seltene Thymianart verströmte einen betörenden Duft. Türkis schimmernde Libellen schwirrten durch die Luft, wechselten abrupt ihre Flugrichtung und ließen sich vorsichtig auf den Binsen nieder, um aus dem Bach zu trinken.

Sie sprachen über Mimi und diese ganze Misere mit Fabio, und Elisa erzählte von Nataschas unverhofftem Auftauchen. »Es wäre toll, wenn Danilo in ihr eine gute Fachkraft finden würde«, schloss Elisa. »Ich kann nur Hilfsarbeiten ausführen. Das bringt ihm nicht viel.«

»Für dich ist das doch sowieso nur eine Übergangslösung, oder?«

»Was meinst du?«

»Na, deine Arbeit in der Werkstatt.«

Elisa fühlte den Blick ihrer Freundin auf sich ruhen. »Keine Ahnung.« Sie riss einen langen Grashalm aus, der neben der Bank wuchs. »Die Sache ist … ich weiß noch immer nicht, was ich in Zukunft eigentlich machen soll.«

Cosma schwieg, und Elisa war ihr dankbar dafür. Gute Ratschläge hatte sie schon genügend von Mariella bekommen, die sie immer wieder fragte, warum sie nicht mit der Campanula auftrat, so wie im Januar in Lugano. Und einfach nicht verstehen wollte, dass sie dafür noch nicht reif war.

»Ich finde, du machst genau das Richtige.«

Elisa sah Cosma überrascht an. »Ich mach gar nichts, außer ein bisschen Klangholz zu hobeln und Instrumente zu stimmen.«

»Genau. Lass dir Zeit. Nur wenn du dich nicht gleich wieder in irgendeine Sache stürzt, die dir nicht wirklich zusagt, kannst du herausfinden, was als Nächstes für dich dran ist.«

Von dem Grashalm war nichts mehr übrig geblieben. Elisa hatte nicht gemerkt, dass sie ihn in kleine Stücke gerissen hatte. »Aber es fühlt sich komisch an«, wandte sie ein. »Ich komme mir so … unnütz vor. Und meine Ersparnisse sind bald aufgebraucht.«

»Man kommt mit wenig aus, wenn es sein muss.«

Elisa hob lauschend den Kopf. Sie hörte ein Motorengeräusch, das sich langsam näherte. »Ich glaube, du bekommst Kundschaft«, sagte sie und wies in Richtung der Praxisräume, die sich in der ehemaligen Stallung neben dem Hundehaus befanden.

»Tatsächlich?« Cosma horchte angestrengt. Jetzt war das Auto so nah, dass auch sie es hörte. »Was du nur für gute Ohren hast!«, rief sie und erhob sich. »Ich geh dann mal. Und falls wir uns nicht mehr sehen – habt eine tolle Zeit in Mailand.«

»Danke«, sagte Elisa, doch da war Cosma schon über die Brücke geeilt. Und Elisa beneidete sie aus vollem Herzen darum, eine so wunderbare Aufgabe zu haben. Tiere heilen zu können musste wahrhaftig ein sehr erfüllender Beruf sein.

Niklas reiste mit großem Gefolge: Außer Amadou und Elisa hatte er auch Serafina gebeten, mitzukommen, um in der Wohnung, die ihm die Scala im Herzen von Mailand zur Verfügung stellte, nach dem Rechten zu sehen. Mariella hatte seine Einladung, ihn ebenfalls zu begleiten, mit der Begründung abgelehnt, wegen Nataschas Anwesenheit unabkömmlich zu sein, obwohl dies bei Licht betrachtet wirklich nicht notwendig war. Natascha hatte versichert, dass sie sich gut allein versorgen könnte.

Elisa machte sich Sorgen um Mariella, sie hatte den Eindruck, dass sie sich wieder mehr in sich selbst zurückzog, und Elisa hatte keine Ahnung, wie sie den Panzer durchdringen sollte, den Danilos Mutter seit Fabios Weggang um sich errichtet hatte. »Du kommst doch zur Premiere?«, fragte sie Mariella, als sie sie am Morgen des Aufbruchs zum Abschied herzlich umarmte.

»Natürlich«, antwortete die Ältere. »Ich komme zusammen mit Danilo.«

Elisa kam in den Sinn, dass sie Fabio von Niklas' Rückkehr ans Dirigentenpult erzählt hatte, und kurz keimte in ihr die Hoffnung auf, er würde tatsächlich kommen. Sogleich verwarf sie diesen Gedanken. Er hatte sich noch nicht einmal bei Mimi gemeldet, die jeden Abend nach ihrem Papa und dem Affen fragte und sich dann in den Schlaf weinte. Vielleicht hätte Romy doch nicht zulassen dürfen, dass das Plüschtier bei Fabio verblieb. Nun war es zu spät. Und Mimi würde sich irgendwann an seine Abwesenheit und an ein anderes Kuscheltier gewöhnen, so traurig das auch sein mochte.

»Du wirst mir fehlen«, flüsterte Danilo Elisa ins Ohr, als sie sich in der Einfahrt der Rosenholzvilla verabschiedeten. Amadou hatte in Niklas' Auftrag einen Kleinbus mit besonders viel Stauraum gemietet, damit sie alle darin Platz fanden samt dem Rollstuhl, den sie für den Notfall mitnehmen wollten. Das beeindruckende Fahrzeug stand bereits mit offenen Türen vor der Eingangstreppe.

»Du mir auch.« Sie küssten sich zärtlich. »Ich bin froh, dass Natascha dir Gesellschaft leistet. Und den Celloboden kriegt sie bestimmt besser hin als ich.«

»Höchstens genauso gut wie du.« Danilo küsste sie auf die Nase. »Und überhaupt kann dich niemand ersetzen.«

»Das soll auch niemand.« Eine letzte innige Umarmung, dann übergab Elisa Amadou ihren Koffer und warf einen Blick auf das Gepäck, das sich bereits im Stauraum des Wagens befand. Zu ihrer Überraschung entdeckte sie darunter einen

Hartschalenkoffer in der Form eines Cellos. »Was ist denn da drin?«, fragte sie.

»Deine Campanula.« Danilo grinste ein wenig verlegen. »Das war die Idee deines Großvaters. Nicht wahr, Niklas?«

Niklas stieg gerade langsam und auf seinen Stock gestützt die Eingangsstufen herunter. »Was war meine Idee?«

»Die Campanula mitzunehmen.«

»Natürlich.« Niklas schenkte Elisa ein strahlendes Lächeln. Er wirkte unternehmungslustig und ein klein wenig aufgeregt, kein Wunder nach seiner langen Rekonvaleszenz. »Du wirst sicher dein Instrument nicht missen wollen. Früher haben wir dein Cello auch überallhin mitgeschleppt.«

»Aber …«

Serafina kam aufgeregt aus dem Haus, in jeder Hand eine große Tasche. »*Professore!* Wir müssen unbedingt unterwegs noch einkaufen. Das Olivenöl ist ausgegangen. Und ich muss doch heute Abend ein vernünftiges Essen machen. Ohne Olivenöl ist das unmöglich.«

»Heute Abend wird nicht gekocht«, antwortete Niklas gut gelaunt, während Amadou sich beeilte, Serafina die schweren Taschen abzunehmen. »Wir gehen in ein Restaurant.«

»In ein Restaurant?« Serafina wirkte bestürzt. »*Mamma mia.* Da hab ich nichts Passendes anzuziehen.«

»Lass gut sein, Serafina«, versuchte Amadou sie mit einem breiten Lächeln zu beruhigen. »Du bist in deiner Kittelschürze elegant genug.«

»Ich war erst ein Mal in Mailand.« Nervös wechselte Serafina von einem Bein auf das andere. »Mit der Schulklasse. Damals ging einer unserer Kameraden beinahe verloren.«

»Sie gehen schon nicht verloren«, lachte Niklas. »Am besten bleiben Sie ab morgen einfach in der Küche, dann kann nichts passieren.«

Die junge Frau machte ein betroffenes Gesicht. Die Vorstellung, die ganze Zeit drinnen zu bleiben, behagte ihr offensichtlich nicht.

»Hör nicht auf ihn«, beruhigte Elisa die junge Frau. Inzwischen duzte sie sich mit Serafina. »Selbstverständlich kannst du das Haus verlassen. Falls du nicht mehr zurückfindest, nimmst du einfach ein Taxi.«

»Ein Taxi?« Serafina riss die Augen auf. »Das ist doch viel zu teuer.«

»Oder du fragst jemanden nach dem Weg«, warf Amadou grinsend ein. »So hübsch, wie du bist, bringt dich sicher jeder gern nach Hause.« Serafina tat empört. Die beiden waren in den vergangenen Monaten gute Freunde geworden und neckten sich gern. »Was sagt eigentlich dein neuer Freund zu diesem Ausflug?«

»Das geht den gar nichts an«, gab Serafina trotzig zurück. »Mit dem ist es aus.«

»Schon? Das ging diesmal aber schnell.«

Serafina schlug spielerisch nach Amadou, doch der lachte nur.

»Alles einsteigen«, rief er schließlich, und Danilo gab Elisa einen letzten Kuss.

»Pass auf dich auf«, flüsterte er.

»Und du auf dich«, raunte sie zurück.

Während der gesamten Fahrt hörte Amadou nicht damit auf, Serafina zu necken, und ihr Lachen erfüllte den Wagen. Ihre Fröhlichkeit übertrug sich auf Niklas und Elisa, und ehe sie es sich versahen, waren sie schon in Mailand angekommen.

Das Apartment, das die Operndirektion für sie angemietet hatte, lag mitten in der Altstadt, nur wenige Schritte von der Scala entfernt. Niklas hatte eine Sondergenehmigung von der Stadtverwaltung erhalten, und so konnte Amadou direkt vor dem Gebäude parken, was normalerweise streng verboten war, und das Gepäck ausladen. Elisa begleitete Niklas mit dem Fahrstuhl in die Wohnung im ersten Stock, wo Alexander ihn bereits erwartete, um die letzten Details zu besprechen.

»Willkommen in Mailand.« Alexander breitete seine Arme aus, und Elisa umarmte ihn erleichtert. Wenn Alexander Hilbour persönlich anwesend war, konnte man sicher sein, dass mit der Organisation alles klappte.

»Schön, dich wiederzusehen.«

Elisa sah sich in dem prächtigen Salon um. In seiner Mitte stand ein Konzertflügel, ähnlich jenem, den Niklas besaß. Er war so blank poliert, dass er den Kristallleuchter widerspiegelte, der von der Decke hing. Eine weiße Sitzgruppe befand sich in der Nähe der großen Bogenfenster, Niklas ließ sich gerade in einem der Sessel nieder, und Elisa bemerkte, dass man von dort über Hausdächer hinweg ein wenig von dem berühmten Dom sehen konnte. Der Fußboden bestand aus einem kunstvollen Marmormosaik.

»Ist die Wohnung in Ordnung?«, erkundigte sich Alexander.

»Ich hab die anderen Räume noch nicht gesehen«, erwiderte Elisa. »Wenn alles so ist wie dieser *salotto*, gibt es keinen Grund zur Klage. Wo ist Niklas' Zimmer?«

»Komm, ich zeig es dir.« Vom Salon gingen mehrere Türen ab, hinter denen sich Schlafräume befanden, und einer war schöner als der andere. »Ich dachte mir, dass dieser für Niklas am geeignetsten wäre. Er hat den schönsten Ausblick. Noch wichtiger ist das barrierefreie Badezimmer, siehst du?«

»Du hast recht, das ist ideal«, fand Elisa.

»Außerdem hat er eine Verbindungstür zum angrenzenden Zimmer, und da könnte der Pfleger schlafen. Was meinst du?«

»Perfekt.«

Es gab noch weitere Schlafzimmer, mehr, als sie im Augenblick brauchten. »Ihr werdet zur Premiere sicher Gäste haben, oder?«

»Ja, Danilo und seine Mutter werden kommen. Und Anna, jedenfalls hoffe ich das. Aber sag das bitte Niklas noch nicht.«

Alexander warf Elisa einen erstaunten Blick zu. Er wusste nur zu gut um das schwierige Verhältnis zwischen Niklas und seiner Tochter. Doch er war zu diskret, um nachzufragen, und Elisa war ihm dankbar dafür. »Weißt du eigentlich, dass die Tosca die Paraderolle deiner Großmutter war?«

Elisa sah den Manager überrascht an.

»Ich war gerade siebzehn geworden, als sie das letzte Mal in dieser Rolle auftrat«, fuhr er fort. »Und zwar hier. An der Mailänder Scala. Mein Vater hat mich mitgenommen. Du weißt, er hat die Agentur gegründet, ich bin in seine Fußstapfen getreten.« Er grinste. »Ja, ich bin älter, als so manche denken. Nächstes Jahr werde ich siebzig.« Er wurde wieder ernst. »Paulina war umwerfend. Dabei war sie schwanger, was ihr kein Mensch ansah, man hatte ihre Kostüme extra weit geschnitten.« Auf einmal wirkte er betrübt. »Manche sagten später, dass die Geburt deswegen so tragisch endete. Weil sie bis zuletzt auftrat. Eine Woche vor der Niederkunft gab sie noch ein Konzert. Aber ich halte das für unwahrscheinlich.«

Elisa wusste nicht, was sie sagen sollte. Das alles war ihr vollkommen neu. Nie hatte Niklas über die Umstände von Paulinas Tod gesprochen. Sie war an den Folgen der Geburt gestorben, mehr hatte sie auch von Anna nicht erfahren.

»Vielleicht fragst du dich, warum ich dir das jetzt erzähle«, fuhr Hilbour fort, dem Elisas Betroffenheit offenbar nicht entgangen war. »Niklas stand am Dirigentenpult, als Paulina die Tosca zum letzten Mal sang.«

»Das alles muss schrecklich für ihn gewesen sein.«

»Ganz sicher.« Alexander nickte. »Und er hat diese Oper seither nicht mehr dirigiert.«

»Wie bitte?« Elisa holte tief Luft. »Das heißt … Es ist seit zweiundfünfzig Jahren das erste Mal für ihn?«

»So ist es.« Die blauen Augen des Managers ruhten forschend auf ihr.

»Er hat sich sehr gut vorbereitet«, sagte Elisa, nachdem sie sich wieder gefasst hatte.

Alexander nickte. »Daran habe ich keine Zweifel. Niklas sagte, dass du ihm während der Proben assistieren wirst?«

»So haben wir es geplant.«

»Das ist gut. Ich denke, er braucht jede Unterstützung.«

10

Die Proben

Elisa wählte für sich ein Zimmer auf der gegenüberliegenden Seite des Salons, das nach hinten hinausging und in dem man von der belebten Straße nichts mitbekam. Seit sie in der alten Mühle wohnte, hatte sie sich an die wundervolle Stille dort gewöhnt.

Innerlich war sie nach dem Gespräch mit Alexander jedoch voller Unruhe. Am liebsten hätte sie Niklas eine Menge Fragen gestellt. Zum Beispiel, warum er nach all der Zeit ausgerechnet die Oper *Tosca* für sein Comeback ausgewählt hatte. Sicher, der Vertrag war vermutlich schon vor längerer Zeit geschlossen worden. Trotzdem hätte er ihn genau wie die vorigen einfach auflösen und im September in Wien mit dem ebenso lange vereinbarten Symphonischen Konzert seine Arbeit wieder aufnehmen können.

Oder die Frage, warum er überhaupt bereit war, diese für ihn so schicksalhafte Oper zu dirigieren, wo er dies doch mehr als fünf Jahrzehnte lang vermieden hatte.

Elisa scheute sich allerdings davor, die Rede auf die schlimmen Ereignisse zu bringen, die mit Paulinas Tod zusammenhingen. Und womöglich maß sie dem Ganzen auch viel zu viel Bedeutung bei. War es nicht ein gutes Zeichen, dass Niklas seine Trauer nach all den Jahren offenbar endlich überwunden hatte und sich nicht mehr scheute, dieses Werk zu dirigieren? Elisa erinnerte sich an eine Begebenheit zu Beginn von Niklas'

Krankheit, als er auf der Intensivstation gelegen und es kritisch um ihn gestanden hatte. Sie hatte an seinem Bett gesessen und ihm eine Aufnahme vorgespielt, in der Paulina die berühmteste Arie aus der Oper *Tosca* sang. Wenig später war Niklas wieder zu Bewusstsein gekommen, er hatte die Stimme tatsächlich erkannt. Und obwohl es dafür keine Beweise gab, war Elisa noch heute davon überzeugt, dass diese Musik ihn damals zurück ins Leben geholt hatte.

Sie machte sich auf die Suche nach Serafina und fand sie in der Küche. »Ist alles zu deiner Zufriedenheit?«, fragte sie die Haushälterin.

»*Tutto bene.*« Serafina packte gerade die Vorratstaschen aus und verstaute die frischen Sachen im Kühlschrank. »Die Küche ist gar nicht so übel ausgestattet, wie ich befürchtet habe.« Auf dem Tisch entdeckte Elisa so manchen Lieblingstopf der jungen Frau, den sie aus der Rosenholzvilla mitgebracht hatte. Auch eine Küchenmaschine war darunter. »Ich wollte auf Nummer sicher gehen«, erklärte Serafina, als sie Elisas überraschten Blick bemerkte. »Man weiß ja nie, was man in fremden Küchen antrifft. Und an diese Sachen bin ich nun mal gewöhnt.«

»Jetzt weiß ich, warum die Taschen so schwer waren«, scherzte Elisa und fragte Serafina, ob sie mitkommen wollte, um sich eines der Zimmer auszusuchen.

»Ich nehme einfach das, was übrig ist.« Mit kritischem Blick inspizierte sie die Schränke.

»Es sind noch vier Schlafzimmer frei«, erklärte Elisa.

»*Madonna!*«, rief Serafina aus. »Das ist ja ein Hotel! Dann nehme ich am besten das, was am nächsten bei der Küche liegt. Nicht dass ich mir von dem Hin und Her noch Blasen laufe.« Serafina lachte und sortierte Schüsseln und Töpfe in den Schränken so, wie sie es gewohnt war.

»Schön. Wie wäre es mit dem direkt gegenüber?«

»*Perfetto*«, gab Serafina gut gelaunt zurück und nahm sich als Nächstes die Espressomaschine vor. »Sicher wollen die Herren einen Kaffee, was meinst du?«

»Das wäre toll!«, antwortete Elisa dankbar. »Ich nehme auch einen. Mit viel geschäumter Milch, so wie immer.«

Als Elisa in den Salon kam, ging Alexander mit Niklas gerade den Probenplan durch und reichte Elisa eine Kopie samt einer Liste mit den Kontaktdaten aller Beteiligten. »Dies sind die beiden Pianisten, die die Einzelproben mit den Sängerinnen und Sängern am Klavier begleiten, wenn das Orchester freihat.« Er wies auf zwei Namen. »Und hier ist die Aufstellung aller Musiker, sortiert nach Instrumentengruppen, ganz oben ihr Vorstand. Man weiß ja nie.« Elisa nahm eine weitere Aufstellung entgegen. »Von dem Aufnahmeteam für die Rundfunk-Direktübertragung werdet ihr kaum etwas merken«, fügte Alexander hinzu. »Vor der Generalprobe machen sie einen Soundcheck, die Mikrofone sind bereits installiert, die Scala macht das schließlich nicht zum ersten Mal. Für alle Fälle hast du hier die Nummer des Aufnahmeleiters.« Elisa nahm auch diesen Zettel in Empfang. »Morgen früh beginnen also die Proben. Heute Abend steht ein Dinner mit dem Musikdirektor, dem Intendanten und seinem Stellvertreter auf dem Programm. Die Leiterin des Besetzungsbüros wird ebenfalls dabei sein.«

»Eigentlich wollte ich mit meinen Leuten hier schön essen gehen.« Niklas sah Elisa fragend an.

»Serafina und Amadou gehen bestimmt lieber zusammen in eine Pizzeria.« Elisa stellte sich Serafinas Verlegenheit in einem der eleganten Mailänder Restaurants vor. »Oder sollen wir ihnen einen Tisch in einer Trattoria in den Navigli reservieren? Im Viertel der Schiffskanäle isst man gut, und sie fühlen sich sicher wohler.«

»In Ordnung. Könntest du das für uns übernehmen, Alexander?«

»Natürlich.« Der Agent machte sich eine Notiz. »Ich bleibe übrigens noch bis morgen. Wenn alles in Ordnung ist und die Probe begonnen hat, muss ich los.«

»Du kommst zur Premiere?«

»Selbstverständlich.« Alexander lächelte Niklas aufmunternd zu. »Was glaubst *du* denn! Ich lass mir doch deine *Tosca* nach all den Jahren nicht entgehen.«

Auf Niklas' Gesicht erschien ein Lächeln. »Du wirst staunen«, sagte er, so als verrate er ein Geheimnis. »Ich bin die gesamte Oper gründlich durchgegangen, nicht wahr, Elisa? Und ich werde viele Stellen ganz neu interpretieren.«

Einen Moment war es still zwischen ihnen, vielleicht nur einen Wimpernschlag lang. Dann antwortete Alexander: »Nun, das hoffe ich doch. Immerhin bist du älter und weiser geworden. Es wäre seltsam, wenn du das Stück genauso dirigieren würdest wie vor einem halben Jahrhundert.« Der Manager erhob sich. »Und jetzt lasse ich euch in Ruhe ankommen. Soll ich euch für heute Abend ein Taxi schicken?«

»Nein danke, Amadou kann uns auf dem Weg zu den Navigli dort absetzen«, erwiderte Niklas. Jener kurze Augenblick, in dem die Vergangenheit zwischen ihnen gehangen hatte, als sei sie zum Greifen nahe, war verflogen.

»Wir treffen uns um acht dort.« Alexander reichte Elisa die Visitenkarte des Restaurants. »Bis später.«

Nach einem kleinen Imbiss machte Niklas einen Mittagsschlaf, und am Nachmittag bestand Amadou darauf, zu ihrer Routine mit dem Mobilisationstraining zurückzukehren.

Elisa packte inzwischen ihren Koffer aus, hängte die Kleider in den Schrank und schickte Danilo eine Nachricht. Dann sah sie den Probenplan durch und verglich ihn mit dem, den sie gemeinsam mit Niklas bereits ausgearbeitet hatte. Es ging in diesem Fall nicht um eine Neuinszenierung, das Stück stand bereits seit einigen Jahren auf dem Spielplan, Niklas würde als Gastdirigent zwei Aufführungen übernehmen. Außerdem wurden die Hauptrollen mit drei internationalen Stars besetzt: die Rolle der Floria Tosca, die auch in der Oper eine Sängerin war, ihrem Geliebten Mario Cavaradossi, einem Maler, und dem hinterhältigen Polizeipräsidenten Scarpia, der es auf Tosca abgesehen hatte und ein böses Spiel mit ihr und ihrem Mario trieb.

Es war eines der leidenschaftlichsten und dramatischsten Werke, die Elisa kannte, sie hatte die Oper vor Jahren einmal in München gesehen, denn sie liebte ja Paulinas Aufnahme und hatte das gesamte Stück kennenlernen wollen. Die Handlung war so packend, dass sie vom ersten bis zum letzten Moment wie elektrisiert auf ihrem Theatersitz gesessen und dieses unerhörte Drama atemlos verfolgt hatte. Was die Musik anbelangte, war es eines ihrer Lieblingsstücke geworden, vor allem die mitreißenden Arien, die die aufgewühlten Emotionen der handelnden Personen lebendig werden ließen und ihr bei jedem Anhören beinahe die Tränen in die Augen trieben, denn das Stück nahm kein gutes Ende. Aber es war nun einmal das einzige Ende, das diese Geschichte nehmen konnte, handelte sie doch von all jenen Gefühlen, die die menschlichen Leidenschaften ausmachten: von Liebe und Eifersucht, von Freundschaft und Verrat, von blindem Hass und Rachsucht – und am Ende waren alle tot. Vermutlich hatte Niklas es deswegen so lange vermieden, sich diesem Werk zu widmen. Gut, dass er sich jetzt stark genug dafür fühlte.

Sie freute sich darauf, ihrem Großvater dabei unter die Arme zu greifen. Als Niklas' Assistentin war es ihre Aufgabe, ihm bei den Proben zur Seite zu stehen und seine Anweisungen ans Orchester und an die Sänger in ihrer eigenen Partitur zu vermerken, sodass sie an Niklas' Stelle Auskunft geben konnte, falls einer der Musiker später eine Rückfrage hatte. Seine Assistentin zu sein bedeutete jedoch vor allem, ihrem Großvater während der Proben stets nahe zu sein. Im Notfall würde sie Amadou verständigen, der, solange es Niklas gut ging, nicht die ganze Zeit bei ihnen ausharren musste. Er würde sie zu den Proben bringen und wieder abholen. Und falls notwendig, zur Stelle sein.

»Nun, wie macht sich dein Patient?«, fragte Elisa den Pfleger, nachdem Niklas' Training beendet war. Frisch geduscht ruhte sich Elisas Großvater nun in seinem Zimmer aus.

»Wenn er so weitermacht, braucht er mich bald nicht mehr.« Amadou grinste, doch Elisa wusste genau, dass er mächtig übertrieb. Erst neulich hatte er ihr gesagt, dass noch reichlich Luft nach oben war, was Niklas' Rekonvaleszenz anging.

»Ernsthaft. Denkst du, dass Niklas drei Stunden am Dirigentenpult durchstehen kann?«

»Er wird sitzen«, korrigierte Amadou sie. »Signor Alexander hat versprochen, dass er einen entsprechend hohen Hocker organisiert.«

»So ähnlich wie ein Barhocker?«

»Genau. Und er muss gar nicht so weit ausholende Bewegungen machen wie früher.«

»Woher weißt du …?«

»Ich hab mir ein paar Videos angesehen«, antwortete Amadou. »Wir haben das schon besprochen, der Professor und ich. Die Musiker sind ja hoffentlich keine Dummköpfe und können auch anhand von kleineren Armbewegungen erkennen, was sie zu tun haben. Meinst du nicht?«

Elisa nickte, beeindruckt von Amadous Einsatz. Dass er

sich in seiner Freizeit alte Aufnahmen von Niklas ansah, hätte sie nicht gedacht. »Was für ein Glück, dass du bei uns bist, Amadou«, sagte sie.

»Das Glück ist gerecht zwischen uns verteilt.« Der Senegalese grinste von einem Ohr zum anderen. »Ich arbeite gern mit dem Professor.«

»Obwohl er hin und wieder … unpassende Bemerkungen macht? Nimmst du ihm das denn gar nicht übel?« Elisa dachte daran, dass Niklas seinen Pfleger von Anfang an geduzt und so manche Anspielung auf seine afrikanische Herkunft gemacht hatte.

»Unpassende Bemerkungen macht er schon lange nicht mehr. Außerdem weiß ich, dass er es nicht so meinte. Ich nehm ja auch kein Blatt vor den Mund, und ihm gefällt das. Dein Großvater braucht immer ein bisschen Reibung, verstehst du? Man darf sich von seiner rauen Schale nicht schrecken lassen. In seinem Innern hat er ein Herz aus Gold.«

»Wer hat ein Herz aus Gold?« Niklas stand auf einmal in der Tür.

»Du«, antwortete Elisa. »Wie fühlst du dich?«

Niklas zog eine Grimasse. »Du weißt, dass du mich das nicht andauernd fragen sollst«, gab er zurück. »Wenn man lange genug darüber nachdenkt, wie man sich fühlt, kommt man auf die seltsamsten Gedanken. Wie spät ist es?«

»Zeit, dich langsam für das Abendessen fertig zu machen«, sagte Elisa nach einem Blick auf die Uhr. »In einer knappen Stunde brechen wir auf.«

Es war ein Arbeitsessen voller Höflichkeiten und wohlwollender Bemerkungen, erst zum Dessert lockerte sich die Stimmung etwas auf, als einige lustige Anekdoten ausgetauscht wurden. Elisa war dennoch froh, dass Niklas Amadou angewiesen hatte, sie nach zwei Stunden wieder abzuholen. Alexander Hilbour schloss sich ihnen an.

»Ich gehe zu Bett«, verkündete Niklas, als sie bei ihrer Wohnung angekommen waren. »Aber das gilt natürlich nicht für euch junge Leute.«

»Lass uns noch zusammen etwas trinken, auch wenn ich nicht unbedingt zu den jungen Leuten gehöre«, schlug Alexander Elisa vor, während Amadou Niklas ins Haus begleitete. Auch Serafina hatte nach dem Essen mit Amadou verkündet, dass sie früh schlafen gehen wollte. »In einer Stadt wie Mailand beginnt der Abend um diese Uhrzeit erst richtig.«

Elisa sah sich um. Eine Gruppe von nach der neuesten Mode gekleideten Menschen ihres Alters kam lachend und scherzend die Straße entlang, im Licht der eleganten Schaufenster schimmerten die sorgfältig geschminkten Gesichter der Frauen, die luftigen Röcke flatterten um ihre makellosen Beine in High Heels. Einer ihrer Begleiter streifte Elisa mit einem bewundernden Blick. Sie hatte für diesen Abend das roséfarbene Chiffonkleid ausgewählt, und als sie ihr Spiegelbild in einer der Glasfronten entdeckte, gefiel ihr selbst, was sie sah. »In Ordnung«, antwortete sie auf Alexanders Vorschlag und hakte sich bei ihm unter. »Wohin gehen wir?«

Nach wenigen Schritten erreichten sie den Platz, der dem Opernhaus den Namen gegeben hatte, die Piazza della Scala, und überquerten ihn. In seiner Mitte befand sich ein Denkmal zu Ehren Leonardo da Vincis, der lange in dieser Stadt gelebt und gewirkt hatte. Er stand auf einem hohen Sockel und war umgeben von seinen besten Schülern, die selbst bedeutende Maler gewesen waren.

»Erinnerst du dich an deinen Auftritt hier?« Sie bahnten sich einen Weg durch eine Gruppe von Touristen, die wie geblendet von der Schönheit dieses Ortes offenbar nicht wussten, wohin sie zuerst schauen sollten, zu der Fassade des ehrwürdigen Opernhauses, zu der hellerleuchteten Galleria Vittorio Emanuele II, der elegantesten Einkaufsgalerie der Welt, oder zum Palazzo Marino, dem Sitz des Bürgermeisters.

»Natürlich erinnere ich mich.« Elisa war von der abendlichen Stimmung wie verzaubert. In der einbrechenden Dunkelheit und unter all den aufflammenden Lichtern wirkte die Stadt wie die Kulisse für einen opulenten Film. Und ein bisschen unwirklich kam Elisa auch dieser Abend vor.

»Bist du seither noch mal in Mailand gewesen?«

»Nein«, antwortete Elisa. »Als Kind hab ich hier eine Weile gelebt. Anna hat die Modeschule besucht. Aber ehrlich gesagt war ich noch zu klein und habe kaum Erinnerungen an diese Zeit.«

»Wollen wir uns hierhin setzen?« Er blieb vor einem Lokal stehen, dessen Tische und Stühle draußen auf der Piazza einladend wirkten.

Elisa nickte zustimmend, und sogleich kam der Kellner auf sie zu, um sie an einen freien Tisch zu führen. Sie bestellten einen Bellini für Elisa und für Alexander einen Gin Tonic und betrachteten eine Weile das bunte Treiben auf dem Platz. »Hast du denn noch Verwandte in Mailand?«, fragte Alexander, der natürlich wusste, dass Paulinas Familie von hier stammte.

»Ich glaube nicht.« Elisa wurde ein wenig verlegen. »Ich kann mich noch vage an zwei Großtanten erinnern, aber die sind längst gestorben. Anna hat mir nie von anderen Verwandten erzählt. Und viele Jahre lang habe ich mir darüber gar keine Gedanken gemacht.«

»Du meinst, in der Zeit, als du noch Cello gespielt hast?«

Elisa nickte. Auf einmal hatte sie einen Knoten im Hals. Sie blickte über den Platz und sah sich auf einmal selbst mit Niklas hier entlanggehen. Vor einem ihrer Konzerte oder danach. Nie hätte sie damals geglaubt, dass sie einmal etwas anderes tun würde, als Cello zu spielen.

»Wie sehen denn deine Pläne aus?«

Elisa hatte befürchtet, dass Alexander irgendwann diese Frage stellen würde. »Ich habe keine Pläne«, antwortete sie.

»Niklas sagt, dass du inzwischen fast so gut spielst wie damals.«

Elisa sah ihn überrascht an. »Ich glaube dir kein Wort.«

Alexander musterte sie aufmerksam. »Hör zu, Elisa«, sagte er. »Ich habe mir dieses Video angeschaut. Es ist einfach fantastisch. Und dieser Auftritt liegt jetzt fünf Monate zurück, inzwischen spielst du fast jeden Tag, wie Niklas mir berichtet. Ich will dich wahrlich zu nichts drängen, du weißt, das ist nicht meine Art. Ich möchte dir nur sagen, dass du wieder ins Geschäft kommen kannst, wenn du willst.« Der Kellner brachte ihre Getränke, und Elisa war froh um die Unterbrechung. Doch wenn sie gehofft hatte, dass Alexander das Thema nicht weiterverfolgen würde, hatte sie sich getäuscht. »Dieses neue Instrument ist wirklich großartig. Damit spielst du keine Klassiker, das ist klar. Aber die Menschen sind es mehr und mehr leid, immer noch perfektere Musiker anzuhören, lass dir das von mir gesagt sein, der ein Leben lang solche Konzerte organisiert. Das Publikum für klassische Konzerte ist überaltert, die Jüngeren wollen etwas anderes. Sie wollen berührt werden. Sie wollen etwas erleben. Etwas, was zu Herzen geht. Und diese Campanula ist das ideale Instrument dafür.«

»Ich bin einfach noch nicht so weit«, antwortete sie, doch Alexander sah sie weiterhin forschend an. »Ich versuche das schon die ganze Zeit Danilo zu erklären«, fuhr sie mit einem innerlichen Seufzen fort. »In einem kleinen Club in Lugano vor Freunden und Bekannten aufzutreten und mit ihm zu improvisieren ist das eine. Und auch wenn das im Netz großen Anklang fand – das ist noch längst nicht genug für ein großes Bühnenprogramm, verstehst du?«

»Du meinst, dass du noch an einem Programm für dich arbeiten musst? Weil du keine klassischen Stücke mehr spielst?«

»Das auch. Aber es fehlt noch das Besondere«, sagte Elisa. »Das Einzigartige. Gut, da ist die Campanula mit ihrem wundervollen Klangspektrum. Aber das reicht mir einfach noch nicht. Ich muss erst herausfinden, welche Art von Musik ich in Zukunft mit diesem Instrument machen will.«

Alexander nickte nachdenklich. »Ich verstehe, was du meinst. Und du hast recht. Jedenfalls freut es mich, dass du so intensiv darüber nachdenkst. Wenn ich dir in irgendeiner Weise helfen kann – lass es mich wissen. Und jetzt wollen wir über etwas anderes sprechen. Was meint denn dein Freund? Hält er die Campanula für ausgereift oder plant er weitere Experimente?«

Sie verbrachten noch einen angenehmen Abend miteinander. Alexander erzählte lustige Geschichten aus seinem Arbeitsalltag mit all den berühmten Persönlichkeiten, mit denen er es zu tun hatte, und brachte Elisa damit zum Lachen. »Ich hoffe, du nimmst es mir nicht übel, dass ich dich nach deinen Plänen gefragt habe«, sagte er, als er Elisa nach Hause brachte. »Du sollst eines wissen: Mit deinen dreiunddreißig Jahren bist du genau im richtigen Alter, um eine zweite Karriere zu starten. Und wann immer dir danach ist, weißt du, dass du auf mich zählen kannst.«

»Ich weiß.« Elisa drückte Alexanders Hand. »Danke.«

»Und halt mich bitte auf dem Laufenden, was die Proben anbelangt«, fügte der Agent hinzu. »Wenn irgendetwas sein sollte, was nicht so läuft, wie es sollte, ruf mich an. Ja?«

»Das mach ich.«

»Wir sehen uns morgen.«

»Gute Nacht, Alexander.«

Am Tag, an dem die Proben begannen, wirkte Niklas so beschwingt wie schon lange nicht mehr. Als er den Raum betrat, klatschten die Musiker Beifall, und es war offensichtlich, wie sehr sie sich alle auf die Zusammenarbeit freuten. Niklas war ihnen kein Unbekannter, vor seiner Erkrankung hatte er mehrmals hier gastiert, und die meisten Orchestermitglieder waren mit seiner Arbeitsweise vertraut. Dass er die Proben im Sitzen leitete, schien niemanden zu stören.

Er arbeitete konzentriert und gewissenhaft, und Elisa begann zu verstehen, wie sehr ihm die Arbeit gefehlt haben musste. Wer es nicht wusste, wäre nie darauf gekommen, dass er diese Oper seit mehr als fünfzig Jahren nicht mehr dirigiert hatte, er schien jeden Takt auswendig zu kennen, so selten blickte er in die Partitur, die er dennoch genau im richtigen Tempo umblätterte. Elisa hatte immer gewusst, dass ihr Großvater ein großartiger Dirigent war, und doch wuchs ihre Bewunderung für seine Professionalität mit jeder einzelnen Probe.

So vergingen die Tage, und gemeinsam tauchten sie immer tiefer in dieses faszinierende Werk der großen Gefühle ein. Frühmorgens absolvierte Niklas mit Amadou sein tägliches Training, am Vormittag arbeitete er mit dem Orchester, am späten Nachmittag mit den Solisten, dazwischen ruhte er sich aus. Drei Tage vor der Premiere ging Elisa, die sorgfältig alles notiert hatte, was Niklas für wichtig hielt, ihre Aufzeichnungen noch mal durch. Ihr fiel auf, dass sie alles geprobt hatten, nur die berühmte Arie »Vissi d'arte« der Tosca noch nicht.

»Das brauchen wir nicht«, sagte Niklas, als sie ihn darauf ansprach. »Amira Dehoudi singt sie bereits perfekt.«

»Woher weißt du das?«, fragte Elisa überrascht. Sie war bei jeder einzelnen Begegnung zwischen Niklas und der iranischen Sängerin zugegen gewesen. Amira hatte diese Arie auf keiner Probe gesungen.

»Ich habe ein Video gesehen, bevor ich neulich mein Einverständnis zu ihrem Engagement gegeben habe«, gab Niklas ein wenig barsch zurück, ganz so, als wollte er dazu nicht weiter Auskunft geben. »Es wird nicht mehr lange dauern, bis Amira zu den ganz großen Stars gehört, und wir sind froh, dass wir sie so kurzfristig verpflichten konnten.«

»Ein Video?« Elisa konnte es nicht glauben. »Das reicht dir sonst nie. Willst du nicht wenigstens einmal …«

»Wozu?«, fiel ihr Niklas ungeduldig ins Wort. »Nein, das wäre reine Zeitverschwendung.«

Befremdet schwieg Elisa. Sicher, die junge Sopranistin war hervorragend. Trotzdem stand diese Entscheidung im krassen Gegensatz zu der Sorgfalt, die Niklas ansonsten an den Tag gelegt hatte. Sie wollte noch etwas erwidern, doch eine gewisse Scheu hielt sie davon ab. Denn es handelte sich um die Arie, die Paulina kurz vor ihrem Tod für eine Schallplatte aufgenommen hatte, jene, die Niklas nach seinem Schlaganfall wieder ins Leben zurückgeholt hatte. Es war die Arie, die sie am liebsten hörte, vor allem in Momenten, wenn es ihr nicht gut ging oder wenn sie Mühe hatte einzuschlafen. Seit sie mit Danilo zusammen war, hatte sie das allerdings nicht mehr gebraucht. Tatsächlich hatte sie diese Aufnahme seit einer Weile nicht mehr angehört. Dennoch hatte Elisa nicht vergessen, dass dieses Gesangsstück auch für Niklas eine besondere Bedeutung besaß. War dies womöglich der Grund dafür, warum er sich scheute, sich länger damit abzugeben als unbedingt notwendig?

»Amira macht das prima«, wiederholte Niklas und warf Elisa einen prüfenden Blick zu. »Verlass dich drauf.«

»Wenn du es sagst …« Elisa räusperte sich, denn ihre Stimme klang belegt.

Niklas griff über den Tisch hinweg nach ihrer Hand. »Es wird Zeit, dass wir die Gespenster der Vergangenheit endgültig verjagen«, sagte er, und seine hellblauen Augen betrachteten sie voller Zuneigung.

Elisa nickte. Offenbar hatte er gespürt, was in ihr vorging. Antworten konnte sie nicht, denn der Kloß in ihrem Hals war durch seine Bemerkung nur noch größer geworden.

Der Bühnendurchlauf am folgenden Tag klappte ausgezeichnet, doch auch bei dieser Probe, die dazu diente, die musikalischen Abläufe mit denen auf der Bühne zu koordinieren, ließ Niklas die Arien nur kurz anstimmen und sprang gleich zur nächsten Nummer weiter. Das war durchaus üblich, wenn alle musikalischen Teile der Oper bereits ausreichend geprobt worden waren. Die Arie »Vissi d'arte« erklang auf diese Weise jedoch wieder nicht.

»Du machst dir zu viele Gedanken«, fand Danilo, als sie miteinander telefonierten und Elisa ihm ihre Sorgen anvertraute. »Niklas weiß, was er tut.« Und dann sprachen sie darüber, wie gut Natascha sich in der Werkstatt anstellte und über Danilos Ankunft in Mailand, die für den übernächsten Tag geplant war. »Meine Mutter kommt jetzt doch nicht mit«, sagte er.

»Was?« Elisa glaubte ihren Ohren nicht zu trauen. »Mariella kommt nicht zur Premiere? Warum denn nicht?«

»Sie sagt, dass sie sich nicht gut fühlt«, antwortete Danilo. »Vielleicht ist es ein Infekt. Sie legt sich dieser Tage nachmittags hin, das hat sie noch nie getan.«

»Sollte sie nicht zum Arzt gehen?« Elisa dachte daran, wie bleich und verhärmt Mariella in letzter Zeit gewesen war.

»Das hab ich ihr auch vorgeschlagen. Aber du kennst ja meine Mutter. Sie will die Direktübertragung im Radio anhören.«

»Ich mache mir Sorgen um sie«, sagte Elisa.

»Ja, sie hat sich sehr verändert«, gab Danilo bedrückt zurück. »Wenigstens scheint sie gut mit Natascha auszukommen. Ich habe fast das Gefühl, sie bemuttert sie ein wenig.« Er lachte leise auf.

»Sie vermisst Fabio«, vermutete Elisa.

»Ja, und da ist sie nicht die Einzige.« Danilo seufzte. »Mimi hofft immer noch darauf, dass er ihr bald den Affen zurückbringt. Ich fürchte, da kann das arme Kind lange warten.« Ein paar Atemzüge lang schwiegen sie bekümmert. »Ich freu mich so darauf, dich wiederzusehen«, sagte Danilo schließlich.

»Ich mich auch«, antwortete Elisa zärtlich. »Nur noch zweimal schlafen. Dann hol ich dich am Bahnhof ab.«

Am Tag vor der Premiere fanden keine Proben mehr statt, damit die Musiker und Sänger genügend Zeit hatten, sich für den großen Abend auszuruhen. Elisa ging trotzdem noch mal ins Büro des Opernhauses, um mit der Leiterin die letzten Dinge zu besprechen, und nahm bei dieser Gelegenheit gleich die Freikarten in Empfang, die Niklas bestellt hatte. Sie zählte sie durch, es waren fünf: für sie und Danilo, Mariella, Alexander und natürlich Amadou. Sie wollte gerade die für Danilos Mutter zurückgeben, als ihr auffiel, dass für Serafina gar keine Karte hinterlegt war. Ob Niklas das vergessen hatte? Besser, Elisa fragte nach.

Vor der Haustür zu ihrer Wohnung traf sie die junge Frau, die mit zwei schweren Einkaufstaschen beladen war.

»Stell dir vor«, erzählte sie begeistert, »ich habe einen Wochenmarkt entdeckt. Schade, dass wir nicht mehr lange hier sind. Da gibt es alles, was du dir nur vorstellen kannst.«

Elisa nahm ihr eine der Taschen ab. »Gefällt es dir in Mailand?«, fragte sie.

»Oh ja!« Serafinas dunkle Augen strahlten. An diesem Tag hatte sie ihr krauses Haar zu einem Pferdeschwanz zusammengenommen, der lustig an ihrem Hinterkopf hin und her wippte.

»Und du bist nie verloren gegangen«, schmunzelte Elisa, während sie auf den Aufzug warteten.

»Im Grunde besteht Mailand auch nur aus einer Ansammlung von vielen kleineren Dörfern.«

»Den Stadtvierteln?«

»Genau. Und ich hab mir das hier besorgt.« Serafina stellte die Einkaufstasche ab und zog mit sichtlichem Stolz einen Stadtplan aus ihrer Handtasche, der reichlich benutzt aussah. »Mit einem solchen Plan geht man nicht verloren.«

Der Aufzug stoppte, und die Tür öffnete sich mit einem leisen Klingelton. Zu Elisas Überraschung standen Niklas und Amadou vor ihnen. Ihr Großvater trug seinen besten Anzug, sein dichtes graues Haar zeigte noch die Spuren des nassen Kamms, mit dem er seine Mähne sorgfältig gebändigt hatte.

»Wo wollt ihr denn hin?«, fragte Elisa.

»Ich habe einen Besuch zu machen«, sagte Niklas.

»Wen triffst du denn?«

»Komm mit, dann siehst du es.«

Elisa sah fragend Amadou an, doch der hob leicht die Schultern, offenbar wusste auch der Pfleger nicht, was Niklas vorhatte. »Wartet einen Moment«, bat sie. »Ich helfe noch schnell, die Einkäufe hochzubringen. In fünf Minuten bin ich so weit.«

Niklas' gletscherblaue Augen blitzten freudig auf. »Du findest uns in der Bar gegenüber. Da trinken wir so lange noch einen Kaffee.«

»Wolltest du eigentlich morgen mit uns in die Oper gehen?«, fragte sie im Aufzug Serafina. »Oder hat mein Großvater etwa vergessen, dich zu fragen?«

»Nein, er hat mich gefragt«, gab Serafina verlegen zurück.

»Und? Möchtest du dabei sein?«

»Ich hab Nein gesagt«, räumte Serafina kleinlaut ein. »Weißt du, ich war noch nie in der Oper.«

»Einmal ist immer das erste Mal. Ich hätte eine Karte für dich.«

»Wirklich?« Sie standen jetzt vor der Wohnungstür, Serafina hielt den Schlüssel in der Hand, ihr Gesicht strahlte geradezu vor Freude. Doch gleich darauf wirkte sie besorgt.

»Was ist?«, hakte Elisa nach.

»Ich hab nichts Passendes anzuziehen«, bekannte Serafina betreten.

»Nun, dann gehen wir einfach zusammen einkaufen. Ich bin sicher, Niklas schenkt dir mit Freuden ein neues Kleid.«

Als Elisa wenig später zu Niklas und Amadou stieß, waren beide bester Laune.

»Wir nehmen ein Taxi«, bestimmte Niklas. »Dieses Mal soll Amadou sich nicht mit diesem Riesenwagen durch die Innenstadt kämpfen müssen.«

Er trank seinen Kaffee aus und griff entschlossen nach seinem Stock. Und tatsächlich, an der Straßenecke wartete bereits ein Taxi auf sie. Niklas und Amadou nahmen im Fond des Wagens Platz, Elisa setzte sich vorne neben den Fahrer.

»Wo soll es hingehen?«, fragte der.

»Zum Friedhof«, antwortete Niklas.

Elisa wandte sich überrascht um. Niklas' Miene wirkte gelassen, ja, geradezu heiter. Ganz so, als hätte er gesagt, dass sie ins Kino wollten. Oder zu einem Treffen mit Freunden.

11

Rote Rosen

Paulina Maria Conti-Eschbach stand in goldenen Buchstaben auf dem weißen Marmorblock, der von zwei trauernden Engeln flankiert wurde. 7. Februar 1949 – 28. Juni 1973. Niklas' verstorbene Frau ruhte unter einem wunderschönen Grabmal. Als Elisa noch klein gewesen war, hatte Anna sie ein paar Male hierhin mitgenommen, sie hatte lange nicht mehr daran gedacht, erst jetzt, als sie die kunstvoll gestalteten Gesichter der Engel betrachtete, kehrte die Erinnerung an frühere Besuche zurück.

Ihr Großvater hatte am Eingang einen Strauß roter Rosen gekauft, die er nun eigenhändig in der dafür vorgesehenen Marmorvase arrangierte, er wollte sich weder von Elisa noch von Amadou, der sich diskret in den Hintergrund zurückgezogen hatte, dabei helfen lassen, obwohl es ihm schwerfiel, sich zu bücken. Elisa ging zu einem nahe gelegenen Brunnen, um Wasser für die Blumen zu holen, und fragte sich, warum sie nicht schon früher an dieses Grab gedacht hatte. Und ob Anna es ebenfalls ab und zu besuchte.

Niklas verweilte nicht lange davor, vielleicht eine Viertelstunde, und doch war es Elisa nach der Hektik der Großstadt, als dehnten sich die Minuten und lösten sich aus dem üblichen Gefüge der Zeit. Während Elisa auf die goldene Inschrift starrte, dachte sie wieder daran, dass am folgenden Tag ihre Mutter Geburtstag hatte. Paulina war gegangen und

Anna zur Welt gekommen, und morgen jährte sich das zum 52. Mal.

So gerne hätte sie ihrem Großvater einige Fragen gestellt, zum Beispiel, ob diese Übereinstimmung der Daten mit der Aufführung Zufall war oder nicht. Doch sie wagte es nicht, auch nicht im Taxi auf dem Weg zurück. Sie musterte seine Miene verstohlen im Außenspiegel, der sein Gesicht reflektierte, er wirkte gelöst, ja, geradezu glücklich. So als sei etwas von ihm genommen und er könnte endlich wieder frei atmen. Vielleicht hatte er ja ein halbes Jahrhundert gebraucht, um über den Tod seiner Frau hinwegzukommen. Was auch immer der Grund für Niklas' gute Stimmung sein mochte – Elisa beschloss, sich einfach für ihn zu freuen.

Später, nachdem sie Serafinas köstliches Zitronenhühnchen mit Reis verspeist hatten und Niklas sich hingelegt hatte, ging Elisa in die Küche. »Weißt du was?«, sagte sie. »Jetzt gehen wir ein Kleid für dich aussuchen.«

»Ich muss nur noch hier sauber …«

»Lass es gut sein«, fiel ihr Elisa freundlich, aber bestimmt ins Wort. »Die Küche blitzt und blinkt. Leg den Spüllappen weg und komm mit.«

Serafina hatte noch so manches Gegenargument, aber Elisa setzte sich durch. Sie hatte in den vergangenen Tagen ohnehin hier und dort einen Blick in diverse Boutiquen geworfen und bereits eine Idee, wo sie fündig werden könnten.

»So ein elegantes Kleid kann ich doch sonst niemals tragen«, wandte Serafina noch auf der Straße ein.

»Wir finden bestimmt eines, das du auch bei anderen Gelegenheiten anziehen kannst. Zum Beispiel bei einer Hochzeit …«

»Sag bloß, du und Danilo, ihr wollt heiraten?« Serafina war vor Aufregung stehen geblieben.

»Nein«, gab Elisa verlegen zurück. »Es war nur ein Beispiel. Jetzt komm, lass uns nicht diskutieren. Du sollst morgen einen schönen Abend haben und wissen, dass du gut angezogen bist. Freust du dich darauf, Niklas bei der Arbeit zu erleben? Nun bist du schon vier Jahre in seinem Haus und …«

»Fünf«, korrigierte Serafina sie. »Im Mai waren es fünf.«

»… und hattest noch nie Gelegenheit, ihn vor einem Orchester zu sehen.«

Dieses Argument schien Serafina zu überzeugen, und sie schwieg. Ohnehin waren sie bei dem Geschäft, das Elisa im Sinn hatte, angekommen, und sie öffnete mit Schwung die Tür.

»Vielleicht ein schwarzes Cocktailkleid?«, schlug die Verkäuferin vor, nachdem sie ihr erklärt hatten, was sie suchten, und nahm sogleich einige Kleider vom Ständer.

Das erste Kleid war Serafina zu weit ausgeschnitten, das zweite zu kurz. Doch das dritte gefiel ihr, es war aus weichem Seidenjersey, hatte dreiviertellange Ärmel und drapierte sich in kunstvollen Falten um ihren schlanken Körper.

»Du siehst toll darin aus«, sagte Elisa anerkennend. Es war ein Kleid, das zu vielen Gelegenheiten passte.

»Haben Sie denn auch Schuhe dafür?«, fragte die Verkäuferin. »Zu einem solchen Kleid müssen Sie ein wenig Absatz tragen.« Sie warf einen kurzen Blick auf die ausgetretenen Sandalen an Serafinas Füßen.

»Nein, so was hab ich nicht.«

»Dann kaufen wir eben welche.« Elisa war Serafinas Verlegenheit nicht entgangen. »Und Strümpfe ebenfalls.«

Ehe Serafina etwas entgegnen konnte, hatte die Verkäuferin schon die passenden Pumps samt Seidenstrumpfhose gebracht. »Bei uns bekommen unsere Kunden immer das gesamte Outfit«, erklärte sie stolz. »Damit sie nicht von Geschäft zu Geschäft rennen müssen. Alles aus einer Hand.«

Am Ende verließen sie den Laden mit zwei großen Einkaufstüten, und Serafina hatte vor lauter Aufregung ganz rote Wangen.

»Und jetzt trinken wir noch einen Aperitif«, beschloss Elisa und steuerte die Terrasse einer hübschen Bar an. Serafina protestierte nicht, vor Freude strahlend nahm sie in einem der Korbstühle Platz und widersprach auch nicht, als Elisa zwei Aperol Spritz bestellte. Fröhlich ließen sie den Einkauf Revue passieren und lachten gemeinsam über den pikierten Blick, mit dem die Verkäuferin Serafinas Sandalen gemustert hatte.

»Na, sag bloß, wen haben wir denn da?«

Elisa schreckte auf und sah Anna vor ihrem Tisch stehen, Caren an ihrer Seite. »Mama«, rief sie überrascht und stand auf, um die beiden zu umarmen. »Wie schön, euch zu sehen. Wann seid ihr angekommen?«

»Vor einer Stunde«, antwortete Anna. »Wir wohnen in diesem Hotel hier.« Sie wies auf ein palastähnliches Gebäude, das die Piazza flankierte. »Stell dir vor, Caren hat beschlossen, dass wir meinen Geburtstag in Mailand feiern werden. Ist das nicht eine schöne Idee?« Sie wandte sich an ihre Lebensgefährtin. »Gehört Elisa womöglich zu deinem Überraschungsplan?« Ihr Blick fiel auf Serafina, und sie musterte sie nachdenklich, als müsse sie überlegen, woher sie sie kannte. »Sind Sie nicht Niklas' …« Ihr Blick verfinsterte sich. »Ist mein Vater etwa auch in der Stadt?«

Elisa wechselte einen bestürzten Blick mit Caren. Hatte sie Anna tatsächlich noch gar nichts erzählt?

»Liebling, ich …«, begann Caren.

»Oh nein«, fiel ihr Anna wütend ins Wort. »Das ist ein abgekartetes Spiel, gib es zu!«

»Ich glaube, ich geh dann mal besser.« Bestürzt griff Serafina nach den Henkeln ihrer Einkaufstaschen.

»Könntet ihr das bitte unter euch klären?«, bat Elisa genervt ihre Mutter. »Serafina, du hast ja noch nicht einmal dein Glas ausgetrunken!«

»Nein, ist schon gut.« Serafina war bereits aufgestanden. »Vielen Dank für alles. Ich muss jetzt sowieso das Abendessen vorbereiten.« Und damit flüchtete sie beinahe von der Terrasse.

»Jetzt sagt mir bitte die Wahrheit, ihr beiden Heimlichtuerinnen.« Anna ließ sich aufgebracht auf den Stuhl fallen, den Serafina gerade geräumt hatte.

»Ich wollte dich überraschen.« Caren nahm neben Anna Platz und griff nach ihrer Hand.

»Ah, so langsam verstehe ich.« Annas Augen wurden schmal. »Diese *Tosca*-Premiere morgen … Lasst mich raten. Dirigiert die etwa Niklas Eschbach?«

»Es ist sein Comeback nach der Krankheit«, erklärte Elisa ruhig. »Ich habe Caren darauf hingewiesen und …«

»… ich hielt es für eine gute Idee, mit dir zusammen dabei zu sein«, sagte Caren ernst.

»Eine gute Idee?« Anna schnaubte. Sie winkte den Kellner heran, um zu bestellen. »Wie könnt ihr mir so etwas nur antun? Und dann auch noch an meinem Geburtstag?«

»Wir tun dir überhaupt nichts an«, versuchte Caren sie zu beruhigen und wandte sich an Elisa. »Wie geht es überhaupt deinem Großvater?«

»So gut wie schon lange nicht mehr. Die Aussicht auf das Engagement hat ihn angespornt, er hat viel von seiner Kraft zurückgewonnen.« Sie schwieg einen Moment, zögerte. »Heute waren wir dann auch an Paulinas Grab«, sagte sie schließlich. »Er wirkte gelöst, fast glücklich.« Elisa lächelte beim Gedanken an Niklas, der die Rosen richtete, dann suchte sie den Blick ihrer Mutter. »Und ich frage mich, ob dies nicht genau die richtige Zeit wäre, um …«

»Zeit wofür?«, unterbrach Anna sie feindselig.

»Zeit, endlich einen Schlussstrich unter das Vergangene zu ziehen. Zeit für einen Neubeginn«, ergänzte Caren ruhig.

Das Schweigen breitete sich wie eine Mauer zwischen ihnen aus. Der Kellner kam mit den Bestellungen. Und selbst nachdem er wieder gegangen war, sprach keine von ihnen ein Wort. Irgendwann brach der Klingelton von Elisas Mobiltelefon die Stille.

Es war Alexander. »Ich bin angekommen«, sagte der Agent. »Ist alles in Ordnung bei euch?«

»Alles bestens«, antwortete Elisa. »Du isst doch bei uns zu Abend? Serafina kocht.«

»Gerne«, antwortete Alexander.

»Wunderbar. Dann sehen wir uns um acht.« Sie beendete das Gespräch. Anna hatte unterdessen eine halblaut geführte Diskussion mit ihrer Lebensgefährtin begonnen, und Elisa winkte den Kellner heran, um zu bezahlen. Als sie um die Rechnung bat, blickte Anna auf.

»Gehst du etwa schon?«

»Ich denke ja.« Sie reichte dem Kellner einen Schein und legte von dem Rückgeld einige Münzen als Trinkgeld auf den Tisch. In ihr brodelte es geradezu, und ihr wurde bewusst, wie lange ihr die unversöhnliche Haltung ihrer Mutter schon auf die Nerven ging und wie wütend sie das machte. »Ganz ehrlich«, fuhr sie an ihre Mutter gewandt fort, »ich bin es leid, mir anzuhören, was für ein Scheusal Niklas angeblich ist.« Nein, sie würde nicht zulassen, dass Anna ihr diese kostbaren Tage verdarb, in denen sie Niklas durch die gemeinsame Arbeit noch nähergekommen war. Es war ein wenig so wie früher. Mit dem Unterschied, dass sie inzwischen erwachsen war und sie nun *ihn* unterstützen konnte statt umgekehrt. Der Vormittag auf dem Friedhof hatte sie beide außerdem auf eine Weise verbunden, für die sie keine Worte hatte. Niklas schien Frieden mit seinem Schicksal geschlossen zu haben, endlich. Und genau das wünschte Elisa sich auch. Im Hier und Jetzt das Leben zu genießen und in die Zukunft zu blicken, statt der Vergangenheit hinterherzutrauern. Dass ihre Mutter noch immer an ihrem alten Groll festhielt, hatte Elisa lange genug bedrückt. Und wenn Anna einfach nicht anders konnte, war es vermutlich besser, sie käme nicht zur Opernpremiere. Sie erhob sich. »Habt noch eine schöne Zeit hier in Mailand. Wir sehen uns ein andermal.« Ohne eine Antwort abzuwarten, ging sie davon.

Gedankenverloren lief sie durch die Stadt, bis eine lange Menschenschlange ihr den Weg versperrte. Sie hatte nicht darauf geachtet, wohin ihre Füße sie trugen, jetzt fand sie sich vor dem berühmten Mailänder Dom wieder, und all diese Touristen standen an, um eingelassen zu werden.

Elisa blieb stehen. Die mächtige Fassade, gekrönt von unzähligen, spitz aufragenden Türmchen, erstrahlte im milden Licht des Abends. Danilo hatte ihr erzählt, dass hier ebenfalls der besondere Marmor aus dem Steinbruch bei Arzo verbaut worden war. Sie hielt nach diesem bunten Stein Ausschau, und auf einmal sah sie ihn überall. Hatte die Fassade zuerst weiß auf Elisa gewirkt, so stellte sie nun fest, dass sie der erste Eindruck getäuscht hatte. Keine der unzähligen Marmorplatten dieses mächtigen Kirchenhauses glich der anderen, sie wechselten in verschiedenen Rosé-, Beige- und Grautönen ab und sorgten so für Lebendigkeit der riesigen Flächen. Lange stand Elisa da und betrachtete die feinziselierten Figuren, Statuen und Ornamente, entdeckte immer neue Details. Sie bekam Lust, sich das Gotteshaus von innen anzusehen, doch angesichts der langen Warteschlange verschob sie das auf ein anderes Mal.

Sie beschloss, zurück zur Wohnung zu gehen. Ihre Wut auf Anna hatte sich in nichts aufgelöst. Jeder hat eine Wahl, sagte sie sich. Auch Anna hat das Recht, auf ihrem Groll zu bestehen. Von nun an würde Elisa sie nicht mehr zu einer Versöhnung drängen.

Das Abendessen verlief heiter, Niklas war voller Vorfreude, und Alexander wirkte gelöst und zuversichtlich. Elisa wusste, dass die beiden Männer über das Geschäftliche hinaus eine tiefe Freundschaft verband, und das war kein Wunder, schließlich kannten sie sich schon seit Jahrzehnten und hatten viel miteinander erlebt. Nachdenklich lauschte sie dem Gespräch über Kollegen, die längst schon ihre Karriere beendet hatten, klangvolle Namen, die auch für Elisa einmal von Bedeutung gewesen waren. Von neuen Talenten war ebenfalls die Rede, die in Elisas Alter oder jünger waren, wie zum Beispiel Amira Dehoudi, der Niklas eine glänzende Laufbahn voraussagte. Einmal ruhte der Blick des Managers auf ihr, und Elisa ahnte, was hinter seiner Stirn vor sich ging: Zu diesen Künstlerinnen und Künstlern kannst auch du noch gehören, Elisa, wenn du willst.

»Warum spielen wir nicht ein bisschen zusammen?« Niklas sah sie erwartungsvoll an. »Da steht dieser wundervolle Flügel. Und deine Campanula hast du schon viel zu lange vernachlässigt.«

Tatsächlich hatte sie wenig Zeit zum Spielen gehabt, zu sehr hatten sie die Proben in Beschlag genommen. Jetzt erhob Niklas sich und begab sich zu dem schwarzglänzenden Instrument in der Mitte des Salons. »Na los, hol sie«, forderte er sie auf. »Lass uns über diese Arie improvisieren. Du weißt schon, welche.«

Elisa sah ihn überrascht an. Dachte er wirklich an die Arie, die er bei den Proben bewusst ausgelassen hatte? »Du meinst ›Vissi d'Arte‹?«, fragte sie nach.

»Natürlich, welche sonst«, sagte er mit einem breiten Lächeln und nickte ihr zu.

Erleichterung durchflutete Elisa. Insgeheim hatte sie befürchtet, dieses Musikstück könnte Niklas zu nahegehen, und sie hatte sich gefragt, was wohl während der Premiere geschehen würde. »Einen Augenblick, ich bin gleich wieder da«, sagte sie und ging in ihr Zimmer, um ihre Campanula zu holen.

Als sie zurückkam, saß Niklas bereits am Flügel und hatte die einfache und doch so zu Herzen gehende Melodie angestimmt. Alexander stellte einen Stuhl für Elisa zurecht, sodass sie und Niklas Blickkontakt hatten. Sie spannte den Bogen und prüfte kurz die Stimmung der Saiten, lauschte dem Spiel ihres Großvaters. Dann begann sie. Der volle Klang der Campanula entfaltete sich in dem großen Raum, hallte von den Wänden wider und verband sich mit den perlenden Tönen des Flügels. Vielleicht liebte Elisa dieses Instrument so sehr, weil sein Klang der menschlichen Stimme sehr ähnlich war, und in manchen Augenblicken erschien es ihr jetzt, als könnte sie tatsächlich auch Paulinas Sopran hören, der sich unter ihr gemeinsames Spiel mischte.

Elisa hatte oft mit Danilo improvisiert, mit ihrem Großvater allerdings noch nie. Sie war davon ausgegangen, dass das freie Musizieren ohne Noten nicht seine Sache war, doch nun stellte sich heraus, dass sie sich getäuscht hatte. Nachdem die Melodie zu Ende war, griff Niklas mit einer Leidenschaft in die Tasten, die sie bislang bei ihm nur vom Dirigieren kannte, eine Leidenschaft, mit der er in der Vergangenheit weltweit Orchestermusiker mitgerissen und zu Höchstleistungen angespornt hatte. Jetzt ließ Elisa sich mitreißen, reagierte auf seine Variationen des musikalischen Themas, ließ die Campanula singen, staunen und klagen, so wie diese Arie das Staunen und Klagen der Sängerin in der Oper ausdrückte, Floria Tosca, die unvermittelt und schuldlos in eine fürchterliche Situation geraten war, aus der es keinen Ausweg zu geben schien.

Für ihren Großvater und sie selbst war es Paulinas Arie und würde es immer bleiben. Und in diesen aus der Zeit gefallenen Momenten, in denen sie gemeinsam dem Charakter des Musikstücks neuen Ausdruck verliehen, es verwandelten und weiterspannen und zu etwas ganz Neuem machten, fühlte Elisa sich ihrem Großvater so nah wie noch nie zuvor, näher sogar als in ihrer Jugendzeit. Damals hatte sie zu ihm aufgeblickt, heute waren sie gleichwertige Partner, und ihr Spiel floss ineinander, wurde eins, ein Dialog, wie er mit Worten nie möglich gewesen wäre.

Als sie geendet hatten, herrschte Stille. Niklas hatte die Augen geschlossen, er wirkte in sich gekehrt, als lauschte er ihren Klängen noch nach. Elisa sah sich nach Alexander um und stellte fest, dass sowohl Serafina als auch Amadou hereingekommen waren und wie verzaubert dasaßen.

Irgendwann schloss Niklas behutsam den Deckel über den Tasten und stand auf. »Ich geh dann mal zu Bett«, sagte er und griff nach seinem Stock.

»Gute Nacht«, antwortete Elisa.

Als er an ihr vorüberging, legte Niklas wie beiläufig seine Hand auf ihre Schulter und ging gleich weiter. Und diese Geste fühlte sich inniger an, als es jede Umarmung je getan hätte.

Auch am nächsten Morgen, dem Tag der Premiere, bestand Amadou auf einem ausführlichen Bewegungstraining, so wie immer. Elisa verließ gegen zehn die Wohnung und schaute kurz im Opernhaus vorbei, um sich zu vergewissern, dass es keine Krankheitsfälle unter den Sängern gab und mit dem Orchester alles in Ordnung war.

Außerdem ließ sie sich die Garderobe zeigen, die für Niklas

vorgesehen war, denn sie hatte um eine gebeten, die nicht zu weit vom Orchestergraben entfernt lag. Sie fand sie angenehm geräumig, jemand hatte einen Sessel hineingestellt samt einer Wolldecke, Elisa musste schmunzeln, als sie daran dachte, was Niklas wohl dazu sagen würde.

Auf dem Weg zurück kam sie am Orchesterproberaum vorbei, dessen Tür weit offen war. »Der Steg hat einen Riss bekommen. Keine Sorge, das kann ich leicht beheben«, hörte sie eine männliche Stimme sagen.

Elisa stutzte, blieb unwillkürlich stehen und warf einen Blick in den Raum. Sie sah einen der Bratschisten, der sich mit jemandem unterhielt – es war Fabio. Obwohl er mit dem Rücken zu ihr stand, erkannte sie ihn sofort.

»*Ciao*, Elisa«, sagte der Musiker, als er sie sah. »Stellen Sie sich vor, was mir passiert ist.« Er begann von seinem Missgeschick mit seinem Instrument zu erzählen, doch Elisa war viel zu verblüfft, um ihm zuzuhören. Und natürlich war Fabio alles andere als erfreut, sie zu sehen.

»Wirst du heute Abend zur Premiere kommen?«, fragte Elisa ihn, als sie sich gefangen hatte.

»Aber natürlich, Sie müssen kommen, Signor Fasetti«, fiel der Bratschist begeistert ein. »Wo Sie sich doch extra auf den Weg hierher gemacht haben. Ich habe sogar eine Karte übrig, warten Sie einen Moment …«

Der Musiker ging zu seinem Spint, um die Karte zu holen, und Elisa überlegte fieberhaft, was sie Fabio als Erstes sagen sollte, jetzt, wo sie sich so unvermittelt gegenüberstanden. Alles Mögliche ging ihr durch den Kopf: Wie schlecht es Mariella seinetwegen ging. Und wie sehr Niklas sich freuen würde, wenn er zur Premiere käme. Seinem Herzen am nächsten war allerdings seine kleine Tochter. »Mimi vermisst ihren Affen«, sagte sie leise. »Wann bringst du ihn ihr zurück?«

Fabios Wangen röteten sich. Doch ehe er etwas entgegnen konnte, kam der Bratschist zurück, in der Hand eine Eintrittskarte. »Hier, Signor Fasetti, diese Gelegenheit sollten Sie sich nicht entgehen lassen. Eschbach ist einfach grandios. Sie wissen, dass er lange krank war? Aber davon ist nichts mehr zu spüren, wirklich nicht.«

»Nun, dann vielleicht bis heute Abend«, sagte Elisa, obwohl sie wenig Hoffnung hegte, dass Fabio das Angebot tatsächlich annehmen würde.

Was für ein seltsamer Zufall, dachte sie, als sie das Theater verließ. Sie sah auf ihre Armbanduhr. Noch immer blieb ihr genügend Zeit bis zu Danilos Ankunft, und da es ein wunderschöner Samstagmorgen war, beschloss sie, zu Fuß zum Bahnhof zu gehen. Die Straßen füllten sich allmählich mit Menschen. Aus den Bars strömte der Duft nach Kaffee und frischen Brioche, diese in Mailand so beliebten Blätterteighörnchen. Elisa beschloss, der Verlockung nachzugeben, und bestellte sich ein mit Pistaziencreme gefülltes Hörnchen, das so lecker war, dass sie am liebsten ein zweites gegessen hätte. Sie widerstand der Versuchung und ging weiter, begegnete den ersten Touristengruppen und Einheimischen mit Einkaufstaschen, schlenderte durch den Giardino Indro Montanelli, einen großzügigen Park, und erreichte schließlich das aus hellem Marmor erstellte monumentale Gebäude des Bahnhofs Milano Centrale.

Sie hatte sich mit Danilo in der Haupthalle vor dem Schalter für die Gepäckaufbewahrung verabredet, und als Elisa seine unverkennbare Gestalt in der Menge entdeckte, rannte sie ihm vor Freude entgegen. Glücklich fielen sie sich in die Arme.

»Es kommt mir vor wie eine Ewigkeit«, flüsterte Danilo ihr inmitten des Getümmels von Reisenden ins Ohr.

»Dabei waren es nur zehn Tage.«

»Zehn Tage Ewigkeit.«

Sie lachten.

Danilo legte einen Arm um Elisa, und so verließen sie das Gebäude.

»Wie geht es deiner Mutter?«, fragte Elisa, nachdem sie entschieden hatten, ein wenig durch die Innenstadt zu schlendern und erst später zu den anderen zu stoßen.

»Schwer zu sagen.« Danilo schulterte seine kleine Reisetasche. »Ich sehe sie kaum noch. Sie hat beschlossen, ihren Garten umzugestalten, und wenn sie sich nicht zurückzieht, um sich auszuruhen, hält sie sich von früh bis spät dort auf.«

Nun, dachte Elisa, dann geht es ihr wenigstens körperlich gut. Sie überlegte, ob sie Danilo von ihrer Begegnung mit Fabio erzählen sollte, entschied sich aber dagegen. Allein die Erwähnung von Fabios Namen verdarb Danilo regelmäßig die Laune. Und Fabio würde bestimmt eine Ausrede finden, um dem freundlichen Bratschisten zusammen mit seinem Instrument die Karte zurückzugeben, und wieder nach Cremona fahren.

»Und wie kommst du mit Natascha zurecht?«, fragte sie stattdessen.

»Sie lernt schnell. Ich hab den Eindruck, dass es ihr wirklich ernst ist mit der Lehre.«

»Wirst du ihr einen Ausbildungsvertrag anbieten?«

»Ich denke, ja. Wenn sie so weitermacht, kann sie mir bald eine große Hilfe sein. Jetzt erzähl mal du. Wie geht es Niklas?«

Die nächsten Stunden vergingen wie im Flug, und Elisa genoss es, an diesem Tag aller Pflichten ledig zu sein. In der Nähe der Porta Romana fanden sie eine gemütliche Trattoria und aßen handgemachte Bandnudeln mit einer köstlichen Sauce aus Tomaten mit Sommergemüse. Erst am späten Nachmittag kehrten sie zurück in die Wohnung.

Niklas ruhte noch, und Alexander, der im Salon an seinem

Laptop arbeitete, verwickelte Danilo sogleich in ein Gespräch über Campanulas, während Elisa ihre Garderobe für den Abend heraussuchte und noch mal ihr Handy überprüfte, ob sie auch keine Nachricht aus dem Betriebsbüro der Oper verpasst hatte.

Schließlich klopfte es an ihrer Tür. Es war Amadou. »Dein Großvater möchte gerne mit dir sprechen.«

»Ist er wach?«

»Ja, gerade aufgestanden.«

»Es ist alles in Ordnung mit ihm?«

»Alles in bester Ordnung.« Amadou lächelte ihr beruhigend zu. »Er ist in Topform.«

Erleichtert folgte Elisa ihm zu Niklas' Schlafzimmer. Am Schrank hing sein Frack, das weiße Hemd, die Fliege und Schärpe waren ordentlich auf dem gemachten Bett ausgebreitet. Auf dem Nachttisch fiel Elisa eine Fotografie in einem Silberrahmen auf, es war ein Bild von Paulina, das Elisa von klein auf vertraut war und auf dem die Ähnlichkeit mit Anna ganz besonders hervorstach.

Dann erst entdeckte sie ihren Großvater. Er saß in einem der beiden Sessel nahe dem Fenster. Auf dem kleinen Tischchen vor ihm befand sich das schwarzlederne Etui mit dem Dirigentenstab. »Du wolltest mich sprechen?«

Niklas machte eine einladende Handbewegung zu dem Sessel ihm gegenüber. »Ja, nur einen Moment, ehe es Zeit wird, ins Theater zu gehen«, sagte Niklas. Er sah ihr in die Augen. »Du weißt, dass heute etwas Neues beginnt?«

»Du wirst wieder arbeiten«, sagte Elisa. Ihr Blick wurde magisch von dem leuchtend weißen Stab in seinem Bett aus schwarzem Samt angezogen. Schon immer hatte sie der Taktstock in seiner Schlichtheit fasziniert: Niklas' »Zauberstab«, wie sie ihn als Kind genannt hatte. Natürlich besaß er mehrere, die sich in Länge und Beschaffenheit unterschieden und die Niklas jeweils nach den Stücken auswählte, die er musikalisch zu leiten hatte. Diesen hier auf dem Tisch hatte er jedoch schon früher am liebsten benutzt.

»Ja, ich kehre zu meiner Arbeit zurück«, antwortete Niklas. »Aber ich setze noch größere Hoffnungen in dich.« Elisa sah ihn fragend an. »Es wird Zeit für dich, auf die Bühne zurückzukehren.«

»Niklas, ich …«

»Nein, sag nichts.« Er stemmte sich aus dem Sessel und ging ohne Stock die zwei Schritte bis zum Fenster. »Es gibt Momente im Leben, da muss man über seinen Schatten springen, damit es weitergeht. Und das tun, wofür man auf der Welt ist, ob man sich nun danach fühlt oder nicht.« Langsam wandte er sich zu ihr um. Ein später Sonnenstrahl erhellte eine Seite seines Gesichts und ließ sein silbernes Haar aufleuchten. »Glaubst du, es war einfach für mich, nach Fabios Fortgang die Kraft zu schöpfen, weiterzumachen? Ich hatte die Wahl. Und keiner hätte sich gewundert, wenn der alte Niklas Eschbach nach seiner langen Krankheit einfach aufgegeben hätte. Aber dann hast du mir die Gelegenheit verschafft, das zu überdenken. Eine neue Chance.«

»Ich?«, fragte Elisa überrascht. »Womit denn?«

»Na, du kannst vielleicht fragen!« Niklas lachte herzhaft. »Mit diesem Video von deinem Konzert, das um die Welt ging. Damit hast du die Presseleute auf meine Fährte gelockt. Und mir wurde klar – entweder gebe ich vorzeitig mein Ableben bekannt, oder ich stehe noch einmal auf und mache weiter.« Er lehnte sich mit dem Rücken gegen das Fensterbrett und hob die Arme, so als wollte er den Auftakt zur Ouvertüre geben. »Und wie du siehst – ich mache weiter. Und genau das solltest auch du tun. Weitermachen. Deine Angst überwinden. Deiner Bestimmung folgen und der Welt geben, was du zu geben hast.« Er sah auf seine Armbanduhr. »Und jetzt schick bitte Amadou zu mir herein, damit er mir beim Anziehen hilft.«

Das Opernhaus war hell erleuchtet, doch Elisa und Niklas betraten es nicht durch das prachtvolle Portal, zu dem bereits elegant gekleidete Menschen strömten, sondern durch den unscheinbaren Bühneneingang in der Via Filodrammatici.

»Ist es wirklich in Ordnung, wenn ich während der Vorstellung im Parkett sitze?«, fragte Elisa zum wiederholten Male. »Soll ich nicht lieber neben dir im Orchestergraben …«

»Wozu?« Niklas nickte einigen Choristen freundlich zu, die ihn voller Ehrfurcht begrüßten. »Du weißt, wie eng es dort unten zugeht, da ist kein Platz für dich. Deine Karte ist sowieso in der ersten Reihe Mitte. Du sitzt genau hinter mir und kannst mich von dort aus bewachen. Es reicht, dass Amadou am Ausgang des Orchestergrabens hockt wie ein Bodyguard. Leider konnte ich ihm das nicht ausreden.«

Sie erreichten den Proberaum, in dem die Musiker bereits versammelt waren und ihre Instrumente stimmten. Als sie Niklas bemerkten, verebbten die Gespräche.

»Heute ist ein besonderer Tag«, begann Niklas, und alle wurden still. »Und wissen Sie auch, warum?« Er blickte erwartungsvoll in die Runde, und einer der Hornisten sagte: »Weil Sie heute bei uns sind.« Einige murmelten zustimmend, doch Niklas wehrte ab.

»Nein, nicht deswegen. Sondern wegen uns allen. Jeder Tag, an dem sich so viele hervorragende Musiker versammeln, um gemeinsam ein Werk zum Erklingen zu bringen, ist ein besonderer. Wir sind hier aus aller Welt zusammengekommen. Aus Japan und Taiwan, den Vereinigten Staaten, aus Deutschland, Norwegen und Italien«, er nickte den entsprechenden Musikern zu, und zwei taiwanesische Geigerinnen strahlten geradezu auf. »Und bald werden einige von uns weiterziehen, um an anderen Orten zu spielen und zu singen. Heute Abend jedoch bilden wir eine Einheit und erschaffen eine Musik, wie sie kein zweites Mal erklingen wird. Denn jede Aufführung ist einzigartig.« Elisa sah, wie die Augen der Musikerinnen und Musiker zu leuchten begannen. »Also geben wir unser Bestes«, schloss Niklas seine Ansprache. »Und denken Sie daran, bei jeder Note, die Sie spielen: Heute ist ein besonderer Tag.«

Zuerst klatschte eine junge Flötistin, dann stimmten die anderen mit ein. »Es ist uns eine Freude, mit Ihnen zu arbeiten«, sagte die Kapellmeisterin und streckte Niklas ihre Hand entgegen.

»Die Freude ist ganz bei mir«, antwortete er schlicht und schlug ein. »Also, meine Damen und Herren. Bis nachher.«

Elisa folgte ihm in seine Garderobe, wo Amadou in einem eleganten schwarzen Anzug und einem ebensolchen Hemd bereits auf einem Stuhl saß und so tat, als wäre er in eine Zeitschrift vertieft. Doch Elisa wusste genau, dass er Niklas nicht aus den Augen lassen würde.

»Also, mein Kind«, sagte Niklas zu ihr. »Du kannst mich nun getrost diesem jungen Mann hier überlassen. Mir ist schon klar, dass ihr mich lückenlos überwacht.« Er lächelte Elisa liebevoll an. »Aber jetzt geh besser ins Foyer, und kümmere dich um unsere Gäste.« Es klopfte, und Alexander trat ein. »Da siehst du es.« Niklas lachte und schloss seinen Freund und Manager in die Arme. »Noch ein Aufpasser. Also fort mit dir.« Er scheuchte Elisa mit einer wedelnden Handbewegung aus der Garderobe.

»Vergiss nicht«, sagte sie mit einem Lachen, die Hand schon an der Klinke. »Ich sitze dir im Nacken.«

»Wie könnte ich das je vergessen?«

Sie hatte sich mit Danilo an der Sektbar verabredet, und schon von Weitem sah sie ihn, denn er überragte die meisten anderen Opernbesucher. Serafina stand an seiner Seite und blickte sich begeistert um. »Du siehst umwerfend aus!«, sagte Elisa zu ihr, worauf Serafina rot anlief vor Verlegenheit.

»Und du erst!« Bewundernd betrachtete sie Elisas langen Rock und das schulterfreie, paillettenbesetzte Oberteil. »Wie eine Meeresprinzessin!«

»Ich glaube, ich habe vorhin deine Mutter und Caren gesehen.« Danilo deutete in Richtung der Treppenaufgänge.

»Wirklich?«

»Ja, bei den Garderoben. Ehe ich mich zu ihnen durchdrängeln konnte, waren sie verschwunden.«

Elisa holte tief Luft. »Dann sind sie also tatsächlich gekommen.« Sie stellte sich auf die Zehenspitzen und versuchte, über die Köpfe der anderen Besucher ihre Mutter auszumachen. Doch sie konnte sie nirgendwo entdecken.

Es läutete zum ersten Mal, ein Zeichen, dass die Opernbesucher ihre Plätze aufsuchen sollten, und Elisa nahm einen großen Schluck von ihrem Prosecco. Hoffentlich birgt dieser Abend nicht noch unangenehme Überraschungen, dachte sie.

»Wo müssen wir denn hin?«, fragte Serafina und wippte aufgeregt in ihren neuen Pumps auf und ab.

»Ins Parkett«, sagte Elisa und holte die Karten aus ihrer Clutch. »Wir sitzen in der ersten Reihe.«

»Wirklich?« Serafina nahm ihre Eintrittskarte entgegen. »Ich dachte, da sitzen nur die reichen Leute.«

»Nein, die Reichen sitzen in der Königsloge«, erklärte Danilo mit einem Schmunzeln. »Die Plätze in der ersten Reihe bekommen die echten Stars. Also was ist, meine Schönen? Wollen wir hineingehen?«

Elisa riss ihren Blick von der Menge los, die sie noch immer nach Anna und Caren absuchte, und folgte den beiden. Vor dem Seiteneingang trafen sie Alexander, der auf sie gewartet hatte.

»Alles in Ordnung mit Niklas?«, fragte Elisa nervös.

»Alles bestens.«

Als sie den Zuschauerraum betraten, blieb Serafina unwillkürlich stehen. Und auch Elisa war wie am ersten Tag überwältigt von der prächtigen Ausstattung des Theaters, die in den Farben Rot und Gold gehalten war. Die Logen, die in sechs Etagen über dem Parkett aufstiegen, schimmerten wie mit roter Seide ausgeschlagene Schmuckkästchen, ihre Brüstungen waren mit unterschiedlichen goldenen Ornamenten verkleidet. Elisa hatte einmal gehört, dass das Gebäude im Zweiten Weltkrieg stark beschädigt worden war und nur mithilfe der Unterstützung von wohlhabenden Familien wieder aufgebaut werden konnte, die dafür jeweils eine Loge erworben und diese mit ihren Insignien geschmückt hatten. Von der eleganten Stuckdecke hing ein wunderschöner Kristallleuchter, dessen Lampen in Form von Blüten angeordnet waren.

»So etwas Schönes hab ich noch nie gesehen«, flüsterte Serafina und wandte sich der Bühne zu, die von einem roten Samtvorhang mit goldenen Stickereien verhängt war.

Es klingelte inzwischen zum dritten Mal, und weitere Besucher drängten herein. »Kommen Sie«, sagte Alexander liebenswürdig zu Serafina. »Lassen Sie uns unsere Plätze einnehmen. Ist es Ihnen recht, wenn Sie zwischen mir und Danilo sitzen?«

Strahlend vor Glück ließ Serafina sich zu ihrem Platz geleiten. Elisa, die gerne noch mal nach ihrem Großvater gesehen hätte, bezwang ihre Unruhe und folgte Danilo. So kurz vor Beginn der Vorstellung durfte niemand Niklas mehr stören, nicht einmal sie. Also rutschte sie auf ihrem Sitz nach vorne, lehnte sich über die Brüstung und sah hinab in den Orchestergraben, wo direkt vor ihr auf dem erhöhten Dirigentenpult der unscheinbare Stehhocker für Niklas bereitgestellt worden war. Noch waren die meisten der Stühle der Musiker leer, nur die Harfenistin stimmte ihr Instrument, und der Perkussionist prüfte die Spannung der großen Pauke. Als die beiden Elisa bemerkten, nickten sie ihr freundlich zu.

Ein älteres Paar, das versehentlich den falschen Eingang genommen hatte, bat Elisa verlegen, noch einmal aufzustehen und sie vorbeizulassen. Bei dieser Gelegenheit warf Elisa einen Blick in die Sitzreihen hinter ihr, das Theater schien bis auf den letzten Platz gefüllt. Auch die Logen waren gut besucht. Und auf einmal blieb ihr Blick an einer wohlbekannten Gestalt hängen. Es war Anna, die in einer seitlichen Loge neben Caren saß. Sie hob eine Hand zum Gruß, und Anna winkte zurück.

»Na, da sind sie ja«, hörte Elisa Danilo neben sich leise sagen. »Schön, dass sie gekommen sind.«

Mit einem tiefen Durchatmen setzte Elisa sich. Danilo nahm ihre Hand in die seine und drückte sie sanft.

Aus dem Orchestergraben drangen die typischen Klänge, mit denen sich die Musiker einstimmten, schwollen an und verebbten wieder. Dann erschien Niklas auf dem Dirigierpodest, wandte sich zum Publikum um und nahm den rauschenden Applaus entgegen, den es ihm bereitete.

Elisa konnte sich nicht erinnern, jemals vor einem ihrer eigenen Konzerte so aufgeregt gewesen zu sein wie an diesem Abend. In ihrer einen Hand hielt sie noch immer Danilos, die andere presste sie gegen ihre Brust, in der ihr Herz wie verrückt hämmerte. Was war nur los mit ihr? War es die Anspannung der vielen Monate, in denen sie um ihren Großvater gebangt hatte? Oder war es Niklas' Aufforderung, bald selbst wieder die Bühne zu betreten? Oder machte der seit Jahren schwelende Konflikt zwischen ihrer Mutter und ihrem Großvater ihr immer noch zu schaffen? Rasch beugte sie sich vor und erkannte hinter dem Kontrabassisten neben dem Ausgang des Orchestergrabens schemenhaft eine dunkel gekleidete Gestalt – Amadou.

Der Applaus verebbte. Niklas wandte sich dem Orchester und der Bühne zu. Alles schien den Atem anzuhalten. Dann fuhr ein weißer Blitz vor Elisa durch die Luft, Niklas' Taktstock, und eine markante Fanfare aus Hörnern, Trompeten und Posaunen eröffnete wie ein Kanonenschlag das Stück. Der Vorhang schwang auf und enthüllte das Innere einer Kirche. Und nun nahm die Handlung ihren Lauf, wie ein Uhrwerk reihte sich Szene an Szene, eine spannender als die andere, sodass selbst Elisa, die das Werk inzwischen in- und auswendig kannte, kaum zu Atem kam. Denn jede einzelne Figur in diesem Drama war getrieben, sei es von blanker Überlebensangst, vor Eifersucht und Verzweiflung, von Liebe und dem grausamen Wunsch, einen anderen Menschen um jeden Preis zu besitzen oder zu zerstören. Und Puccinis Musik brachte diese Gefühle mit einer solchen Wucht zum Ausdruck, dass es überhaupt nicht notwendig war, den Text der Handlung, der oberhalb des Portals angezeigt wurde, zu verstehen: Das, was dort vorn auf der Bühne geschah, sprach für sich.

Erleichtert ließ Elisa sich gegen die Rückenlehne sinken. Ja, Niklas Eschbach war zurück. In all seiner Kraft und Lebendigkeit, das war deutlich zu hören. Fasziniert beobachtete sie das energische Aufblitzen seines weißen Dirigentenstabs. Sie beugte sich erneut vor und sah seinen vollen Haarschopf silbern aufleuchten. Während er die temperamentvolle Begegnung zwischen Floria Tosca und ihrem Geliebten, dem Maler Mario Cavaradossi, musikalisch lenkte, stieg eine große Zärtlichkeit für diesen mitunter so kratzbürstigen alten Herren in Elisa auf. Wie viel sie ihm doch verdankte! Und dabei dachte sie nicht an ihre Kindheit und Jugend, sondern an das vergangene

Jahr, das zwar alles andere als einfach gewesen war, Elisa jedoch aus ihrem Alltagsleben gerissen hatte, in dem sie geglaubt hatte, glücklich zu sein. In Wirklichkeit, so dachte sie jetzt, habe ich die letzten Jahre privat wie beruflich in einer Art tiefem Schlaf verbracht.

Aber jetzt war ihr wahres Ich wieder erwacht. Noch wusste sie nicht, wohin ihr Weg sie führen würde. Hatte Niklas recht, wenn er meinte, sie solle zurück auf die Bühne? In ihr stritten sich zwei Stimmen. Die eine sagte vorbehaltlos: Ja. Niemals war sie so glücklich, als wenn sie musizierte. Die andere Stimme jedoch mahnte zur Vorsicht …

Sie schreckte aus ihren Gedanken auf. Der erste Akt ging seinem Ende entgegen. Das Gewebe aus Liebe, Eifersucht, Begehren und Verzweiflung war ausgelegt wie das Netz einer Spinne. Und Floria Tosca hatte sich darin bereits, ohne es zu bemerken, heillos verfangen.

In der Pause trat Elisa durch eine unauffällige Tür, die hinter die Bühne führte. Der Ordner davor kannte sie und schloss sie ihr mit einem freundlichen Lächeln auf.

In der Garderobe ließ Niklas sich von Amadou gerade aus der Jacke seines Fracks helfen und lockerte die silberne Fliege. In einer Ecke stand ein Blumenkübel mit einem riesigen Strauß dunkelroter Rosen, den vermutlich irgendein Bewunderer geschickt hatte. »Na, wie war der erste Akt?«, fragte Niklas.

»Einfach großartig!«

»Hast du dich nicht gelangweilt?« Elisas Großvater ließ sich zufrieden lächelnd in den Sessel sinken. »Schließlich hast du das Ganze jetzt schon so oft gehört.«

»So gut wie heute war es noch nie.« Elisa setzte sich zu ihm auf einen Stuhl. Niklas wischte sich Schweißperlen von der Stirn und trank von dem Mineralwasser, das Amadou ihm reichte.

»Das ist immer so, es braucht die Energie des Publikums, dann reißen sich alle noch mehr zusammen als sonst.« Niklas' Blick ruhte auf ihr. »Aber warum verschwendest du deine Zeit und sitzt bei mir hier herum?«

»Ich wollte nach dir sehen«, gab Elisa zurück. »Wozu bin ich deine Assistentin?«

Niklas lachte. »Nun, jetzt hast du mich gesehen. Geh lieber ins Foyer, und leiste den anderen Gesellschaft. Ich mach so lange noch ein bisschen die Augen zu.« Er wandte sich zu Amadou. »Warum gehst du nicht auch mit ihr raus. Ich lauf schon nicht davon.«

»Mein Platz ist hier«, antwortete der Pfleger. »Was soll ich im Foyer?«

Elisa gab Niklas einen Kuss auf die Stirn, drückte ihm die Hand und verschwand. Er hatte ja recht. Sie sollte endlich aufhören, ihn zu behandeln wie einen Kranken.

Es dauerte eine Weile, bis sie die anderen gefunden hatte. Alexander hatte versprochen, für sie einen Stehtisch reservieren zu lassen, und offenbar nicht nur Getränke, sondern auch einige Häppchen spendiert. Und zu Elisas Freude entdeckte sie dort Anna und Caren, Elisas Mutter in einem hinreißenden feuerroten Seidenkleid und Caren in einem cremefarbenen Hosenanzug. Beide hatten Champagnergläser in der Hand und prosteten Danilo, Alexander und Serafina lächelnd zu.

»Herzlichen Glückwunsch zum Geburtstag, Mama.«

Anna wandte sich zu ihr um und schloss sie in ihre Arme. »Danke, mein Schatz«, flüsterte sie. »Ich hatte dich schon vermisst.«

Elisa fiel ein Stein vom Herzen. »Ich war kurz hinter der Bühne«, sagte sie und befreite sich sanft aus Annas Umarmung.

Einen Augenblick wirkte Anna befangen, dann nahm sie

Elisa einen Schritt beiseite. »Es tut mir leid, wie das gestern lief«, sagte sie. »Ich habe mich einfach überrumpelt gefühlt. Bitte entschuldige.«

»In Ordnung«, antwortete Elisa aufrichtig. Sie war überrascht, sie hatte mit vielem gerechnet, aber nicht mit solcher Einsicht.

»Weißt du«, fuhr Anna fort, »ich möchte wirklich nicht, dass wir uns wegen Niklas zerstreiten.«

»Ich möchte das auch nicht.« Elisa sah lächelnd zu Caren hinüber, die mit Alexander plauderte. Und doch schien ihr, als behielte diese kluge Frau sie und Anna im Blick. »Ich freue mich, dass ihr gekommen seid. Kommt ihr nachher mit zur Premierenfeier?«

Anna rang mit sich. »Wenn Caren einverstanden ist«, sagte sie schließlich, »ja, dann kommen wir mit.«

Voller Freude umarmte Elisa ihre Mutter noch einmal. Das Klingelzeichen ertönte, und sie verabredeten, sich später an derselben Stelle zu treffen.

Der zweite Akt begann, und die Geschichte dort oben auf der Bühne nahm ihren Lauf. Es kam der Moment, an dem die junge iranische Sängerin »Paulinas« Arie singen würde, und einige Minuten lang hatte Elisa feuchte Hände vor Aufregung, doch Niklas dirigierte dieses Stück, das er kein einziges Mal mit der Sopranistin durchgegangen war, so professionell und voller Verve wie alles andere zuvor. Und Amira Dehoudi sang so herzzerreißend, dass Elisa dem Gesang lauschte, als hörte sie die Arie zum allerersten Mal. Niklas hatte recht behalten. Es war nicht nötig gewesen, mit Amira an dem Stück zu arbeiten. Und Elisa fiel ein, was ihr Großvater vor langer Zeit einmal zu ihr gesagt hatte: dass es manchmal besser war, ein Musikstück nicht allzu häufig oder manchmal überhaupt nicht zu proben, wenn man sich sicher war, dass man es wirklich beherrschte.

Weil sich durch das Wiederholen der Zauber verflüchtigen konnte und sich stattdessen Routine einstellte. Offenbar war das auch hier so. Niklas hatte sich im Vorfeld davon überzeugt, dass die Sopranistin diese Arie ungewöhnlich gut gestalten würde, und sich darauf verlassen.

Elisa fühlte, wie all die Anspannung vollständig von ihr abfiel. Sie hatte sich umsonst gesorgt und sich viel zu viele Gedanken gemacht. Was alle für ein Wagnis hielten, hatte sich als richtig herausgestellt. Damit Niklas ganz und gar gesund werden konnte, musste er seinen Beruf wieder aufnehmen. Es war der zweiundfünfzigste Todestag seiner Frau und der zweiundfünfzigste Geburtstag seiner Tochter, und vielleicht würde jetzt ja tatsächlich etwas Neues zwischen ihnen allen beginnen, so wie er es vor der Vorstellung zu ihr gesagt hatte.

Der letzte Akt der Oper spielt nachts auf dem Dach der Engelsburg, wo Mario bei Tagesanbruch seine Erschießung erwartet. Der Gesang eines Hirtenjungen weckt in dem zum Tode Verurteilten Erinnerungen an bessere Zeiten. Von den benachbarten Kirchen klingen die Morgenglocken herauf, bald ist es so weit, er wird hingerichtet werden. Wem gelten seine letzten Gedanken?

Natürlich seiner geliebten Floria Tosca. Er singt von den Sternen, die nie so intensiv geleuchtet hatten wie in ihrer ersten Liebesnacht. Er denkt an den Duft der Erde und das Knarren der Gartenpforte, durch die Tosca leise zu ihm kam und in seine Arme sank. An die Küsse und zärtlichen Berührungen – und daran, dass dies alles nun für immer verloren war … Elisa kannte diese Arie auswendig, es war eine der berühmtesten der Operngeschichte, und sie lauschte mit geschlossenen Augen.

Nach diesem Bravourstück, eine Herausforderung für jeden Tenor, gab es wie immer spontanen Applaus, und Elisa stimmte begeistert mit ein. Dann bemerkte sie die Unruhe im Orchestergraben. Erschrocken lehnte sie sich über die Brüstung. Niklas lag zusammengesunken auf dem Boden des Dirigentenpodests. Einige Musiker aus der ersten Reihe waren aufgesprungen und beugten sich über ihn, als eine große, dunkle Gestalt sie auseinanderschob, um zu ihm zu gelangen. Amadou.

12

Die Inschrift

Elisa hielt es nicht auf ihrem Platz. Ohne darauf zu achten, ob sie den anderen in ihrer Reihe auf die Füße trat, drängte sie in Richtung Ausgang, riss die Saaltür auf und stürmte hinaus. Der Ordner, der den Durchgang zur Hinterbühne bewachte, war nirgendwo zu sehen. Elisa rüttelte an der Klinke und trommelte mit den Fäusten gegen die Tür. Endlich wurde ihr von innen geöffnet, und Elisa stürzte hindurch. Sie stolperte beinahe die Treppe hinunter und zum Flur, der zum Orchestergraben führte. Dort kam ihr Amadou entgegen. Niklas lag bewusstlos in seinen Armen.

»Schnell! In die Garderobe!« Elisa riss die Tür auf, schob Stühle beiseite und breitete die Wolldecke auf dem Fußboden aus. Dann half sie Amadou, ihren Großvater vorsichtig darauf abzulegen und in die stabile Seitenlage zu bringen. »Ein Arzt! Schnell!«, rief sie dem Inspizienten zu, der besorgt seinen Kopf hereinstreckte.

Da öffnete Niklas die Augen.

»Kannst du mich hören?« Elisa kniete neben ihm und beugte sich nun noch weiter hinunter, und zu ihrer Erleichterung fing sie seinen Blick auf. Mit einem Mal war sie sich sicher, dass er sie erkannte. Seine Lippen bewegten sich. Elisa näherte sich ihnen mit einem Ohr, um ihn besser zu verstehen.

»Sag Anna …« Es war wie ein Lufthauch, so schwach war

seine Stimme. »… Ich hab sie immer … geliebt und …« Der Rest ging in einem Seufzen unter.

»Anna ist hier«, flüsterte sie eindringlich. »Sie liebt dich auch.« Seine Haut war erschreckend blass. Elisa legte ihm die Hand auf die Stirn. Sie fühlte sich kühl an. »Alles wird gut.« Sie griff nach seiner Hand. »Du bist stark. Gleich kommt der Arzt.« Plötzlich war Danilo neben ihr, sie spürte die tröstliche Berührung seiner Hände auf ihrer Schulter. »Hol Anna«, bat sie ihn leise. »Schnell!« Sogleich stand er auf und verschwand.

Die folgenden Minuten erlebte Elisa wie in einem bösen Traum. Der Theaterarzt kam und stellte einen besorgniserregend schwachen Herzschlag fest. Da Niklas bei Bewusstsein war, lehnten sie seinen Oberkörper mit einem Kissen im Rücken gegen die Wand. Behutsam zog Elisa ihm mit Amadous Hilfe die Jacke aus und knöpfte sein Hemd auf.

Die Ambulanz sei unterwegs, versicherte man ihr. Sie ließ Niklas' Hand nicht los, und auch er hielt ihre, suchte immer wieder ihren Blick, und sie sprach beruhigend auf ihn ein.

Irgendwann bemerkte sie, dass der kleine Raum voller Menschen war. Jemand stieß gegen den Kübel mit den roten Rosen, er stürzte um, und die Blumen fielen auf Niklas' Schoß, während das Wasser die Wolldecke und Elisas Rock durchtränkte. Amadou scheuchte alle hinaus und stellte sich vor die Tür, um niemanden außer Anna und Danilo hineinzulassen.

Als Elisas Mutter kam, räumte Elisa ihren Platz neben Niklas, um dem Arzt genügend Raum zu lassen. Anna kniete sich neben ihren Vater auf die feuchte Decke und schlang ihre Arme um ihn. »Papa«, sagte sie mit der Stimme eines kleinen Mädchens.

»Komm, lassen wir sie allein.« Elisa zog Danilo hinaus auf den Flur. Sie warf Niklas und ihrer Mutter noch einen Blick zu, die inmitten der Rosen auf dem nassen Boden kauerten und sich in den Armen hielten. Dann schloss sie leise die Tür.

Später sollten viele sagen, die Ambulanz sei schneller gekommen, als man es für möglich gehalten hatte, aber für Elisa dehnten sich die Minuten ins Unendliche.

Auf einmal drang Annas gellender Schrei aus der Garderobe, und Elisa öffnete erschrocken die Tür.

»Er atmet nicht mehr«, stieß Anna hervor, da hatte der Theaterarzt bereits mit der Herzdruckmassage begonnen. Als die Sanitäter kurz darauf kamen, hoben sie ihn in aller Eile auf die Trage, um ihn so schnell wie möglich ins Krankenhaus zu bringen.

Niklas' leblose Gestalt, Annas haltloses Schluchzen, die vielen entsetzten und neugierigen Gesichter, das Gedränge auf den Fluren – das alles nahm Elisa kaum wahr. Ohne es zu merken, hielt sie sich an den seitlichen Griffen der Krankentrage fest und starrte unverwandt in Niklas' fahles Gesicht, während die Sanitäter ihn im Eilschritt zum Bühnenausgang hinaustrugen, wo der Rettungswagen wartete.

»Signora, Sie müssen nun leider …«, hörte sie einen der Männer sagen, als sie den Wagen erreichten, in dessen hellbeleuchtetem Innern ein weiterer Sanitäter wartete. Elisa sah ein, dass sie Niklas nicht weiter als bis hierher begleiten konnte, und blieb stehen. Wie von Ferne hörte sie, dass jemand ihren Namen rief.

»Elisa!« Sie wandte sich um und erkannte Fabio, der außer Atem angestürzt kam. »Was ist passiert?«

Sie brachte keinen Ton hervor. Es war auch nicht notwendig. Mit einem Blick auf Niklas, der gerade in den Rettungswagen geschoben wurde, erfasste Fabio die Situation. »Ist er … er stirbt doch nicht, oder?«

Sie hob hilflos die Schultern, und im nächsten Moment

lagen sie sich in den Armen. Fabio weinte so heftig, dass auch Elisa ihre Tränen nicht mehr zurückhalten konnte. Auf einmal verstand sie, weshalb sie so angespannt gewesen war. Etwas in ihr hatte geahnt, dass Niklas' rasche Genesung trügerisch gewesen war. In der Vergangenheit hatten die Blutpfropfen sich in seinem Gehirn gestaut, nun hatten sie offenbar eine seiner Venen oder Arterien blockiert. Und wie entsetzlich traurig war es, dass Fabio die Gelegenheit versäumt hatte, sich mit Niklas auszusöhnen. Denn nun war offensichtlich, dass er Fabio keineswegs so gleichgültig war, wie er noch in Como behauptet hatte.

Grelle Blitzlichter flammten auf, und Elisa schreckte geblendet hoch. Zunächst konnte sie nichts erkennen. Dann begriff sie, dass es Fotografen waren, die sie hier am Bühneneingang aufgespürt hatten.

Fabio schlüpfte aus seiner Anzugsjacke und legte sie schützend über ihre beiden Köpfe. Elisa hörte Anna zornig aufkreischen und sah unter der Jacke hervor, wie die Sanitäter die Tür am Rettungswagen schlossen. »Oh mein Gott …«, stammelte Elisa. Entsetzt beobachtete sie, wie Anna auf einen der Fotografen zustürzte und ihm eine Ohrfeige versetzte.

»Komm, wir gehen besser rein.« Fabio zog sie dicht an sich und zum Bühneneingang. Dort stand Danilo auf der Schwelle und starrte sie fassungslos an. »Lass uns durch«, fuhr Fabio ihn an. Danilo trat zur Seite und schloss die Tür hinter ihnen.

»Wo kommst denn *du* auf einmal her?« Danilos Augen glühten geradezu in seinem bleichen Gesicht. »Hast du ihm etwa eine Karte besorgt?«, fragte er Elisa. »Wieso hast du mir nichts davon gesagt?«

Fabio zog sein Jackett wieder an und wischte sich mit dem Handrücken die Tränen vom Gesicht. »Ist das jetzt deine größte Sorge?« Er funkelte Danilo verächtlich an. »Niklas liegt im Sterben. Und du fragst nach Theaterkarten? Wo warst du, als diese Meute über Elisa herfallen wollte?«

»Und wo warst du die ganze Zeit?« Die beiden Brüder standen sich wie Kampfhähne gegenüber. »Ich hab mit unserer Mutter gesprochen«, zischte Danilo. »Sie sitzt vor dem Radio und ist einem Nervenzusammenbruch nahe. Aber dir ist die Familie ja inzwischen egal.«

Nie zuvor hatte Elisa die Brüder so hasserfüllt gesehen. »Hört bitte auf zu streiten«, flehte sie unter Tränen.

»Wenn hier einer streitet, dann Danilo.« Fabio legte seine Hand auf Elisas Schulter. »Keine Sorge, ich gehe schon.« Er riss die Tür auf und verschwand, doch sie hatte sich noch nicht geschlossen, als zwei Männer hereindrängten. Im nächsten Augenblick prasselte erneut ein Blitzlichthagel auf Elisa nieder. »Sind Sie nicht die Enkelin? Elisa Maria Eschbach?«

»Raus hier!« Danilo stellte sich schützend vor Elisa und riss dem Fotografen die Kamera aus der Hand.

»Was tun Sie da?«, rief der Fotograf. »Geben Sie mir sofort mein Eigentum zurück!«

»Gleich«, antwortete Danilo finster, machte sich an dem Apparat zu schaffen und zog die Speicherkarte aus dem Slot. »So, jetzt können Sie sie zurückhaben.« Er drückte dem verdutzten Mann die Kamera in die Hand.

»Macht hier jemand Ärger?« Auf einmal war Amadou an Danilos Seite. »Besser, Sie gehen jetzt«, sagte er zu den Journalisten, die sich beeindruckt von seiner schieren Größe zur Tür zurückzogen.

»Und schicken Sie ruhig Ihre Kollegen zu mir«, rief Danilo ihnen hinterher. »Ich kümmere mich gern auch um sie.«

Die beiden machten, dass sie wegkamen. Und als würden sich plötzlich Schleusen öffnen, brach Elisa erneut in Tränen aus. »Wo ist Anna?«, schluchzte sie.

»Auf dem Weg in die Wohnung. Alexander begleitet sie und Caren.« Amadou sah besorgt zum Bühneneingang. »Wir treffen uns alle dort. Los. Lasst uns von hier verschwinden.«

»Aber … was ist mit Niklas? Wo bringen sie ihn hin?«

»Ich nehme an in die Klinik. Sie wollen nichts unversucht lassen.«

»Wenn er wirklich stirbt, muss er zurück nach Hause«, flüsterte Elisa. »In die Rosenholzvilla. Das hat er so gewollt.«

»Sicher.« Danilo legte den Arm um sie. »Jetzt komm erst mal, Amadou hat recht.«

»Und Fabio?«

Danilo nahm seinen Arm von ihrer Schulter, sein Blick wurde kühl.

»Er kann sich um sich selbst kümmern«, sagte Amadou und winkte sie zu einer Tür, durch die Elisa noch nie gegangen war. Er schleuste sie umsichtig einige Gänge entlang zu einem selten benutzten Feuerwehrausgang. Auf der Straße davor war es ruhig, und sie beeilten sich, in den Schutz kleinerer Nebenstraßen zu gelangen und über einen Umweg die Wohnung zu erreichen. Elisa kam sich vor wie in einem Traum. Ständig sah sie Niklas' aschfahles Gesicht vor sich, seine flehend auf sie gerichteten hellblauen Augen. Ihr war, als spürte sie noch seine Finger auf ihren. Und jetzt sollte das Leben für immer aus ihm gewichen sein? Elisa konnte den Gedanken nicht ertragen. Sie sah sich nach Danilo um, der ihnen mit verschlossener Miene folgte.

Ehe sie in ihre Straße einbogen, hielt Amadou sie zurück. »Lasst mich erst nachschauen …«, flüsterte er, und Elisa verstand sofort, was er meinte. Er wollte sichergehen, dass nicht auch hier Journalisten lauerten, doch das war nicht der Fall, die Gasse war menschenleer. Als sie nach dem Hausschlüssel greifen wollte, wurde ihr bewusst, dass sie ihre Clutch verloren hatte. Natürlich. Sie hatte sie an ihrem Sitzplatz zurückgelassen. Benommen sah sie zu, wie Amadou die Tür aufschloss.

Schon im Flur hörten sie aus dem Salon Annas haltloses Weinen. Sie saß auf einem der Sofas am Fenster, Caren hatte ihr einen Arm um die Schulter gelegt. Alexander ging unruhig im Raum auf und ab, erst auf den zweiten Blick bemerkte Elisa, dass er telefonierte. Die Wohnung erschien ihr auf einmal riesengroß und leer ohne Niklas.

Serafina, ebenfalls in Tränen aufgelöst und noch immer in ihrem eleganten schwarzen Kleid, brachte ein Tablett mit dampfendem Kräutertee und Tassen aus der Küche. Sie stellte es auf dem Tisch ab und schloss Elisa in die Arme. »Signor Alexander spricht mit der Klinik«, raunte sie ihr ins Ohr. »Vielleicht besteht ja noch Hoffnung.« Sie ließ Elisa los und wies auf eine Kommode. »Ich hab deine Tasche mitgebracht.« Dort lag Elisas Clutch.

Endlich beendete Alexander sein Gespräch und trat zur Sitzgruppe. Augenblicklich verstummte Anna und sah ihn erwartungsvoll an. Doch der Manager schüttelte den Kopf. »Er hat es nicht geschafft.«

Anna sank zurück in Carens Arm, und Elisa hatte das Gefühl, dass der Boden unter ihren Füßen schwankte. Sie griff nach Danilos Hand. Sie fühlte sich kalt an. »Frierst du?«, fragte sie ihn und nahm auch seine andere Hand in die ihre.

»Es geht schon«, gab er zurück und entzog sich ihr. »Ich geh dann mal in unser Zimmer. Mich umziehen.«

Sie nickte. Natürlich. Auch sie sollte ihre Abendgarderobe ablegen. Wie betäubt folgte sie Danilo und schlüpfte aus dem bodenlangen Rock und dem Oberteil, hängte alles in den Schrank und zog ihren Pyjama an. Seltsam, wie anstrengend diese kleinen Handgriffe waren.

»Du zitterst ja.« Endlich legte Danilo seinen Arm um sie.

Irgendetwas war anders mit ihm, das spürte sie, doch sie hatte keine Kraft, ihn danach zu fragen. »Ich kann es einfach nicht glauben«, flüsterte sie und lehnte ihren Kopf gegen seine Schulter. Und dann ließ sie ihren Tränen wieder freien Lauf, weinte und weinte in Danilos Armen, bis sie irgendwann, nach einer halben Ewigkeit, einschlief und gar nicht merkte, wie er sie auf das Bett legte und sorgfältig zudeckte.

Der nächste Tag rauschte an Elisa vorbei, als befände sie sich in einem bösen Traum, aus dem sie einfach nicht erwachen konnte. Die Journalisten hatten die Adresse ihrer Wohnung schnell herausgefunden und lauerten auf der Straße auf sie, doch Alexander sorgte mithilfe des Vermieters dafür, dass sie das Haus durch einen Hinterausgang unbehelligt verlassen konnten. Auch Anna und Caren schlossen sich Elisa und den anderen an. Während der Fahrt zurück ins Tessin sprachen sie kein einziges Wort, und als sie in der Rosenholzvilla ankamen, schnürte es allen noch mehr die Kehle zu. Alles atmete Niklas' Gegenwart – der sonnendurchflutete Park, das prachtvolle Foyer und vor allem das Musikzimmer mit den vielen kleinen Dingen, die nur darauf zu warten schienen, dass er sie in die Hand nahm und benutzte.

Was Anna seit Jahren weit von sich gewiesen hatte – ausgerechnet jetzt nach Niklas' Tod bestand sie darauf, alle Termine abzusagen und vorerst in der Rosenholzvilla zu bleiben. Besonders schmerzhaft war es, Mariella wiederzusehen, die völlig versteinert wirkte und die Einladung, mit ihnen zu Abend zu essen, ausschlug mit der fadenscheinigen Begründung, dass sie ja für Natascha kochen musste.

»Ich hab das kommen sehen«, sagte sie lediglich und wirkte dabei abgrundtief unglücklich. »Aber auf mich hat er ja nie gehört.« Und damit zog sie sich zurück.

»Dante wird gleich hier sein«, sagte Danilo. »Er holt uns ab und bringt uns zur alten Mühle.« Sie hatten gemeinsam mit Anna und Caren eine Kleinigkeit auf der Terrasse zu Abend gegessen, ein herrlicher Sommertag ging zu Ende, der nicht zu ihrer Trauer passen wollte. Vom Rosengarten wehte ein betörender Duft herauf. Elisa und Danilo waren die Stufen zum Park hinuntergegangen und standen nun am Teich der Koi.

»Wollen wir nicht diese Nacht hierbleiben?« Elisa sah zur Terrasse hinüber. Anna und Caren saßen dort und ließen die Köpfe hängen. Amadou und Serafina hatten ihre alte Gewohnheit aufgenommen und in der Küche gegessen. »Ich möchte Anna heute nicht allein lassen.«

»Sie ist nicht allein«, wandte Danilo ein. »Caren ist bei ihr.«

»Ja, aber …«

»Du hast recht. In diesen Zeiten möchtest du bei ihr sein. Ich verstehe das.«

»Und du …?«

»Ich möchte jetzt lieber nach Hause«, erklärte Danilo. »Wir sehen uns morgen. Du findest mich ab acht in der Werkstatt.«

»Du willst tatsächlich gleich wieder arbeiten?« Damit hatte Elisa nicht gerechnet. Konnte das Leben einfach so weitergehen, als wäre nichts geschehen?

»Niklas würde es sicher so wollen, oder nicht?«

Elisa schluckte. Das stimmte natürlich.

»Wo ist eigentlich Fabio jetzt?«, fragte er unvermittelt.

»Ich habe keine Ahnung«, antwortete sie ehrlich. »Vermutlich ist er nach Cremona zurückgefahren.« Danilo betrachtete sie eingehend, als erwarte er, dass sie noch etwas sagte. »Was ist los? Warum siehst du mich so an?«, fragte Elisa befremdet.

»Ach, einfach so.« Danilo steckte die Hände in seine Hosentaschen und wandte sich ab. Über dem Luganer See lag ein silberner Schimmer, das Abendlicht färbte die Berge auf der gegenüberliegenden Seite rosenfarben. »Ihr habt so vertraut miteinander gewirkt. Da dachte ich, du weißt mehr.«

»Nein, leider nicht. Wir waren einfach beide so erschüttert.« Sie fühlte, wie ihr schon wieder die Tränen kamen. »Und wie schade, dass er sich nicht mehr mit Niklas aussprechen konnte«, brachte Elisa hervor.

»Hatte er das denn vor?«

Elisa zuckte mit den Schultern. »Ich weiß es nicht. Aber ich bin so froh, dass wenigstens Anna …« Sie konnte nicht weitersprechen.

Danilo nahm sie in seine Arme und hielt sie, strich ihr über den Rücken, bis von der Einfahrt das Geräusch eines Motors zu hören war. »Das ist Dante. Du bist sicher, dass du nicht mitkommen willst?«

Elisa nickte. Danilo gab ihr einen Kuss auf die Stirn, dann ging er, um sich von Anna und Caren zu verabschieden. Elisa begleitete ihn bis vor die Villa, wo Dante sie traurig umarmte und sein Beileid aussprach. Tapfer erwiderte sie seine Umarmung und winkte den beiden nach, bis sie das Grundstück verlassen hatten.

Auf einmal kam sie sich schrecklich verloren vor. Hätte sie nicht doch besser mit Danilo fahren sollen? Nein. Ihr Platz war an diesem Abend an der Seite ihrer Mutter. Es gab so vieles, worüber sie mit Anna sprechen wollte. Es wäre schön gewesen, wenn Danilo bei ihr geblieben wäre. Aber sie verstand auch, dass er nach allem, was geschehen war, seine Ruhe brauchte.

Und dann fanden sie keine Worte. Sie saßen so lange schweigend auf der Terrasse, bis es kühl von den Rosenholzbäumen zu ihnen heraufzog und sie fröstelnd ins Musikzimmer gingen.

Dort stand die Campanula in ihrem Instrumentenkoffer direkt vor dem Flügel, Amadou hatte sie dort hingestellt.

»Spiel für uns«, bat Caren. »Bitte.«

Elisa packte ihr Instrument aus und setzte sich zurecht. Sie schluckte schwer, um nicht schon wieder in Tränen auszubrechen, denn nirgendwo war Niklas' Geist so gegenwärtig wie in diesem Raum. Ich spiele für ihn und für uns, dachte sie und setzte den Bogen an.

Und all das, wovon ihre Herzen voll waren und was keine von ihnen in Worte fassen konnte – dafür fand Elisa Töne, schmelzend und klagend, Kantilenen voller Zärtlichkeit und Verzweiflung und all den Gefühlsnuancen dazwischen. Sie brachte ihre Fassungslosigkeit zum Erklingen, ihren Schmerz und ihr Entsetzen, aber auch die Liebe, die sie für Niklas noch immer empfand.

Irgendwann verstummte die Campanula, und eine Weile herrschte Stille in der Rosenholzvilla. Dann brach Anna das Schweigen. »Ich habe alles falsch gemacht«, sagte sie, und Elisa erinnerte sich daran, dass Niklas in demselben Sessel vor gar nicht allzu langer Zeit dasselbe gesagt hatte. »Ich habe dich vom Spielen abgebracht.«

»Du hast es gut gemeint«, wandte Caren ein.

»Nein«, entgegnete Anna heftig. »Ich war eifersüchtig auf Niklas und wollte Elisa endlich wieder ganz für mich haben. Aber ein Kind kann man nicht für sich behalten. Damit habe ich dein Leben zerstört.« Elisa sog tief die Luft ein. So viel Einsicht hätte sie ihrer Mutter niemals zugetraut.

»Du hast mein Leben nicht zerstört«, entgegnete sie sanft. »Meine Karriere, ja, die hast du damit verhindert. Und ich hätte damals wirklich nichts lieber getan, als wieder Musik zu machen.« Sie schluckte schwer. »Aber wir können die Zeit nicht zurückdrehen und die Dinge nicht mehr ungeschehen machen.« Behutsam stand sie auf und stellte die Campanula auf ihren Ständer. »Das Wichtigste ist doch jetzt, dass du dich am Ende mit Niklas versöhnt hast.«

»Er konnte nicht mehr sprechen«, schluchzte Anna. »Ich hab ihm gesagt, dass ich ihn lieb habe. Aber er …«

»Niklas hat es *mir* gesagt«, erklärte Elisa und kniete sich vor den Sessel, in dem Anna saß, gerade so, wie sie es bei Niklas getan hatte, und nahm beide Hände ihrer Mutter. Anna sah sie erwartungsvoll an. »›Sag Anna, ich hab sie immer geliebt.‹ Das waren seine letzten Worte. Er hat ja nicht gewusst, dass du im Theater warst.«

»Ist das wahr?«, flüsterte Anna. »Oder sagst du das nur, um mich zu trösten?«

»Das waren seine Worte. Und im Grunde hab ich es immer gewusst. Du kannst dir nicht vorstellen, wie verzweifelt er war, dass er weder mit dir noch mit Fabio Frieden schließen konnte. Aber jetzt hast wenigstens du …«

»Fabio war auch da. Ich hab ihn gesehen, draußen vor dem Bühneneingang«, fiel ihr Anna ins Wort. »Sollte er jetzt nicht hier bei uns sein? Wo ist er?«

»Ich weiß es nicht.« Elisa erhob sich. Das Wortgefecht zwischen den beiden Brüdern kurz nach Niklas' Tod kam ihr in den Sinn, dazu Danilos seltsames Verhalten. War Danilo deshalb weggefahren, statt bei ihr zu bleiben?

»Warum rufen wir deinen Halbbruder nicht an und laden ihn ein?«, fragte Caren.

»Ja, das ist eine gute Idee.« Anna stand auf und holte ihr Handy aus der Handtasche. »Ich hab noch seine Nummer irgendwo. Von damals, als er uns seinen Wagen geliehen hatte. Weißt du noch, Elisa? Mitten in der Nacht hat er uns vom Flughafen abgeholt.«

Elisa hingegen gefiel der Gedanke, Fabio jetzt anzurufen,

gar nicht. Sicher, die Familie gehörte in solchen Zeiten zusammen, aber die Situation mit Fabio war nun einmal aus mehreren Gründen mehr als zerfahren. »Seitdem ist viel passiert«, gab sie zu bedenken. »Er trägt es seiner Mutter und Niklas nach, dass sie ihm erst so spät die Wahrheit gesagt haben. Fabio hat mit allen gebrochen und ist weggegangen.«

»Aber er war da!«, beharrte Anna. »Ist das nicht Zeichen genug? Bestimmt wollte er mit Niklas sprechen. Und dann war es zu spät.« Sie schluckte. »Stell dir nur vor, wie schlimm das für ihn sein muss!«

Elisa setzte zu einer Antwort an, doch sie schwieg. Anna hatte ja recht. Fabio war zutiefst erschüttert gewesen, das hatte sie deutlich gespürt. Vielleicht würde es auch ihm helfen, in der Trauer nicht allein zu sein. Natürlich wäre es gut, wenn Fabio zurückkäme. Allerdings hatte sich keiner von ihnen je vorgestellt, dass es unter diesen Umständen geschehen würde. »Na gut«, sagte sie schließlich. »Wenn er kommen möchte – ich habe nichts dagegen.«

Doch sooft es Anna an diesem Abend auch versuchte, Fabio war nicht zu erreichen.

Sie gingen früh zu Bett, und Elisa konnte lange nicht einschlafen. Das Mondlicht verfing sich im Fell des weißen Teddybären, der vor langer Zeit ihr Maskottchen gewesen war. Niklas hatte ihn ihr geschenkt, nachdem sie zum ersten Mal fehlerfrei eine schwierige Sonate von Jean-Baptiste Bréval gespielt hatte, wie alt war sie damals gewesen, sechs oder sieben Jahre? Der Bär hatte sie von da an auf all ihren Konzerten begleitet, bis ihr das irgendwann zu kindisch vorgekommen war. Seither saß er da oben auf dem Kleiderschrank und blickte ins Leere.

Irgendwann schlief Elisa dann doch ein, und der silbern glänzende Bär verschmolz in ihren Träumen mit Niklas, der weit entfernt auf einem Podest stand und ein unsichtbares

Orchester dirigierte, sein silbernes Haar schimmerte in einem unwirklichen Licht. Und die Musik, die sie in diesem Traum hörte, war schöner als alles, was sie kannte, so zauberhaft und harmonisch, dass in ihr eine große Sehnsucht wuchs, aber auch die Gewissheit, dass alles gut war, dass sie sich nicht zu grämen brauchte.

Mit diesem Gefühl wachte sie am Morgen auf, und selbst beim Gedanken an die Geschehnisse fühlte sie sich ein wenig getröstet. Sie fand Anna im Rosengarten, wo sie auf einer Bank saß und geschäftig telefonierte, ihre Agenda aufgeschlagen neben sich. Elisa brachte ihr eine Tasse Kaffee und wartete geduldig, bis ihre Mutter das Gespräch mit ihrer Assistentin beendet hatte. »Bist du schon lange auf?«, fragte sie.

»Ach, schon seit Stunden«, antwortete Anna. »Weißt du, ich hab ein paar Probleme. Einer meiner wichtigsten Kunden hat gerade unseren Vertrag gekündigt, und ich muss jetzt sehen, wie es weitergeht. Die Zeiten sind schwierig.«

Als Anna Elisas erschrockenen Blick auffing, zog sie eine kleine Grimasse und zwang sich zu einem Lachen. »Keine Sorge«, sagte sie. »Wie heißt es so schön? Der Mensch wächst mit seinen Aufgaben.«

Elisa musterte sie besorgt. Annas perfektes Make-up verdeckte die Spuren der Tränen um ihre Augen, die sie seit Niklas' Tod vergossen hatte. Anna nahm einen großen Schluck von dem Kaffee und holte ihr silbernes Zigarettenetui aus der Tasche. Sie öffnete es, dann zögerte sie. »Er hat es nicht gemocht«, murmelte sie und schloss das Etui wieder. »Ich sollte sowieso aufhören. Caren stört es auch.« Sie seufzte und steckte die Zigaretten weg. »Und jetzt sag mal … was hältst du davon, wenn wir Niklas zu Paulina ins Grab betten? Das wäre doch sicher sein Wunsch gewesen, oder?«

»Nein«, antwortete Elisa und erinnerte sich an jenen Abend

im Frühjahr, als Niklas mit ihr über diese Dinge gesprochen hatte. »Er wollte eine Feuerbestattung. Die Urne soll hier im Rosengarten beigesetzt werden.«

»Hier?« Anna sah sie mit großen Augen an. »Bist du sicher? Wo denn genau?«

»Er hat gesagt, dass wir die Stelle schon finden würden, wenn es so weit wäre.« Elisa stand auf und sah sich um. Der Garten war in einem symmetrischen Halbkreis angelegt worden, wie ein geöffneter Fächer. Elisa hatte immer geglaubt, dass dies dem Gelände geschuldet war, denn die Terrasse machte an dieser Stelle einen weiten Bogen in Richtung Tal. Jetzt kam ihr der Gedanke, dass die Rosenstöcke der Sitzordnung eines Orchesters glichen. Dort, wo normalerweise der Dirigent stand, wuchsen dicht beieinander zwei prächtige Rosensträucher, beide mit blutroten Blüten. So rot wie jene Rosen, die Niklas an Paulinas Grab hinterlassen hatte. Zielstrebig ging Elisa dorthin und besah sich die Stelle genauer. Und richtig. Zwischen den beiden Rosenbüschen schimmerte am Boden heller Stein hervor.

»Hast du etwas gefunden?« Anna war ihr gefolgt.

»Wir brauchen eine Gartenschere«, sagte Elisa aufgeregt. »Die Rosen haben alles zugewuchert.« Eilig lief sie zurück zur Villa und betrat die Küche durch den Kräutergarten. Serafina war nicht da. Hastig durchsuchte Elisa den Küchenschrank, bis sie schließlich eine Geflügelschere entdeckte. Sicher konnte man damit auch Rosenzweige stutzen. In Ermangelung von etwas anderem nahm sie außerdem Serafinas Grillhandschuhe mit nach draußen.

Zurück im Garten, machte sie sich an die Arbeit. Bald hatte sie eine kleine Marmorplatte freigelegt in Form und Größe einer aufgeschlagenen Orchesterpartitur. Quer darüber war in feinster Steinmetzarbeit ein Taktstock herausgearbeitet, der allerdings von Moos und den Überresten verwelkter Blätter erst noch gereinigt werden musste.

»Da steht etwas«, rief Anna fasziniert, nachdem Elisa mithilfe von Serafinas Spülbürste – sicher würde sie es ihr verzeihen – den Stein abgeschrubbt hatte. »Siehst du? Hier sind Buchstaben.«

Elisa fuhr mit den Fingerspitzen vorsichtig über den Marmor. Anna hatte recht. Auf den Seiten der steinernen Partitur waren Buchstaben eingraviert. Die Inschrift lautete:

WENN ALLE TÖNE SCHWEIGEN – QUIES

»Was heißt das – *Quies*?«, fragte Anna.

»Ich weiß auch nicht.« Elisa bog vorsichtig einen weiteren Rosenzweig zur Seite, damit mehr Licht auf die Schrift fallen konnte. Lasen sie richtig? Ja, kein Zweifel. »Vielleicht ist es Latein«, überlegte sie. »Lass es uns nachschlagen.«

Sogleich zückte Anna ihr Smartphone und tippte das Wort ein. »Du hast recht«, sagte sie. »Es ist lateinisch und heißt: Ruhe, Erholung, Schlaf.« Elisa hatte ihre Mutter noch nie so verblüfft gesehen. »Ist es nicht unglaublich«, flüsterte sie. »Dass er so weit vorausgedacht hat und sogar seine eigene Grabplatte …« Sie brach ab und wandte sich zu den anderen Rosensträuchern um.

Ruhe, Erholung und Schlaf im Kreise von Paulinas Rosen. Er hatte ein halbes Jahrhundert ohne sie gelebt, und dass er in der Umgebung seinen Frieden finden wollte, in der er sich zu Hause gefühlt hatte, das leuchtete Elisa ein.

»Nun, dann wissen wir jetzt, was wir zu tun haben«, hörte sie Anna sagen. »Caren hat angeboten, uns zu helfen. Wenn du einverstanden bist, organisiert sie die Feuerbestattung und die Formalien der Überführung.«

»Natürlich bin ich einverstanden.« Elisa atmete erleichtert auf. Allein der Gedanke an diese unvermeidlichen und wenig angenehmen Aufgaben, die vor ihnen lagen, bescherte ihr eine Gänsehaut. »Das ist wahnsinnig nett von ihr. Und du bist sicher, dass ihr das nichts ausmacht?«

»Glaub mir, keine macht so was so gut wie sie. Das Organisieren liegt ihr im Blut. Wir müssen alles miteinander besprechen. Zum Beispiel, ob wir eine Trauerfeier machen, und wenn ja, wie sie aussehen soll. Du standest Niklas in letzter Zeit am nächsten. Sicher weißt du, wie er es haben wollte.«

Elisa betrachtete nachdenklich die Grabplatte. Sie hatte genau die richtige Größe für das Grab einer Urne. Dann bückte sie sich und sammelte die abgeschnittenen Rosenzweige auf. Trotz der Grillhandschuhe fühlte sie die Dornen. »Niklas hat von einem Notar gesprochen«, fiel ihr plötzlich ein. »Dass der sich zu gegebener Zeit bei uns melden würde.«

»Natürlich.« Anna hob die Geflügelschere auf und folgte Elisa, um die Zweige in den Müllbehältern hinter dem Kräutergarten zu entsorgen. »Da geht es sicher um sein Testament. Was wir mit der Villa machen sollen, das müssen wir dann auch überlegen.« Auf der Terrasse erschien Caren und winkte ihnen zu. »Weißt du eigentlich, ob Serafina da ist?«, fragte Anna. »Langsam könnte ich ein gutes Frühstück gebrauchen.«

»Keine Ahnung, wo sie steckt. Komm, wir machen uns das Frühstück einfach selbst.«

Von Serafina war keine Spur zu entdecken. Vielleicht hatte sie sich einfach einen Tag freigenommen, wer konnte ihr das schon verdenken nach allem, was geschehen war. Caren machte Kaffee, und Anna deckte den Tisch, während Elisa in der Speisekammer Gläser mit Honig und Marmelade fand und außerdem eine Packung Toastbrot. Sie hatten sich gerade zu Tisch gesetzt, als Elisa plötzlich Danilo durch den Rosengarten kommen sah. Er hielt etwas auf dem Arm, das aussah wie ein Päckchen. Etwas an seiner Haltung versetzte sie in Alarmbereitschaft, noch ehe sie seine versteinerte Miene richtig erkennen konnte.

»Guten Morgen«, rief Anna ihm entgegen. Dann schien auch ihr aufzugehen, dass etwas nicht in Ordnung war. »Oh Gott, was hast du denn?«

Jetzt hatte Danilo den Tisch erreicht und bedachte Elisa mit einem Blick, der ihr das Blut in den Adern gefrieren ließ.

»Was ist passiert?«, fragte sie erschrocken.

Er ließ den Packen aus seinem Arm auf den Tisch fallen. Es waren verschiedene Tageszeitungen und Magazine. Auf dem Cover des zuoberst liegenden erkannte Elisa sich selbst. Sie lag in den Armen von Fabio. Hinter ihr war deutlich der Krankenwagen zu sehen, in dessen offene Hecktür gerade Niklas' Trage geschoben wurde. Die Headline lautete: TODESDRAMA IN DER MAILÄNDER SCALA. Und darunter stand, etwas kleiner: EX-WUNDERKIND ELISA MARIA ESCHBACH FINDET TROST IN DEN ARMEN IHRES VERLOBTEN.

13

Schlagzeilen

»Die sind doch verrückt«, rief Anna. Sie zog das Magazin zu sich heran, schlug es auf und blätterte hastig zu dem dazugehörigen Artikel. Dann hieb sie empört mit der Faust auf den Tisch. Vier ganze Seiten widmete das Schmierblatt Niklas' Tod und den Umständen. Und auf den Fotos sah man neben Elisa und Fabio auch Anna, wie sie sich ins Getümmel stürzte und dem Fotografen eine Ohrfeige gab.

»Unser Anwalt wird sich darum kümmern«, sagte Caren und griff nach den anderen Blättern, die Danilo auf den Tisch geknallt hatte. »Macht euch keine Sorgen.«

»Es ist mir egal, was eure Anwälte dazu sagen«, stieß Danilo hervor. »Mir genügt, was meine Augen sehen.«

Elisa starrte ihn an. »Was willst du damit sagen?«, fragte sie entsetzt. »Du denkst doch nicht etwa …«

»Und was soll ich deiner Meinung nach denken?« Danilo zog eine Zeitung aus dem Stapel und schob sie Elisa hin. Neben einem Bild von Niklas aus seinen Glanzzeiten am Dirigentenpult hatte man ein Foto abgedruckt, auf dem Fabio gerade im Begriff stand, seine Jacke schützend über Elisa zu werfen. »Wie konntest du dich nur Fabio an den Hals werfen!«

»Ich hab mich ihm nicht an den Hals geworfen«, protestierte Elisa. »Das verstehst du vollkommen falsch! Niklas lag im Sterben! Wir waren … einfach verzweifelt.«

»Ich denke, ich verstehe das ganz richtig.« Danilo verschränkte die Arme vor der Brust.

»Entschuldige mal«, mischte Anna sich verärgert ein. »Wo warst eigentlich *du*, als wir dich gebraucht hätten?«

»Wo ich war?«, herrschte Danilo sie an. »Ich habe unsere Mutter beruhigt. Und überhaupt – was geht dich das an? Du hattest ja nichts Besseres zu tun, als einen Journalisten anzugreifen und damit alles noch schlimmer zu machen. Ich bin wirklich gespannt, was euer Anwalt dazu sagen wird.«

»Danilo, bitte. Setz dich zu uns«, versuchte Caren ihn zu besänftigen. »Lass uns in Ruhe über alles reden.«

»Ich will nicht mit euch reden«, gab Danilo wütend zurück. »Ich spreche mit Elisa. Könnt ihr bitte aufhören, euch einzumischen?«

Elisa stand so jäh auf, dass der Stuhl hinter ihr umfiel. »Lass uns in den Park gehen«, sagte sie so beherrscht wie möglich.

Benommen schritt sie die Stufen hinunter und durch den Rosengarten. Ihre Schläfen pochten, und ihre Kehle war staubtrocken. Am Fischteich blieb sie stehen und wandte sich zu Danilo um. Sie musste mehrmals schlucken, dann erst konnte sie sprechen. »Was bitte hast du mir vorzuwerfen?« Unwillkürlich kreuzte sie die Hände vor der Brust. Sie hatte geglaubt, das Schlimmste läge hinter ihr. Dass ausgerechnet Danilo sie nun so angreifen würde, hätte sie nie erwartet.

»Es wäre wirklich schön, wenn du ehrlich zu mir wärst«, gab er zurück. »Schließlich haben wir uns das einmal versprochen. Weißt du das nicht mehr?«

»Natürlich weiß ich das noch. Ich bin immer ehrlich zu dir.«

»Danach sieht es aber leider überhaupt nicht aus«, sagte er heftig.

Elisa schluckte. Und auf einmal hatte sie das Gefühl, dass es wieder geschehen würde, dass die gefürchtete Welle auf sie zurollen und sie gleich verschlingen würde. Und dieses Mal wünschte sie es sich beinahe. Ja, wäre es nicht eine Erleichterung, betäubt zu sein und nichts mehr hören und fühlen zu müssen? Nicht den brennenden Schmerz über Danilos Vorwürfe, der alles missverstanden hatte, genau wie diese bescheuerten Journalisten. Doch es passierte nichts. Sie hörte das Singen der Vögel und das Säuseln des Windes in den Wipfeln der Rosenholzbäume. Und Danilos keuchenden Atem.

»Warum hast du es mir nicht gesagt?«

Elisa sah ihn verständnislos an. »Was denn? Was hätte ich dir sagen sollen?«

»Dass Fabio auch kommen würde. Wo war er überhaupt in der Pause? Hat er sich etwa vor mir versteckt? Er hat von Anfang an etwas von dir gewollt. Musste Niklas erst sterben, dass es endlich ans Tageslicht kommt?«

»Wovon redest du? Was soll ans Tageslicht kommen?«

»Es ist doch offensichtlich, dass da was zwischen euch läuft.«

Elisa schnappte nach Luft. »Das ist jetzt nicht dein Ernst! Da läuft nichts zwischen uns«, brachte sie mühsam hervor.

»Lüg mich nicht an! Ich hab euch gesehen, eng umschlungen. Alle Welt hat euch gesehen. Erzähl mir jetzt nicht …«

»Ja, wir haben uns umarmt«, schrie sie beinahe. »Weil uns beide der Schmerz überwältigt hat. Niklas … sein Herz hatte aufgehört zu schlagen, er war bereits tot, auch wenn sie versucht haben, ihn wiederzubeleben. Mein Großvater! Und Fabio hat seinen Vater verloren! Warum begreifst du das nicht!« Elisa holte tief Luft. Danilo starrte sie zweifelnd an. »Wahrscheinlich hat Fabio genau in diesem Augenblick verstanden, dass er zu spät kam und keine Aussprache mehr möglich …«

»Tut mir leid, Elisa, aber das kauf ich dir nicht ab. Nicht, nach alldem, was Romy mir erzählt hat.«

»Romy?« Elisa verstand die Welt nicht mehr. »Was hat denn Romy damit zu tun?«

»Du hast mir verschwiegen, dass du in Como darauf gedrängt hast, allein mit Fabio zu sprechen. Dass ihr beide eine halbe Stunde lang miteinander verschwunden seid.«

»Wie bitte? Darauf *gedrängt*? Ich hab versucht, ihn zur Vernunft zu bringen. Und das waren alles in allem höchstens zehn Minuten.«

»Du wolltest mit ihm allein sein.«

»Nein, Danilo, darum ging es überhaupt nicht! Ich wollte mit ihm *reden*, von euch tut das ja keiner! Und ich wollte, dass Mimi die Möglichkeit hat, sich zu beruhigen. Du kannst dir gar nicht vorstellen, was da los war. Die Leute sind schon stehen geblieben, weil sie so heftig geweint hat.«

»Ach so«, stieß Danilo hervor, und seine Augen funkelten gefährlich. »Jetzt soll die Kleine an allem schuld sein? Nicht mit mir. Du spielst ein doppeltes Spiel, Elisa. Es wäre gut, wenn du mir endlich die Wahrheit sagen würdest. In all diesen Presseberichten steht, dass Fabio dein Verlobter ist.«

»Aber das ist vollkommener Blödsinn«, schrie Elisa zurück. »Denkst du ernsthaft, dass ich mich mit ihm *verlobt* habe? Ich bin mit *dir* zusammen! Du kannst doch nicht ernsthaft glauben, was diese Schmierfinken schreiben?«

»So? Kann ich nicht? Und was ist mit deinem Geburtstagsgeschenk für Fabio? Mein Bruder verhält sich wie ein Arschloch, und du drückst ihm noch ein Geschenk in die Hand?«

Elisa war fassungslos. Nicht nur Danilo, auch Romy hielt sie also für falsch? »Das war von Mariella«, sagte sie mit rauer Stimme.

»Ach so, von meiner Mutter«, höhnte Danilo. »Du hast auch für alles eine Ausrede. Hör mir mal zu, Elisa. Ich habe mir lange genug eingeredet, dass das alles nichts zu bedeuten hat. Dass du deine Gründe hattest in Como. Dass du es gut gemeint hast. Aber jetzt, wo die Wahrheit ans Licht gekommen ist und in allen Zeitungen steht, kann ich die Augen nicht mehr davor verschließen.«

Elisa wusste nicht, was sie sagen sollte. Allein die Tatsache, *dass* er so über sie dachte, schmerzte mehr, als sie in Worte fassen konnte. Ihr Herz fühlte sich an wie eine offene Wunde. Das war also das Ende. Hatte sie es nicht von Anfang an geahnt? »Du tust mir unrecht«, sagte sie schließlich leise. »Fabio war für mich nie etwas anderes als eine Art Bruder. Tatsächlich ist er mein Onkel. Aber das ist jetzt egal. Wenn du mir so misstraust …« Sie konnte nicht weiterreden. Tränen schnürten ihre Kehle zu.

»Ich will, dass du aufhörst, mich zu belügen!«, erklärte Danilo unversöhnlich.

Unfähig, ein weiteres Wort zu sagen, drehte Elisa sich um und ging zurück zur Rosenholzvilla. Sie hatte Niklas verloren, so unerwartet wie schmerzvoll. Und nun verlor sie auch noch ihre große Liebe.

Sie wollte weder Anna oder Caren begegnen, deshalb betrat sie die Villa durch den Kücheneingang und ging direkt in ihr Zimmer. Dort schloss sie die Vorhänge, der prachtvolle Sommertag draußen erschien ihr unerträglich. Obwohl es schon ziemlich warm war, fröstelte sie. Ratlos sah sie sich in ihrem ehemaligen Kinderzimmer um. Ihr Blick fiel auf das alte Plakat mit dem fast lebensgroßen Bild ihres Vorbilds Jacqueline du Pré. Die Cellistin war darauf mitten im Spiel aufgenommen worden, als sie gerade den Kopf in den Nacken geworfen hatte, sodass ihre langen Haare in alle Richtungen flogen, und sie lachte ihr unnachahmliches Lachen. Man hatte Elisa oft mit Jacqueline verglichen, nicht nur der äußeren Ähnlichkeit wegen, sondern aufgrund ihres außergewöhnlichen Talents. Und auch mit Jacquelines Karriere war frühzeitig Schluss gewesen. In dem Alter, in dem Elisa jetzt war, saß sie bereits im Rollstuhl, eine hinterhältige Krankheit hatte ihrem Leben mit zweiundvierzig Jahren ein Ende bereitet.

Aber du bist nicht krank, glaubte sie Niklas' Stimme zu hören. *Du bist gesund und hast das Leben noch vor dir. Also mach was draus!*

Es klopfte leise. Elisa wollte niemanden sehen, schon gar nicht ihre Mutter, doch dann hörte sie ein verhaltenes Schluchzen, das nicht zu Anna passte. Vorsichtig spähte sie hinaus.

»Kann ich reinkommen?« Serafina sah aus wie ein Häuflein Elend.

»Ja, klar.« Elisa öffnete die Tür weit, und Serafina trat ins Zimmer. Unschlüssig blieb sie auf dem alten, zart rosaroten Shaggy-Teppich stehen, der dieselbe Farbe hatte wie der Bettüberwurf. Das Zimmer bot als Sitzgelegenheit nur einen Hocker, auf dem Elisa früher Cello geübt hatte.

»Komm, wir setzen uns hierhin«, schlug Elisa vor und wies auf das Bett. Scheu nahm Serafina auf der äußersten Kante Platz. Ihre Augen waren verweint. »Ich hab dich schon vermisst. Ist alles in Ordnung mit dir?« Was für eine dumme Frage, schalt Elisa sich sogleich selbst. Nichts war in Ordnung. Das konnte man deutlich sehen.

»Ich habe nach Michelangelo gesucht. Er war nicht in seinem Gehege, und ich habe mir Sorgen gemacht.«

Elisa lächelte. Cosma hatte Serafina im vergangenen Jahr eine Schildkröte anvertraut, um die sie sich seither rührend kümmerte. Sie hatte das Tier Michelangelo getauft. »Hast du ihn denn gefunden?«

Serafina nickte, dann füllten sich ihre Augen wieder mit Tränen. »Elisa, ich weiß gar nicht, was aus mir werden wird.«

Ihre Stimme klang erstickt. »Und ob ich überhaupt noch kommen soll. Bin ich schon entlassen?«

»Nein, natürlich nicht!«, antwortete Elisa und hätte sich ohrfeigen mögen. Warum hatte sie nicht selbst daran gedacht, mit der jungen Frau zu reden? Und mit Amadou, er machte sich sicherlich dieselben Sorgen. »Ich wäre sehr froh, wenn du bei uns bleiben würdest, bis wir wissen, wie es weitergeht.« Sie nahm Serafinas Hand in die ihre. »Zuerst werden wir meinen Großvater begraben. Seine Urne wird hier beigesetzt werden, im Rosengarten.« Sie erzählte Serafina von der Marmorplatte, die sie und Anna gefunden hatten, und die junge Frau hörte aufmerksam zu und hörte auf zu weinen. Elisa kam wieder die Auseinandersetzung mit Danilo in den Sinn, und ihr Herz wurde zentnerschwer. »Außerdem werde ich eine Weile hier wohnen«, sagte sie und bemühte sich um eine feste Stimme.

»Soll ich das andere Gästezimmer herrichten?« Serafina war sichtlich erleichtert darüber, eine Aufgabe zu haben.

Elisa presste die Lippen aufeinander und sah zu dem Bild von Jacqueline du Pré hinüber. Nein, sie würde jetzt nicht weinend zusammenbrechen, sondern sich ein Beispiel an dieser großartigen Frau nehmen, die bis zuletzt unfassbar tapfer gewesen war. »Nein, Serafina«, sagte sie schließlich. »Ich brauche kein größeres Zimmer. Ich werde allein hier wohnen. Danilo und ich …«

Sie kam nicht weiter, denn Serafina schloss sie in ihre Arme. »Ich hab euch vorhin unabsichtlich gehört«, flüsterte sie. »Im Park. Männer können so gemein sein.«

Elisa erwiderte die Umarmung. »Ich bin sehr froh, dass du hier bist. Und wenn es irgendwann so weit kommen sollte, helfe ich dir, eine neue Stelle zu finden. Das verspreche ich dir.« Sie fühlte, wie die junge Frau erleichtert aufatmete. »Wir denken jetzt erst einmal Schritt für Schritt.«

»Dann sollte ich jetzt wohl einkaufen fahren und dafür sorgen, dass es etwas Anständiges zum Mittagessen gibt?«, sagte Serafina und putzte sich energisch die Nase.

»Ja, das ist eine gute Idee.«

Nachdem Serafina sich wieder auf ihre Arbeit stürzte, beschloss Elisa, Nägel mit Köpfen zu machen und zur alten Mühle zu fahren, um ihre Sachen zu holen. Besser, sie erledigte das, solange Danilo in der Werkstatt war, sie hatte kein Bedürfnis, ihm an diesem Tag noch einmal zu begegnen, und würde ihm künftig aus dem Weg gehen.

In ihrer erst vor so kurzer Zeit liebevoll eingerichteten Wohnung überfiel sie allerdings ein solcher Jammer, dass sie weinend auf ihr gemeinsames Bett sank. Wie konnte ihr Danilo nur unterstellen, Heimlichkeiten zu haben? Ausgerechnet ein Verhältnis mit Fabio? Sein Misstrauen schmerzte sie zutiefst. Verstand er wirklich nicht, warum Fabio und sie sich angesichts Niklas' Tod umarmt hatten?

Schließlich richtete sie sich auf und zwang sich, einige Minuten lang tief und ruhig durchzuatmen. Dann wischte sie sich energisch die Tränen vom Gesicht und begann, die wichtigsten Dinge zusammenzupacken. Als sie den ersten Koffer zum Auto geschleppt hatte, fuhr Cosma auf den Hof.

»Ach, Elisa«, sagte sie, als sie sie fest in die Arme schloss. »Es tut mir so leid, das mit Niklas. Was für ein Schock. Dabei sah es doch so aus, als hätte er sich gut erholt.« Ihr Blick fiel auf den Koffer. »Musst du verreisen?«

Elisa schüttelte den Kopf. Schon wieder hatte sie einen dicken Kloß im Hals. »Ich ziehe in die Rosenholzvilla«, presste sie hervor.

»Ja, das ist für die nächsten Tage vermutlich das Beste. Da gibt es sicher eine Menge zu erledigen. Wenn du Hilfe brauchst …«

Elisa schüttelte traurig den Kopf. »Ich komm nicht mehr zurück. Danilo und ich …«, begann sie und räusperte sich. »Es ist vorbei.«

»Das ist nicht wahr!«, entgegnete Cosma entsetzt.

»Doch.« Elisa schluckte und wischte sich über die Augen.

»Warum denn? Was ist passiert?«

»Danilo denkt … Ach, am besten fragst du ihn selbst. Ich bin … Tut mir leid, Cosma, ich kann jetzt nicht …« Sie schloss die Augen und konnte trotzdem nicht verhindern, dass ihr Tränen über die Wangen rannen.

»Geh nicht so«, bat Cosma. »Komm mit zum Bach, und lass uns reden. In diesem Zustand kannst du doch nicht …«

»Cosma, ich bin dir unendlich dankbar für alles. Für deine wunderbare Freundschaft. Und dass wir hier …« Sie machte eine hilflose Geste hinüber zum Wohnhaus. »Aber jetzt musst du mich gehen lassen.« Weil ich es sonst nicht mehr schaffe, fügte sie stumm hinzu. Weil ich nicht weiß, wie lange ich noch die Kraft habe, das zu tun, was ich tun muss.

Betroffen trat Cosma einen Schritt zurück und sah zu, wie Elisa den Koffer in ihr Auto wuchtete. Sie stand immer noch fassungslos im Hof, als Elisa mit dem zweiten herunterkam. »Kannst du mir denn gar nicht sagen, was passiert ist?«, fragte sie.

Elisa holte tief Luft. Ihre Freundin hatte ein Recht zu erfahren, was los war, es war ihr anzusehen, wie sehr sie das alles mitnahm. »Danilo denkt, ich betrüge ihn mit Fabio«, brachte sie schließlich heraus.

»Was? Das ist nicht sein Ernst!«

»Leider doch. Und er will mir nicht glauben, dass das nicht stimmt.« Sie umarmte Cosma. »Und deshalb hat es keinen Sinn, dass ich noch hierbleibe. Ich hoffe, wir können Freundinnen bleiben«, murmelte sie.

»Natürlich«, gab Cosma entrüstet zurück. »Was denkst du denn!«

Elisa jedoch dachte traurig daran, dass Cosma und Dante schon immer Danilos Freunde gewesen waren. Irgendwann würden sie sich auf eine Seite schlagen. Und die wäre ganz bestimmt nicht Elisas.

In der Rosenholzvilla hatte Serafina eines der großen, unbenutzten Gästezimmer hergerichtet. »Das andere Zimmer ist doch viel zu klein«, sagte sie. Sogar die Campanula hatte sie hereingestellt und sich große Mühe gegeben, den Raum wohnlich zu machen. Auch Jacqueline du Prés Plakat hatte sie umgehängt und den alten Teppich samt Überwurf mit herübergenommen. Der weiße Bär thronte auf dem Kopfende der unbenutzten Seite des Doppelbetts. Elisa wusste nicht, ob sie lachen oder weinen sollte. Nach all den Jahren war ihr niemand geblieben, nur dieser alte Bär.

Es klopfte.

»Komm ruhig rein, Serafina«, rief sie, doch als die Tür aufging, stand Caren auf der Schwelle, einen Organizer in der Hand. Sie zögerte. »Störe ich?«

»Nein, gar nicht«, sagte Elisa überrascht. Und als sie sah, wie Caren ihre Koffer musterte, fügte sie hinzu: »Ich werde jetzt eine Weile hier wohnen.«

»Ja, das hat Serafina uns erzählt.« Caren betrachtete sie mitfühlend, und Elisa begriff, dass sie nichts zu erklären brauchte, offenbar hatten auch Anna und Caren ihren Streit mit Danilo mitbekommen, laut genug waren sie schließlich gewesen. »Ich wollte kurz mit dir über die Formalitäten wegen Niklas' Beisetzung sprechen. Ist das in Ordnung für dich?«

Elisa schluckte. »Sicher«, antwortete sie, obwohl sie damit lieber noch eine Weile gewartet hätte. »Setzen wir uns.« Sie wies auf die beiden zierlichen Sessel am Fenster. Von hier aus hatte man einen herrlichen Blick über den See und zum Monte Generoso.

»Wir bleiben auch noch ein paar Tage«, sagte Caren und nahm Platz. »Unser Anwalt kümmert sich übrigens wie besprochen um die Sache mit der Presse. Es steht aber zu befürchten, dass die Journalisten auch hierherkommen werden. Ich wundere mich, dass sie nicht schon da sind. Wir haben Vorkehrungen getroffen.«

»Vielleicht hatten sie ihre Story.« Elisa hörte selbst, wie resigniert sie klang. »Und lassen uns jetzt in Ruhe.«

»Möglich. Trotzdem müssen wir damit rechnen, dass einige zur Beisetzung erscheinen werden.«

Elisa dachte daran, wie großartig Amadou sie in Mailand vor der Presse abgeschirmt hatte. Und merkte in diesem Moment, wie sehr er ihr fehlte. »Was ist eigentlich mit Amadou?«, fragte sie. »Habt ihr ihn heute schon gesehen?«

»Nein«, antwortete Caren. »Aber ich nehme an, sein Vertrag ist mit Niklas' Tod beendet, oder?« Elisa schwieg bestürzt. »Hast du seine Bankverbindung?«, fuhr Caren fort. »Selbstverständlich müssen wir ihm seinen ausstehenden Lohn noch überweisen und vielleicht eine Gratifikation, was meinst du?« Caren machte sich eine Notiz in ihrem Organizer.

»Amadou ist ein Mensch«, antwortete Elisa befremdet. »Keine Maschine, die wir geleast haben und deren Vertrag ausgelaufen ist.« Sie dachte an Amadous Schwestern im Senegal und wie großherzig er sie die ganze Zeit unterstützt hatte. Noch längst waren nicht alle versorgt. »Ich finde, es ist das Mindeste, dass wir uns um seine Zukunft kümmern.«

Caren sah überrascht auf. »Wenn das dein Wunsch ist, dann wird Anna sicher nichts dagegen haben.« Sie schien nachzudenken. »Und du hast recht. Angesichts seines Engagements wäre es angemessen, dass er noch bis zur Beisetzung bei uns bleibt. Da kann er uns ja behilflich sein.« Elisa glaubte, sich verhört zu haben. Auch wenn Caren mit sanfter Stimme sprach – ihr geschäftsmäßiger Ton wollte so gar nicht zu dem Bild passen, das Elisa sich von dieser Frau gemacht hatte. Oder reagierte sie gerade überempfindlich? »Apropos Beisetzung: Ich habe inzwischen das Wesentliche beisammen.« Caren öffnete erneut ihren Organizer und nannte Elisa verschiedene Termine: das Datum der Einäscherung und wann sie mit der Urne rechnen konnten. Elisa erfuhr auch, dass Caren verschiedene Wege genutzt hatte, um den Prozess zu beschleunigen. »Kurzum, wir können Niklas' Asche vermutlich in etwa drei Wochen hier im Garten beisetzen. Schneller geht es nicht.« Elisa schwirrte der Kopf. Sie war Caren dankbar, dass sie ihr all diese unerfreulichen Aufgaben abnahm. Dennoch befremdete sie die Nüchternheit, mit der sie ihr das alles mitteilte. »Anna würde dazu gern eine offizielle Trauerfeier für deinen Großvater ausrichten«, hörte sie Caren sagen. »Es sind so viele Kondolenzschreiben eingegangen, Telegramme aus aller Welt – sie findet, wir sind es Niklas und allen, die ihn kannten, schuldig, dass wir uns angemessen von ihm verabschieden. Wie denkst du darüber?«

»Das ist eine schöne Idee«, sagte Elisa. »Wir sollten auch Mariella in unsere Planungen miteinbeziehen.«

Caren runzelte kaum merklich die Stirn. »Ist sie denn verwandt mit euch?«

»Sie ist Fabios Mutter«, gab Elisa zurück. »Ich denke, das ist Grund genug.«

»Na schön. Möchtest du es übernehmen, mit ihr zu sprechen? Wir denken an einen Empfang hier in der Villa mit anschließender Beisetzung der Urne.« Caren schloss ihren Organizer. »Ach, was ich noch fragen wollte: Wie lange planst du, hier zu wohnen?«

Elisa zuckte die Schultern. »Das weiß ich noch nicht.« Caren betrachtete sie schweigend, und Elisa konnte nicht ausmachen, ob ihr Blick mitfühlend war oder eher besorgt. »Ist das ein Problem?«, fragte sie irritiert.

»Nun ja«, gab Caren zögernd zurück. »Um ehrlich zu sein … Anna möchte die Villa so schnell wie möglich verkaufen. Ich hab deshalb schon mit einem Makler aus Lugano telefoniert.«

Elisa traute ihren Ohren nicht. »Mit einem Makler? Niklas ist gerade mal zwei Tage tot, und ihr denkt schon ans Verkaufen?«

Panik stieg in ihr auf. Ein Gefühl, als würde ihr gerade der Boden unter den Füßen weggezogen. Ein Gespräch mit Niklas fiel ihr ein. *Das hier war früher schon dein Zuhause. Und so wird es immer sein*, hatte er gesagt. Aber das galt wohl nicht über seinen Tod hinaus. Sie hatte kein Zuhause. Weder hier in der Villa noch in der alten Mühle. Und ihre Wohnung in München hatte sie aufgelöst.

»Ich bin sicher, das zwischen dir und Danilo renkt sich bald wieder ein«, hörte sie Caren sagen. »Wir gehen alle gerade durch eine schlimme Phase. Da ist es kein Wunder, wenn die Nerven blank liegen.«

»Ich weiß nicht, durch welche schlimme Phase *du* gerade gehst«, gab Elisa zurück. »Und ich verstehe außerdem nicht, warum *wir* beide dieses Gespräch führen. Wenn Anna mir etwas mitteilen möchte, dann soll sie es mir selbst sagen.«

Caren stutzte kurz. »Das stimmt.« Sie erhob sich und strich die Falten an ihrer Hose glatt. »Ich muss mich bei dir entschuldigen. Ich wollte wirklich nicht …«

»Ich bin dir sehr dankbar, dass du uns diese fürchterlichen Dinge abnimmst«, erklärte Elisa und stand ebenfalls auf. »Das ist sehr nett von dir. Aber ich finde, mit allem anderen sollten wir warten, bis Niklas' Notar uns kontaktiert hat.«

»Natürlich. Uns ist bewusst, dass die Formalitäten sich noch eine Weile hinziehen werden. Wir wollen nur schon alles frühzeitig in die Wege leiten und vorbereitet sein. Denn du wirst verstehen, dass sowohl deine Mutter als auch ich Unternehmerinnen sind und wir uns so bald wie möglich wieder unseren Aufgaben widmen müssen. Dass wir hier bei dir bleiben …«

Elisa fühlte ungewohnten Zorn in sich aufsteigen. Anna hatte sich Zeit ihres Lebens um nichts anderes gekümmert als um ihre eigenen Aufgaben. »Meinetwegen müsst ihr nicht bleiben«, fiel sie Caren ins Wort. »Ich komme alleine klar. Ich bin viele Jahre lang ohne meine Mutter zurechtgekommen und werde das auch weiterhin.«

Caren sah sie erschrocken an. »Es tut mir leid, dass ich dich verärgert habe, Elisa, das war bestimmt nicht meine Absicht. Entschuldige bitte, wenn ich etwas Falsches gesagt habe. Ich dachte nur, du solltest Bescheid wissen.«

»Das sollte ich in der Tat«, erwiderte Elisa. »Solche weitreichenden Entscheidungen sollten wir gemeinsam treffen, Anna und ich.«

»Ich richte es ihr aus«, sagte Caren. »Wir sehen uns später.«

Wie betäubt sah Elisa ihr nach, als sie das Zimmer verließ. Dann starrte sie aus dem Fenster. Eine Palme bewegte ihre Blätter sanft im Wind. Auf dem See glitten Segelboote im Sonnenlicht dahin. Die Schönheit der Landschaft stand in heftigem Gegensatz zum Aufruhr in Elisas Herzen. Geblendet schloss sie die Augen. Mit aller Deutlichkeit wurde ihr ihre Lage bewusst. Elisa hatte sich nie Gedanken darüber gemacht, was nach Niklas' Tod mit der Villa geschehen würde. Das war rechtlich gesehen Annas Sache, und womöglich hatte jetzt auch Fabio mitzureden. Aber Elisa hätte auch niemals geglaubt, von einem Tag auf den anderen so etwas wie heimatlos zu werden.

Zumal sie die Einzige hier war, für die dieses Haus so etwas wie Heimat war.

Fabios Warnungen kamen ihr in den Sinn. Er hatte es für einen Fehler gehalten, dass sie mit Danilo zusammenzog. Sein Bruder sei unberechenbar und unbeständig. Sie hatte ihm nicht geglaubt, nicht glauben wollen. Und nun war ausgerechnet Fabio die Ursache für das Zerwürfnis zwischen ihr und Danilo.

Sie raffte sich auf. Es hatte keinen Sinn, sich in Selbstmitleid zu ergehen. Sie musste mit Anna sprechen. Ihr klarmachen, dass sie nicht noch einmal Caren als ihre Abgesandte zu ihr schicken sollte. Und die beiden Koffer, die packte sie am besten gar nicht erst aus.

Anna saß auf der Veranda. Es sah ganz danach aus, als hätte sie auf dem Terrassentisch ihr Büro aufgeschlagen. Tablet und Organizer, Stift und Block lagen griffbereit. Sie trug Kopfhörer und konferierte mit jemandem auf Englisch. Während sie einem für Elisa unsichtbaren Gegenüber lauschte, machte sie ihr ein Zeichen, dass sie sich zu ihr setzen sollte. Trotz ihres Lächelns bemerkte Elisa die steilen Falten zwischen ihren Augenbrauen und stellte fest, dass Anna keineswegs zufrieden mit dem Verlauf des Gesprächs war.

Mit ein paar höflichen Floskeln beendete sie das Online-Meeting, klappte das Notebook zu und lehnte sich zurück. Dabei schloss sie kurz die Augen und wirkte wie jemand, der einen von vielen Kämpfen verloren hatte.

»Wie geht es dir, mein Schatz?« Ihr anteilnehmender Blick ruhte auf Elisa. »Serafina sagt, dass du zunächst einmal hier wohnen möchtest.« Elisa nickte. »Du und Danilo … ihr habt euch nicht etwa ernsthaft zerstritten?«

»Ich fürchte, doch.« Elisa betrachtete die gepflegte Erscheinung ihrer Mutter. »Er unterstellt mir ein Verhältnis mit Fabio.«

»Und? Ist da was dran?«

»Natürlich nicht«, fuhr Elisa auf.

»Das dachte ich mir«, gab Anna zurück. »Wobei ich es durchaus verstehen könnte. Fabio ist wirklich …«

»Hör auf!«, fiel ihr Elisa ins Wort. »Ich will nichts mehr davon hören.«

»Umso besser. Ganz sicher wirst du dich mit Danilo bald wieder vertragen.«

»Hör zu, Mama, das ist meine Sache und ich …«

»Natürlich ist das deine Sache«, unterbrach Anna sie. »Aber ich werde wohl sagen dürfen, dass ich deine Reaktion ein bisschen überstürzt finde? In einer Beziehung muss man klug sein und darf sich nicht von spontanen Gefühlen hinreißen lassen.«

Elisa starrte ihre Mutter sprachlos an. »Das ausgerechnet von dir zu hören«, sagte sie, »ist wirklich seltsam.«

Anna lachte gutmütig auf. »Ja, das stimmt. Ich spreche aus Erfahrung. Wir wissen alle, dass mir mein Temperament viel zu oft durchgeht. Aber seit ich mit Caren …«

»Da du gerade von Caren sprichst«, fiel ihr Elisa ins Wort, die nun wirklich keine Lust auf Beziehungsberatung aus dieser Quelle hatte. »Bitte schick sie nicht mehr als deine Emissärin vor. Besprich die Dinge, die du mir mitteilen möchtest, direkt mit mir. Das sollte ich dir wert sein.«

Anna bedachte sie mit einem langen Blick aus ihren großen, dunklen Augen. »Ich verstehe, dass du gerade sehr empfindlich bist«, sagte sie schließlich. »Und ja, ich hab dir noch ein paar Dinge mitzuteilen. Ich hab vorhin mit Niklas' Notar telefoniert. Wir können schon morgen mit ihm über den Nachlass reden. Und stell dir vor, ich habe Fabio erreicht. Er wird ebenfalls kommen. Ist das nicht großartig? So können wir die Dinge hoffentlich ein wenig beschleunigen.«

Elisa hielt kurz die Luft an. Das ging alles tatsächlich rasend schnell. Viel zu schnell für sie, viel zu geschäftlich. Ganz zu schweigen davon, dass sie nach allem, was zwischen ihr und Danilo vorgefallen war, nicht das geringste Bedürfnis hatte, Fabio wiederzusehen. »Ich werde bei dem Notartermin ja wohl nicht dabei sein müssen«, sagte sie.

»Doch, das solltest du«, gab Anna zurück. »Signor Galli hat ausdrücklich gesagt, dass wir alle anwesend sein sollen. Auch Danilo, seine Mutter und sogar Fabios Ehefrau und Tochter.«

Elisa sah sie überrascht an. »Warum denn das?«

Anna zuckte mit den Schultern. »Wer weiß? Vielleicht geht es um die Anteile an der Geigenbauwerkstatt. Wir werden es früh genug erfahren.« Ihr Blick ruhte auf Elisa. »Hat Caren dir gesagt, dass ich die Villa so bald wie möglich verkaufen möchte?«

Elisa nickte. »Darüber musst du allerdings mit Fabio reden«, gab sie zu bedenken.

»Das tue ich«, antwortete Anna. »Falls er Anteile an der Immobilie erben soll, wird er hoffentlich nichts dagegen haben, sie zu veräußern. Ich nehme an, auch für ihn ist Bargeld interessanter als dieser alte Kasten.« Es tat Elisa weh, ihre Mutter so reden zu hören. Natürlich wusste sie, dass Anna keine oder wenn, nur schlechte Erinnerungen mit der Rosenholzvilla verband. »Ich weiß«, sagte Anna und ihre Stimme klang weich, »du hängst an diesem Ort. Aber findest du nicht, dass es an der Zeit ist, der Vergangenheit endgültig Lebwohl zu sagen?«

Wenn das so einfach wäre, dachte Elisa und stand auf. »Wann und wo findet das Treffen denn statt?«

»Hier in der Villa«, antwortete Anna und klappte ihr Notebook auf. »Um vierzehn Uhr.«

Elisa verbrachte den Rest des Tages auf ihrem Zimmer, wo sie versuchte, es sich ein wenig bequem zu machen. Sie hatte nur die notwendigsten Dinge aus ihren Koffern geholt und sie dann wieder geschlossen. Sie konnte nichts dagegen tun, aber sie fühlte sich schon jetzt nicht mehr so richtig heimisch in der Villa, jetzt, wo sie wusste, dass bald fremde Menschen hier wohnen würden. Sicher lag es auch an dem für sie ungewohnten Zimmer, trotz der viel schöneren Aussicht hinunter ins Tal.

Am Abend machte sie sich auf den Weg zu Mariella und hoffte, dass Danilo schon gegangen war. Und wirklich, sein Wagen stand nicht mehr im Hof. Vor der weit offen stehenden Haustür lag Joris und blickte fragend zu ihr empor.

Elisa tätschelte den Kopf des alten Hundes. »Hallo, ist jemand da?«, rief sie in den dämmrigen Flur. Es duftete lecker nach gegrilltem Gemüse mit Knoblauch.

»Bist du es, Elisa? Komm rein«, hörte sie Mariellas Stimme aus dem Esszimmer.

Dort fand sie Danilos Mutter, die gemeinsam mit Natascha an dem großen Tisch saß. »Wir sind gerade beim Essen. Möchtest du auch einen Teller?«

»Wenn ich nicht störe?«

»Du störst doch nicht!« Mariella stand auf und schloss Elisa zu deren Verwunderung in die Arme. Sie kam gut mit Danilos Mutter aus, aber derart herzliche Gesten waren bei ihr eine Seltenheit. Inzwischen hatte Natascha einen weiteren Teller und Besteck aus dem Schrank geholt, und Mariella tat Elisa Reis und Gemüse auf. »Du wirst es nicht glauben, Natascha hat mich schon fast zur Vegetarierin gemacht.«

»Nun ja, von deinen geliebten Würsten einmal abgesehen«, wandte Natascha gutmütig ein.

»Ganz ohne unsere *Salame ticinese* geht es leider nicht«, gab Mariella zurück. »Und demnächst mach ich mal wieder so einen richtig guten *Brazato di manzo*. Bei diesem Rinderbraten auf unsere Tessiner Art wird dir das Wasser im Mund zusammenlaufen.«

»Bestimmt nicht!« Natascha schüttelte sich.

Elisa atmete auf. Sie hatte befürchtet, dass Mariella in eine tiefe Depression versunken sein könnte, und war erleichtert, sie so gesprächig zu sehen. Nataschas Anwesenheit tat ihr offensichtlich gut.

»Wie geht es in der Werkstatt?«, fragte sie die junge Frau und bereute die Worte sofort. Was ging sie Danilos Werkstatt denn noch an?

»Gut«, antwortete Natascha. »Danilo und ich sind dabei, eine neue Campanula zu bauen. Sie wird ein bisschen anders als deine. Du solltest sie dir unbedingt mal ansehen.«

Elisa starrte auf ihren Teller, während Natascha weiter über das neue Instrument plauderte. Dass es ihr schon gelungen war, die Zargen zu biegen. Und dass sie die Wirbel zum Stimmen der Saiten, die Danilo bislang fertig eingekauft hatte, von Hand drechselte. Offenbar hatte es sich noch nicht bis zu ihr herumgesprochen, dass Elisa und Danilo nicht mehr zusammen waren.

»Lass uns bitte mal allein, Natascha«, sagte Mariella, nachdem sie fertig gegessen hatten. Auch sie hatte lange geschwiegen. »Elisa und ich, wir haben etwas zu besprechen.«

»Klar!« Natascha schien ihr das kein bisschen übel zu nehmen, sondern räumte rasch die Teller ab und verließ das Haus.

»Sie ist mir ans Herz gewachsen, unsere Natascha.« Mariella lächelte. »Ich weiß gar nicht, wie ich nach Niklas' Tod ohne sie …« Sie seufzte. »Aber jetzt erzähl mal. Was ist da los zwischen dir und Danilo?«

Elisa zuckte zusammen. Natürlich kannte sie die direkte Art der Älteren. Dass sie allerdings so mit der Tür ins Haus fallen würde … »Es ist vorbei«, sagte sie und fühlte, wie ihr die Tränen in die Augen traten.

»Wegen dieser blöden Zeitungsartikel?«

Elisa nickte. »Romy bläst ins selbe Horn. Sie hat gesehen, wie ich Fabio damals in Como das Geburtstagsgeschenk gegeben habe, und denkt, es sei von mir. Aber das ist noch nicht alles.«

Mariella schüttelte verständnislos den Kopf. »Wie dumm von ihr. Warum fragt sie dich nicht einfach?« Elisa zuckte mit den Schultern und kämpfte tapfer gegen die Tränen an. »Aber das kann man doch richtigstellen. Wenn du willst, rede ich mit Danilo.«

Elisa schüttelte den Kopf. »Das ist lieb von dir, ich fürchte nur …« Sie hasste es, wie ihre Stimme zitterte. »Er hat mir sehr wehgetan, weißt du.« Sie suchte nach einem Taschentuch, fand jedoch keines. »Er hat Dinge gesagt … da nützt es nichts, wenn du mit ihm sprichst.«

»Diese sturen Männer«, schimpfte Mariella und reichte ihr eine Schachtel mit Papiertüchern. »Einer wie der andere, meine Söhne. Sehen nicht, was für ein Glück sie haben, und werfen es einfach weg.« Erregt stand sie auf und holte eine Flasche und zwei kleine Gläser.

Elisa räusperte sich. »Eigentlich bin ich wegen etwas ganz anderem gekommen.« Sie tupfte sich ihre Augen ab und sah skeptisch zu, wie Mariella eine dunkle Flüssigkeit in die Gläser eingoss. »Wegen Niklas' Begräbnisfeier. Du weißt, dass er im Rosengarten begraben werden möchte?«

Mariella nickte. »Er hat mir mal davon erzählt. Und dass er keine Trauerfeier wünscht, sondern ein Abschiedsfest.«

»Meine Mutter und ihre Lebensgefährtin wollen das organisieren. Hast du Caren eigentlich schon kennengelernt?«, fragte sie, als sie den überraschten Ausdruck in Mariellas Gesicht bemerkte.

»Nein«, antwortete diese. »Aber egal, lass die beiden nur machen. Mir ist alles recht.« Fast schon feierlich reichte sie Elisa eines der Gläser.

»Was ist das?«, fragte Elisa.

»Selbstgemachter *Nocino.* Walnusslikör nach altem Hausrezept.« Mariella hob ihr Glas. »Auf Niklas«, sagte sie, und Elisa bemerkte, dass auch Mariellas Augen feucht geworden waren. »Und darauf, dass am Ende trotzdem alles wieder gut wird. So wie er es mir einmal gesagt hat.«

Elisa schnupperte an dem Glas. Es duftete nach Zimt, Nelken und etwas Bitterem. Sie seufzte tief auf und stieß mit Mariella an.

»Ich hoffe, du hast recht«, sagte sie.

Am folgenden Morgen trieb die Unruhe sie früh aus dem Haus. Sie hatte wenig Lust, Zeit mit ihrer Mutter oder Caren zu verbringen, und beschloss, vor dem Termin mit dem Notar endlich das zu tun, was sie sich seit Monaten vorgenommen hatte, nämlich eine kleine Bootsfahrt über den See zu unternehmen, um den Kopf frei zu bekommen. Eigentlich hatte sie das längst gemeinsam mit Danilo machen wollen und es sich unglaublich romantisch vorgestellt, mit dem Linienboot über den See von einer Ortschaft zur nächsten zu kreuzen. Dante hatte ihr erzählt, dass von dem Dorf Gandria ein hübscher Wanderweg am Ufer entlang zurück nach Lugano führte. Also zögerte sie nicht länger, zog ihre Wanderschuhe an und machte sich auf den Weg.

Es war herrliches Wetter, und an der Schiffanlegestelle im Zentrum von Lugano warteten trotz der frühen Stunde zahlreiche Touristen, sodass Elisa kurz zögerte, ob es wirklich eine gute Idee war, sich in dieses Getümmel zu stürzen. Dann kam ihr der Gedanke, dass sie keine Ahnung hatte, wie lange sie überhaupt noch im Tessin bleiben würde. War sie nicht auch eine Besucherin, so wie die anderen? Mit dem Unterschied, dass ihr Aufenthalt im Tessin nun schon ein Jahr und zwei Monate währte.

Sie drängte sich mit den anderen an Bord und ergatterte einen Sitzplatz vorn auf dem Außendeck zwischen Familien mit ausgelassenen Kindern, die zwischen den Sitzreihen Fangen spielten. Als das Boot Fahrt aufnahm, erhob sich ein Wind, und Elisa schlang sich das Seidentuch um den Kopf, das sie stets in ihrer Handtasche bei sich trug. Schließlich wurde es den Touristen zu ungemütlich, und nach einer Weile blieb Elisa mit ein paar anderen Passagieren allein auf dem Deck zurück.

Das Boot fuhr zunächst in Richtung Süden. An den steil aufragenden Hängen des Monte Arbòstora erkannte Elisa die Silhouette des Dorfes Morione, über dem die Rosenholzvilla thronte. Rasch wandte sie sich ab und wurde von der sich ständig verrückenden Perspektive auf die Landschaft der beiden Uferseiten abgelenkt. Eine Zeit lang schien sich das steil aufragende Massiv des Monte San Salvatore in den Vordergrund zu schieben, dann, nachdem das Boot in weitem Bogen auf das gegenüberliegende Ufer zusteuerte, wich er wieder zurück und gab die Sicht auf Lugano frei, das an ihnen vorüberzog, als sie nach Norden fuhren und sich der Blick auf den Arm des Obersees öffnete.

Elisa dachte an den Urlaub in Gorda, als sie auf das Val di Blenio hinuntergeblickt hatten. Damals wie heute verschob sich Elisas Sicht auf die Welt mit jeder Sekunde, und sie konnte sich nicht sattsehen an den Formationen, die an ihr vorüberzuziehen schienen. Tatsächlich war jedoch sie es, die sich bewegte, und das, so wurde Elisa klar, war vielleicht auch für sie die Lösung. Viel zu lange hatte sie auf derselben Stelle verharrt, hatte sogar geglaubt, sesshaft zu werden und gemeinsam mit Danilo einen vollkommen neuen Abschnitt in ihrem Leben einzuläuten. Aber wahrscheinlich war das nicht möglich, sie hatte nie gelernt, sesshaft zu sein, ebenso wenig wie Danilo. Vermutlich sollte sie jetzt darüber nachdenken, wo sie in Zukunft leben sollte. Leider hatte sie nicht die geringste Idee.

In Gandria verließ sie das Boot, wanderte durch das winzige Dorf, dessen Häuser sich malerisch an einen Berghang klammerten, stieg zwischen den alten grauen Natursteinhäusern schmale Treppen empor und ließ sich durch verwunschene Torbauten treiben. Überall blühten Rosen und Geranien in üppiger Fülle, in den Fugen der Natursteinmauern wucherten Hauswurz und Spanische Gänseblümchen, und in den verborgenen Gärten, in die man nur aus den höhergelegenen Gassen einen Blick werfen konnte, wuchsen Palmen und mit noch grünen Früchten schwer beladene Feigenbäume. Ein köstlicher Duft nach Tomaten-Sugo mit Kräutern erinnerte Elisa daran, dass sie kaum etwas gefrühstückt hatte. Jetzt war es kurz vor zwölf, und sie wurde von den Aromen regelrecht angezogen.

Auf der Veranda eines Lokals fand sie einen kleinen Tisch und ließ sich das Menü des Tages bringen. Eine Viertelstunde später war das Restaurant bis auf den letzten Platz voll, und eine junge Frau fragte sie schüchtern, ob sie sich zu ihr setzen könnte.

»Natürlich«, sagte Elisa und wurde schmerzlich an jenen Abend zu Beginn ihrer Zeit hier erinnert, an dem sie ihren Tisch auch mit Unbekannten geteilt hatte – mit Cosma, Dante und Danilo.

Sie bat um die Rechnung, ohnehin musste sie aufbrechen und das nächste Boot nehmen, wollte sie zu dem Termin mit Niklas' Notar pünktlich sein, den Wanderweg würde sie ein anderes Mal ausprobieren. Als der Kellner lange nicht kam, ertappte sie sich dabei, dass sie beinahe hoffte, das Schiff zu verpassen. Die Vorstellung, mit Danilo und Fabio zusammenzutreffen, behagte ihr überhaupt nicht.

Natürlich verpasste sie das Boot nicht und erreichte eine Viertelstunde vor dem Termin die Rosenholzvilla. Beklommen sah sie Fabios Wagen in der Einfahrt stehen sowie eine ihr unbekannte Limousine, die sicher dem Notar gehörte. Wie am Tag zuvor schlich sie sich durch die Küche ins Haus, wo Serafina gerade die Spülmaschine einräumte.

»Ah, da bist du ja«, empfing sie Elisa. »Deine Mutter hat nach dir gefragt.«

»Sind schon alle da?«, fragte Elisa.

»Es fehlen noch Signora Fasetti und Danilo.« Serafina warf ihr einen besorgten Blick zu. »Mimi und ihre Mutter sind im Musikzimmer. Möchtest du etwas essen? Es ist noch von dem gegrillten Hühnchen übrig und ein wenig Salat.«

Elisa verneinte und suchte fieberhaft nach einer plausiblen Ausrede, um diesem Termin fernbleiben zu können. Denn wenn Danilo keinen Unsinn erzählt hatte, trug Romy eine gewisse Schuld an ihrem Zerwürfnis mit Danilo. Hatte sie wirklich behauptet, Elisa hätte in Como mit Fabio unbedingt allein sein wollen? Verständnislos schüttelte sie den Kopf und beschloss, die Sache einfach hinter sich zu bringen. Sie wartete in der Küche bis zum allerletzten Moment, dann straffte sie sich und ging hinüber ins Musikzimmer.

14

Die Stiftung

An dem kleinen Beistelltisch, den man zu dieser Gelegenheit aus dem Esszimmer hereingebracht hatte, stand ein großer, schlanker Herr mit ergrauten Schläfen und einer eleganten, randlosen Brille, Elisa nahm an, dass es sich um den Notar handelte. Er sprach angeregt mit Anna, die Fingerspitzen seiner rechten Hand ruhten auf einem Stapel Dokumente, und es sah fast so aus, als stütze er sich darauf.

»Hallo, Elisa, wie geht es dir?« Fabio stand auf einmal neben ihr.

»Es geht so«, antwortete sie zurückhaltend und machte unwillkürlich einen Schritt zur Seite.

Durch die weit geöffnete Terrassentür kam Mariella ins Zimmer, gefolgt von Danilo, der sich offensichtlich darum bemühte, Elisa nicht anzusehen. Auch Romy musterte sie nur kühl, während Mariella sich sogleich an Fabio wandte und ihn herzlich begrüßte. Elisas Herz wurde ein wenig leichter, als Mimi ihr aufgeregt mit einem Stofftier zuwinkte, es war der lange vermisste Affe. Wenigstens eine, dachte sie niedergeschlagen, für die dieser Tag etwas Freudiges bringt. Sie winkte zurück, wandte sich wieder ab und wählte den Stuhl neben Caren in der vordersten Reihe, der am Rand stand, und sie so nicht Gefahr lief, dass jemand sich auf ihre andere Seite setzte. Rechts von ihr befand sich das Regal mit Niklas' Auszeichnungen, und sie beschloss, ihre Aufmerksamkeit darauf zu richten.

Als alle Platz genommen hatten, begrüßte Anna die Anwesenden, stellte Signor Galli vor und wirkte voll und ganz wie die neue Hausherrin.

Dann begann der Notar mit seiner förmlichen Einleitung. Elisa konzentrierte sich auf Niklas' Schallplatten und versuchte sich zur Ablenkung daran zu erinnern, mit welchem Orchester er bei den entsprechenden Aufnahmen gearbeitet hatte. Erst als Signor Galli einen Augenblick lang schwieg und sie fühlte, dass sein Blick auf ihr ruhte, sah sie auf.

»Vor wenigen Wochen hat mein Mandant sein Testament überarbeitet«, hörte sie ihn sagen. »Und ich möchte nun den Wortlaut verlesen, den er mir diktiert hat.« Er räusperte sich. Anna saß kerzengerade auf ihrem Stuhl. Und obwohl Elisa die anderen, die hinter ihr saßen, nicht sehen konnte, fing sie die nervöse Stimmung auf.

Nur Mimi schien unbeeindruckt. »Ich will bei Papa sitzen. Darf ich?«, hörte Elisa sie fragen. Romy hatte offenbar nichts einzuwenden, und nach einigem Stühlerücken kehrte Ruhe ein.

»Ich verlese nun also den Letzten Willen des Verstorbenen«, wiederholte der Notar. »Sind Sie bereit?«

»Ja bitte.« Anna klang ungeduldig.

Der Notar rückte seine Brille zurecht. »Hiermit verfüge ich«, begann er vorzulesen, »dass meine Anteile an der Instrumentenbauwerkstatt Fasetti zu gleichen Teilen auf Danilo Fasetti und meine Enkeltochter Milena Fasetti, genannt Mimi, übergehen.« Ein Raunen lief durch den Raum.

»An Mimi?«, hörte Elisa Mariella überrascht sagen. »Wieso das denn?«

Elisa wandte sich um. Romy stand vor Überraschung der Mund leicht offen, Mariella hatte die Stirn gerunzelt und schien zu überlegen. Danilo wirkte, als hätte er einen Schlag in die Magengrube versetzt bekommen, während Fabio seine Tochter verwundert betrachtete. Und sie war auch die Einzige, die vollkommen in sich ruhte und auf dem Schoß ihres Vaters weiter mit dem Affen spielte.

»Diese Entscheidung fiel mir nicht leicht«, fuhr der Notar fort. »Da mein leiblicher Sohn Fabio die Werkstatt verlassen hat und es nicht so aussieht, als würde er zurückkehren, habe ich mich für diese Lösung entschieden. In Gedenken an meinen Freund Reno möchte ich vermeiden, dass Fabio seine Anteile an Dritte veräußert und dadurch die Existenz des Unternehmens gefährdet. Danilo ist somit alleiniger Geschäftsführer, darf aber bis zu Mimis Volljährigkeit den Betrieb nicht verkaufen.« Der Notar machte eine kleine Pause. »Gibt es dazu Fragen?«

»Heißt das, ich bin an den Betrieb gebunden?«, wollte Danilo wissen.

»Es besteht die Möglichkeit, ihn zu verpachten«, erklärte der Notar. »Oder einen Werkstattleiter einzustellen. Veräußern können Sie den Betrieb nicht, solange die Miterbin noch nicht volljährig ist. Niklas Eschbach hat es mir übertragen, die Interessen von Milena Fasetti in dieser Sache zu vertreten, bis sie das 18. Lebensjahr vollendet haben wird.«

»Er hat keinem getraut«, ließ Romy sich ironisch vernehmen. »Auch mir nicht.«

»Wenn es keine weiteren Fragen dazu gibt, würde ich mit dem Verlesen des Testaments fortfahren.«

»Ich bitte darum«, forderte Anna ihn auf.

»Was mein Privatvermögen und die Rosenholzvilla samt Einrichtung anbelangt«, las der Notar weiter, »so geht alles ohne Ausnahme in die Niklas-Eschbach-Stiftung über.« Auf einmal war es totenstill im Raum. Dann atmete Anna so heftig aus, dass es wie ein stummer Protest klang. »Die dafür notwendigen Schritte habe ich mit dem Vollstrecker meines Testaments, Signor Emilio Galli, bereits in die Wege geleitet. Zur Vorsitzenden der Stiftung berufe ich meine Enkelin Elisa Maria Eschbach.«

»Wie bitte?«, fuhr Elisa wie vom Donner gerührt auf.

»Ich lese diesen Passus gerne nochmals vor.« Signor Galli blickte von Elisa wachsam zu Anna, die ihre souveräne Haltung aufgegeben hatte, sich vorbeugte und an Caren vorbei ihre Tochter entgeistert anstarrte. Langsam und überdeutlich wiederholte der Notar den letzten Satz. »Zur Ausübung dieses Amtes«, las er dann weiter, »erhält sie lebenslanges Wohnrecht in der Rosenholzvilla und ein festgesetztes monatliches, einer Stiftungsvorsitzenden angemessenes Honorar.«

»Das heißt«, meldete sich Anna zu Wort, »Niklas lässt seine Kinder, Fabio und mich, außen vor?«

»Ich bin noch nicht am Ende.« Signor Galli schenkte ihr ein geduldiges Lächeln. »Wenn Sie mich weiterlesen lassen wollten?« Niemand antwortete, und der Notar schob die Papiere vor sich zurecht. »Meiner Tochter Anna vermache ich das Ölgemälde ihrer Mutter Paulina Conti-Eschbach. Ich bin sicher, diese Erinnerung ist ihr mehr wert als alles Geld, das sie, tüchtig wie sie ist, selbst verdienen kann.« Elisa hörte einen Laut von Anna, so etwas wie ein ersticktes Auflachen, und sah aus den Augenwinkeln, wie Caren ihre Hand ergriff. »Sie erhält außerdem in Erinnerung an frühere Zeiten den Inhalt eines Schließfachs bei meiner Hausbank, den Schlüssel dazu wird Signor Galli ihr übergeben. Meinem Sohn Fabio hinterlasse ich den Jaguar.« Der Notar schloss die Akte und blickte in die Runde. Eine Weile blieb es still.

»Und das ist alles?«, fragte Anna fassungslos.

»So ist es«, antwortete der Notar. »Selbstverständlich kann jeder von Ihnen Einblick in das Dokument erhalten.«

»Was soll ich mit dem Jaguar?«, fragte Fabio mehr sich selbst.

»Du kannst ihn gerne mir geben«, schlug Romy patzig vor. »Oder deiner Tochter.«

»Ja, warum nicht«, sagte Anna und drehte sich zu den Fasettis um. »Die Kleine ist ja ohnehin Haupterbin neben Danilo, der nicht einmal mit uns verwandt ist.«

»Anna, bitte!«, mahnte Caren eindringlich.

»Ich halte das für eine kluge Entscheidung«, ließ Mariella sich vernehmen.

»Das glaube ich gerne.« Anna schüttelte Carens Hand ab. »Schließlich profitiert eure Familie ja am meisten von dem Testament.«

»Und Elisa«, ergänzte Romy.

»Lass Elisa in Frieden«, knurrte Fabio, und Mimi rutschte von seinem Schoß. Sie ging vor zum Tisch und sah Signor Galli interessiert an.

»Hat der Affe auch etwas geerbt?«, fragte sie in aller Unschuld.

»Das Kind hat recht«, lachte Anna bitter auf. »Das ist wirklich das reinste Affentheater hier. Aber was habe ich erwartet? Niklas Eschbach bleibt sich bis in den Tod hinein treu.« Sie streifte Elisa mit einem tief verletzten Blick. »Nur dass meine eigene Tochter mich so ins Messer laufen lässt …«

»Mama«, rief Elisa entsetzt. »Ich hatte überhaupt keine Ahnung, was Niklas …«

»Das ist schwer zu glauben!«, fiel ihr Anna ins Wort. »Du warst seine Vertraute. Mit dir hat er doch über alles gesprochen.«

»Wenn ich dazu etwas sagen darf …« Signor Galli rang die Hände ob des Streits, der sich erhoben hatte. »Niemand außer mir wusste von der Stiftung. Das war dem Verstorbenen von großer Wichtigkeit. Und ich möchte noch eine Sache ins rechte Licht rücken: Elisa Maria Eschbach ist keineswegs die Erbin der Villa und des Vermögens. Sie hat lediglich die Aufgabe, der Stiftung vorzustehen. Eine Aufgabe, die sie selbstverständlich auch ablehnen kann.«

»Was ist das überhaupt für eine Stiftung?«, fragte Caren in ihrer besonnenen Art und legte Anna den Arm um die Schultern, um sie zu beruhigen.

»Die Niklas-Eschbach-Stiftung hat zum Satzungsziel, freiberufliche Musiker zu unterstützen, die durch eine schwerwiegende Krankheit an der Ausübung ihres Berufs gehindert werden, und zwar auf zwei Arten«, erklärte Signor Galli, und Elisa wurde warm ums Herz. Ihr Großvater hatte tatsächlich an andere Musiker gedacht, denen es ähnlich schlecht ging wie ihm? »Zum einen wird den betroffenen Musikern, über deren Bedürftigkeit ein Expertenausschuss entscheidet, je nach Verdienstausfall eine finanzielle Unterstützung zuteil. Außerdem werden einige Erkrankte hier in der Villa einen Ort finden, an dem sie sich unter sachkundiger Behandlung erholen können mit dem Ziel, ihren Beruf wieder ausüben zu können.«

»Aus der Villa soll eine Art Erholungsheim werden?«, fragte Anna ungläubig.

»Ihr Vater, Signora Eschbach, hat erkannt, dass die meisten Musiker mit ernsthaften oder langwierigen Erkrankungen vor großen existenziellen Problemen stehen«, erklärte Galli. »Er betrachtete sich als äußerst privilegiert und verspürte das Bedürfnis, nach seinem Tod etwas für andere zu tun, denen es nicht so gut geht.« Er machte eine Pause und blickte prüfend in die Runde. Selbst Anna schwieg nun. »Es ist verständlich, dass sich die Gemüter ein wenig erhitzen, und sicher gibt es noch viele Fragen, die ich gerne beantworte. Außerdem brauche ich noch von allen Genannten Unterschriften. Aber erst einmal schlage ich vor …« Er blickte hilfesuchend zu Elisa. »Könnten wir eine kleine Pause machen und vielleicht eine Erfrischung zu uns nehmen?«

»Natürlich. Ich sage Serafina Bescheid.« Elisa stand auf. Eine Pause würde ihnen allen guttun. »Am besten gehen wir bei diesem schönen Wetter hinaus auf die Terrasse.« Sie beeilte sich, den Raum zu verlassen. Im Foyer musste sie sich kurz gegen die holzvertäfelte Wand lehnen. Niemals hätte sie geglaubt, welche Wendung dieser Nachmittag nehmen würde.

»Wie ist es gelaufen?«, fragte Serafina sorgenvoll, als Elisa die Küche betrat. »Wird die Villa bald verkauft?«

»Nein«, antwortete Elisa. »Das wird sie nicht.« Auf einmal kam ihr der Gedanke, dass unter den neuen Umständen auch Serafina künftig in der Rosenholzvilla eine Beschäftigung finden könnte. »Ich erzähl dir später alles. Würdest du uns Kaffee machen?«

»Schon fertig«, erklärte Serafina. Sie hatte nicht nur Kaffee und Mineralwasser bereitgestellt, sondern außerdem kleine gefüllte Windbeutel mit Erdbeersahne vorbereitet.

»Ach, wie wunderbar!« Elisa hoffte, dass diese kleinen Köstlichkeiten besänftigend auf die Gemüter wirken würden. »Warte, ich nehme auch ein Tablett.«

Schon auf dem Weg durch den Küchengarten hörten sie laute Stimmen. »*Madonna*, was ist denn da los?« Serafina blieb erschrocken stehen, und Elisa wäre beinahe mit dem vollen Tablett in sie hineingerannt. War das Danilo, der so herumschrie? Sie beschleunigte ihre Schritte und eilte die Stufen hinauf.

»Du hast sie ja nicht mehr alle«, brüllte Fabio gerade und schubste Danilo mit beiden Händen gegen die Schultern, sodass er rückwärtstaumelte, sich aber fing und seinem

Bruder eine derart heftige Ohrfeige versetzte, dass der kurz das Gleichgewicht verlor. Sogleich holte Fabio zum Gegenschlag aus.

»Hört auf!«, rief Mariella und drängte sich zwischen die beiden, doch Fabio schob sie einfach beiseite.

»Warum stehst du nicht dazu?« Danilos Stimme überschlug sich.

»Ja! Wieso müssen wir das alles aus der Zeitung erfahren?«, schimpfte Romy.

Fabio hielt mitten in der Bewegung inne. Offenbar hatte er keine Ahnung, wovon sie sprach. Danilo nutzte den Moment und versetzte ihm einen Stoß in den Bauch.

Elisa stellte klirrend das Tablett auf den Tisch. »Was soll das werden?«, fuhr sie die beiden wütend an. »Könnt ihr euch nicht mal heute verhalten wie erwachsene Menschen?«

Fabio schien sie nicht zu hören. Er ging auf Danilo los und traf ihn mit der Faust am Kinn. Sofort drang Blut aus einer kleinen Platzwunde an dessen Unterlippe.

»Schluss jetzt!«, schrie Mariella. »Hört sofort auf!«

Danilo wischte sich mit dem Ärmel das Blut vom Kinn. »Du hast mir Elisa weggenommen«, fuhr er seinen Bruder an.

»Was?! Ich hab dir überhaupt nichts weggenommen, du Arschloch! Schon gar nicht Elisa.« Fabio spuckte auf den Boden. »Dabei hast du sie überhaupt nicht verdient. Ich hab ihr das von Anfang an gesagt. ›Elisa‹, hab ich gesagt, ›Danilo wird dich unglücklich machen‹. Aber sie wollte ja nicht hören.« Er reckte den Kopf vor und schrie: »Ja, der Himmel weiß warum, aber sie liebt nun mal dich.« Danilo starrte ihn an wie vom Donner gerührt. Fabio betastete seinen linken Wangenknochen und wandte sich ab. Als sein Blick auf Mimi fiel, die sich weinend an Romys Rock festhielt, ging er ernüchtert zu ihr und nahm sie behutsam auf den Arm.

»Warum hast du Onkel Danilo gehauen?«, fragte das Kind mit zitternder Stimme.

»Weil er dumm ist«, antwortete Fabio liebevoll. »Er ist der größte Dummkopf unter der Sonne.«

Mimi sah zweifelnd von ihm zu Danilo. »Stimmt das?«, wollte sie von ihm wissen.

Danilo hatte ein Taschentuch hervorgeholt, das er gegen seine blutende Lippe presste. Er warf Elisa einen langen Blick zu, als sähe er sie zum ersten Mal. Elisa las Zweifel darin, außerdem Schmerz und Hilflosigkeit. Fast wäre sie zu ihm gegangen und hätte ihn in die Arme geschlossen, denn Fabio hatte recht, sie liebte ihn noch immer. Aber seine schlimmen Vorwürfe, die sie tief verletzt hatten, standen zwischen ihnen wie eine unüberwindliche Wand. Nein. *Er* war es, der den ersten Schritt machen musste, und einen Moment lang glaubte sie, er würde ihn tatsächlich tun. Doch dann drehte Danilo sich einfach um und ging die Stufen hinunter, stapfte durch den Rosengarten und verschwand im Park. Und Elisa hatte das Gefühl, als würde ihr Herz in kleine Stücke brechen.

Fabio war der Erste, der die Villa verließ, nachdem er Signor Galli die notwendigen Unterschriften geleistet hatte, und Mariella folgte ihm, offenbar in der Hoffnung, ihn zum Bleiben bewegen zu können. Zu Elisas Überraschung kündigten auch Anna und Caren an, noch am selben Tag abzureisen.

»Wollen Sie denn nicht erst nachsehen, was sich in dem Schließfach befindet?«, fragte der Notar. »Hier ist der Schlüssel. Wenn Sie möchten, begleite ich Sie, damit …«

»Nein«, entgegnete Anna, und ein bitterer Zug um den Mund verriet, wie enttäuscht sie war. »Ich bin nicht scharf darauf zu erfahren, welche boshafte Überraschung mein Vater sonst noch für mich vorbereitet hat. Behalten Sie den Schlüssel. Bewahren Sie ihn meinetwegen für mich auf. Ich habe jetzt anderes zu tun.«

»Wissen Sie denn, was in dem Schließfach ist?«, erkundigte sich Caren.

Der Notar schüttelte energisch den Kopf. »Nein, was denken Sie von mir! Das sind vertrauliche Dinge und …«

»Komm, Caren«, fiel ihm Anna ins Wort. »Und jetzt entschuldigen Sie uns bitte.«

Signor Galli sah sich ratlos um. Außer Elisa stand nur noch Romy etwas verloren auf der Terrasse, die schluchzende Mimi auf dem Arm wiegend, die nicht verstehen konnte, warum ihr Papa sie schon wieder verließ. Signor Galli bat Romy, stellvertretend für ihre Tochter ein Dokument zu unterschreiben, und sie folgte ihm ins Esszimmer. Wenig später kehrte sie auf die Terrasse zurück und wandte sich an Elisa. »Ist das wahr, was Fabio gesagt hat?«, fragte sie verlegen.

»Was genau meinst du?«, entgegnete Elisa kühl. Eine Zeit lang hatte sie geglaubt, sie und Romy seien so etwas wie Freundinnen. Zu erfahren, wie schlecht sie hinter ihrem Rücken von ihr sprach, war eine herbe Ernüchterung gewesen. »Dass ich Danilo liebe? Ja, das stimmt. Aber das ist ja nun auch egal, nachdem du mitgeholfen hast, unsere Beziehung zu zerstören.« Sie wandte sich ab, sah hinunter zum Rosengarten und versuchte, die aufsteigenden Tränen wegzublinzeln.

»Es tut mir leid«, hörte sie Romy leise sagen.

»Warum hat du nicht einfach mit mir geredet?« Elisa versuchte, den Kloß in ihrem Hals hinunterzuschlucken. »Mich nach dem Geschenk gefragt zum Beispiel, das war nämlich von Mariella. Oder mir gesagt, was dir in Como nicht gepasst hat, statt …«

»Du hast recht. Und ich möchte mich entschuldigen.«

Romy räusperte sich. »Weißt du«, begann sie, und ihre Stimme klang belegt. »Fabio ist die Liebe meines Lebens. Und ich habe einfach fürchterliche Angst, dass es mir nicht gelingen wird, ihm das klarzumachen. Die Vorstellung, du und er …«

»Mami«, fragte Mimi dazwischen. »Warum findet Papa Danilo dumm?«

»Weil er etwas Falsches gedacht hat«, antwortete Romy und hob sie erneut auf den Arm. »Wie ich übrigens auch. Ich bin genauso dumm gewesen.«

»Was habt ihr denn Falsches gedacht?« Mimi ließ nicht locker.

»Danilo vertraut mir nicht mehr«, erklärte Elisa und strich der Kleinen eine rotgolden schimmernde Locke aus der Stirn. Romys Anteil an ihrem Unglück würde sie der Kleinen nicht zumuten. »Weißt du, den Menschen, die man lieb hat, muss man vertrauen. Sonst geht alles kaputt.«

Mimi betrachtete sie voller Mitgefühl. Dann strahlten ihre dunklen Augen plötzlich auf. »Aber *ich* vertraue dir«, sagte sie. »Ich leihe dir auch meinen Affen, dann wirst du wieder fröhlich.«

Sie streckte ihr das Stofftier entgegen, und Elisa wusste nicht, ob sie weinen oder lachen sollte. »Danke, Mimi«, sagte sie und wischte sich eine Träne weg. »Das ist lieb von dir. Aber behalt ihn besser bei dir, und pass gut auf ihn auf.«

Auf einmal hörte sie, wie jemand ihren Namen rief. Caren erschien in der Terassentür. »Wir würden uns gern von dir verabschieden«, sagte sie. »Das Taxi ist da.«

Im Foyer stand Anna, und Elisa erschrak, als sie ihr Gesicht sah. Ihre schöne Mutter schien in den vergangenen Stunden gealtert. »Wieso bleibt ihr nicht noch?«, fragte sie traurig. »Wenigstens bis morgen. Damit wir über alles reden können.«

»Wir hatten wahrlich genug Zeit, um über alles zu reden«, antwortete Anna, und Elisa bemerkte, dass ihre Lippen zitterten. »Es wäre schön gewesen, wenn …«

»Mama, ich hab es wirklich nicht gewusst …«

»Das ist wenig glaubwürdig, nachdem du gestern schon mit zwei großen Koffern hier eingezogen bist«, erwiderte Anna, presste die Lippen zusammen und wandte sich zur Tür.

Elisa hielt sie zurück. »Bitte, Mama, geh nicht so.«

Caren legte ihr beschwichtigend eine Hand auf den Arm. »Deine Mutter wird sich beruhigen«, sagte sie leise. »Zur Trauerfeier treffen wir uns wieder, und dann sieht alles ganz anders aus.«

»Nichts sieht dann anders aus«, brach es aus Anna hervor. »Aber wir werden die Form wahren und so tun, als wären wir eine wunderbare Familie. Was wir niemals waren.«

Elisa atmete tief durch. »Ich dachte, du hättest dich mit Niklas ausgesöhnt«, erwiderte sie leise. »Dort, in der Garderobe, kurz bevor er starb. Kannst du die Vergangenheit noch immer nicht ruhen lassen und ihn so nehmen, wie er nun einmal war?«

Anna warf ihr einen geradezu verzweifelten Blick zu. »Mir geht es nicht um die Vergangenheit«, erklärte sie eindringlich. »Ich sorge mich um die Zukunft. Ich hätte das Kapital aus dem Verkauf der Villa dringend gebraucht, verstehst du das denn nicht?«

Elisa brauchte einen Moment, um zu begreifen. Sicher. Anna hatte davon gesprochen, dass ihre Geschäfte nicht mehr so gut liefen wie früher. Dass es allerdings so schlimm war …

Von draußen war ein Hupen zu hören. »Wir müssen jetzt los«, mahnte Caren sanft. »Sonst verpassen wir den Flug.«

»Mama, das alles … das tut mir leid. Aber ich kann wirklich nichts dafür«, stammelte Elisa.

»Schon gut«, antwortete Anna resigniert und nahm ihren Koffer. »Wir sehen uns.«

Bestürzt sah Elisa zu, wie Anna die Haustür öffnete und ihren Koffer die Freitreppe hinuntertrug.

»Das wird wieder«, sagte Caren, ehe auch sie das Haus verließ. »Anna kriegt das schon irgendwie hin.«

Mit einem lauten Krachen fiel das Portal hinter den beiden ins Schloss. Elisa stand da wie betäubt.

»Kann ich irgendwas für dich tun?«, fragte Serafina besorgt von der Küchentür aus.

»Ich weiß nicht«, murmelte Elisa, holte tief Luft und straffte sich. »Bitte bring Signor Galli noch einen Kaffee. Oder einen Cognac, falls er einen möchte. Und sag ihm, ich komme gleich. Ich geh nur kurz auf mein Zimmer.«

Dort trat sie ans Fenster und sah zu, wie das Taxi davonfuhr. Und auf einmal erinnerte sie sich daran, dass sie auch früher so dagestanden hatte, wenn Anna nach einem Streit mit Niklas die Villa Türen schlagend verlassen hatte. Stets hatte Elisa in solchen Momenten das schmerzhafte Empfinden gehabt, ihr Herz hinge an zwei Gummibändern, die es in entgegengesetzte Richtungen zerrten. Und sie hatte sich schuldig gefühlt. Weil sie entweder ihre Mutter verriet oder sich selbst. »Damit muss jetzt Schluss sein«, sagte sie halblaut vor sich hin und wandte sich vom Fenster ab.

Sie ging ins Badezimmer und betrachtete sich im Spiegel. Ihr Gesicht war schmal geworden, die Haut spannte über ihren Wangenknochen. Trotz Serafinas guter Küche hatte sie abgenommen. Ihre blauen Augen, unter denen dunkle Ränder lagen, wirkten übergroß.

Sie legte ein wenig Puder und Rouge auf und tuschte sich die Wimpern neu. Dann verließ sie das Zimmer und ging zu Signor Galli hinaus auf die sommerliche Terrasse. »Nun bin nur noch ich übrig«, sagte sie und versuchte ein Lächeln. »Es tut mir leid …«

»Das muss es nicht.« Zum ersten Mal sah Elisa den Notar lächeln. »Solche Termine sind in der Regel sehr emotional. In den seltensten Fällen sind nach der Testamentseröffnung alle Beteiligten glücklich. Besonders nicht, wenn es um so große Vermögen geht.«

Elisa seufzte innerlich und ließ sich auf den Stuhl neben Signor Galli fallen. Ihr Blick fiel auf einen Aktenkarton auf dem Tisch. »Gibt es denn noch weitere Überraschungen?« Sie wies auf den Karton.

»Nein, keine Sorge.« Signor Galli schob ihn behutsam in Elisas Richtung, so als enthielte er etwas Zerbrechliches. »Darin befinden sich die Unterlagen zur Stiftung. Wenn ich Ihnen einen Rat geben darf? Schauen Sie sich alles in Ruhe an. Es gibt keinen Grund zur Eile. Signor Eschbach hat verfügt, dass die Stiftung erst mit seinem Ableben ihre Tätigkeit aufnimmt, und auch jetzt gilt es, nichts zu überstürzen.«

»Ich weiß überhaupt nicht, was da auf mich zukommt.« Elisa wünschte sich, dass Niklas mit ihr darüber gesprochen hätte.

»Ihr Großvater wollte Sie damit nicht belasten. Wie gesagt, keiner wusste, wie lange er leben würde. Und doch muss er eine Vorahnung gehabt haben. In diesem Karton werden Sie außerdem Briefe finden, die er an Sie und an andere Menschen in seinem Umfeld geschrieben hat. Ich kenne den Inhalt nicht, aber ich könnte mir vorstellen, dass er darin vieles erklärt«, sagte er ruhig. »Und wenn Sie irgendwelche Fragen haben – ich bin für Sie da. Wie gesagt, ich habe die gesamten Formalitäten mit Niklas Eschbach ausgearbeitet und werde die Stiftung weiterhin als Justiziar betreuen.«

»Ich frage mich, wann er das alles gemacht hat«, murmelte

Elisa verwundert. Sie hatte ihm so nahegestanden, so viel Zeit mit ihm verbracht. Wie hatte es eigentlich passieren können, dass sie von diesen Plänen rein gar nichts mitbekommen hatte?

»Das war im Frühjahr.« Der Notar öffnete seine Mappe, zog das Testament noch mal hervor und prüfte das Datum. »Im März. Damals war Ihr Großvater sehr niedergeschlagen und dachte offenbar viel über den Tod nach.«

Natürlich. Jetzt fiel es Elisa wie Schuppen von den Augen. Im Februar war Fabio Knall auf Fall weggegangen. Und sie hatte ihren Großvater einige Wochen lang sträflich vernachlässigt.

»Ich würde mich nun gerne verabschieden«, riss Signor Galli sie aus ihren Gedanken. Er schloss seine Mappe und erhob sich. »Melden Sie sich, wenn Sie Fragen haben. Meine Karte finden Sie bei den Unterlagen. Und wie gesagt, nehmen Sie sich die Zeit, die Sie brauchen.«

Elisa begleitete den Notar noch zu seinem Wagen, dann ging sie nachdenklich zurück ins Haus.

»Elisa?« Serafina stand im Foyer.

»Ja?«

»Ich habe alles abgeräumt und das Geschirr in die Spülmaschine getan.«

»Vielen Dank.«

Die junge Frau zögerte. »Da steht noch ein Karton auf dem Terrassentisch«, sagte sie, und in diesem Moment bemerkte Elisa, wie nervös die junge Frau war. Und das war auch nicht verwunderlich, denn Serafina hatte ja noch keine Ahnung, wie es weitergehen sollte. Es wurde wirklich Zeit, sie endlich über das Geschehene aufzuklären.

»Komm, wir setzen uns noch einen Moment in die Küche«, schlug sie vor.

Bereitwillig folgte Serafina ihr. »Was wird denn nun aus der Villa?«, fragte sie, als sie sich an den Tisch setzten.

»Eine Stiftung«, antwortete Elisa. »Für Musiker, die ein ähnliches Schicksal erleiden wie mein Großvater.« Und ich vor langer Zeit, fügte sie in Gedanken hinzu.

Serafina riss erstaunt die Augen auf. »Aber ... was bedeutet das?«

»Es bedeutet vor allem, dass wir dich in Zukunft hier brauchen. Die Gäste, die in der Villa wohnen werden, müssen versorgt werden«, sagte Elisa und freute sich, als Serafina zu strahlen begann. Endlich jemand, dachte sie, für den Niklas' Testament eine gute Nachricht enthielt. »Was meinst du? Möchtest du uns dabei helfen?«

»Oh ja, sehr gern!«, rief Serafina. »Aber was ist mit dir? Wirst du auch bleiben?«

Elisa schwieg einen Moment. Noch an diesem Morgen war sie davon ausgegangen, bald von hier wegzugehen. Jetzt hatte sich die Situation verändert, und zwar ganz anders, als sie erwartet hatte. »Vorerst ja«, antwortete sie nachdenklich. »Wie dann alles weitergehen wird ... das weiß ich ehrlich gesagt noch nicht.« Ihr Herz zog sich schmerzhaft zusammen, als sie an Danilo dachte. Nun, zumindest hatte Fabio die missverständliche Situation aufgeklärt. Wer jetzt noch dachte, er und Elisa hätten Geheimnisse miteinander, dem war nicht zu helfen. Trotzdem. Ob es jemals zwischen ihr und Danilo so sein könnte wie zuvor – Elisa bezweifelte es.

»Dann soll ich morgen also wiederkommen?«, fragte Serafina. Die Erleichterung stand ihr förmlich ins Gesicht geschrieben.

»Ja. Vorerst läuft alles weiter wie bisher.« Da kam Elisa ein Gedanke. »Wann hattest du eigentlich zuletzt Urlaub?«, fragte sie.

»An Weihnachten«, antwortete Serafina. »Eine Woche.«

»Warum nimmst du dir nicht jetzt ein paar Tage frei?«, bot Elisa ihr an. »Das hast du dir wirklich verdient. Und wenn erst die Trauerfeier vor der Tür steht, brauche ich dich vermutlich rund um die Uhr.«

»Urlaub? Jetzt? Wie lange denn?«

»Heute ist Dienstag. Wie wäre es mit dem Rest der Woche?«

Serafina zögerte. »Und du kommst wirklich allein zurecht?«

Elisa lachte. »Ganz bestimmt. Auch wenn mir deine Pfannkuchen am Morgen fehlen werden.«

Nachdem Serafina gegangen war, schenkte Elisa sich ein Glas Mineralwasser ein und nahm es mit hinaus auf die Terrasse. Dort öffnete sie den Karton mit den Stiftungsunterlagen und fand zuoberst einige Briefumschläge. Einer war an sie adressiert, je ein weiterer an Serafina und Amadou. Dass sie den Pfleger seit ihrer Rückkehr aus Mailand nicht mehr gesehen hatte, erfüllte sie mit Sorge. Wie lange war das her? Erst drei Tage? Elisa erschien es wie eine Ewigkeit. Vermutlich ruhte Amadou sich in der alten Mühle bei Cosma aus, das war nach allem, was er in Mailand geleistet hatte, sein gutes Recht.

Vom Rosengarten zog der schwere Duft der Blüten zu ihr herauf. Es wurde Abend, und in den Sträuchern rund um die Terrasse begannen die Zikaden zu singen. Auf einmal fühlte Elisa die Abwesenheit ihres Großvaters wie einen körperlichen Schmerz. Sie hielt den Brief, den er ihr hinterlassen hatte, einen Moment lang in der Hand, holte tief Luft, dann öffnete sie ihn.

Meine liebe Elisa, las sie, und der Anblick seiner markanten Handschrift trieb ihr die Tränen in die Augen. *Ich weiß, ich bürde Dir mit dieser Stiftung eine Menge auf. Aber keine Sorge, Du bist mit den damit verbundenen Aufgaben nicht allein, im*

Gegenteil, verschiedene Fachleute werden sich um die jeweils spezifischen Belange kümmern. Im Grunde musst Du nur danach sehen, dass der Laden läuft, dass Serafina weiterhin dafür sorgt, dass man sich in der Villa wohlfühlt, und dass Amadou den Gästen der Stiftung wieder auf die Beine hilft, so wie er sich gerade mit mir abmüht. Und das ist auch schon alles. Für die medizinischen Fragen hat Dr. Fullner ein Expertenteam zusammengestellt. Alexander wird einen Blick darauf haben, was die künstlerische Laufbahn der Bewerber anbelangt. Bei allem hast Du, wenn Du möchtest, das letzte Wort, und wenn sich einer der Gäste schlecht benimmt, also noch schlechter als ich, dann fackle nicht lange, sondern wirf ihn hinaus.

Ich hoffe, Du kannst Serafina und Amadou davon überzeugen, mit im Boot zu bleiben. Für beide habe ich als Dank dafür, dass sie alle meine Launen ertragen haben, ein Geldgeschenk vorgesehen, und ich hoffe, dass Amadou damit auch seine Schwestern versorgen kann. Damit die Ausländerbehörde Amadou nicht aus dem Land wirft, ist es wichtig, dass Du so bald wie möglich einen neuen Arbeitsvertrag mit ihm schließt. Signor Galli hat bereits einen vorbereitet. Versäume bitte keine Zeit, denn die Behörden reagieren schnell.

Elisa hielt im Lesen inne. Niklas hatte recht. Sie musste sich unverzüglich darum kümmern. Unschlüssig hielt sie den Brief, von dem sie kaum die Hälfte gelesen hatte, in der Hand. Sollte sie ihn erst zu Ende lesen? *Versäume bitte keine Zeit*, hatte ihr Großvater geschrieben, und plötzlich hatte Elisa das Gefühl, dass es wirklich dringend war. Eilig schob sie den Brief zurück in den Umschlag.

Ihr Handy fand sie nach einigem Suchen in ihrem Zimmer, und sie wählte Cosmas Nummer. Sie wollte schon aufgeben, als ihre Freundin sich nach dem achten Klingeln doch noch meldete. Ihre Stimme klang belegt, so als habe sie geweint.

»Amadou?« Cosma putzte sich die Nase. »Der ist weg.«

»Weg?« Elisa glaubte, ihren Ohren nicht zu trauen. »Was meinst du damit?«

»Er will zurück nach Hause.«

»In den Senegal?«

»Ja«, schluchzte Cosma.

»Wann?«

»Heute Abend geht sein Flug. Er ist vor zwei Stunden losgefahren.«

»Oh nein! Wieso will er denn zurück?«

Es dauerte ein paar Atemzüge, bis Cosma antwortete. »Er sagt, dass er hier keine Zukunft hat.« Cosma schniefte. »Und dass er nicht warten will, bis die Behörden auf der Matte stehen und ihn abschieben, weil er keine Arbeit hat.«

»Aber hier gibt es Arbeit für ihn«, erklärte Elisa. »Aus der Villa wird eine Stiftung. Und wir brauchen Amadou unbedingt.«

»Ich verstehe kein Wort«, gab Cosma zurück. »Und ich bin mir nicht sicher, ob er …«

»Ich kann dir das jetzt nicht erklären«, unterbrach Elisa ihre Freundin. »Fliegt er von Mailand? Wann genau?« Sie notierte sich die Daten und sah auf die Uhr. Wenn sie sich beeilte, konnte sie es noch schaffen.

»Willst du ihn etwa aufhalten?«, fragte Cosma. »Mach dir keine Hoffnungen. Das ist nicht mal mir gelungen.«

»Ich versuche es einfach.« Elisa griff nach dem Umschlag, auf dem Amadous Name stand. »Ich habe Arbeit für ihn, und außerdem hat Niklas ihm etwas hinterlassen. Geld für seine Schwestern. Das muss er erfahren, ehe er die Schweiz verlässt.«

Cosma hatte aufgehört zu weinen. »Dann musst du jetzt richtig schnell sein.«

»Hat er sein Handy dabei?«

»Natürlich«, antwortete Cosma.

Elisa steckte den Brief an Amadou in ihre Tasche und schloss den Aktenkarton. »Cosma?«, fragte sie zögernd.

»Ja?«

»Ihr habt euch doch nicht etwa zerstritten?«

Ein trotziges Schnauben war zu hören. »Natürlich haben wir uns zerstritten. Ich bin nicht einverstanden damit, dass er mich einfach im Stich lässt. Aber da war nichts zu machen.«

»Ich bin sicher, er liebt dich.«

»Verlässt man jemanden, den man liebt?«

Darauf hatte Elisa keine Antwort.

Sie versuchte, Amadou anzurufen – vergeblich. Elisa nahm ihre Handtasche und setzte sich ans Steuer ihres Fiat Cinquecento. Ihr blieben etwas weniger als zwei Stunden. Das Gute war, sie kannte die Strecke zum Flughafen Malpensa in- und auswendig. Das nicht so Gute – der Fiat Cinquecento war nicht gerade schnell.

Kurzentschlossen stieg sie wieder aus und rannte ins Haus. In der Schublade der Kommode im Foyer fand sie den Schlüssel für den Jaguar. Zwar gehörte er jetzt offiziell Fabio, aber es blieb keine Zeit, ihn zu fragen, ob sie ihn sich ausleihen durfte.

Zum Glück befand sich ausreichend Benzin im Tank, und obwohl der Wagen lange nicht benutzt worden war, sprang er sogleich an. Die reine Fahrtzeit betrug eine knappe Stunde, doch auch an diesem frühen Dienstagabend gab es rund um Lugano eine Menge Verkehr.

Es war ein Wettlauf mit der Zeit. Als sie vor Mailand wieder im Stau stand, wählte sie Amadous Nummer erneut – ohne Erfolg. Ob er keinen Empfang hatte? Oder wollte er vermeiden, dass Cosma ihn anrief?

Endlich erreichte sie den Flughafen. Nun kam ihr zugute, dass sie als Flugbegleiterin häufig hier gestartet und gelandet war und wusste, von welchem Terminal die Flüge in den Senegal abflogen. Sie stellte den Wagen im Parkhaus ab und sprintete los. Beim Eingang zu den Sicherheitskontrollen wurde sie aufgehalten. »Ohne Ticket kommen Sie hier nicht durch«, teilte ihr die Frau ungerührt mit, die die Pässe und Bordkarten der Fluggäste prüfte.

»Ich muss unbedingt einen Fluggast sprechen, der bereits an seinem Gate ist«, erklärte Elisa. Doch sie fand kein Gehör. Elisa beschloss, sich an die Fluggesellschaft zu wenden. Also sprintete sie zurück zum Eincheck-Bereich und fand schließlich eine Mitarbeiterin von Air Senegal, die eben im Begriff stand, ihren Schalter zu schließen. »Bitte«, keuchte Elisa. »Ich muss unbedingt Signor Amadou Botta sprechen, ehe er an Bord seiner Maschine geht.« Sie nannte die Flugnummer und buchstabierte Amadous Namen.

»Tut mir leid«, entgegnete die Frau. »Das ist nicht mehr möglich.«

»Es geht um …« Sie überlegte fieberhaft. »… um seine Existenz.« Die Mitarbeiterin sah sie zweifelnd an. »Hören Sie«, beharrte Elisa. »Wenn Sie mir jetzt nicht helfen …«

»Ich könnte eine Durchsage machen«, gab die Frau nach. »Ist Ihnen klar, dass Signor Botta möglicherweise seinen Flug verpassen wird?«

»Ja, ich weiß. Aber es ist wirklich wichtig«, gab Elisa zurück. »Und ich habe selbst viele Jahre als Flugbegleiterin gearbeitet, es gibt immer eine Möglichkeit, einen Passagier, der aufs Boarding wartet, noch einmal außerhalb des Sicherheitsbereichs …«

»Schon gut.« Die Mitarbeiterin griff nach einem Telefon. »Wie ist Ihr Name?«

Fünf Minuten später stand Elisa vor dem Security-Bereich. Nervös stellte sie sich auf die Zehenspitzen. Endlich sah sie, wie sich ihr Amadous große Gestalt näherte. Seine Miene verhieß allerdings nichts Gutes. Noch nie hatte Elisa den sonst so freundlichen Mann so verärgert gesehen.

»Ich hoffe sehr, dass Cosma dich nicht schickt!«, rief er schon aus einigen Metern Entfernung.

»Nein. Niklas schickt mich.« Er starrte sie überrascht an, dann sah er den Brief, den sie ihm entgegenhielt. »Ich möchte dir einen neuen Arbeitsvertrag anbieten.«

Amadou blickte misstrauisch auf. »Einen Arbeitsvertrag? Bist du vielleicht krank?« Er riss den Umschlag auf. Ein Stück Papier segelte zu Boden.

Elisa bückte sich rasch. Es war ein Scheck. Ohne auf den Betrag zu schauen, reichte sie ihn Amadou. »Niklas war der Meinung, dass er dir das schuldig war«, sagte sie.

Gespannt beobachtete sie Amadous Mienenspiel. Er wirkte überrascht, als er die Ziffern sah. Dann fast bestürzt.

»Wo kommt das alles her?«, fragte er und wedelte mit dem Umschlag. »Aus dem Jenseits?«

Trotz ihrer Anspannung musste Elisa lachen. Auf einmal merkte sie, wie ihr Tränen über die Wangen liefen, und im nächsten Moment lag sie in Amadous kraftvollen Armen. Wir haben nie gemeinsam getrauert, schoss es ihr durch den Kopf. Und dabei stand Amadou Niklas so nah. »Du warst immer für ihn da«, flüsterte sie. »Und für mich. Für alle. Wir brauchen dich, Amadou. Niklas hat eine Stiftung hinterlassen, und es gibt Arbeit für dich. Ohne dich können wir Niklas' Letzten Willen nicht erfüllen.«

Der letzte Aufruf zum Boarding der Maschine nach Dakar erklang über die Lautsprecher. Amadou löste die Umarmung. »Ich muss nach Hause«, sagte er rau. »Dinge regeln.

Meine Schwestern waren viel zu lange ohne mich. Und meine Heimaterde ruft nach mir.«

Elisa nickte. Enttäuschung breitete sich in ihr aus, und Ernüchterung. Natürlich. Amadou hatte eine eigene Familie, ein eigenes Schicksal. Aber hatte er nicht hier auch jemanden, der ihm nahestand? »Liebst du Cosma denn gar nicht mehr?«

Amadou seufzte tief auf. »Doch, ich liebe sie. Aber meine Wurzeln zerren an mir. Und die sind in Afrika.« Er warf einen Blick auf den Scheck und schien mit sich zu ringen.

»Niklas hatte gehofft, dass du damit deinen Schwestern eine Zukunft ermöglichen kannst.«

Amadou nickte. »Er war ein wunderbarer Mensch. Ich vermisse ihn so.«

»Ich auch. Hör zu. Du musst das ja nicht jetzt entscheiden.« Elisa atmete tief durch. »Flieg nach Hause und regle die Dinge, um die du dich kümmern musst. Bleib, solange du musst und willst. Vergiss dabei eines nicht: Hier wartet ein Leben auf dich. Mit Cosma. Und eine Stelle, die wie für dich geschaffen ist.«

Amadou nickte, und seine Augen schwammen in Tränen. Über die Lautsprecher hörten sie, wie sein Name aufgerufen wurde mit der Aufforderung, sich sofort zum Gate zu begeben. Noch einmal drückte Amadou Elisa fest an sich, dann schulterte er seine kleine Tasche und eilte davon. Elisa sah ihm nach, bis er in der Menge verschwand.

»Jetzt habt ihr mich alle im Stich gelassen.« Cosma starrte in die Flammen. Sie saßen an der Feuerstelle, die Amadou im Garten gebaut hatte und wo sie so viele gemeinsame Abende verbracht hatten. Die Abwesenheit der anderen war allzu deutlich zu spüren.

»Wo ist Danilo?« Elisa hatte Cosma vom Flughafen aus

angerufen und war dann ihrer Bitte gefolgt, zu ihr zu kommen. Denn dass ihre Freundin allein war und Trost brauchte, war offensichtlich.

»Der hat sich wieder ins Rustico verkrochen und leckt seine Wunden.« Einer der Äste war verrutscht, und Cosma schob ihn mit einem langen Stab zurück in die Glut. »Und eure schöne neue Wohnung steht leer. Was hat er eigentlich verbrochen, dass du so sauer auf ihn bist?«

»Hat er das gesagt?« Empört richtete Elisa sich auf. »Dass ich sauer auf ihn bin?«

»Das war nicht notwendig. Ich hab schließlich selbst gesehen, wie du hier mit zwei gepackten Koffern abgehauen bist.« Elisa stieß verärgert die Luft durch die Nase. Hatte sie es nicht gewusst? Jetzt ergriff Cosma doch tatsächlich Danilos Partei. »Aber warum, das weiß ich bis heute nicht.«

»Natürlich weißt du es, ich hab es dir doch selbst gesagt«, erklärte Elisa empört. »Er hat mir unterstellt, was mit Fabio zu haben.«

»Na ja, wenn man sich die Bilder so angesehen hat, auf denen ihr in innigster Umarmung …«

»Cosma!« Elisa sprang auf. »Fang du jetzt bitte nicht auch noch damit an. Du warst nicht dabei, als Niklas' Herz aufgehört hat zu schlagen. Du hast nicht miterlebt, wie schrecklich das alles war. Und Danilo war gar nicht bei mir.«

»Weil er …«

»Ja!«, fiel ihr Elisa zornig ins Wort. »Ich weiß, dass er mit Mariella telefoniert hat. Und das ist in Ordnung. Dass Fabio und ich uns in diesem Moment umarmt haben, war doch das Natürlichste der Welt. Obwohl ich wirklich überrascht war, wie emotional er reagiert hat. Es war ein ziemlich … wie soll ich sagen … intimer Moment. Dass die Fotografen ausgerechnet da …«

»Ja«, unterbrach Cosma sie mit einem schiefen Grinsen. »Intim kann man das durchaus nennen.«

»Doch nicht so, wie du das jetzt meinst!« Elisa hatte begonnen, wütend auf und ab zu gehen. »Oder wie Danilo. Hey verflixt, ihr kennt mich schließlich. Wie könnt ihr glauben, ich sei …«

»Ich hab das nie geglaubt«, versuchte Cosma sie zu beruhigen. »Aber vielleicht solltest du bedenken, dass auch bei Danilo die Nerven blank liegen. Glaubst du, an ihm ging Niklas' Tod spurlos vorbei?«

Elisa blieb stehen und sah ihre Freundin überrascht an.

Im flackernden Licht des Feuers wirkte Cosma einen Moment lang wie die Figur aus einem Märchen, eine Mischung aus Kobold und Fee. In ihren Augen tanzten die Flammen. »Danilo liebt dich«, sagte sie leise. »Ich weiß, du bist gerade ziemlich wütend und kannst vermutlich nicht erkennen, was für ein Riesenglück du hast. Da ist einer, der dich liebt, und zwar so sehr, dass er den Gedanken nicht ertragen kann, er könnte dich verlieren.«

Elisa war voller widerstreitender Gefühle. Wenn er sie nicht verlieren wollte, wieso hatte er ihr dann so wehgetan? »Er hat mich von sich gestoßen«, sagte sie schließlich.

»Liebst du ihn denn gar nicht mehr?«

»Doch, natürlich«, gab Elisa zurück. »Das ist ja das Schlimme. Obwohl ich gestehen muss … diese Sache hat unserer Beziehung wirklich einen Knacks versetzt. Ich fürchte einfach, dass es nicht mehr so sein kann wie vorher.«

»Aber nur dann, wenn du das zulässt.« Cosma erhob sich ebenfalls, und das Licht des Feuers erreichte ihr Gesicht nicht mehr. »Du hast es in der Hand.«

Elisa schüttelte heftig den Kopf. »Erst hat er sich mit seinem Bruder geprügelt«, gab sie trotzig zurück. »Und als er einsehen musste, wie ungerecht er zu mir war, ist er einfach weggegangen. Denkst du etwa, ich laufe ihm hinterher?«

Cosma antwortete nicht gleich. Sie legte den Kopf in den Nacken, als würde sie den heraufziehenden Sternenhimmel betrachten. »Ich würde einiges tun, um Amadou zurückzuholen«, murmelte sie. »Aber jeder trifft seine eigenen Entscheidungen. Ich hoffe nur, du weißt, was du tust.«

In dieser Nacht machte Elisa kein Auge zu, obwohl die Müdigkeit schwer auf ihr lastete. Sie konnte kaum glauben, dass sie am Vormittag noch über den See gefahren war. Dann hatten sich die Ereignisse auf eine Weise überstürzt, die alles auf den Kopf gestellt hatte.

Hatte Cosma recht, sollte sie tatsächlich auf Danilo zugehen?

Es war heiß und stickig in ihrem Zimmer, und irgendwann stand sie entnervt auf, legte sich ein Tuch über die Schultern und ging hinaus in den Park.

Die Luft war erfüllt von dem süßlichen Duft der Palmlilien, die in der Nähe des Goldfischteichs gerade frisch erblüht waren. Zwischen den Bäumen raschelte etwas, vielleicht war Michelangelo unterwegs?

Elisa sog tief die aromatische Luft in sich ein und ging langsam schlendernd weiter bis zum Ende des Parks, wo auf einer Lichtung die Marmorstatue eines Geigers stand. Als Kind hatte sie ihn Stradivarius genannt und häufig Zwiesprache mit ihm gehalten. Niklas hatte ihn erst vor Kurzem von Moos und Flechten reinigen lassen, und nun leuchtete er im Licht der Sterne.

Auf einmal hörte sie ein Geräusch wie von Schritten. Sie schrak zusammen und spähte hinunter zu dem Hain aus Rosenholzbäumen, durch die ein Pfad zu den Gebäuden der

Fasettis führte. Jemand kam diesen Weg herauf. Im nächtlichen Zwielicht erkannte Elisa Danilos Gestalt.

Ihr erster Impuls war es, wegzulaufen. Noch konnte er sie nicht gesehen haben. Doch etwas hielt sie zurück. War es Zufall, dass auch er um diese Stunde hierhergekommen war? Cosmas Worte kamen ihr in den Sinn. Dass sie es selbst in der Hand hatte, wie es weiterging. Ihr Herz klopfte heftig, als sie sah, dass Danilo unter den Bäumen innehielt. Vielleicht würde er gar nicht zu ihr heraufkommen, und sie konnte unbemerkt wieder zurück zur Villa gehen. Aber warum fühlte sich das überhaupt nicht gut an? Alles in ihr drängte, zu ihm hinunterzugehen und ihn in die Arme zu schließen, obwohl sie so wütend auf ihn war.

Plötzlich hob Danilo den Kopf und sah zu ihr hoch, als hätte sie ihn gerufen. Elisa hielt den Atem an. Einen Moment lang standen sie so da, beide zögernd. Dann kam Bewegung in Danilo. Mit raschen Schritten stieg er die Natursteinstufen herauf und stand vor ihr.

»Elisa«, sagte er, und in seiner Stimme lagen so viel Sehnsucht, Schmerz und Hoffnung, dass jeder Widerstand, jeder Trotz und Vorwurf in ihr zu schmelzen begannen und sie nur noch den Wunsch hatte, noch einmal von vorne zu beginnen. »Es tut mir so leid«, flüsterte er. »Ich liebe dich doch.«

Sie trat näher zu ihm und bemerkte die Schwellung an seinem Mund, dort, wo Fabio ihm den Fausthieb versetzt hatte. Sanft legte sie einen Finger darauf, und Danilo nahm ihre Hand und küsste sie.

»Fabio hat recht«, raunte er. »Ich bin wirklich ein grenzenloser Dummkopf. Bitte! Kannst du mir verzeihen?«

Da schloss sie ihn in ihre Arme und legte ihr Gesicht in die Kuhle zwischen seinem Hals und der Schulter, sog tief seinen Duft in sich ein. Eine grenzenlose Erleichterung breitete sich in ihr aus. Und auf einmal fühlte sich alles vollkommen richtig an. Sie und Danilo gehörten zusammen. »Ich liebe dich auch«, flüsterte sie. In diesem Moment fühlte sie sich auf einer Woge von Zärtlichkeit getragen, und große Zuversicht stieg in ihr auf. Ja, alles würde gut werden. Da war sie sich ganz sicher.

15

Das Abschiedsfest

Es war noch früh, die Kirchenglocke aus dem Dorf hatte gerade acht Mal geläutet, als Elisa hinaus in den Garten ging. In ihren Händen hielt sie ein schlichtes Gefäß, das die Asche ihres Großvaters enthielt. Ein wunderschöner Hochsommermorgen brach an, die Strahlen der aufgehenden Sonne vergoldeten die äußersten Ränder der Berge auf der Seeseite gegenüber. Winzige Tautropfen hingen glitzernd wie Edelsteine an den Blättern der frisch erblühten Rosen. Als Elisa zu der Stelle kam, wo sie am Tag zuvor die kleine Grube ausgehoben hatten, die an diesem Tag die Urne aufnehmen würde, stieg von der frisch aufgeworfenen Erde ein würziger Duft auf. Neben der halb aufgerichteten Marmorplatte in Form einer Orchesterpartitur hatte sie am Vortag bereits ein mit weißem Satin bedecktes Podest vorbereitet.

Elisa stellte die Urne darauf ab und nahm auf der Bank Platz, auf der sie so oft gemeinsam mit Niklas gesessen hatte. Sie dachte an jenen Tag, an dem er ihr erzählt hatte, dass er den Rosengarten einst nach Paulinas Plänen anlegen ließ.

Sein Tod lag nun fast vier Wochen zurück, und noch immer vermisste sie ihn fürchterlich. Es würde sicherlich noch eine Weile dauern, bis sie wirklich verstanden hatte, dass sie nie mehr sein halb ironisches, halb liebevolles Lächeln sehen würde, nie mehr seine Stimme hören und nie mehr mit ihm musizieren konnte.

Sie holte den Brief aus ihrer Tasche, den er ihr mit den Dokumenten der Stiftung in dem Karton hinterlassen hatte. Vom vielen Auf- und Zufalten war er schon mürbe geworden. Jedes Mal, wenn sie ihn las, hatte Elisa das Gefühl, Niklas sei noch immer in ihrer Nähe. Vor allem die Passage gegen Ende des Briefes beschäftigte sie sehr.

… Die Villa ist und bleibt Dein Zuhause«, stand da. *Und wenn Dir die Stiftung Freude macht – umso besser. Trotzdem bist Du frei, zu bleiben oder zu gehen, wohin deine Aufgabe Dich ruft, wenn ich einmal nicht mehr bin.*

Und Du hast eine Aufgabe, liebe Elisa. Ich hoffe inständig, dass Du die für Dich vorgezeichnete Lebensbahn wiederfindest, aus der Du vor vielen Jahren geworfen wurdest. Deine Bestimmung ist die Musik. Im Grunde Deines Herzens weißt Du das. Vergeude Dein Leben nicht. Glaube mir, Bedauern ist ein trauriges Gefühl am Ende eines Lebens. Zum Glück hast Du Danilo und mit ihm den perfekten Partner gefunden. Sieh zu, dass euch eure Liebe nicht abhandenkommt. Denn man kann nie wissen, wie viel Zeit euch miteinander vergönnt ist.

Wo und wie ich bestattet werden möchte, habe ich Dir ja neulich gesagt, und ich hoffe, dass Du den Platz im Rosengarten inzwischen gefunden hast. Einen Priester brauchen wir nicht, Alexander soll ein paar Worte sprechen, das genügt vollkommen. Ich wünsche mir ein freudiges Abschiedsfest, keine trübe Trauerfeier, und dass Du zu diesem Anlass für mich auf der Campanula spielst.

Dein Niklas.

Elisa ließ das Blatt sinken. Wie so häufig in den vergangenen Wochen kamen ihr die Tränen. Sie schluckte sie tapfer hinunter. Heute musste sie stark sein. Schon gestern waren zahlreiche Besucher aus der ganzen Welt angereist, um gemeinsam mit ihr von Niklas Eschbach Abschied zu nehmen. Sie waren alle in demselben Hotel in Lugano untergebracht, und für viele, die sich aus ihrem Berufsleben kannten, war es ein schönes Wiedersehen. Anna und Caren wollten erst an diesem Vormittag eintreffen und am selben Tag wieder abreisen. Offenbar war Elisas Mutter noch immer wütend wegen des Testaments. Sie zuckte traurig mit den Schultern. Mochte Anna tun, was sie für richtig hielt. Elisa hatte sich vorgenommen, sich nicht mehr von ihren Gefühlsausbrüchen beeindrucken zu lassen.

Energisch stand sie auf und ging zurück zur Terrasse. Auf der Freifläche darunter waren drei elegante weiße Festzelte aufgestellt worden, in denen die Gäste nach der Beisetzung das »freudige Abschiedsfest« von Niklas Eschbach feiern konnten. Alles stand bereit: die Stehtische mit den weißen Hussen, die langen Tafeln, auf denen die Catering-Firma Essen und Getränke aufbauen würde, und die Beschilderung, damit die Gäste von der Einfahrt über den Kiesweg direkt in den Rosengarten fanden.

Und da fuhr auch schon ein Wagen heran. Es war der Florist, der den Blumenschmuck brachte, große Gebinde aus weißen Lilien und Levkojen. Elisa zeigte dem Mann, wo er sie platzieren sollte: gleich am Eingang zum Garten und neben den Rosensträuchern, die die Grabstätte umgaben. Eine zarte Girlande aus Jasminblüten drapierte der Florist um das Podest mit der Urne. Zuletzt verteilten sie gemeinsam kleinere Gestecke auf den Stehtischen.

Als endlich alles so war, wie Elisa es sich vorgestellt hatte, und der Florist sich verabschiedete, bemerkte Elisa einen Mann, der zögernd am Eingang zum Rosengarten stand. »Guten Morgen«, begrüßte sie ihn verwundert. »Wie kann ich Ihnen helfen?«

»Sven Helgeson«, antwortete der Mann und schüttelte ihr verlegen die Hand. »Ich weiß, ich komme sehr früh …« Er stockte und strich sich mit der Hand über sein Haar. Es war blond, und Elisa musterte sein offenes, freundliches Gesicht mit den blauen Augen und dem kurz gehaltenen Vollbart, der vor allem ums Kinn schon grau war. Dieser Mann kam ihr vage bekannt vor, so als habe sie ihn schon einmal irgendwo gesehen.

»Sie kommen sicher wegen der Beisetzung meines Großvaters?«, versuchte sie, ihm zu helfen. »Sie ist um vierzehn Uhr.«

Sven Helgeson nickte. »Ja, ich weiß.« Er räusperte sich und sah zur Terrasse hinüber. »Aber es ist so … Alexander Hilbour hat mich angesprochen, ob ich Interesse hätte, im Beirat der Stiftung mitzuarbeiten. Und da ich gerade angekommen bin, dachte ich, ich schau gleich mal vorbei.«

»Das ist nett«, antwortete Elisa erfreut. »Wo kommen Sie denn her zu so früher Stunde?«

»Direkt aus New York«, antwortete Sven Helgeson. »Ich unterrichte dort an der Juilliard School. Violine.«

»Sie sind heute Morgen erst angekommen?« Die Julliard School war eine der besten der Welt. Dass ein Dozent von dort im Stiftungsrat mitwirken würde, erfüllte Elisa mit Freude. »Dann brauchen Sie sicher einen starken Kaffee. Haben Sie Lust, eine Tasse mit mir zu trinken? Wenn es Ihnen nichts ausmacht, mich in die Küche zu begleiten?«

Ihr wurde bewusst, dass Sven Helgeson sie auf eine Weise musterte, die sie verlegen machte, sie konnte beim besten Willen nicht sagen, warum. »Sehr gern«, antwortete er erfreut und folgte ihr in die Villa.

»Ich kann Ihnen nachher das ganze Haus zeigen, wenn Sie möchten«, bot Elisa ihm an. »Wir haben es in den vergangenen Wochen schon etwas umgestaltet, damit wir sobald wie möglich die ersten Gäste empfangen können. Ich nehme an, Alexander hat Ihnen erzählt, worum es bei der Stiftung geht?«

»Ja, das hat er«, antwortete Sven Helgeson. »Und ich halte es für eine großartige Idee, einen Ort für Künstler zu schaffen, an dem sie sich erholen können. Schwer zu erkranken ist für jeden Menschen schlimm. Und für Musiker hängt so vieles daran.«

In der Küche füllte Elisa frisches Wasser in die Kaffeemaschine und schaltete sie ein. Während es heiß wurde, betrachtete sie verstohlen ihren Gast, der an der Küchenzeile lehnte und aus dem Fenster hinaus auf Serafinas Kräutergarten sah.

»Und was ist mit Ihnen?«, fragte er unvermittelt. »Sind Sie wieder vollständig genesen?«

»Was … genau meinen Sie?«, fragte sie überrascht zurück.

»Die Sache mit Ihrem Gehör«, antwortete Helgeson. Er zögerte, sah ihr in die Augen. »Ich war damals dabei«, fuhr er fort, und seine Stimme war jetzt ganz sanft. »In New York. Sie werden sich nicht mehr erinnern. Wir haben uns dort vor Ihrem Konzert kurz kennengelernt.«

Plötzlich wusste Elisa, woher sie dieses schmale, wohlproportionierte Gesicht kannte. Die blauen Augen, die geschmeidige, groß gewachsene Gestalt. Er war in ihre Garderobe gekommen und hatte sich ihr vorgestellt. Sie hatten miteinander gesprochen und über irgendetwas gelacht, worüber, das wusste sie nicht mehr. Dann war Anna hereingeschneit und wütend geworden. Sie hatte ihn hinausgebeten und dann … »Ja, ich erinnere mich«, sagte sie leise.

»Danach wollte ich Sie in der Klinik besuchen, aber Anna … Ihre Mutter hielt das für keine gute Idee. Ich habe mich daran gehalten, das Wichtigste war schließlich, dass Sie wieder gesund wurden. Das sind Sie doch, oder?«

»Ich war nie krank.« Elisa sah, wie das rote Licht an der Kaffeemaschine erlosch, füllte die erste Tasse und reichte sie Helgeson. »Heute weiß ich, dass mein Gehör zwar sehr sensibel, aber vollkommen in Ordnung ist. Diese … nun, nennen wir es Hörausfälle treten bei großem Stress auf, und wenn ich mich in einer emotional zu stark belastenden Situation befinde.«

Betroffen ruhten die blauen Augen ihres Gastes auf ihr. »Das heißt«, begann er, und Elisa konnte direkt sehen, wie es hinter seiner Stirn arbeitete, »du hättest nach einer gewissen Erholungsphase durchaus weiterspielen können?«

Elisa nickte irritiert. Wieso duzte er sie plötzlich? Hatte er das damals auch gemacht? Ihre Gedanken wanderten zurück zu ihrer ersten Begegnung. Auf einmal sah Elisa die Szene wieder vor sich. Ihre Mutter hatte sich verhalten wie eine Löwin, die ihr Junges vor einer Bedrohung beschützen wollte. »Warum war Anna so wütend, als Sie damals in New York in meiner Garderobe waren?«

Plötzlich war es sehr still in der Küche. Und gerade, als Elisa den Eindruck hatte, dass ihr Besucher etwas sagen wollte, wurde die Tür aufgerissen, und Serafina stürmte herein.

»Ach du lieber Himmel!«, rief sie erschrocken. »Bin ich zu spät? Ich hab nicht gewusst, dass …«

»Alles in Ordnung«, versuchte Elisa sie zu beruhigen. »Du bist keineswegs zu spät …«

»Ich bin es, der viel zu früh gekommen ist«, beeilte Sven Helgeson sich zu sagen und trank seinen Kaffee aus. »Wir sehen uns später. Danke für den Kaffee, das war sehr nett, Elisa.« Und dann verließ er fast schon fluchtartig die Küche und eilte über die Terrasse hinaus.

»*Madonna!*« Serafina wirkte bestürzt. »Das ist sicher meine Schuld. Wer war das denn?«

»Ein Gast aus New York.« Elisa war ans Fenster getreten und sah verwirrt zu, wie Sven Helgeson in Richtung Einfahrt verschwand. »Und er ist bestimmt nicht deinetwegen so schnell gegangen.«

Sie hatte keine Zeit, darüber nachzudenken. Mariella kam, um, wie sie sagte, nach dem Rechten zu sehen, und brachte einen großen Korb voller Gebäck. »Keine Beerdigung ohne *Òss da mòrt*«, sagte sie und stellte den Korb auf die Tafel.

»Was ist das?« Elisa betrachtete das Gebäck. »Darf ich mal probieren?«

»Natürlich«, antwortete Mariella und begutachtete kritisch die Blumengestecke, während Elisa an einem der fingerdicken und ebenso langen Kekse knabberte, in dem Versuch, ein Stück abzubeißen.

»Die sind aber ganz schön hart«, stellte sie fest.

»Sie heißen ja auch Totenknochen«, erwiderte Mariella schmunzelnd. »Das ist bei uns Tradition«, fügte sie hinzu, als sie Elisas erschrockenes Gesicht sah.

»Pass bloß auf, dass du dir nicht einen Zahn ausbeißt.« Elisa drehte sich um. Danilo stand hinter ihr. Er sah fabelhaft aus in dem schwarzen Anzug und dem weißen Hemd, dessen obersten Knopf er offen gelassen hatte. »Wenn du mich fragst, hat ein Zahnarzt diese tückischen Dinger erfunden.«

»Das Rezept ist uralt!« Mariella wirkte empört. »Solches Gebäck haben unsere Vorfahren schon im Altertum zu Beerdigungen gereicht.«

»Und so schmecken sie«, gab Danilo ungerührt zurück.

»Ich finde, sie schmecken gar nicht so schlecht«, versuchte Elisa zu vermitteln. »Sie erinnern mich ein bisschen an diese *Cantucci* aus der Toskana. Da sind auch solche Nüsse drin.«

»Mandeln«, korrigierte Mariella sie nachsichtig. »In den *Òss da mòrt* sind Haselnüsse. Und der Haselnussstrauch steht für das Leben und die Weisheit, für Liebe und Frieden.« Sie hielt inne und errötete leicht.

Elisa zerkaute vorsichtig dieses symbolträchtige Gebäck. Es schmeckte wirklich gut. »Danke!«, sagte sie und griff kurz nach der Hand der Älteren. »So lieb von dir! Niklas würde sich sehr darüber freuen.« Gerührt bemerkte Elisa die Tränen in Mariellas Augen, ehe diese sich abwandte.

»Vermutlich würde er darüber spotten, so wie Danilo«, sagte sie. »Aber mir ist das egal.« Sie ging in Richtung des Rosengartens davon, Elisa nahm an, dass sie nachsehen wollte, ob die Urne am richtigen Platz stand.

»Wir sollten die Gäste vor diesen uralten Kultkeksen warnen«, fand Danilo und beäugte den Inhalt des Korbes misstrauisch.

Elisa küsste ihn. »Ich finde sie lecker.«

»Ja, wenn man sie eine halbe Stunde in Wasser gelegt hat, sind sie durchaus genießbar.« Als sie lachte, gab er ihr einen Kuss auf die Nase. Dann sah er auf die Uhr. »Ich sollte wohl los. Dante wartet sicher schon.« Sein Freund hatte sich angeboten, gemeinsam mit einem Taxiunternehmer einen Shuttleservice für die Gäste vom Hotel zur Rosenholzvilla zu organisieren, und Danilo sollte vor Ort die Abfahrten koordinieren.

»Ist es für dich wirklich in Ordnung, dass du nachher die Urne …«, setzte Elisa an.

»Aber natürlich«, unterbrach er sie sanft.

Sie hatten lange darüber gesprochen, wer Niklas' sterbliche Überreste während der kurzen Zeremonie der Erde übergeben sollte. Im Grunde, so fanden alle, wäre es an Fabio, dies zu tun, doch der hatte weder auf Elisas noch auf Mariellas Anfrage, ob er zur Bestattung kommen würde, geantwortet, und sie rechneten nicht mit seinem Kommen. Einen Priester hatte Niklas nicht gewollt. Anna zu bitten, hielt Elisa für aussichtslos, und Danilo und Mariella hatten dafür plädiert, dass Elisa diese Aufgabe übernehmen sollte. Sie wollte diesen Moment allerdings musikalisch begleiten, sie war sicher, dass es Niklas so gefallen hätte. Und so hatte Danilo sich bereit erklärt, diese symbolträchtige Handlung zu vollziehen.

Erst gegen Mittag, als Alexander Hilbour eintraf, fiel Elisa der seltsame Besucher vom Morgen wieder ein. »Kannst du mir etwas über Sven Helgeson erzählen?«, fragte sie. »Der Name stand doch nicht auf unserer Einladungsliste, oder?«

»Nein, du hast recht«, antwortete Alexander. »Er hat mich auf Niklas' Tod angesprochen, und ich habe ihn spontan eingeladen. Du hast doch nichts dagegen?«

»Nein«, antwortete Elisa. »Ich hab seinen Namen nur noch nie gehört.«

»Sven ist ein ausgezeichneter Geiger, wir haben ein paarmal versucht, ihn für ein Konzert mit Niklas zu gewinnen«, fuhr Alexander fort. »Aber aus irgendwelchen Gründen ist es nie dazu gekommen. Als er mich jetzt anrief, hielt ich es für eine gute Idee, ihn bei der Gelegenheit zu fragen, ob er in der Stiftung mitarbeiten möchte. Seine Expertise können wir gut gebrauchen, und er ist bestens vernetzt. Woher weißt du überhaupt, dass er kommt?«

»Er war heute Morgen schon hier.«

Der Caterer unterbrach ihr Gespräch und wollte wissen, wo der Stromanschluss für die Warmhaltebehälter für das Buffet war. Glücklicherweise bot Mariella an, sich darum zu kümmern.

»Wie können wir bei so vielen Leuten eigentlich sicher sein, dass sich nicht ein Reporter daruntermischt?«, fragte Elisa und spähte zum Eingang des Gartens, wo bereits die ersten Gäste eintrafen.

»Dafür habe ich meine Assistentin mitgebracht«, antwortete Alexander und wies auf eine junge Frau, die sich die Einladungskarten zeigen ließ und die Namen der Ankommenden auf einer Liste abhakte. »Sie heißt Helen. Ich werde mich gleich zu ihr stellen, und es wäre schön, Elisa, wenn auch du die Besucher persönlich begrüßen wolltest.«

»Selbstverständlich!« Elisa sah auf ihre Armbanduhr. Es war schon kurz nach eins. Zeit, sich umzuziehen und die Campanula bereitzustellen.

Nachdem sie und Danilo sich miteinander versöhnt hatten, war sie zurück in die alte Mühle gezogen und benutzte nun wieder ihr früheres Kinderzimmer, wenn sie in der Villa übernachtete. Jetzt schlüpfte sie aus Jeans und Baumwollbluse und zog das schlichte, schwarze Kleid an, das sie für diesen Tag gekauft hatte. Sie stimmte die Saiten der Campanula und trug das Instrument samt Bogen hinaus. Serafina hatte im Schatten eines Rosenbuschs einen Stuhl und den Ständer für sie bereitgestellt.

Allmählich füllte sich der Garten mit Besuchern. Elisa sah sich nach Anna um, konnte sie allerdings nirgendwo entdecken. Dafür bemerkte sie Sven Helgeson, der sich in der Nähe des Fischteichs mit einigen anderen Gästen rege unterhielt.

»*Ciao*, Elisa.« Elisa hätte Cosma fast nicht wiedererkannt. Ihre wie immer kurz geschnittenen Haare, die sie bisher weißblond gefärbt getragen hatte, waren nun von einem leuchtenden Rotbraun, was fabelhaft mit der Farbe ihrer Augen korrespondierte.

»Cosma, du siehst toll aus!«, rief Elisa begeistert. »Deine Haare … wie sehr dich das verändert!«

»Es ist meine natürliche Haarfarbe.« Cosma verzog ein wenig das Gesicht. »Nun ja, wir haben es noch ein bisschen aufgehübscht. Ich hatte einfach Lust auf was Neues.«

»Es steht dir fabelhaft!«

»Danke. Kann ich denn hier irgendwie helfen?« Cosma sah sich um. »Du darfst mich jederzeit zu irgendetwas einteilen. Abspülen. Bedienen. Wo es nötig ist.«

Elisa schloss Cosma in ihre Arme. »Danke, du Liebe! Im Moment ist für alles gesorgt. Aber vielleicht kannst du später Serafina ein bisschen helfen, wenn die Catering-Firma nicht mehr da ist und einige Gäste noch bleiben wollen. Sie hat versprochen, sich dann um die Getränke zu kümmern.«

Wie aufs Stichwort trat ein junger Mann vom Catering-Service mit einem Tablett zu ihnen und bot Mineralwasser und Fruchtsaft an.

»Was macht denn Mariella?« Cosma wies auf Danilos Mutter, die sich damit abmühte, einige Gartenstühle zur Begräbnisstätte zu schleppen. Offenbar fand sie, dass noch nicht genügend aufgestellt worden waren. »Besser, ich helfe ihr.« Und schon eilte sie davon.

Elisa ging zur Gartenpforte. »Ist Anna noch nicht gekommen?«, fragte sie Alexander.

Der Manager verneinte und wandte sich den nächsten Gästen zu. Ein Großraumtaxi nach dem anderen fuhr in die Einfahrt. Menschen, die von Niklas Eschbach Abschied nehmen wollten, schüttelten voller Anteilnahme Elisas Hand, und während Alexander ihr die Namen zuflüsterte, erinnerte sie sich an frühere Begegnungen aus der Zeit, als sie noch am Musikleben teilgenommen hatte.

Dennoch wurde sie langsam unruhig. Es war schon Viertel vor zwei. Ob ihre Mutter beschlossen hatte, diesem Fest zu Niklas' Ehren fernzubleiben? Erst am Tag zuvor hatten sie miteinander telefoniert, aber da hatte Anna nichts dergleichen verlauten lassen.

»Inzwischen sind fast alle da.« Helen sah die Liste durch. »Es fehlen nur noch zwei Personen. Anna Eschbach und Begleitung.«

Elisa trat nervös von einem Fuß auf den anderen. Die Zeit drängte, und sosehr es Elisa schmerzte, sie musste sich wohl damit abfinden, dass ihre Mutter ihre Meinung geändert hatte. Auch Danilo war noch nicht wieder hier, er wollte mit dem letzten Taxi mitfahren.

Eine wohlbekannte, männliche Stimme ließ sie aufschrecken. Vor ihnen stand Fabio. »Ich habe mich nicht angemeldet.« Er sah von Helen zu Elisa. »Bin ich trotzdem willkommen?«

Elisa hatte eine Sekunde gebraucht, um sich zu fangen. Sie streckte ihm zur Begrüßung die Hand entgegen, denn keinesfalls würde sie diesen Mann so schnell mehr umarmen, ob nun Presse in der Nähe war oder nicht. »Natürlich bist du das. Deine Mutter wird sich sehr freuen, dich zu sehen!«

Ein Taxi fuhr in den Hof. Am Steuer saß Dante, Danilo neben ihm. »Nun ja«, sagte Fabio. »Vermutlich mehr als mein Bruder.«

Den Bruchteil einer Sekunde schien Danilo zu zögern, dann stieg er aus und öffnete die hintere Wagentür. Oh Gott, dachte Elisa. Hoffentlich bekommen sich die beiden nicht wieder in die Haare!

»Da ist sie ja«, hörte sie Alexander sagen. Und erst da sah sie ihre Mutter in Begleitung von Caren. »Buchstäblich im letzten Moment.«

»Sind wir zu spät?«, fragte Anna und musterte die wartende Menge im Rosengarten mit einem schwer zu deutenden Blick. »So viele Menschen haben Niklas zu seinen Lebzeiten wohl nie besucht«, entfuhr es ihr. »Vielleicht musste er erst sterben, um sich solcher Beliebtheit zu erfreuen.«

Elisa sog scharf die Luft ein und musste sich zwingen, nicht heftig zu antworten. Doch Alexander kam ihr zuvor.

»Diese Menschen sind hier, weil sie ihn liebten und bewunderten«, sagte der Manager. »Lassen wir sie nicht länger warten.« Galant hakte er sich bei Anna unter und führte sie in den Garten. Caren blieb nur, den beiden zu folgen, während Danilo und Fabio sich gegenüberstanden wie zwei Helden aus einem Western. Und auf einmal stach Elisa die Ähnlichkeit zwischen diesen beiden ungleichen Brüdern ins Auge wie noch nie zuvor. Auch wenn Fabios glattes, dunkles Haar akkurat und kurz geschnitten war und sich Danilos Locken wie immer wild um seinen Kopf ringelten, waren die Gemeinsamkeiten unverkennbar. Beide hatten dieselbe Größe, dieselbe Haltung, dasselbe trotzig gereckte Kinn. Und Elisa fürchtete, dass keiner von ihnen in irgendeiner Weise nachgeben würde.

»Es ist gut, dass du gekommen bist«, hörte sie Danilo nun sagen und stellte fest, dass sie die Luft angehalten hatte. Jetzt atmete sie erleichtert aus. Ebenso wie Fabio. Einen Moment sprach keiner von ihnen ein Wort, dann fuhr Danilo ruhig fort: »Was hältst du davon, wenn du später Niklas' Urne der Erde übergibst? Du bist schließlich sein Sohn.«

Fabio wirkte einen Moment lang wie versteinert. Mit einem solchen Vorschlag hatte er offenbar nicht gerechnet.

»Das halte ich für eine gute Idee«, warf Elisa rasch ein und erklärte Fabio den Ablauf der kurzen Zeremonie.

Fabio nickte. »Einverstanden«, sagte er und wandte sich dem Garten zu.

»Danke.« Elisa sah Danilo erleichtert an.

»Wofür?« Er küsste sie auf die Wange. »Dass ich mich dieses Mal nicht mit Fabio prügle?« Er lachte leise, und Elisa wurde leicht ums Herz. »Das kann ich ja heute Abend noch nachholen. Nein, keine Sorge«, fügte er schnell hinzu und griff nach ihrer Hand. »Ich mach nur Spaß. Und jetzt komm, wir wollen mit der Feier beginnen.«

Als Elisa ihren Platz bei der Grabstätte erreicht hatte, musste sie unwillkürlich lächeln. Die Gäste hatten sich zwischen den blühenden Rosensträuchern verteilt und wirkten in ihrer schwarzen Trauerkleidung wie Mitglieder eines Orchesters, die auf den Einsatz des Dirigenten warteten. Ja, dachte Elisa, so hat Niklas sich das wohl vorgestellt.

Wie sie es mit Alexander vereinbart hatte, stimmte sie zunächst das berühmte Adagio von Händel an, das mit seiner schlichten Melodie bestens dazu geeignet war, eine feierliche Atmosphäre zu schaffen. Dann ergriff Alexander das Wort und fasste den Lebensweg des Verstorbenen auf eine Weise zusammen, die Niklas sicherlich gefallen hätte – kurz, prägnant und humorvoll. Und immer war dabei zu spüren, wie nahe sich die beiden Männer gestanden hatten.

»Wir nehmen Abschied von einem der bedeutendsten Musiker unserer Zeit«, schloss er seine Rede, »der vielen von uns Kollege und Freund war. Die Stiftung, die seinen Namen trägt, ist ein Zeugnis seiner Großherzigkeit und wird dazu beitragen, dass die Welt ihn über das Werk, das er hinterlässt, hinaus nicht vergessen wird.« Alexander machte eine kleine Pause und warf Fabio einen kurzen Blick zu, woraufhin dieser zur Urne trat. »Niklas hat einmal zu mir gesagt: Wir sind nicht mehr als eine Melodie. Wenn alle Töne schweigen, bleibt die Stille.«

Nach diesen Worten verharrte die Menschenmenge tatsächlich einen Augenblick lang in absoluter Stille, dann begann Elisa zu spielen. Zu den Klängen der Arie »Vissi d'arte« aus der Oper *Tosca*, Paulinas Arie, wie Niklas sie immer genannt hatte, nahm Fabio die Urne vom Podest und beugte sich zu der Grube zwischen den Rosensträuchern hinunter. Während er sie behutsam in die Erde bettete, stiegen die Töne der Campanula über dem Rosengarten auf und verbreiteten sich, da war Elisa sicher, bis hinunter zu den Rosenholzbäumen und ins Dorf. Sie musste an den Abend vor seinem Tod denken, als sie mit ihm gemeinsam über diese Melodie improvisiert hatte, daran, wie sie die Weise weitergesponnen und ihr eine neue Bedeutung verliehen hatten, und genau das tat sie auch jetzt, als Fabio und Danilo in stiller Übereinkunft gemeinsam die schwere Marmorplatte über das kleine Urnengrab legten. Elisa war, als würde sie Zwiesprache mit Paulina und Niklas halten, und auf einmal erklang eine weitere Stimme, gesellte sich zu ihrem Spiel, die helle Stimme einer Violine. Elisa sah überrascht auf und entdeckte Sven Helgeson in der zweiten Reihe zwischen gelben und orangefarbenen Rosen, seine Geige unter dem Kinn. Dann fügte sich der Klang einer Klarinette hinzu, gleich darauf der einer Bratsche, zwischen den Rosenstöcken verteilt holten immer mehr Musiker ihre Instrumente hervor und stimmten mit ein, der helle Ton einer Querflöte, die dunklen Vibrationen eines Kontrabasses, schließlich die triumphale Fanfare einer Trompete – der Rosengarten schien zum Orchester geworden, das jubelnd den Abschied von Niklas Eschbach feierte, bis nach und nach, so wie sie dazugekommen waren, ein Instrument nach dem anderen wieder verstummte, bis nur noch Sven Helgesons Violine und Elisas Campanula übrig waren, die ihre Klänge mit Bedacht ineinander verschmelzen ließen und die ursprüngliche Melodie noch einmal in aller Schlichtheit zum Leben erweckten. Dann senkte Sven Helgeson seine Geige, und das Singen der Campanula erhob sich ein letztes Mal, bis auch sie verstummte.

Wenn alle Töne schweigen – *quies*, dachte Elisa. Ruhe. Erholung. Schlaf.

»Elisa?« Es war Anna, die ihr ins Musikzimmer gefolgt war, wohin sie sich kurz zurückgezogen hatte, um die Campanula sicher zu verstauen und das überwältigende Erlebnis dieses spontanen Zusammenspiels noch ein wenig nachwirken zu lassen.

»Ja?« Sie wandte sich zu ihrer Mutter um und stellte

überrascht fest, dass sie nicht allein war. Sven Helgeson stand an ihrer Seite und wirkte überaus nervös.

»Da ist jemand, den ich dir vorstellen möchte.«

»Danke, Mama. Wir haben uns heute Morgen schon kennengelernt.«

Anna runzelte überrascht die Stirn. »Du hast es ihr also schon gesagt?«, fragte sie den Geiger. Sven Helgeson schüttelte den Kopf.

»Was soll er mir gesagt haben?« Elisa sah alarmiert von ihrer Mutter zu ihm.

»Also … Du wolltest doch immer wissen, wer dein Vater ist«, begann Anna, und mehr brauchte sie nicht zu sagen, denn auf einmal fiel es Elisa wie Schuppen von den Augen. Warum Sven Helgeson ihr von Anfang an so bekannt vorgekommen war. Nicht nur, weil sie ihn vor vielen Jahren vor diesem schicksalhaften Konzert wenige Minuten lang gesehen hatte. Sondern weil sie die gleichen Augen, ähnliche Gesichtszüge, sogar eine verwandte Mimik tagtäglich im Spiegel sah. »Sie sind … du bist mein Vater?«, fragte sie.

Ihr wurde schwindelig, und sie musste sich am Flügel festhalten.

»Elisa, Liebes«, hörte sie wie durch einen Schleier hindurch die besorgte Stimme ihrer Mutter und fühlte gleich darauf ihren Arm um ihre Schultern. »Ich hab es gewusst. Es ist nicht der richtige Zeitpunkt, Sven, besser du gehst …«

»Nein«, stieß Elisa hervor, streifte Annas Arm ab und atmete ein paarmal tief ein und aus, um das Gefühl der Benommenheit zu verscheuchen. Und auf einmal fiel ihr ein, dass Anna das auch damals gesagt hatte, dass es nicht der richtige Zeitpunkt sei und dass Sven unbedingt gehen sollte. Sie sah nun wieder klar und deutlich seine Gestalt vor sich. Seine aufgewühlte Miene. Und das Flehen in seinen Augen. »Nein, geh nicht«, sagte sie rasch. »Würdest du uns bitte allein lassen, Mama?«

Voller Sorge wanderte Annas Blick zwischen ihr und Sven hin und her. »Bist du sicher, dass …«

»Ja.« Elisa hielt ihrem Blick stand. »Ganz sicher.«

Zögernd wandte Anna sich um und ging zurück auf die Terrasse. Erst jetzt merkte Elisa, dass sie am ganzen Körper zitterte.

»Elisa, ich …«, begann Sven Helgeson und trat einige Schritte auf sie zu.

»Warum erst jetzt?« Elisas Stimme klang brüchig. Ihr war kalt, und sie legte die Arme um ihren Oberkörper. »Warum bist du nicht früher gekommen?«

»Anna hat es mir nicht erlaubt«, sagte Sven. »Glaub mir, ich hab es so oft versucht … aber deine Mutter hat es sich strikt verbeten.«

»Dazu hatte sie kein Recht«, sagte Elisa und spürte Wut in sich wachsen. »Du hättest dich durchsetzen müssen. Wo warst du, als ich geboren wurde?«

»Als du geboren wurdest? Damals wusste ich ja nicht einmal, dass es dich gibt. Ich hatte keine Ahnung, dass sie schwanger geworden war und …« Er stockte, als er sah, dass Elisa ihn verständnislos anstarrte. »Bitte. Lass es mich dir erzählen. Wir waren beide sehr jung, Anna und ich, sie siebzehn und ich neunzehn. Wir haben uns in einem der Meisterkurse von Milan Storković kennengelernt. Du kannst dir nicht vorstellen, wie verliebt ich in sie war, ich dachte wirklich, wir bleiben ein Leben lang zusammen. Eines Tages haben wir uns fürchterlich gestritten, ich weiß nicht einmal mehr, worum es ging. Und am nächsten Tag war Anna weg und hat mir nur einen kurzen Abschiedsbrief hinterlassen. Dass sie sich in mir getäuscht habe. Mehr nicht.« Sven holte tief Luft. »Ich hab eine Zeit lang versucht, mich damit abzufinden und mich voll und ganz auf mein Studium zu konzentrieren. Hatte eine neue Freundin, aber im Grunde konnte ich Anna nicht vergessen. Also hab ich mich auf die Suche nach ihr gemacht. Es war nicht einfach, herauszufinden, was aus ihr geworden war. Und als ich ungefähr ein Jahr später vor ihrer Tür stand, dort in Mailand in diesem Studentinnenwohnheim …« Er fuhr sich mit der Hand über das Gesicht und ließ sich auf Niklas' Klavierhocker sinken. »Da hatte sie dich auf dem Arm und war alles andere als erfreut, mich zu sehen. Mir war sofort klar, dass ich dein Vater war, auch wenn sie es abstritt. In diesen Wochen, als wir zusammen waren, gab es keinen anderen Mann in ihrem Leben, das weiß ich genau. Und als ich dein Geburtsdatum herausgefunden hatte, bestand kein Zweifel mehr.«

Elisa lauschte atemlos. Warum nur hatte Anna ihr diesen Vater vorenthalten? Vermutlich machte ihre Mutter sich keine Vorstellung davon, was sie sich in ihrer Kindheit und Jugend alles ausgemalt hatte. Vom Prinzen eines europäischen Königshauses bis hin zu einem niederträchtigen Verführer hatte Elisa jede Möglichkeit in ihren Gedanken durchgespielt. Dass dieser liebenswürdige Geiger ihr Vater war, erfüllte sie mit Erleichterung und Freude, aber auch mit Unverständnis. »Und du hast nie versucht …?« Sie konnte nicht weitersprechen. Der Schmerz all der vaterlosen Jahre lastete auf einmal auf ihr und nahm ihr die Luft.

»Sobald ich selbst Geld verdient habe, hab ich ein Konto für dich angelegt und Anna bevollmächtigt, davon abzuheben«, erklärte Sven.

»Ich spreche nicht von Geld«, erwiderte Elisa bekümmert. »Ich frage mich, warum du nicht versucht hast, an meinem Leben teilzuhaben.« Ich hätte dich so dringend gebraucht, fügte sie in Gedanken hinzu.

»Ich habe mehrfach versucht, Kontakt zu dir aufzunehmen«, sagte Sven. »Das letzte Mal an jenem Abend in der Carnegie Hall. Ich hatte mir fest vorgenommen, dir die Wahrheit zu sagen, nicht vor dem Konzert, denn ich wollte dich nicht aufregen, sondern hinterher.« Er seufzte tief auf. »Doch danach warst du in dieser Klinik, und Anna hat mir mit allem Möglichen gedroht, sollte ich mich dir nähern. Du würdest das nicht verkraften, hat sie behauptet. Sie hat mir sogar die Schuld daran gegeben, dass du krank geworden bist. Weil ich dich in der Garderobe aufgesucht hatte.«

Elisa schüttelte fassungslos den Kopf. Was hatte ihre Mutter da nur angerichtet! Sowohl Niklas als auch Sven hatte sie daran gehindert, zu ihr vorzudringen.

Die Tür ging auf, und Danilo kam ins Zimmer. Sogleich schien er die Stimmung zwischen ihr und Sven zu erfassen. »Alles in Ordnung mit dir, Elisa?« Wachsam musterte er Sven, der sich erhoben hatte.

»Darf ich dir Sven Helgeson vorstellen«, sagte Elisa fast schon feierlich, und eine jubelnde Freude stieg in ihr auf. »Meinen Vater.«

Überrascht sah er von ihr zu Helgeson. »Ist das wahr? Wie schön! Natürlich. Jetzt wo du es sagst … die Ähnlichkeit ist verblüffend.« Er reichte Sven die Hand. »Es freut mich sehr, Sie kennenzulernen. Ich bin Danilo Fasetti.«

»Bitte sag Du zu mir, Danilo.« Sichtlich erleichtert schüttelte Elisas Vater die dargebotene Hand. Dann wandte er sich wieder zu Elisa. »Es tut mir unendlich leid. Und du hast recht. Ich hätte mich schon viel früher über Anna hinwegsetzen müssen. Aber sie hat mir solche Angst gemacht, dass es dir schaden könnte.« Er holte tief Luft. »Ich hoffe, du kannst mir verzeihen«, sagte er leise.

Elisa stand auf. »Vorhin im Garten … War das deine Idee?«,

fragte sie scheu. »Hast du dich mit den anderen Musikern abgesprochen?«

Sven nickte. In seinen Augen schimmerten Tränen. »Ja. War dir das recht?«

»Es war wundervoll.« Elisa griff nach Svens Händen. »Und irgendwie … so tröstlich. Danke.« Ein paar Atemzüge blieben sie einfach so stehen, hielten sich an den Händen und schwiegen.

»Viele Gäste fragen nach dir«, mahnte Danilo sanft. »Und Anna will abreisen. Vielleicht möchtest du ihr noch auf Wiedersehen sagen.«

Elisa seufzte. »Aber *du* verschwindest doch hoffentlich nicht gleich wieder?«, fragte sie ihren Vater. »Du bleibst noch?«

Er nickte. »Wenn es dir recht ist, bleibe ich gern.«

»Und ob mir das recht ist. Wir müssen über so vieles reden. So vieles … nachholen.« Sie drückte noch einmal seine Hände, dann ging sie hinaus auf die Terrasse. Ich habe einen Vater, jubilierte es ganz leise in ihr, als begreife sie es erst jetzt. Endlich habe ich meinen Vater kennengelernt!

Zufrieden sah sie, dass sich die vielen Gäste am Buffet bedienten, in Grüppchen beisammenstanden und sich angeregt unterhielten. Hier und dort war sogar fröhliches Gelächter zu hören, und Elisa dachte, dass Niklas es sich genau so gewünscht hätte.

»Da drüben sind sie.« Danilo wies zu der Gartenpforte.

Anna ging Elisa ein paar Schritte entgegen. »Geht es dir besser?«, fragte sie besorgt.

Elisa nickte. »Es geht mir gut«, sagte sie. »Und ich wünschte wirklich, ich hätte ihn schon früher kennengelernt. Warum bleibst du nicht noch ein paar Tage? Lass uns einfach noch ein bisschen Zeit miteinander verbringen, du, Sven und ich.«

Anna schüttelte den Kopf. »Das geht leider nicht.« Ihre Augenlider röteten sich, wie immer, wenn sie kurz davorstand, in

Tränen auszubrechen. »Ich würde sehr gerne noch bleiben, aber ich muss mich um die Firma kümmern. Du ahnst ja nicht …« Sie schluckte hart. »Wir sehen uns. Dann reden wir über alles. Bitte entschuldige, es geht nicht anders.« Sie straffte sich, gab Elisa Wangenküsse und verließ den Garten.

»Ihr steht das Wasser bis zum Hals«, hörte Elisa Caren leise sagen. »Sie hatte so auf das Erbe gehofft. Jetzt muss sie eben versuchen, ihre Firma auch ohne Finanzspritze über diese schwierigen Zeiten zu retten.«

»Das tut mir leid«, sagte Elisa ehrlich und begleitete Caren zur Einfahrt, wo das Taxi bereits wartete.

Da fuhr eine dunkle Limousine durch das Tor und hielt direkt neben dem Taxi. Ein Mann stieg aus, in dem Elisa Signor Galli erkannte, den Notar. »Signora Anna Eschbach?« Er sah zu Anna, die bereits im Taxi saß, dann wandte er sich an Elisa. »Es tut mir leid, dass ich es zur Trauerfeier nicht geschafft habe, ich hatte einen Termin bei Gericht. Aber wie ich sehe, komme ich gerade noch rechtzeitig …«

»… um mir auf Wiedersehen zu sagen«, fiel ihm Anna ins Wort, die ihr Seitenfenster heruntergekurbelt hatte. »Leider müssen wir schon gehen.«

»Ist es sehr eilig?« Signor Galli schob sich vorsichtig die randlose Brille auf seiner Nase zurück. »Wenn Sie vielleicht noch fünf Minuten Zeit erübrigen könnten …«

»Das geht leider nicht«, antwortete Anna.

»Es handelt sich um Ihr Schließfach«, sagte Signor Galli eindringlich und beugte sich noch tiefer zu Anna hinunter. »Ich habe Ihnen in dieser Angelegenheit ja bereits mehrfach geschrieben. Die Bank hat Sie aufgefordert, es nach dem Tod Ihres Vaters zu räumen, und da wir keine Antwort von Ihnen erhalten haben, habe ich mir erlaubt, es in Ihrem Namen zu öffnen.«

Annas Gesichtsausdruck wurde hart, dann schloss sich mit einem leisen Surren das Autofenster. Elisa beobachtete, wie Caren auf ihre Mutter einsprach. Endlich öffnete sich die Autotür, und Anna stieg aus. »Und? Was haben Sie im Fach gefunden?«, fragte sie sarkastisch. »Ein Fotoalbum? Eine Locke von meiner Mutter?«

»Nein«, antwortete Signor Galli. »Wie mir scheint, etwas weit Wertvolleres. Bitte. Sie befindet sich hier in meinem Kofferraum. Und ehrlich gesagt möchte ich mit ihr keinen weiteren Meter mehr herumfahren, sie gehört mir schließlich nicht.« Zum ersten Mal, seit Elisa den Notar kannte, klang er gereizt und beinahe streng. Und vielleicht war es das, was Anna dazu bewog, seiner Aufforderung zu folgen.

Signor Galli öffnete den Kofferraum. Als Elisa sah, was sich darin befand, blieb ihr die Luft weg. Es war ein Geigenkasten.

»Hier«, sagte der Notar. »Das lag auch dabei.«

Anna starrte auf den Briefumschlag in seiner Hand. Schließlich nahm sie ihn, riss ihn auf und zog eine Karte daraus hervor. Als sie las, was darauf stand, kam es Elisa so vor, als strahlte eine Sonne in Anna auf.

»Sieh mal«, sagte sie leise und gab Elisa die Karte. Darauf stand:

Deine Geige. Ich hab sie für Dich aufbewahrt.
In Liebe, Dein Vater

16

Das Glück

Das Flugzeug war vergessen, und den Taxifahrer hatte man weggeschickt. Im Esszimmer legte Anna den Instrumentenkoffer behutsam auf den Tisch, als enthielte er ein lebendiges Wesen. Elisa, Danilo, Caren, Sven und Alexander hatten sich um sie geschart, auch Signor Galli war mit hereingekommen, um zuzusehen, wie Anna vorsichtig die Verschlüsse löste.

»Ich kann es nicht glauben«, raunte sie. »Er kann sie doch unmöglich all die Jahre aufgehoben haben.« Dann holte sie tief Luft und öffnete den Deckel. Zum Vorschein kam eine Violine, ihre Oberfläche glänzte wie dunkler Bernstein. Auf den ersten Blick erkannte Elisa, dass es sich um ein sehr altes, wertvolles Stück handeln musste.

»Deine Guarneri, um die wir dich so beneidet haben«, flüsterte Sven andächtig. »Ich hatte mich schon gefragt, wo sie abgeblieben sein könnte.«

»Ich war mir sicher, dass Niklas sie verkauft hat.« Anna schüttelte fassungslos den Kopf und fuhr mit zwei Fingern vorsichtig die geschwungene Silhouette der Geige nach, die in der passgenauen Polsterung des Koffers ruhte wie das schlafende Schneewittchen in ihrem Sarg. »Warum hat er mir das nie gesagt?«

Vielleicht, weil du ihm keine Gelegenheit dazu gegeben hast, dachte Elisa, doch sie schwieg.

»Eine echte Guarneri?«, fragte Danilo, und Elisa konnte

direkt spüren, wie gern er die Geige auf der Stelle in die Hand genommen und untersucht hätte, denn diese Instrumente gehörten zu den wertvollsten überhaupt.

»Möchtest du denn wieder spielen, Anna?« Sven hatte diese Frage gestellt, und auf einmal wurde es ganz still.

Tastend fuhren Annas Fingerspitzen den zierlichen Hals entlang und streichelten die fein geschnitzte Schnecke an ihrem oberen Ende. Dann schüttelte sie den Kopf. »Nein«, sagte sie, und alle Anspannung schien von ihr abzufallen. »Ich habe es mehr als dreißig Jahre nicht vermisst. Und diese Violine ist viel zu wertvoll für mich.«

»Nur für den Fall, dass du überlegst, sie zu verkaufen«, erklärte Sven behutsam. »Ich wäre interessiert.«

»Gesetzt den Fall, sie wollte das«, ließ Caren sich vernehmen. »Was wäre sie denn wert?«

»Nun, man müsste sie nach all den Jahren einer gründlichen Revision unterziehen«, meldete Alexander sich zu Wort. »Aber wenn alles in Ordnung ist, dann sprechen wir von einer Summe zwischen einer und zwei Millionen.«

»Wenn sie nicht sogar noch mehr wert ist«, warf Danilo ein. Elisa hörte, wie ihre Mutter kurz die Luft anhielt und sie dann wieder von sich gab. Eine riesige Last schien von ihr abzufallen. Danilo wies auf einen kleinen Apparat im Geigenkasten. »Jemand muss sich all die Jahre um das Instrument gekümmert haben. Hier, seht mal, im Luftbefeuchter befindet sich noch ein Rest Wasser.«

»Das war Ihr Bruder«, erklärte Signor Galli und holte eine Dokumentenmappe aus seiner Tasche. »Hier steht es, Fabio Fasetti. Er war der Einzige, der Zugang zu dem Schließfach hatte, alle paar Monate hat er zuverlässig nach der Geige gesehen. Seine Besuche sind protokolliert worden, hier, sehen Sie.« Er überreichte Anna die Unterlagen.

»Niklas hat eben an alles gedacht«, sagte Alexander zufrieden.

»Bei dir wüsste ich sie in guten Händen.« Anna bedachte Sven mit einem scheuen Lächeln. »Und sie bliebe damit quasi in der Familie.«

Eine Welle der Freude durchfuhr Elisa, und sie schloss ihre Mutter fest in ihre Arme. Am Ende hatte Niklas also tatsächlich dafür gesorgt, dass sich der alte Groll endlich in Luft auflöste. Jedenfalls hoffte sie das. Und wie gut, dass es für Anna nun einen Weg gab, ihre finanziellen Probleme zu lösen.

»Es kommt mir eher wie ein Sommerfest vor. Überhaupt nicht wie eine Beerdigung.« Romy und Elisa standen auf der Terrasse und sahen hinunter in den Garten. Es war später Nachmittag, und die Catering-Firma hatte bereits die Tafel abgeräumt und alles zusammengepackt. Serafinas Kaffee, den Cosma in Thermoskannen auf die Tische stellte, fand überall reißenden Absatz. Auch Natascha hatte sich angeboten zu helfen und reichte Tassen, Milch und Zucker herum.

Ein Teil der Gäste hatte sich bereits verabschiedet. Andere hatten sich zu Grüppchen zusammengefunden, der Hitze wegen ihre Kostüm- und Anzugsjacken abgelegt und die Herren die Krawatten gelockert und saßen nun an vielen Stellen des Gartens beisammen und tauschten sich aus. Die meisten waren Musikerinnen und Musiker, die sich von Gastspielen und wechselnden Engagements kannten und sich lange nicht gesehen hatten. Eine solche Gruppe saß beim Koi-Teich, eine andere hatte sich in den Schatten der Bäume zurückgezogen, viel Gelächter stieg von einer kleinen Versammlung nahe der Terrasse auf. Und dazwischen schlug Mimi fröhlich ein Rad nach dem anderen, um ihrem Papa zu zeigen, was sie im Kinderturnen alles gelernt hatte.

»So hat Niklas es sich bestimmt gewünscht«, sagte Elisa und beobachtete Danilo, der seit geraumer Zeit von einer Gruppe von Musikern umringt war, die ihm Fragen zur Bauweise der Campanula stellten.

Anna, Caren und Sven saßen im Musikzimmer und plauderten angeregt miteinander, Elisa hatte eine Weile zugehört und sich dann leise zurückgezogen. Sie sah sich nach Mariella um und entdeckte sie in der Gesellschaft eines älteren Mannes, dessen buschiges weißes Haar entfernt an Niklas' Mähne erinnerte. Alexander hatte ihn ihr als einen der besten Tubaspieler seiner Zeit vorgestellt, eine wahre Legende, hatte er ihn genannt, und Mariella schien in seiner Gegenwart direkt aufzublühen.

»Ich frage mich nur«, wandte Romy jetzt ein und ließ ihr Töchterchen nicht aus den Augen, »warum Niklas nicht zu seinen Lebzeiten solche Feste gefeiert hat. Ich meine, dieser Garten ist doch wie dafür geschaffen.«

»Ich nehme an, er war zu beschäftigt«, antwortete Elisa. »Vielleicht gab es früher Feste hier, wir sollten Mariella fragen. Als ich zuletzt hierherkam, war er krank.«

Von der Gruppe am Fischteich wehte Musik herüber. Eine Klarinette stimmte eine ausgelassene Melodie an, in die der Spieler immer wieder Verzierungen verwob, die wie kleine Schluchzer wirkten – die typische heiter-wehmütige Welt der Klezmermusik. Ein Kontrabass gab den Takt dazu, und eine Oboe mischte sich darunter. Mimi hörte auf, Rad zu schlagen, und lief aufgeregt zu den Musikern hinüber.

»Ich pass mal lieber auf, dass sie nicht ins Wasser plumpst«, sagte Romy und eilte die Treppenstufen hinunter. Was vollkommen unnötig war, denn Fabio war bereits bei der Kleinen und stellte sich zwischen sie und das Becken. Erfreut bemerkte Elisa, dass er nicht sofort das Weite suchte, als er Romy kommen sah. Im Gegenteil. Die beiden begannen tatsächlich, miteinander zu sprechen.

»Es ist so schade, dass ich nie mit Niklas direkt zu tun hatte.« Sven war zu ihr getreten und reichte ihr ein Glas Champagner. Auch das hatte Niklas vor seinem Tod festgelegt. Bei seiner Abschiedsfeier sollte man mit Champagner auf ihn anstoßen. Und genau dies taten sie nun. Das ist also mein Vater, dachte Elisa und konnte nicht anders, als ihn unverwandt anzusehen. »Ich hoffe, du bist nicht enttäuscht von mir.« Sven fuhr sich wieder mit der Hand über das Gesicht, offenbar war das eine Angewohnheit von ihm, wenn er nervös oder verlegen war.

»Warum sollte ich enttäuscht sein?« Elisa lächelte. »Es ist nur so ungewohnt. Jetzt weiß ich auch, woher ich das blonde Haar und den hellen Teint habe.« Sie lachte. »Neben Anna kam ich mir immer vor wie ein Wesen aus dem hohen Norden.«

»Kein Wunder«, gab Sven zurück. »Meine Vorfahren stammen aus Schweden. Also auch deine Ahnen.«

Elisa schwieg verblüfft. Sie hatte noch gar nicht daran gedacht, dass sie über ihren Vater auch noch weitere neue Verwandte haben würde. »Hast du denn eine Familie?«, fragte sie. »Habe ich Geschwister?«

Sven Helgeson schüttelte den Kopf. »Ich war ein paar Jahre lang verheiratet, aber unsere Ehe ging auseinander. Dagmar war Flötistin. Leider haben wir es nie geschafft, ein gemeinsames Engagement zu bekommen, und so haben wir uns kaum gesehen.« Er schwieg einen Moment. »Wir haben keine Kinder. Irgendwie war dafür nie Zeit. Und dann hat sie einen anderen Mann kennengelernt. Einen Hornisten.« Er grinste ein wenig schief. »Wir Musiker sind ein unstetes Völkchen. Wie ist es mit dir? Wann kehrst du auf die Bühne zurück?«

Elisa zuckte mit den Schultern. Alexander gesellte sich zu

ihnen. Offenbar hatte er Svens letzten Satz noch mitbekommen. »Das habe ich sie auch schon gefragt«, sagte er und stieß mit seinem Champagnerglas mit ihnen an.

Elisa trank einen Schluck. »Ich habe das Gefühl, dass es nicht mehr lange dauert.« Sie lauschte. Der Klang einer Campanula drang zu ihnen herauf. Er kam von der Gruppe um Danilo.

»Sieh an«, sagte Alexander und deutete mit dem Glas auf die Musiker. »Da hat jemand Interesse an Danilos Instrument.« Ein junger Mann spielte auf einer der neueren Campanulas, die Danilo gemeinsam mit Natascha gebaut hatte. Der Korpus war ein wenig anders geformt, der Klang noch voller als Elisas Exemplar. Es war verblüffend, wie jede kleinste bauliche Veränderung den Charakter eines Instruments veränderte.

»Wer ist das?« Elisa betrachtete die Gruppe genauer.

»Der Herr mit dem Vollbart ist Michael McGonnary«, erläuterte Alexander. »Der gerade die Campanula spielt, heißt Volker Cispi, der Cellist des Ensembles.«

»Sie sind vom McGonnary-Quartett?«, fragte Elisa aufgeregt zurück. Das war eines der Streichensemble, die sie erst vor Kurzem durch Niklas entdeckt hatte.

»Genau. Sie sind alle gekommen: Eva Heart an der zweiten Violine und an der Bratsche der großartige Wolfram Traufert. Komm, ich stelle euch vor.«

Elisa vergewisserte sich kurz, ob sie nicht irgendwo gebraucht wurde. Serafina und Cosma sorgten weiterhin für Kaffeenachschub und schienen alles im Griff zu haben. Fabio spielte mit Mimi Fangen, während Romy ihnen lachend dabei zusah. Mariella hatte gerade einige *Òss da mòrt* auf einen großen Teller geladen und reichte ihn herum. Nein, Elisa wurde nicht gebraucht, also folgte sie Alexander und Sven zu den Musikern, die sich um Danilo geschart hatten.

»So ein Instrument möchte ich auch haben«, sagte der Cellist gerade begeistert.

»Gibt es auch Violinen in dieser Bauweise?«, fragte Michael McGonnary, der Gründer des Ensembles.

»Noch nicht«, antwortete Danilo. »Aber das möchte ich als Nächstes in Angriff nehmen. Die Cello-Campanula ist jetzt ausgereift.«

»Geht das denn mit allen Streichinstrumenten?«, wollte der Bratschist wissen.

»Natürlich.« Danilo war äußerlich die Ruhe selbst. Elisa erkannte jedoch am Blitzen seiner Augen, wie sehr er das Interesse genoss.

»Das würde ich gerne ausprobieren«, sagte Wolfram Traufert. »Hiermit bestelle ich ein … wie heißt das?«

»Du möchtest eine Bratschen-Campanula bestellen?«, antwortete Danilo ungläubig.

»Genau!«

»Selbstverständlich brauchen Eva und ich dann entsprechende Violinen«, sagte Michael McGonnary. »Denkst du, das wird gut zusammenpassen? Oder haben wir am Ende nur Klangsalat?«

Danilo strahlte. »Ihr werdet staunen, wie großartig das im Ensemble klingen wird!«

»Also abgemacht?« Michael hielt Danilo die Hand hin.

»Kommt morgen früh in mein Atelier«, gab dieser zurück und schlug ein. »Dann zeige ich euch noch mehr Versionen. Und wir schließen einen Vertrag.«

Es war spät, als Elisa und Danilo zurück zur alten Mühle fuhren. Die Nacht war lau und der »harte Kern«, wie Alexander jene Musiker nannte, die noch lange Niklas gefeiert hatten, war erst gegen Mitternacht aufgebrochen. Danilo hatte ein paar Scheite in einer Feuerschale entzündet, die er aus der Werkstatt geholt hatte, und darum herum hatten sie sich versammelt. Jeder hatte seine persönliche Geschichte erzählt, die ihn mit Niklas verbunden hatte. Der eine war von ihm gefördert, der Nächste von ihm streng gemaßregelt worden, was den Betroffenen zunächst verärgert, schließlich jedoch angespornt und zu Höchstleistungen motiviert hatte. Eine Sängerin verdankte ihm die Vermittlung zu Alexanders Künstleragentur, ein Fagottist die Anregung, den Lehrer zu wechseln, was seine Karriere entschieden befördert hatte. Die meisten hatten zunächst Niklas' raue Seite kennengelernt und seine Direktheit wie eine bittere Pille schlucken müssen. Doch immer hatte er recht behalten, und in seiner beißenden Kritik war stets ein Funken Wahrheit und Wohlwollen verborgen gewesen. Diejenigen, die das erkannten und nach dem ersten Ärger auf ihn hörten, hatten davon profitiert, darin waren sie sich alle einig gewesen. Anna hatte allen aufmerksam gelauscht, und Elisa hatte sich gefragt, was hinter der Stirn ihrer Mutter wohl vor sich gehen mochte.

Irgendwann zu später Stunde verabschiedete sich Fabio von ihnen und von Romy, die die schlafende Mimi in ihren Armen hielt. Die drei hatten den Tag miteinander verbracht, was Elisa hoffnungsvoll stimmte.

»Möchtest du morgen vielleicht lieber für ein paar Tage in die Rosenholzvilla umziehen«, hatte Elisa Sven vorgeschlagen, der wie die anderen ein Zimmer im Hotel in Lugano gebucht hatte.

»Das mache ich gern, wenn auch du herkommst?«, hatte er geantwortet.

Natürlich wollte sie so viel Zeit wie möglich mit ihrem Vater verbringen. Vater. Was für ein ungewohntes Wort, dachte sie. Und als sich Anna dazu entschloss, ebenfalls noch einen Tag zu bleiben, empfand Elisa dies als ein unverhofftes Geschenk.

»Wie fühlst du dich?« Wie immer hatte Danilo ohne viel zu reden ihre Stimmung erfasst.

»Ich fühle mich gut.« Sie lauschte ihren eigenen Worten nach. »Dabei ist das doch eigenartig. Schließlich haben wir heute Niklas beerdigt.«

»Er hat ein stolzes Alter erreicht und hatte einen Tod, wie er ihn sich sicherlich gewünscht hatte – bei der Arbeit«, brachte Danilo es auf den Punkt. »Ist es nicht wundervoll, dass er so vielen Menschen die Richtung gewiesen hat?«

»Ob er wohl gewusst hat, dass Sven mein Vater war?«

»Ich glaube nicht«, antwortete Danilo. »Er hätte euch sicher irgendwie zusammengebracht. Seltsam, dass Sven sich ihm nicht anvertraut hat.«

Elisa sah aus dem Autofenster. Sie überquerten gerade den Seedamm bei Melide. Und auf einmal erschien diese Strecke von knapp zwei Kilometern, die sie so oft schon gefahren war, wie die Passage von einem Lebensabschnitt in den nächsten. Linker Hand glitzerten die Lichter von Lugano und spiegelten sich im Wasser. Auf der rechten Seite sah sie bereits in der Ferne kurz das italienischen Ufer des Lago Ceresio, wie der See von den Einheimischen genannt wurde. »Wenn ich es mir recht überlege«, sagte Elisa, »war es am Ende tatsächlich Niklas, der dafür gesorgt hat, dass Sven heute hergekommen ist.«

»Du meinst wegen der Trauerfeier?«

»Ja. Endlich hat Sven die Initiative ergriffen.«

»Und? Gefällt er dir, dein Vater?« Danilo warf ihr einen schelmischen Blick zu.

»Oh, er gefällt mir sehr«, antwortete Elisa mit einem Lachen. Dann wurde sie wieder ernst. »Aber am glücklichsten bin ich darüber, dass wir uns lieben, du und ich. Und keine Missverständnisse mehr zwischen uns stehen.«

Ohne den Blick von der Straße zu nehmen, ergriff Danilo

ihre Hand und führte sie an seine Lippen. »Das macht mich auch glücklich.« Sie fühlte den Hauch seiner Worte wie eine sanfte Berührung an ihren Fingern, und ihr Herz wurde weit. »Es gibt nichts, was wichtiger wäre als deine Liebe. Und Missverständnisse, die lassen wir erst gar nicht mehr aufkommen. Einverstanden?«

»Einverstanden.«

Elisa legte ihren Kopf auf seine Schulter und schloss die Augen. Sie fühlte seine Wärme, die Vibration des Wagens und ihr Herz, das ihr zu sagen schien: Jetzt und hier. In diesem Moment. Das ist Glück.

ENDE

Danksagung

Schon als Jugendliche wollte ich unbedingt Cello spielen lernen, doch es bot sich keine Gelegenheit dafür. Diesen Traum hatte ich längst vergessen, da hörte ich vor wenigen Jahren ein Radiofeature über einen Mann, der ganz besondere Streichinstrumente baut. Er nannte seine Erfindung »Campanula«, und ich war sofort fasziniert von dem besonderen Klang.

Wer war dieser Instrumentenbauer? Ich recherchierte und lernte bald darauf Helmut Bleffert in seiner Werkstatt in der Eifel kennen. Bei dieser Gelegenheit verliebte ich mich sofort in eine seiner Campanulas – und beschloss, meinen Jugendtraum endlich Wirklichkeit werden zu lassen.

Wie im Buch beschrieben, ist die Campanula einem Cello sehr ähnlich und wird auch genauso gespielt – sie unterscheidet sich hauptsächlich durch die zwanzig zusätzlichen Saiten, die über den Korpus gespannt sind und beim Spielen mitschwingen und so für den zauberhaften Klang sorgen – einmal davon abgesehen, dass Helmuts Instrumente einfach meisterhaft gebaut sind.

Ich habe Helmut Bleffert viel zu verdanken. Zum einen, dass ich durch ihn nun tatsächlich meinen alten Traum vom Cellospielen verwirkliche. Dankbar bin ich aber vor allem für seine Offenheit und die Erlaubnis, seine Erfindung in meiner Romantrilogie rund um die Rosenholzvilla zu thematisieren und sie dem fiktiven Instrumentenbauer Danilo Fasetti zuzuschreiben.

Es gibt also die Campanula wirklich, und wer sich für sie interessiert, ist herzlich eingeladen, Helmuts Internetseite zu besuchen, um mehr zu erfahren und Klangbeispiele zu hören: www.helmut-bleffert.de

Auch möchte ich meinem »Dreamteam« für die ausgezeichnete Zusammenarbeit meinen Dank aussprechen: Meiner Verlagslektorin Melanie Blank-Schröder und meiner Außenlektorin Marion Labonte. Meiner Agentin Petra Hermanns danke ich von Herzen für Rückhalt und Beratung. Waliha Cometti für viele schöne Recherche-Ausflüge rund um den Luganer See und am Monte San Giorgio, ohne sie hätte ich den Schauplatz für die Rosenholzvilla und auch den aufgelassenen Steinbruch bei Arzo bestimmt nie gefunden. Ich danke außerdem meinem Cellolehrer Roman Speck für die vielen Informationen zum Leben eines Profimusikers und für seine Geduld.

Am meisten zu danken habe ich meinem wundervollen Ehemann Daniel Oliver Bachmann für sein Verständnis, seine Anregungen und vor allem für seine bedingungslose Liebe, die mich trägt und mir Flügel verleiht.

Freuen Sie sich auf den Weihnachtsband …

… und den Abschlussband der Rosenholzvilla-Reihe

Lesejury